T0279690

El cielo visible

DIEGO RECOBA
El cielo visible

RANDOM HOUSE

Papel certificado por el Forest Stewardship Council®

Primera edición: noviembre de 2024

© 2023, Diego Recoba
© 2023, de la presente edición en castellano para todo el mundo:
Penguin Random House Grupo Editorial, S.A., Montevideo
© 2024, Penguin Random House Grupo Editorial, S.A.U.
Travessera de Gràcia, 47-49. 08021 Barcelona

Printed in Spain – Impreso en España

ISBN: 978-84-397-4385-9
Depósito legal: B-3.035-2024

Impreso en Liberdúplex (Sant Llorenç d'Hortons, Barcelona)

RH 4 3 8 5 9

A Leonor,
con la misma fuerza
de los años nuevos.

En las experiencias más ricas se adivina una tensión para superar los límites. Si esa tensión, que tiende a desbordar, es la potencia de los movimientos, parece evidente que la coyuntura no le afecta. En ese estadio, en esa tensión, se disuelven el afuera y el adentro. La tensión hacia el límite (emancipación) no tiene límites, limitaciones, salvo las de la propia tensión. Por eso la potencia nunca se realiza, no se materializa en cosa, es siempre devenir inacabado.

RAÚL ZIBECHI

Y si mañana me muero, ya estoy acostumbrado a estar siempre en el cielo.

BAD BUNNY

PARTE I
La pausa y el arrebato

Todos muertos.

Pensé que iba a ser fácil. El tema me interesaba y quería ser yo quien escribiera la historia de Nuevo París. Como el militar en el cuento de Walsh con el cadáver de Evita, yo podía decir que «ese tema, ese tema es mío».

La Intendencia firmó un convenio con una institución europea de las que todavía quedan que están interesadas en los pobres latinoamericanos. Otra cosa a la que llegué tarde. Cuando era más chico veía la cantidad de plata que ponían los gringos en Latinoamérica, que había desbancado a África como objeto de expiación de culpa colonialista del primer mundo. Financiaban proyectos, becaban artistas, nos invitaban a todo, todo pago, escritores latinoamericanos como estrellas en Europa y Estados Unidos. Es verdad, en plan exótico, pero, bueno, por lo menos comías y tomabas bien, dormías en buenos hoteles, conocías lugares, te publicaban, y eso además hacía que, al volver, en tu lugar de origen te respetaran un poco más. Pero, primero por la crisis de la que hablan (qué gracioso es que los europeos crean que sus crisis son como las nuestras) y luego porque encontraron otros pobres más interesantes y exóticos, nos abandonaron. Encima, por culpa del progresismo, ahora en todo el mundo creían que Uruguay ya no era tercer mundo y no nos dan ni el premio consuelo. Pero la Intendencia enganchó a los últimos gringos compañeros y consiguió dinero para publicar una especie de enciclopedia sobre los barrios de

Montevideo, y, como soy de Nuevo París y escribo, me ofrecieron hacer ese capítulo. Ya me imaginaba haciendo la clásica historia de Nuevo París como barrio de curtiembres, que, a medida que se instalaban esas industrias, se iba poblando de trabajadores y, como algunas eran de procedencia francesa y los franceses añoraban su tierra, le pusieron ese nombre al nuevo barrio. Desde la escuela escuché esa historia y siempre me pareció una estupidez. La fundación de un barrio, la colonización de un lugar, no es tan sencilla y reducida. Esa historia sin tensiones ni complejidades, sin enfrentamiento, sin lucha de clases, sin influencia del contexto local e internacional, sin hambre, sin explotación, sin sexo, sin deseo, sin muerte. Además, siempre pasaba lo mismo, contaban esa historia de las curtiembres desde fines del siglo XIX y, después, fin. Como si el barrio fuese el mismo que en 1901, que no hubiese crecido ni se hubiese destruido, como si lo viejo no hubiera muerto para darle paso a lo nuevo y como si un barrio no fuese en realidad algo en el medio de un flujo de personas, de familias, de poder, permanente, rabioso. Mezclas, vecindades, tránsito. No. La historia se seguía contando como si Nuevo París fuera un pueblo de Age of Empires en la edad feudal, unas casitas, una milicia, aldeanos cosechando y una comunidad pujante que trabaja para juntar plata y desarrollar tecnologías.

Empiezo a buscar. A llamar. A contactar gente. Todos muertos. Los de antes y los de ahora. Todos muertos. Porque los de antes, por razones biológicas, ya no están. Y los de ahora, por cuestiones misteriosas, destruyeron todo rastro del pasado. Ocupa lugar, se humedece si llueve o se inunda. Se llena de ratones. Lo mean los gatos. Lo cagan las gallinas. Donalo a Emaús. Prendelo fuego. Tiralo en la volqueta. Para qué queremos esas fotos de gente que ni siquiera sabemos quiénes son. Y estos objetos intentá venderlos y, si nadie los quiere, los tirás a la mierda. Y la ropa. Y estas hojas, estas cartas, estos libros. Todo al tacho. Nuevo París es un barrio con su historia enterrada. Primero me enojo, me indigno. Luego me inspira mucho respeto. Seguir para adelante sin equipaje. Una cosa de exploradores. Con el mismo sentimiento que los colonos de otrora. Para adelante. Las historias en nuestro recuerdo y nada más. Que sea el destino quien decida lo que debe permanecer. El ser humano como la imposibilidad de ir contra la naturaleza. Asumir la insignificancia de la humanidad en la historia del cosmos. Para qué empeñarnos en conservar documentos que certifiquen que vivimos y que fuimos importantes.

★

—Qué cosa que me molesta la gente que cree que en otros países del primer mundo todo es maravilloso y fácil.

No sé qué decirle al TZ. Estamos en un bar de Pueblo Victoria, decorado con temática tanguera, fotos de Troilo, Julio Sosa y Juan D'Arienzo mezcladas con las de otras glorias locales. Lunes de Clavel surgió como un día de encuentro porque nos gustaba tomar tranquilos y hablar de cualquier cosa. Las reuniones de la barra de amigos en general nunca posibilitaban esas charlas más sinceras y profundas, así que inventamos esa instancia con GT y MC. Nos juntábamos a las siete de la tarde. Tomábamos grapa con limón. Cuando nos emborrachábamos y el Bar Clavel cerraba, nos íbamos a la cantina del Uruguay Montevideo, a una cuadra, donde seguíamos la charla. Yo no estaba feliz siendo escritor en Uruguay, estar siempre sin plata y sin respeto. No te odian, pero tampoco te respeta nadie. Y no me daba cuenta de si valía la pena seguir dedicándome a eso. MC no sabía mucho lo que quería de la vida, probaba, cambiaba de rumbo, tomaba decisiones arriesgadas, pero seguía insatisfecho. GT permanecía encadenado a un pasado mejor. O a la idealización de ese pasado. No habría que haber llegado al 2000, repetía siempre; cuando la enfermera gringa se llevó a Maradona de la mano en el 94, tendríamos que habernos dado cuenta de que lo que venía en el mundo iba a ser cada vez peor. Un día el Clavel se incendió, así que empezamos a ir a un bar que quedaba cerca, el Bar del Darwin, donde un tiempo después, en esa noche, éramos más que tres. Además de los de siempre, estaban FT, que estudiaba percusión cerca de ahí y se había empezado a sumar a las reuniones; BP, que vivía en el Cerro y ensayaba esas noches, pero cuando volvía del ensayo a su casa se bajaba en el bar a tomar una; PF y TZ, que eran hermanos y venían juntos, porque TZ tenía auto, pero no sabía manejar, entonces le pedía a PF, que era el que realmente estaba interesado en sumarse a la juntada de los lunes, que lo trajera.

No sabía qué contestarle al TZ, aunque tenía mucho para decir. Me quedé callado, mirando la tele, que pasaba un partido de básquetbol. Nos juntábamos a hablar, pero podíamos quedarnos callados y evadirnos si así lo necesitábamos.

Qué es un buen trabajo en Uruguay. Quizás cobrar un buen sueldo y ser apreciado socialmente. Ser escritor o dedicarse a la literatura a través de otras tareas, como ser editor, crítico, docente o librero, significaba no percibir nunca un dinero digno por tu trabajo, y además socialmente eras casi que un vago.

Yo me quiero ir, no tengo opción. O me dedico a escribir o abandono por completo y me consigo otro trabajo. Si decido lo primero, no puedo hacerlo acá. Y necesito hacerlo, porque no quiero seguir la tradición familiar de ceder a lo que el entorno manda y abandonar lo que me gusta y me da placer.

—Tengo una amiga que te puede ayudar —me dijo FT luego de preguntarme si tenía ciudadanía europea o chance de sacarla y le respondiera que creía que no—. Investiga y les saca jugo a las piedras. Vas a ver que sí o sí encuentra un tano, un gallego en tu pasado, y en unos meses tenés pasaporte europeo.

La noche se fue apagando. MC me llevó en moto hasta mi casa. Era hermosa la sensación de ir medio en pedo con el viento en la cara. Cuando nos despedimos, me dijo:

—Hay que irse, hermano, hay que irse, y no volver.

★

La escritora española Elizabeth Duval aporta un dato interesante en un artículo en diario.es.

A finales de 2022 se publicaba un estudio en la Asociación Británica de Sociología sobre movilidad social en profesiones creativas. Sus conclusiones: el número de actores, músicos y escritores provenientes de la clase trabajadora se habría reducido a la mitad desde los años setenta. Si por entonces estaba en un 16,4%, ahora estaría en un 7,9%. Lo publicó *The Guardian* y no sorprendió a nadie. A lo mejor lo miramos con pesar, como la constatación de algo que ya sabíamos todos, y lo compartimos y hablamos, y luego de vuelta cada uno a sus quehaceres, y quizá lo compartimos y hablamos con fervor preciso si esos quehaceres implicaban seguir pagando el alquiler, currar, no contar con una red infinita de padres ricos y pisos caros en propiedad, pero luego volvimos a naturalizarlo e hibernamos hasta que surgiera el próximo artículo que nos dijera que la misma circunstancia se había agravado una vez más.

★

Poco antes de reunirnos con Alejandra, recibo un mensaje de un viejo amigo, que fue mi profesor en la facultad y que ahora es director de Cultura del Estado. ¿Querrá darme un trabajo bueno?, ¿funcionario? ¿Lo aceptaría? ¿No significaría el fin de mi carrera artística, como les pasa a todos los artistas que se transforman en administrativos de la cultura? ¿Tengo carrera? Mientras, Alejandra me cuenta cómo trabaja.

Me explicó hasta dónde podemos encontrar un ascendente inmigrante y la forma de, llegado el momento, forzar una situación, hacer trampa. Relató los vericuetos legales y, como si yo no supiera, los peligros de irse a vivir a Europa sin papeles. Me dijo que tenía familia en Málaga y en el sur de Italia y que, si alguna cosa se complicaba acá, había que seguir una línea, se iba para Europa a revolver cosas en los archivos locales. Pero que no me preocupara, que lo que hacía era acumular varios casos a investigar y que luego dividía los gastos de traslado entre todos los clientes. Me contó que toda su familia pudo irse gracias a gestiones suyas y que la clave fue que encontraron un vacío legal, una partida de un abuelo o bisabuelo que tenía errores o irregularidades, o que estaba borroneada, algo de eso, y que la pudieron acomodar para que sirviera. Y que antes de que se avivaran las autoridades, toda la familia aprovechó y se sacó la ciudadanía europea. Una vez que la tenés, no te joden, no revisan lo anterior, no van para atrás.

Pensé que mi caso era realmente difícil porque no hay archivo familiar ni tampoco mucho interés en nuestra historia. Pero después pensé que debe haber tenido casos peores, que uno nunca está tan mal como otros, que hay familias realmente complicadas y enrevesadas. Para empezar la historia de mi caso y para prevenirla también, le conté que yo la pasaba muy mal de niño cuando me mandaban a armar un árbol genealógico. Para todos era algo satisfactorio y divertido, pero para mí era un sufrimiento. Nada ayudaba. Primero: mi padre y mi madre. Ninguno tenía información concreta. Mi madre porque no le interesaba y tampoco sabía tanto sobre su familia. Y mi padre porque no contaba nada; era evidente que ocultaba información, que contaba mucho menos de lo que sabía. Lo que decía era siempre insuficiente y muchas veces confuso. De hecho, cada año en que tuve que hacer el ejercicio, noté que mi padre cambiaba la información que me daba. Segundo, un agravante, ambas familias eran enormes. Mi padre tenía ocho hermanos, cada uno con mil hijos, y mi madre tenía siete. Y mis abuelos lo mismo, creo incluso que mi abuelo materno tenía como quince hermanos y no los conocía a todos. Tercer problema, la segunda línea de información, mis abuelos. De nuevo, creo que hay familias peores, pero mis abuelos eran un problema siempre.

El padre de mi padre abandonó a la familia cuando yo era chico y nunca se interesó. No sabemos dónde vivía ni qué hacía. Pero con el tiempo nos fuimos enterando de cosas; una es que había tenido otro hijo, lo que me aumentaba el número de tíos, y otra, que había muerto hacía pocos años.

La madre de mi padre. No era muy simpática y habladora que digamos; era más bien lo contrario, chúcara, antipática, parca, de pocas palabras y con mala disposición a hablar de su familia y su pasado. Había tenido una vida difícil, su primer esposo la abandonó, el segundo fue asesinado, se quedó sola, pobre y con un montón de hijos; una de ellos con síndrome de Down y otro que, por mala praxis, quedó con serios problemas mentales, lo que décadas más tarde lo llevaría a ponerse violento, agredir a mi abuela, ser internado en un psiquiátrico, donde lo trataban como un animal, y posteriormente morir de manera misteriosa. Mi abuela no era fuente de nada. Además, como siempre vivió de forma muy precaria y se mudaba todo el tiempo, se fue deshaciendo de fotos y papeles de su pasado. Siempre parecía desear despertar un día y que toda su historia hubiera desaparecido, ser formateada, empezar de cero sin esa carga. Al final se murió y, cuando la vi muerta, le noté una expresión de alivio.

La madre de mi madre. No es mala, pobre, pero es medio la nada. Mira tele, come, cocina, toma mate y punto. Esa es su vida desde que la conozco. Tuvo un esposo que la maltrataba cuando llegaba borracho, que le prohibía salir a la calle mientras él estaba en el trabajo, y me imagino que se volvió un ente para evadir la vida que tenía. Quiero creer que fue eso, que antes de mi abuelo ella no era así, que tenía algún sueño, alguna motivación para vivir, algo. Cuando le preguntaba sobre la familia, no me aportaba mucho, era como que el mismo desinterés que tenía por vivir lo tenía ante mi trabajo escolar.

El padre de mi madre. Lo veía bastante seguido porque siempre vivieron cerca. Y se murió cuando yo tenía casi treinta. En esos años, solo una vez lo vi sobrio. Y me acuerdo de que, por un lado, me sorprendió no verlo en pedo y, por otro, me dio mucha pena notar que cuando no estaba borracho era algo menos que humano. Como si realmente le faltara el combustible. Aparentaba siempre veinte años más de los que tenía, pero el día que lo vi sobrio aparentaba cuarenta años más. No podía ni caminar ni hablar, deseé que volviera a empinarse un vaso de vino lija para recuperar a mi abuelo de siempre. A pesar de todo, era el único que tenía interés por su pasado, se acordaba de alguna cosa y además le importaba acordarse. Pero, como estaba siempre divagando, no sé qué de todo lo que me contó era cierto.

Cuarto problema, mis tíos y primos. A ninguno le importaba en lo más mínimo la historia de la familia. Todos tenían trabajos de mierda y muchos hijos que alimentar y criar, y la vida se les iba en eso. Igual, con ellos sí tengo mejor relación y los quiero mucho. Debe ser porque a todos los conocí antes de la rendición. Los vi con sueños, con planes, viviendo la vida con placer cuando eran niños y en los primeros años de la adolescencia. Los conocí vivos, y eso me da esperanza: soñar con que el día de mañana todo deje de ser tan complicado para ellos y vuelvan a ser lo que eran antes.

Le conté todo eso y me di cuenta de que, como introducción, ya era mucho. Así que luego me dediqué a decirle lo que recordaba, lo poco que había podido averiguar sobre mi familia antes de mis abuelos. Le dije que de mis abuelos la única viva era la madre de mi madre, pero que hablar con ella era lo mismo que la nada. Le expliqué que hay muchas separaciones y cambios de apellido y problemas de tutorías, de patria potestad y esas cosas, pero no pareció asustarse. Le dije que fuera directo con la única persona que podía ayudarla, la única interesada en nuestro pasado, en conservar fotos, en recopilar material, en contactar familiares vivos, y también la única que tuvo contacto con mi abuelo después de que nos abandonó. Es cierto, estaba un poco delirante, mezclaba a veces la realidad con su fantasía, pero era la única persona con la que había que hablar y ya, porque tenía casi ochenta años. La hermana de mi padre, la tía Nelly.

★

La última vez que había ido a la Dirección de Cultura todo era muy distinto. Era 2002 y recién empezaba la carrera en Letras. A pesar de lo que todos nos decían en la facultad, quería trabajar de la literatura. Armé un currículum que me quedó de una página, tratando de apretar todo para ahorrar en impresión, fui a la fotocopiadora, hice como cincuenta copias y salí a repartirlas. Lo primero fue ir a las librerías. Todas me rechazaron diciéndome que el sector estaba en crisis y que las librerías iban a desaparecer. Después fui a las editoriales. Los editores me intimidaban un poco, entonces lo que hacía era tirarles el currículum por debajo de la puerta y tratar de irme rápido de ahí. Busqué en la guía y encontré solo cuatro direcciones. Fui a Santillana, por la calle Blanes, después no sé si era Planeta o una de esas, en calle Cuareim, Trilce en Durazno y Eduardo Acevedo y Fin de Siglo en Eduardo Acevedo cerca del BPS. En Trilce tuve la mala suerte de que justo cuando estaba pasando el currículum por debajo de la puerta, la abrió una muchacha que trabajaba ahí y le tuve que explicar, con mucha vergüenza, el motivo de mi visita. Me dijo que fuera más tarde, que estaban los editores. Y nunca volví. También dejé uno en Banda Oriental porque de casualidad pasé por la puerta de la calle Gaboto, yendo a facultad, frente a una panadería que siempre tenía los bizcochos viejos. Después empecé a ir a las instituciones, Fundación Bank Boston, B'nai B'rith, el Goethe, y luego la Intendencia y el Ministerio de Cultura. La Intendencia me llamó la atención porque el pasillo que contiene todas las oficinas relacionadas con Cultura está siempre vacío y en silencio. Dejé en varias puertas mi currículum y me quedó la sensación de que ahí no había nadie, que estaba desierto, que esas no eran las oficinas. A veces apoyaba la oreja a ver si escuchaba algo, por lo menos un ronquido, el ruido de unas manos tecleando una computadora, pero nada. La Dirección de Cultura me decepcionó un poco. No sé por qué esperaba movimiento, artistas por los pasillos haciendo perfos e intervenciones, música, gente copada; y lo que me encontré fue un edificio de oficinas al mejor estilo de la DGI. La misma energía, la misma estética. Las personas que trabajaban en las oficinas no parecían artistas ni críticos ni académicos ni gente copada, sino inspectores de Cutcsa. No sabía dónde dejar el currículum, así que tiré uno debajo de cada puerta y me fui rápido. Pero cuando volví, varios años más tarde, a hablar con mi viejo profesor, me dio la sensación de estar en otro lugar.

—Nos están robando nuestro patrimonio. Los argentinos, la academia del primer mundo, las multinacionales. Y el Estado uruguayo, nada. No le interesa. Mirá Felisberto, mirá Armonía, Marosa, Levrero, Onetti. Todo rescatado y publicado por editoriales extranjeras, estudiado en universidades extranjeras, canonizado por el sistema hegemónico extranjero. Me cansé de que pase eso. Vamos a dejar de hacernos los distraídos. ¿Qué sabés de Mirtha Passeggi?

No sabía mucho, pero ya me había dado cuenta de que me iba a ofrecer un trabajo y no podía desaprovecharlo. Tenía que tirarle sobre la mesa todo lo que me venía a la mente, vender un poco de humo. Le dije que era una escritora de la generación tapada por el 45, y ahí la cagué. «¿Cómo que tapados por el 45?», me dijo, ofendido, creo que porque también él se sentía de esa generación, aunque fuera más joven que ellos. Le expliqué que sí, que no me podía negar que los del 45 habían sido muy solidarios y que se apoyaron y se difundieron mucho entre ellos y a los autores que les gustaban o que de alguna forma legitimaban sus propias estéticas; pero que con los otros habían sido medio jodidos. No me lo negó, estaba interesado en que siguiera. Le dije que, como ejemplo, estaba esa generación de los nacidos en los treinta, que siempre habían tenido encima la pata de los del 45, que fueron publicados y mencionados y destacados cuando al 45 le interesaron, pero que, luego, cuando ya ni bola les dieron, quedaron todos en el olvido. Le redoblé la apuesta, le dije: «A ver, no hablemos de autores buenos o malos o que nos gusten o no, ¿a qué autor de esos le fue bien o pudo hacer una carrera medianamente luminosa, en lugar de apagarse rápidamente y ser tragado por la historia?». Hablamos de Banchero, a los dos nos gustaba, pero no era la excepción a lo que yo decía; de Galeano, pero le dije que Galeano se había ido, que no contaba, y que además era del 39, casi del 40. Hablamos de Zitarrosa, que no contaba porque su reconocimiento era por ser músico y periodista; Rosencof tampoco contaba, por ser líder tupamaro; Puig era del 39, pero le pasaba lo mismo que a Benavides, Eyherabide, Hiber Conteris y Galmés, que no habían podido salir del pequeño círculo y cuyo reconocimiento, en algunos casos, había sido posterior a su muerte. Jorge Onetti era un buen ejemplo, había publicado un par de libros con cierto suceso en Uruguay y en Argentina, pero luego se había ido a España y allí, al menos como autor, se había apagado. ¿Alguien se acordaba de Somma, Bocage, Paseyro, Musto, Lacoste, Paganini? Ahí me corrigió, creía que Paseyro y Bocage eran un poco mayores. La única excepción que se nos ocurría era la de Circe Maia, pero es cierto que su repercusión mayor fue en estos últimos años. Bueno, no importa, lo de Passeggi era igual. Quedó en silencio, meditando mi teoría, que parecía muy trabajada, pero que en realidad era un bolazo sin muchos argumentos, inventada en el momento para hacerme el capo frente a quien podía estar por ofrecerme un trabajo.

—Bueno, pero ¿qué más sabés?

Le dije que aparecía en un tomo de *Capítulo oriental*, mencionada como una narradora y poeta, pero que no sabía nada más.

—Eso, eso mismo —me dijo—, pero ¿sabés qué?, acá nadie sabe quién es, pero en las universidades del primer mundo la están empezando a estudiar. Sobre todo, su novela *El grito de un grotesco pájaro*, de 1960. Hay que anticiparse. Vamos a sacar una reedición de esa novela por su cincuentenario. Por eso, quiero contratarte para que hagas una investigación. Necesito que averigües quién tiene los derechos de su obra. Y tenemos que apurarnos, porque Gandolfo me pasó el dato de que hay unos argentinos que la quieren reeditar.

Firmamos un contrato. Me dijo que me iba a pagar bien porque necesitaba premura y exclusividad de mi parte. Le dije que sí. Mentira. No sé de dónde sacó este buen hombre que con un solo trabajo, pagado por el MEC, uno podía vivir.

★

Hay una versión distinta a la que me contaron en la escuela. No se trataría de un barrio fundado por franceses dueños de las curtiembres y mataderos, sino que el barrio ya existía gracias al establecimiento allí de familias italianas, canarias y gallegas, y que luego fue que llegaron los franceses, mucho tiempo después y cuando ya se lo consideraba un barrio. Lo que esta versión no aclara es por qué, entonces, se llamaría Nuevo París. Pero hay otra que imagino se enfrentó a este mismo problema y que afirma que, cuando se fundó, se llamaba San Antonio, lo que explicaría que la iglesia de Nuevo París se llame así. Como sea, las tres versiones, o las dos versiones y media, porque la tercera en realidad es una variación de la segunda, no están documentadas. Nada. Son rumores que se han ido repitiendo en el tiempo y que además nunca, pero nunca, se han puesto bajo la lupa.

Luego de ir a las instituciones que gobiernan el barrio en un primer nivel, Centro Comunal Zonal, Municipio, Alcaldía, y no encontrar nada, me dirigí a la

Intendencia de Montevideo, y tampoco. En el Centro Municipal de Fotografía encontré las mismas fotos que veía en la escuela y que no aportaban mucho, y en los ministerios nacionales mucho menos. Todos muertos.

★

Un vecino, peluquero de esos a los que nunca se le conocieron clientes, me presta cuatro mapas que eran de su padre.

En el de 1923, elaborado por Capurro y Cía. y editado por la agencia Publicidad, se puede apreciar que la calle Timote seguía siendo un largo camino sin intersecciones, con campo de un lado y del otro. Lo mismo toda la franja que quedaba al sur de Julián Laguna. Aldao era una calle importante, porque era la única, además de Yugoeslavia, que cortaba Santa Lucía. La calle Yugoeslavia se llamaba Camino de la Tropas y la calle Emancipación era Camino Melilla.

En el mapa que Flores Chans y Cía. le encargaron a Arturo Carbonell Debali en 1918, Nuevo París es una zona desierta. Solo la atraviesa el Ferrocarril del Norte. Al norte la limita Doctor Pena, al sur el Camino al Paso de la Arena y al este la Cuchilla de Miguelete. Garzón se llama Carretera a Las Piedras. El Paso Molino está al este de Boulevard Artigas, y no al oeste como corresponde. Al sur de Nuevo París está Victoria. La Teja es únicamente la parte donde están las refinerías.

En el mapa que G. Soler hizo para el diario *El Día*, al igual que en el de Carbonell, Nuevo París es una zona desierta. Yugoeslavia ya se llama Yugoeslavia.

En el plano de 1910, realizado por Emilio Juanicó y Silvio Valz Gris, Emancipación se llama Camino al Prado y General Hornos se conoce como Camino Melilla. La calle Carlos de la Vega se llama Camino al Paso de la Arena y Simón Martínez figura como Camino a la Barra Santa Lucía. La Avenida Garzón se llama Camino Real a Las Piedras. Pena ya es Pena. Todo el barrio al sur de Paso Molino, donde ahora está, por ejemplo, el club de Bochas Universal, se llama Campos Elíseos.

★

Hay dos iglesias importantes en mi vida: San Francisco de Asís y San Antonio. La primera es una gran iglesia, construida entre 1896 y 1903, que hasta el día de hoy es de los edificios más imponentes de Nuevo París y quizás de los más altos, si se toma en cuenta su campanario o su frente, coronado por una imagen de Francisco que mira hacia Belvedere. Es significativa porque allí bautizaron a mi hermano y fue un momento especial para todos. Mi hermano nació sietemesino y pasó sus primeros meses de vida con una salud muy frágil por cuestiones respiratorias. El año 1989 y el principio del 90 los recuerdo entre la escuela, el Hospital Italiano, las carpas de oxígeno, mis padres siempre allí y yo en casa con mi tía Blanca. Un doctor les dijo a mis padres que ya no había nada que hacer, que era cuestión de horas para que muriera. Mi madre abrió la carpa, desconectó a mi hermano y caminó con él las dos cuadras que la separaban del Hospital Pereira Rossel; explicó la situación, lo internaron de nuevo y a los días estaba bastante mejor. Pero durante mucho tiempo mi hermano iba y venía de casa al hospital. Cuando pudo quedarse en casa definitivamente fue una alegría y un alivio para todos y la primera salida que hizo fue cuando lo llevaron a bautizar. En las fotos mi padre aparece con peladillas en la cabeza provocadas por los nervios y mi madre tiene la cara demacrada, pero ahí estamos, como familia, saliendo de lo peor juntos.

Esa iglesia es importante también porque es la esquina de una manzana entera de edificaciones que contienen las oficinas y los dormitorios de los capuchinos y el colegio donde hice la escuela y parte del liceo. No había muchas chances de ir a la iglesia mientras estábamos en la escuela. Los capuchinos eran medio celosos de su lugar y no querían que fuéramos a joder. Teníamos catequesis, pero no en la iglesia, sino en un salón horrible, helado en invierno y caluroso en verano, y con mucho eco. Solo íbamos para los actos patrios del 18 de julio, 19 de junio y 25 de agosto y para la comunión y su preparación, pero, como yo no la tomé, no iba. Era un lugar imponente en el contexto de Nuevo París. El cura en esos años era Víctor Hugo, que no era muy simpático ni nos daba mucha entrada como para caerle en cualquier momento. Pero en el liceo empecé a ir más seguido. Me anoté en un grupo de animadores, o sea, nos juntábamos para organizar jornadas recreativas para los más chicos, campamentos, paseos, cosas así. Y el lugar de reunión era un cuchitril en el primer piso al fondo de un pasillo. Veníamos viendo hacía tiempo una puerta trasera que no sabíamos a dónde daba y que estaba siempre cerrada, hasta que un día la abrimos. La puerta daba a un lugar que, después nos enteramos, es donde por lo general se ubicaba el coro o el órgano, una especie de balcón desde donde se veía toda la iglesia. Estaba lleno de papeles viejos, telarañas, mobiliario escolar de principios de siglo y, sobre todo, estatuas de santos mutiladas, cabezas, brazos. Y ese olor, que no se parecía a nada, olor a tiempo detenido.

La otra iglesia era la de San Antonio, donde me bautizaron a mí. Yo no tengo recuerdos, solo una foto con un montón de personas vestidas de los ochenta con reminiscencias de los setenta, como mi padre, que está con un pantalón de pana marrón medio oxford. Quedaba a una cuadra de mi casa, por eso seguramente había tantos vecinos, además de mis padrinos, Néstor y Sonia. Ellos no eran familiares, lo que se estila en padrinos y madrinas, sino los primeros patrones de mi madre. Para escapar de su casa, mi madre se había conseguido un trabajo con cama cuando tenía catorce años. Vivía en Playa Pascual y pasó a vivir en Nuevo París, en la casa de un matrimonio de trabajadores con dos hijos, limpiando la casa y cuidando a los niños. Instalada allí conoció a mi padre, un hombre que alquilaba una piecita en el fondo del pasillo. La iglesia era mucho más austera y humilde que la de San Francisco. Una construcción precaria de ladrillos que en su frente, por la calle José Llupes, tenía solo una cruz en el techo y en el fondo, que daba a la calle Julián Laguna, tenía un comedor popular. Nunca más volví a ir, aunque pasaba todos los días por ahí cuando iba a Emaús a comprarme ropa, libros o discos, a jugar al fútbol a la placita San Antonio, a la feria de los domingos o a visitar a mi abuela. No volví a ir hasta que más de treinta y cinco años después entré a averiguar si sabían algo sobre la historia de Nuevo París. Me atendió una monja joven. Le expliqué mi inquietud y me llevó con Aurora, la del archivo. Al hablar con la señora, le dije que me parecía extraño que en una iglesia tan chica hubiera un archivo. «Así le dicen las gurisas —se rio—, es un lugar donde guardamos cosas importantes, ¿vos no tenés uno en tu casa?». Entendí lo que me quería decir, pero no, en mi casa no tengo un lugar así, creo que porque cambio de casa todo el tiempo y he tratado de no tener cosas importantes por miedo a perderlas o a que trasladarlas obligatoriamente sea una carga. Me explicó que el llamado archivo empezó casi sin querer. En 1963, Ester Vidal, una fiel de la iglesia y vecina del barrio que era muy meticulosa a la hora de guardar sus papeles, documentos, cartas y fotos, al ser diagnosticada con una enfermedad terminal y no tener muchos familiares, le pidió a la iglesia si podía cuidar su archivo, que creía podía servir en el futuro. La iglesia no encontró motivos para decir que no y juntó todo en unas cajas, las puso en un lugar seguro y listo. Pero la bola se corrió y, a partir de ahí, muchos vecinos, al morirse, legaban a la iglesia sus documentos, diarios, periódicos, fotos, cartas y hasta recetas de cocina. También lo hicieron durante la dictadura algunos vecinos que debieron partir al exilio o esconder sus cosas de las fuerzas represivas. Con el correr del tiempo, cuando la iglesia empezó a tener un lugar residual en la vida diaria de la comunidad y los fieles empezaron a ser cada vez menos, dejaron de llegar donaciones, pero el archivo es enorme. Estanterías del piso hasta el techo, llenas de cajas y cajas ordenadas por nombre de donante. Me contó que tuvieron que comprar cajas de plástico porque era un lugar húmedo y algunas cajas se estaban empezando a deteriorar, pero que casi todo el material estaba intacto. «Para lo que necesitás, capaz te conviene consultar el archivo Locatelli, pero te advierto que es mucha cosa». Mónico Locatelli nació, vivió y murió en Nuevo París. Fue periodista toda su vida y su archivo estaba formado por innumerables fotos y periódicos barriales desde la década del cincuenta hasta fines de siglo, que fue cuando murió. Entre el material donado también hay un libro suyo inédito, *El canto de los ríos*, donde Locatelli hace un repaso de su vida, de su carrera y también del tiempo que le tocó vivir. Gracias a una lectura rápida, pude saber un poco más de él. Su padre, Gianni, era un abogado italiano que llegó a Uruguay escapando de la represión del primer Mussolini y el llamado *squadrismo*. En Uruguay no pudo ejercer de abogado y se puso una imprenta en la calle Carlos de la Vega. Allí conoció a Elsa, una joven empleada de la industria del esmaltado de metales que en sus ratos libres escribía obras de teatro y, cuando reunía algunas, se dirigía a la imprenta de Gianni y las editaba, para venderlas luego en el sindicato o en las ferias barriales del fin de semana. Mónico cree haber escuchado un día que llegó a formar una compañía teatral con otras mujeres, entre quienes se encontraban la también dramaturga Angélica Plaza y la actriz Mercedes Pinto, y que incluso realizaron unas giras junto con el Teatro del Pueblo argentino de

Leónidas Barletta. Pero más adelante en el libro Mónico lo pone en duda al cotejar esa información con su tío, un hermano de Elsa, ya que esta murió joven, cuando Mónico tenía solo diez años.

En la casa de Mónico había diarios de todo tipo, incluso algunos italianos y franceses que Gianni conseguía con otros compatriotas exiliados. Y también había muchos diarios barriales, anarquistas, obreros, que imprimía su padre o que le regalaban otros imprenteros. Mónico aprendió a leer con diarios y a narrar usando la retórica periodística del momento. A los doce años empezó a ir a las canchas del barrio, que en ese momento abundaban en Nuevo París y que hoy son cooperativas de vivienda, y luego, al llegar a su casa, escribía crónicas sobre lo que vivía en esos partidos, las imprimía en un mimeógrafo y las vendía a voluntad a los vecinos, que las agotaban cada vez que salían. A los quince años fundó *El semáforo*, que comenzó como un periódico deportivo, pero al que le fue integrando otras secciones y, por lo tanto, debió sumar a otros periodistas. A los dieciocho años era el director del diario barrial más importante de la zona oeste de Montevideo, con diez periodistas en redacción. Al año siguiente sufrió un duro revés: descubrió una maniobra fraudulenta en la gestión del ministro de Hacienda Azzini y su Reforma Monetaria y Cambiaria, que tenía que ver con negociados propios y cuentas en el extranjero de algunos de sus asesores más cercanos; pero la Justicia lo desestimó y el gobierno inició una campaña de desprestigio que bajó de un hondazo el crecimiento vertiginoso de *El semáforo* y lo volvió nuevamente un periódico estrictamente barrial. Poco después murió Gianni y Mónico retomó el trabajo de la imprenta, por lo que descuidó o al menos le dedicó menos tiempo a *El semáforo*, que con el correr de los años perdió su frecuencia diaria y pasó a publicarse semanalmente. Al revisar el depósito de su padre, que solía estar cerrado bajo llave, Mónico encontró una colección enorme de periódicos, folletos y panfletos barriales montevideanos de principios de siglo hasta el presente. Gianni se había dedicado con constancia de coleccionista a recopilar, buscar y conservar diarios que a la gran mayoría de la gente le parecían material descartable, sin saber que de alguna forma también estaba preservando la historia popular, la que no estaba en los grandes medios ni en los libros de historia. Mónico tomó la posta y lo siguió haciendo hasta que murió. Por eso su colección es tan grande y está integrada por diarios barriales totalmente desconocidos pero conservados; hasta el más antiguo, datado en 1906, está en perfecto estado.

Había muchas cajas con nombres de todo tipo: Maruja Ouzari de Zumelzu, Beba Tarasconi de Seoane, Rómulo Tesoriere, padre Gilbert, Beatriz Maschio de Spinetto, Inocencio Libonatti, Bartolomé López Saruppo, Samuel Rapossi, Américo Romano. Con ese material comencé a trabajar en la historia de Nuevo París, ahí estaba lo que me interesaba. Ordené el material, separé los periódicos que correspondían a la zona de Nuevo París, La Teja, Paso de la Arena, Belvedere, Cerro, Paso Molino, Sayago, Prado, Capurro. Era mucha cosa, lo histórico público y lo íntimo, lo más cercano; el trabajo se ve imposible, pero empiezo. Me detengo en cosas que me interesan, no busco la totalidad. Así es que me entretengo en la historia de los parques y de cómo Nuevo París quiso ser el lugar más importante del sur del mundo.

Los parques

El período de prosperidad y desarrollo que significó el batllismo, más las conquistas sociales, el fortalecimiento de los sindicatos, la suba en el índice de alfabetización y las mejoras en la calidad de vida de los trabajadores, generó un mayor consumo en la población y, además, que se ganara tiempo para actividades de ocio. En las zonas céntricas, primero, se establecieron de forma viral lugares de reunión, cafés, salas de baile, galerías, parques, cines, teatros; pero poco a poco empezaron a desarrollarse también en los barrios populares de la periferia. Muchas de las familias adineradas de la burguesía y aristocracia montevideana tenían sus casas de fin de semana en el oeste de la ciudad, la zona del Prado, Sayago, Peñarol y Paso Molino. Pasando el Paso Molino, rumbo a la Barra del río Santa Lucía, se había formado una gran barriada (más por su extensión territorial que por su población en esos primeros años) en torno a las curtiembres y a la iglesia de los capuchinos. Nuevo París, como su nombre lo indica, guardaba una relación con los franceses, muchos de los cuales habían venido con el negocio del cuero. Uniendo todo esto y potenciado por el espíritu emprendedor óptimista de la primera década del siglo XX, al doctor Mariano Pose, un rico comerciante montevideano, y al francés Jean Picard, rico empresario del rubro de las curtiembres, se les ocurrió la idea de transformar esa zona en el lugar de ocio para los montevideanos, el resto del país y, por qué no, los turistas de otros países. El tranvía a la Barra unía Arroyo Seco con la Barra Santa

Lucía, atravesando Nuevo París por la calle José Llupes. Por otra parte, también circulaban tranvías hacia Paso Molino y Villa Cosmópolis, como hasta ese momento se llamaba el Cerro. Las líneas eléctricas ya habían llegado hasta esa zona. Además de las curtiembres, se habían empezado a establecer mataderos y la población crecía año a año. Faltaba algo que hiciera explotar esa zona, lo que la ciudad estaba necesitando en su afán de expansión. Nació el primer parque temático uruguayo: Les Champs-Élysées.

Pose ya era dueño de una gran extensión de campo cerca de la zona en lo que hoy sería la esquina de Carlos María de Pena y Avenida Garzón, hacia el oeste. Junto a Picard se reunieron con el intendente Ramón Benzano, a fin de presentarle el proyecto y solicitarle la cesión en comodato de una amplísima extensión de campo deshabitado al sur del terreno de Pose, casi hasta la calle Llupes. El intendente aceptó gustoso y declaró en la prensa que se trataba de un proyecto sin precedentes que pondría a Montevideo a la vanguardia de la industria del ocio y la tecnología y la posicionaría como una de las grandes ciudades del futuro inmediato.

En 1908 comenzó la construcción del parque e inmediatamente significó una oportunidad laboral para mucha gente, que empezó a instalarse en el barrio al igual que los trabajadores de las curtiembres y los mataderos. Picard trajo desde Francia a doscientos peones especializados en un barco carguero. Según la prensa de la época, existía el rumor de que en realidad se trataba de expresidiarios que, por un favor que le debía al gobierno de Francia, Picard se tuvo que traer a Uruguay.

No se trató de un proceso sencillo. Muchos de los materiales había que trasladarlos desde la Barra o desde los depósitos, situados en zonas más céntricas, y eso dificultaba cumplir con los plazos. Por este motivo, los trabajadores terminaron haciendo extensas jornadas y en pésimas condiciones de salubridad y seguridad, lo que derivó en varias muertes, cuyo número exacto nunca se pudo saber y causó polémica en ese entonces.

En setiembre de 1910, año del centenario (recordemos que, hasta bastante entrado el siglo XX, en Uruguay se festejaba la Semana de Mayo de 1810 como fecha patria), se inauguró el parque. Cuentan las crónicas de la época que las inmensas torres y sus luces se veían desde todo Montevideo y que fue sorprendente la forma en que, en poco tiempo, «se levantó de cero toda una ciudad de madera». Es que, realmente, según los planos del parque, publicados en *La Semana*, y las fotografías y dibujos de las avenidas, los pabellones y las torres, se trataba de una ciudad que quizás era más grande que muchas de las ciudades del interior del país en ese momento.

La entrada estaba coronada por un gran portal, con luces y banderas, en cuyo lado superior estaba el nombre del parque. Desde esa entrada, muy en sintonía justamente con el nombre, comenzaba una ancha avenida adoquinada con pabellones gigantes a los costados, que terminaba en una construcción majestuosa. Se trataba del Palacio de Luis XIV, una minuciosa reconstrucción del aposento real del siglo XVII, que no escatimaba en detalles, al punto de contar con una mazmorra, un enorme comedor, una habitación real y hasta el lugar de la corte, donde efectivamente más de cincuenta actores (que habían sido reclutados de circos, compañías de teatro populares y circos criollos) interpretaban todo el tiempo estar en una sesión de la famosa corte, hablando en una lengua que creían era el francés.

De los pabellones, quizás el más bello y monumental era el Invernáculo, un verdadero palacio de vidrio donde había plantas y árboles de todo tipo, inspirado, al decir de los creadores, en construcciones de la Exposición Universal de 1900 en París. El sector más visitado era el de las plantas carnívoras. Habían mandado traer de diversas partes del mundo más de cien especies de plantas carnívoras y una de las atracciones más comentadas era el momento cuando el presentador las alimentaba, a algunas con insectos, a otras más grandes y exóticas con roedores, como ratones o cuises.

Otro pabellón era el del Polo Norte. Su particularidad era que sus paredes estaban formadas por barras de hielo, que debían cambiarse permanentemente para mantener el efecto. Una vez adentro, se podían ver iglúes, esquimales (según los dueños del parque, se trataba de esquimales reales traídos desde la propia Alaska), pingüinos y osos polares.

Pasando estos dos pabellones se abría un espacio con atracciones mecánicas de gran tamaño, entre las cuales la más concurrida era la rueda gigante; por lo que sostenían las notas de la época, se trataba de la más grande del mundo. No muy lejos de esa atracción se extendía un lugar, alargado, donde un aviador, aparentemente francés y colaborador directo de Santos Dumont, presentaba las innovaciones en cuanto a artefactos voladores, realizando pruebas que dejaban boquiabiertos a los presentes.

Otros pabellones. El Ballet Ruso, una reproducción exacta del famoso Teatro Mariinski, de San Petersburgo, que daba la posibilidad de presenciar un espectáculo de ballet representado por verdaderos integrantes del ballet imperial. La Virgen que Llora: traída especialmente desde Valencia, se trataba de una virgen que no paraba de llorar y que congregaba a una gran cantidad de fieles de todas partes del país. La Galería del Horror: mucha sangre, vampiros embalsamados, seres monstruosos de cera y la tenebrosa galería de cadáveres humanos y animales conservados en formol. Había de distintos países, mutilados, deformes y una sección que era de asesinatos célebres sin resolver, que invitaba a los presentes a intentar develar el misterio.

Pero la atracción principal del parque, la más concurrida y celebrada, era la Nueva Venecia. Se trataba de toda una zona en torno a un curso de agua acondicionada con muelles y construcciones al estilo de la ciudad italiana, con góndolas y gondoleros reales, que brindaban a los concurrentes la posibilidad de dar un paseo romántico por el arroyo o también por las callecitas y cafés a lo largo de la ribera; allí, orquestas tocaban los ritmos más diversos, tradicionales y actuales para que la gente pudiera apreciarlos mientras cenaba, tomaba una copa o bailaba en los lugares acondicionados como salones de baile. La reproducción incluía hasta pequeños puentes de piedra, curvados para que por debajo pudieran pasar las góndolas, desde donde ver el espectáculo.

Recorriendo la zona en la actualidad, no encontré un río ni arroyo que pasara por el parque. Y en ningún lado se hablaba de que hubieran creado un curso de agua artificial. Investigando en mapas de la época, encontré que efectivamente por allí pasaba el arroyo de los Chimangos, un pequeño curso de agua surgido del Miguelete a la altura del Parque Posadas, que luego pasaba por donde hoy son las calles Camino Castro, María Orticoechea, la fábrica de portland, Alcides de María, Tampico, Bernardo de Guzmán, Diógenes Hequet y Gowland, y que finalmente terminaba muriendo en el arroyo Pantanoso. Según lo poco que pude encontrar, era muy cristalino, con una fauna muy diversa, muy apreciado por las familias de la zona, pero muy problemático cuando llovía mucho, ya que causaba inundaciones graves. Fue entubado en 1930 y con el tiempo se olvidó.

★

El Champs-Élysées comenzó a tener problemas varios. Primero se empezó a complicar el tema con los franceses que Picard había traído en barco. Para que tuvieran un lugar donde vivir mientras trabajaban en la construcción del parque y luego como sus empleados, detrás del lugar (es decir, en la zona donde hoy en día, por ejemplo, está la sede del club Villa Teresa y los talleres de Cutcsa) se elaboraron una serie de casas, sencillas pero bonitas, de madera y chapa. Algunos formaron familia, se casaron con mujeres locales y comenzaron a construirse en esos mismos terrenos algo propio. Otros no y se resolvieron igual, pero había una buena parte del grupo inicial que vivían borrachos y habían transformado sus casas en verdaderos antros del vicio, la prostitución, el juego, el alcohol; esto empezó a ser un imán para otros malvivientes de la zona, que empezaron a concurrir a esas casas como si fueran centros nocturnos. El problema se trasladó al parque, que quedaba al lado de estas viviendas, simplemente separadas por una cerca que contenía poco y nada. Allí empezaron a hacer fiestas por las noches, en los pabellones, en la costanera del arroyo. El límite se alcanzó cuando una fiesta en el Palacio de Luis XIV terminó con dos hombres asesinados y parte del palacio destruido por un incendio, que pudo ser controlado. Solo los contactos de Pose y Picard en altos mandos de la política y la Policía evitó que pudiera pasar algo peor, pero lejos estuvo de terminarse el problema. Robos en los pabellones, nuevos incendios (algunos más importantes, como el que terminó con la Galería del Horror) y más hechos de violencia y homicidios fueron moneda corriente en el año 1911. A eso se le sumó algo previsible para todos, menos para los creadores del parque. En cada lluvia relativamente importante, el arroyo de los Chimangos crecía violentamente y arrasaba con las construcciones cercanas a la costanera. En la histórica inundación de febrero de 1911 anegó gran parte del predio del parque, lo cual debilitó las estructuras de los pabellones y arruinó en muchos casos el mobiliario o la maquinaria.

Sin embargo, el parque se había consolidado como una de las atracciones principales de la ciudad. De todas partes concurrían, todo el mundo hablaba de eso, las líneas de tranvías se debieron ampliar y se duplicó o triplicó la frecuencia de los servicios. La experiencia del Champs-Élysées, la posibilidad de hacer algo similar sin repetir sus errores y el establecimiento de un público fiel y numeroso llevaron a un grupo de empresarios a pensar en el Parque Lafayette.

Nunca quedó del todo claro quiénes habían puesto el dinero para construirlo, pero la inversión fue aun mayor que la del Champs-Élysées. Lo único que se sabía era que lo administraba una sociedad anónima de nombre Herodías, cuya cara visible era Blas Cabral, un empresario circense y teatral vinculado también a algunos cabarets y, según la prensa de la época, a la prostitución y a la política, pero no eran más que suposiciones. Sobre los miembros de la sociedad poco se sabe, investigaciones periodísticas manejaban una lista de nombres que iban desde el propio ministro del Interior José Espalter, el dramaturgo Ernesto Herrera, el reconocido arquitecto estadounidense Ernest Flagg y el empresario inglés Andrew Carnegie; pero solo son rumores. También se especula con que trabajaron los mismos arquitectos que habían diseñado los pabellones del centenario de la Independencia argentina el año anterior y que vinieron españoles que habían desarrollado el Parque Tibidabo en Barcelona, pero nunca se supo mucho sobre las personas que estaban detrás del emprendimiento, aunque sí se sabía que Cabral no era más que la cara visible, el testaferro.

Se construyó en tiempo récord y ya en la primavera de 1911 estaba terminado. Al igual que para el Champs-Élysées, se eligieron terrenos al norte de la calle José Llupes, donde pasaba el tranvía, pero más hacia el oeste. Fue un parque que bordeó un curso de agua, la cañada Jesús María, casi desde su nacimiento, a la altura de la calle hoy llamada Carmelo de Arzadun, hasta lo que actualmente es la calle Santa Lucía. Estudios minuciosos habían determinado que el curso de agua de la cañada era bueno para desarrollar viajes y que no se desbordaba con las lluvias, así que quedaba garantizado poder construir en su costanera.

La apuesta más arriesgada fue la Amazonia. En un amplio terreno, donde tiempo después fue la cancha de Saldombide y hoy es un complejo de viviendas, se había hecho una reproducción de la selva amazónica. Trajeron vegetación original y hasta animales salvajes desde Brasil. Incluso, algo que fue novedoso para la época es que unas máquinas que funcionaban a vapor regulaban la temperatura y la humedad del lugar para que la fauna y la vegetación vivieran en las mismas condiciones que en la selva. Las personas podían atravesar una imponente frondosidad y apreciar monos, aves, felinos, reptiles y ofidios como si estuvieran en la selva. Fue hasta imprudente, porque debían garantizar, por lo pronto, que la fauna no saliera de ese espacio selvático, para lo cual contaban con una gran cantidad de guardias con escopetas que disparaban dardos que adormecían a los animales que quisieran escapar. También quisieron traer íntegra una tribu de yanomamis, pero el gobierno de Brasil se los impidió, por lo que tuvieron que crear una nueva a partir de varias familias que, según se comenta, habían traído de distintas partes del país y a las que hacían vivir en las mismas condiciones que los yanomamis; sin embargo, a los niños el gobierno uruguayo los obligaba a concurrir a la escuela diariamente.

Otra gran atracción era Egipto. En las manzanas de Carlos María Herrerra, desde Emancipación hasta Timote, se recreó un desierto como el Sahara con la importación (según la prensa, ilegal) de arena de Chile y Argentina. Desde Marruecos se trajeron unos camellos, pero lo más imponente fue la construcción de una pirámide de piedra que buscaba emular la pirámide de Keops y en cuyo interior se representaban escenas y rituales de la época egipcia. También había una esfinge enorme, con la nariz rota y todo, para lo cual contrataron a los mejores escenógrafos de teatro, que la construyeron en madera.

La idea era que Lafayette dejara al Champs-Élysées como un parque de menor calidad. Para eso, pensaron en una diversa gama de variedades que desarrollaron en distintos pabellones.

En el ala oeste del parque se había construido una ciudad en miniatura, habitada por personas con miembros mutilados, enanismo o deformidades. En la entrada, un cartel de madera iluminado por lamparitas al estilo de las ferias y los circos internacionales anunciaba su nombre: Estrafalandia. Actividades deportivas con personas de una sola pierna o sin brazos, un teatro donde enanos representaban tragedias griegas o la vida de grandes personajes como Robin Hood o los Tres Mosqueteros, una jefatura de Policía, un destacamento de Bomberos, un parlamento donde quienes debatían sobre el destino de la ciudad eran personas con dificultades para expresarse y hasta una iglesia con un cura que oficiaba la misa desde un atril porque le faltaba la parte baja del cuerpo desde la cintura, son algunas de las propuestas que se podía encontrar en esta ciudad, a la cual el público podía acceder, pero solo como espectador.

La Casa de los Espejos, donde se generaban verdaderos laberintos y algunos espejos distorsionaban la realidad, lograba las carcajadas y la diversión de toda la familia.

El pabellón de Cuero, construido íntegramente en ese material, buscaba homenajear a la incipiente industria local de las curtiembres. Generaba en los visitantes la extraña sensación de estar recorriendo un ser vivo, reforzada por el hecho de que se trató de un pabellón que empezó a pudrirse con el correr de los días.

Mundo Siamés fue de las experiencias más controvertidas, pero una de las más populares. Era una exposición de hermanos siameses de todo el mundo. La gente podía verlos vivir a través de unos vidrios: cómo se comportaban, cómo se llevaban entre sí, cómo intentaban vivir una vida normal. Había un consultorio con médicos que les realizaban un seguimiento y, según se comentaba, un equipo de especialistas de primera línea estaba desarrollando la posibilidad de realizar una operación para separar unos siameses, en pleno pabellón y a la vista de todos, pero nunca se llegó a hacer y no se sabe si fue verdad. Por lo pronto, las crónicas de la época describen a los siameses como «seres desidiosos, malhumorados, como si no soportaran ser exhibidos como fenómenos».

En el pabellón de Cuadros Vivientes, un grupo de actores recreaba permanentemente escenas de la historia, como el desembarco de los treinta y tres orientales, la quema de Juana de Arco, el primer encuentro entre Cortés a Moctezuma, la última cena, entre otras.

Un museo de cosas extrañas donde se exponía desde un fragmento del llamado meteorito de Tunguska, el auto y partes de la bomba del atentado que mató al policía argentino Ramón Falcón, una réplica de la virgen del Socorro de Valencia, que llora sangre, un trineo que había sido parte de la expedición *Amundsen* y una de las palomas fotógrafas de Julius Neubronner.

En la cañada había paseos en balsa y una especie de museo de naufragios, en el que se representaban grandes naufragios de la historia. También un túnel por donde la barca pasaba y daba la sensación de estar bajo el agua, apreciando el mundo submarino.

Un telescopio traído desde Francia, con el que se podía ver la luna y palpitar la llegada del cometa *Halley*. Un cine en el que un proyector pasaba películas de moda y una cámara que todo el tiempo filmaba lo que estaba sucediendo en el parque.

Lafayette fue un éxito, lo cual no redundó en una merma del público del Champs-Élysées, sino que, por el contrario, posicionó a todo el barrio como un lugar de paseo permanente, con gente circulando constantemente de parque en parque y con torres, pirámides y luces que se podían ver desde todo el país. Nuevo París en esos años cumplía con los anhelos de quienes lo habían bautizado, hacía ya unos años, como la *ciudad luz*.

Un amigo argentino viene a Montevideo a dar unos talleres. Nos juntamos a tomar algo en un bar de Parque Rodó. Me muestra la prueba de galera de su próxima novela. Cuenta cómo marcha el proceso de edición. Dice que le marcaron muchas cosas que no cuadraban, que básicamente lo que está haciendo su editora es limpiar y sacar lo que sobra. Recuerdo los procesos de mis novelas. También los talleres que he dado. Y yendo más atrás, la forma en que trabajaba cuando fui editor o las veces que fui jurado de algún premio. También hacía eso o dejaba que lo hicieran. También legitimé esa práctica, la alenté, defendí ese método, en definitiva, lo integré no solo como algo natural, sino como lo que se debe hacer, el protocolo que se tiene que aplicar en estos casos.

Las cosas en un momento se hicieron de una forma y se empezó a extender su uso. Los que vinieron después lo repitieron sin cuestionarlo y con el tiempo se volvió una regla, una cosa natural. Pero cuándo fue que normalizamos que trabajar con la materia prima de una obra, con el material en crudo, con la masa, la arcilla, significaba únicamente limpiarla, sacarle lo distinto, lo que desentona, lo disonante. Y qué entendemos como *lo que sobra*. Es decir, como sociedad, en este caso como lectores y escritores de un tiempo determinado, qué entendemos como *suciedad* en una obra. Ya es muy problemático pensar el arte en esos términos. Por qué lo limpio estaría bien y sería el objetivo final, y lo sucio es lo que hay que erradicar. Yendo a lo más esencial, por qué lo limpio sería un valor.

Siento que en los últimos cinco, diez años, los libros publicados en Latinoamérica son todos bastantes parecidos. Siempre me creí por fuera de ese problema. Por suerte no tuve nada que ver con eso. Y qué estupidez. Yo también defendí y reproduje la lógica de la limpieza, la homogeneización, la literatura como algo cómodo e inofensivo, como la continuación de una tradición y un *statu quo*. Porque en definitiva la idea de la limpieza no es más que la de acomodar algo para que quepa en un compartimento igual que los otros donde están guardadas las obras anteriores. Lo que el público supuestamente quiere, lo que soporta, lo que está capacitado a leer.

Como hay guita y laburo de por medio, sobre todo viniendo de un sector de la población absolutamente precarizado y explotado, como es el de los escritores, no voy a juzgar a quienes son conscientes de esta operación y toman la decisión de limpiar o permitir que se limpien sus obras. Todos necesitamos que nos publiquen, queremos que la gente compre nuestros libros, ya que es de nuestros pocos ingresos; ansiamos que el libro tenga buena recepción, por el ego, pero también para que empiecen a salir otros trabajos anexos (invitaciones a escribir en otros lados, cursos, cátedras, festivales internacionales, adaptaciones) y así ampliar el territorio donde tiene incidencia económica nuestro trabajo, es decir, reediciones y traducciones. No me da la cara para ponerme en un pedestal de superioridad moral y romántica y señalar con el dedo a quienes se suman a la ola y prefieren ceder, hacer lo que el editor, la editorial, el sistema literario o la propia sociedad y su forma de entender el arte les indican que deben hacer para ser aceptados. Pero no sé si hemos sido realmente conscientes de la situación.

No es un problema únicamente nuestro. El año pasado fui a Argentina a pasar fin de año. Allí charlé con muchos escritores y editores amigos, en los que tengo plena confianza y de cuyas lucidez y capacidad crítica a la hora de pensar la industria y el mundo literario no dudo. Como el peso argentino estaba muy bajo, compré todos los libros nuevos que me recomendaron de literatura argentina, con especial énfasis en aquellos autores y autoras jóvenes, emergentes, de editoriales más chicas o directamente no conocidas para mí. Pasamos con Leonor unos días en las sierras de Córdoba y aprovechamos para leer todo. No miento si digo que más de una vez detuve mi lectura pensando que ya había leído el libro que estaba leyendo. Y no, era que se parecía demasiado a uno o varios de los anteriores que ya había leído. Hay muchos factores que pueden influir para que esto pase. No voy a reducir todo a mi punto. No voy a forzar las evidencias para que justifiquen mi idea. Se puede hablar de cuestiones de contexto, de formación, de la época, en fin, mil cosas. Pero es indudable que también esa idea de lo que se entiende como obra terminada o, utilizando los términos que vengo manejando, obra limpia determinó que esas obras, una vez despojadas de esa suciedad que las volvía imperfectas o inacabadas, se terminaran pareciendo mucho entre sí. Quizás dentro de esa suciedad que se extirpó estuvieron las marcas autorales, identitarias, las voces personales, eso que hace que, más allá de referencias, influencias, intertextualidades, se pueda pensar que ese libro está sin dudas escrito por x y no por y, y así poder distinguir, afinando el ojo, dos autores o autoras que se parecen, porque, a pesar de que compartan un montón de cosas, hay algo que las distingue.

Hojeo el manuscrito de mi amigo. Una sigla se repite. Sale una flecha desde una frase subrayada, un párrafo o incluso dos páginas enteras: FDT. Le doy vueltas hasta que le termino preguntando. «Fuera de tono». En un primer momento tengo un impulso de creer que, a lo mejor, marcar que algo está fuera de tono con respecto al resto del libro pueda ser una indicación pertinente. Pero, cuando lo pienso un segundo, saliéndome de mis esquemas, y cuando me dice que lo que sugieren ante esas partes FDT es borrarlas o reescribirlas para que encajen con el resto, me doy cuenta de que es lo mismo que me genera rechazo. De nuevo las mismas preguntas, por qué asumimos que una obra de arte está bien si tiene unidad de tono, por qué damos por sentado que eso es lo que la gente quiere leer, que es lo que va a vender, que artísticamente es más potente una obra con un mismo tono, inalterable, que una con saltos, variaciones y hasta contradicciones. Quizás haya mil ejemplos de obras que respetaron este tipo de reglas o de manual de la buena escritura y que son grandes libros, pero también es muy probable que haya una cantidad enorme, incluso mayor que la primera, de libros que respetando esas reglas mataron lo poco vivo que podían tener y terminaron como libros muertos, olvidables.

Le comento a un amigo editor las cosas en las que estoy pensando y me responde que es un disparate, que la literatura necesita editores. Nunca dije eso, es más, siempre he defendido la tarea del editor, hasta llegué a cumplirla por diez años. El problema es que tal vez hay que empezar a pensar en que el proceso de edición y de autoedición, ya que a veces el proceso de limpieza se da en simultáneo con el de escritura, debería cambiar o al menos empezar a cuestionarse. Hubo, hay y habrá siempre editoriales que trabajen de esa forma sus libros; hubo, hay y habrá escritores que defiendan y se sientan cómodos con esa forma de trabajar. Pero quizás sea hora de pensar en una diversidad real, no en una *pour la galerie*, donde convivan las distintas formas de concebir el acto de escribir, la obra de arte, el proceso de edición y, más allá, la distribución, la difusión, la crítica, la investigación. Mi amigo editor no entendió mal mi comentario, al contrario. Si yo digo que no puede ser que esa sea la única forma de editar, de trabajar el material escrito, pero es la única que ese amigo editor concibe y acepta, seguramente va a pensar que estoy atacando su trabajo y de alguna forma planteando que no debería existir la figura del editor. Del mismo modo que más de un escritor al leer esto podría pensar que estoy en contra de la propia literatura; un escritor o un lector, académico, crítico. Que quien quiera comodidad, conservación de lo que ya existe, continuidad, tradición, respeto y limpieza lo pueda encontrar o ejercer a su gusto, pero que no sea la única forma de hacer e interactuar con el arte. Es tan difícil darse cuenta de las cosas que reproducimos. Tantas veces nos embanderamos con ideas que con nuestros actos todo el tiempo contradecimos. Está tan bueno que eso nos baje siempre del pedestal, pero que a la vez nos permita bajar un escalón, para subir dos o tres o mil más.

★

Los libros de Passeggi están en el fichero de la Biblioteca Nacional. Los pido y, mientras me los buscan, reviso la ficha de préstamos. *La rosa florecerá durante una hora* no fue pedido por nadie, *La tumba de todas las cosas tiene su violeta* fue prestado por última vez en 1963 y *El grito de un grotesco pájaro*, en 1970. Los dos primeros están extraviados, me dice la funcionaria y, cuando le pregunto qué pudo haber pasado, dice lacónicamente no saber. Busco enciclopedias, historias de la literatura uruguaya. En un libro de Sarah Bollo sobre escritoras y en libros de Hyalmar Blixen y Arturo Sergio Visca se mencionan algunos detalles de su biografía. Uno de ellos es que frecuentó al poeta Mario García y a Raúl Javiel Cabrera, el pintor conocido como *Cabrerita*. Cabrerita ya murió, pero a Mario lo conozco. Empiezo por ahí.

Los parques II

Entre finales de 1912 y principios de 1913, los parques desaparecieron. En diciembre de 1912, un incendio devastó Les Champs-Élysées definitivamente. Durante la noche, un aparente cortocircuito en la corte de Luis XIV desencadenó el fuego, que rápidamente se extendió al resto del parque y lo redujo a cenizas en un par de horas. Los bomberos acudieron tarde al llamado porque, según consigna la prensa de la época, «en la noche anterior, el cuartel de bomberos de la calle José Llupes había realizado su comida de fin de año y los efectivos se habían acostado tarde». Fueron los bomberos de Estrafalandia quienes lucharon durante largo rato con las llamas, llevando baldes de agua en cadena humana desde el arroyo al foco ígneo. Cuando arribaron los bomberos verdaderos, alertados por los vecinos, el fuego era incontrolable y lo único que pudieron hacer fue detenerlo para que no se extendiera a las casas aledañas.

En febrero de 1913 se produjo un levantamiento anarquista en La Teja, que, quizás por lo breve de su duración, la mayoría de los medios no mencionó, pero que está descrita exhaustivamente en la edición del 13 de febrero de ese año del diario barrial *La Constelación*, una publicación del barrio Capurro que llegó a ser dirigida por Mateo Magariños Solsona. En 1910, en conmemoración del centenario de la revolución de Mayo, se realizaron en Argentina diversas actividades. Los grupos anarquistas estaban enemistados con el gobierno por las medidas represivas contra los colectivos y realizaron manifestaciones y huelgas, que fueron violentamente reprimidas. El grupo que llevaba adelante el periódico *Guadaña* se instaló en Montevideo, desde donde siguió publicando. Esa es una noticia que han recogido varias investigaciones históricas, no así que con ellos vino un grupo más radical, que no comulgaba con la recientemente fundada FORA y que editaba en Junín un diario llamado *La Lira del Pueblo*. Este grupo se afincó en La Teja y ahí trabó buena relación con el sindicato de los trabajadores del vidrio, con su ala más radical y combativa, encabezada por Juan Carlos Ferreira. La idea era derrocar al gobierno uruguayo a través de la acción directa y del establecimiento de una comunidad anarquista y libertaria, y a partir de allí comenzar a coordinar ataques a Argentina. El primer paso era consolidar la república separatista del oeste, que consistía en ocupar el Parque Lafayette y el baldío que había dejado el Champs-Élysées, y en esa gran extensión de tierra crear una base fortificada dentro de la cual poder entrenar a un ejército mayor, muchas brigadas dispuestas a llevar a cabo ataques, a acumular armas y explosivos, pero también, usando la infraestructura del parque que seguía en pie, a crear sus escuelas y centros sociales, sus propias instituciones. Lo que no tomaron en cuenta fue la resistencia de los propios trabajadores del parque, que hicieron que los planes cambiaran radicalmente. La idea era hacerse con el control del parque de forma inmediata, pero se encontraron con una resistencia fuerte de los siameses y los actores de los cuadros vivientes; estos cayeron luego de tres horas de combate, lo que les permitió a las fuerzas del orden llegar al parque sin que sus ocupantes estuvieran listos para resistir. Aun así, el enfrentamiento duró cuatro horas más. Acabó con todos los anarquistas abatidos y con el Parque Lafayette completamente destruido y también incendiado por las bombas detonadas, una de las cuales, la más poderosa, hizo volar por los aires la famosa pirámide de Keops. Cuando amaneció el barrio, ya todo había terminado. Muchos vecinos ni se alertaron porque era común escuchar ruidos y explosiones desde que se habían instalado los parques. Pero a la mañana de ese 13 de febrero de 1913, Nuevo París ya no tenía sus parques, y en su lugar, en el medio de las casas que se habían ido construyendo alrededor de ellos, quedó un enorme vacío.

★

El año 1913 tuvo acalorados debates públicos sobre el destino de los terrenos vacíos que habían dejado los extintos parques. En resumen, los proyectos más importantes, o al menos los que eran tenidos en cuenta como opciones viables, eran los siguientes:

- La Liga Uruguaya de Football, que un par de años más tarde pasaría a llamarse Asociación Uruguaya de Football, planteó la idea de un conglomerado de canchas, seis precisamente, que podían servir para concentrar al público futbolero, en franco crecimiento año tras año, y volver a revitalizar la zona.

- Mariano Pose y Jean Picard, quienes habían sido ya los inversores principales de Les Champs-Élysées, pensaron para ambos terrenos la construcción de un hotel y de un edificio de viviendas, al estilo de los que se estaban construyendo en Nueva York. Los trabajos fueron encargados al arquitecto italoargentino Mario Palanti, quien le dio su tónica art nouveau a los proyectos.

- La instalación de una fábrica de automóviles. Hubo dos ideas, una internacional, de la nueva empresa Rolls-Royce, que buscaba acceder al mercado latinoamericano poniendo una filial en un lugar en auge a nivel industrial y sin competencia, y una local, propuesta por un asesor del ministro de Industria Acevedo Vázquez, para fomentar la creación de una industria automotora local.

Durante mucho tiempo la idea de las canchas de fútbol fue la que tuvo más fuerza, pero dos incidentes graves contribuyeron a su pérdida de popularidad. El Sport Club Teutonia, anteriormente llamado Deutscher Fussball Klub Montevideo, había dejado de competir en 1909, pero reflotó a comienzos de 1913, esta vez denominado Kaiser Fussball Club, y su primera aparición fue en un amistoso contra Albion en una cancha del Parque Central, que en ese momento contaba con dos *fields*. El partido terminó con incidentes dentro de la cancha, lo que era común en esos años, pero con una balacera terrible en los alrededores, que terminó con la muerte de Ernst Becker, ciudadano alemán radicado recientemente en Montevideo. La prensa de la época atribuyó el incidente a las tensiones militares que se estaban sucediendo entre el imperio Alemán y Gran Bretaña por la llamada Weltpolitik, el programa armamentístico naval de los alemanes. Sin embargo, se supo luego que los incidentes fueron provocados por un grupo de prusianos, afines a Bismarck, contra dos altos mandos del imperio Alemán que se encontraban en Montevideo por motivos diplomáticos y casualmente estaban presentes en el *match*. El segundo incidente sucedió unos meses más tarde, en un partido disputado entre Reformers y Universal, en el Parque Salvo de Capurro. Un desconocido entró a la cancha en el medio del partido y, armado con un revólver, persiguió al jugador del Universal Javier Marán con la intención de dispararle. La velocidad y agilidad de Marán frustró el plan del agresor, pero la persecución se extendió varias cuadras. Al cruzar corriendo la Avenida Capurro, Marán motivó que un caballo, que venía circulando montado por Ovidio Mansanelli, se desbocara y atropellara a Delia Corradi y su hijo, de solo dos años, y los matara en el acto. Luego se supo que el desconocido se llamaba Carlos Nicolini y que en realidad quería asesinar a Marán por cuestiones extrafutbolísticas. En 1911, el gobierno de Batlle y Ordóñez había fundado el Banco de Seguros del Estado. Sin conocer mucho de qué se trataba, en 1912 una banda de ladrones del Prado planeó un robo a una sucursal del banco, ubicada en la calle Agraciada. Quienes iban a llevar a cabo el robo eran tres ladrones novatos que querían dar su primer golpe para entrar al ruedo de forma contundente: Carlos Nicolini, Rodolfo Foglia y Javier Marán. La noche anterior al robo, en un cabaret de la Aduana, Marán le comentó el plan a Juan Camacho, *Cachimba*, un experiente ladrón, quien se le burló en la cara y le dijo que la sucursal que planeaban robar se encargaba de los seguros médicos de los trabajadores que sufrían accidentes laborales, que básicamente era una policlínica donde con suerte lo único que iban a poder robar eran unas gasas y alcohol. Marán no supo qué hacer, la idea del robo había sido suya y, si les contaba esto a los demás, no solo se iban a enojar, sino que su fama de ladrón quedaría por el piso; además, si ejecutaban el robo, iban a ser la burla de todos. Por otra parte, desde hacía tiempo le caía pesado Foglia y no le venía mal la posibilidad de deshacerse de él, así que se pidió otra copa y optó por no ir al robo. Al otro día, Nicolini y Foglia esperaron a Marán, pero, al ver que no venía, decidieron hacer el robo solos. Fue un fracaso, no había nada para robar y además los detuvieron porque justo pasaban unos policías por el lugar, que se alertaron por el escándalo que hicieron los otros al entrar. Ambos fueron a la cárcel. A los dos meses, Foglia se murió de tuberculosis y, poco tiempo después de salir de prisión, Cachimba fue detenido por un robo frustrado al recién inaugurado Hotel del Prado; terminó de compañero de celda de Nicolini. Allí este le contó sobre la conversación que había tenido con Marán la noche antes del crimen y, a partir de ese momento, Nicolini solo pensó en vengarse. En febrero de 1913, se fugó de la cárcel junto con otros presos, se instaló en una casa de la Aguada y se dedicó a buscar a Marán. Una tarde, en el bar de la esquina de su casa, unos borrachos hablaban de un partido de fútbol y comentaron el golazo que había hecho un tal Marán para el Universal. Luego del incidente de la cancha y el revólver, no se sabe qué pasó con Marán y Nicolini, porque toda la atención quedó en la mujer y su hijo muertos en la calle pisados por un caballo.

A pesar de no tener nada que ver con lo futbolístico, estos hechos generaron la idea de que en torno a los partidos de fútbol sucedían desmanes, por lo que los vecinos comenzaron a boicotear la idea del establecimiento de las canchas en esos predios.

El proyecto del rascacielos y el hotel no la tuvo fácil tampoco. Mucha gente, incluso del gobierno, descreía de la viabilidad de algo así. La inversión era muy grande, no se sabía bien de dónde saldría la plata ni quiénes vivirían en el edificio y el hotel (recordemos que Montevideo todavía era una ciudad escasamente poblada y que recibía pocos turistas). En todo caso, un proyecto así era más apropiado para otras zonas. En cambio, por otro lado, generaría una gran fuente laboral y podría reactivar el lugar, expandir la zona de actividad de la ciudad, aún muy concentrada en los barrios céntricos, y atraer el turismo; de hecho, tener el edificio más alto de Latinoamérica era tentador y una buena publicidad a nivel mundial del gobierno de bienestar batllista. Cuando se descartó la idea de construir las canchas de fútbol, que era el proyecto inicial, el gobierno decidió darle una chance más a este y les pidió a los promotores que reformularan la propuesta y resolvieran algunas cuestiones que no estaban contempladas. Es en esta etapa se refinó el proyecto del arquitecto Palanti y se amplió territorialmente. En primer lugar, el rascacielos se proyectó de 85 metros de altura: un cuerpo macizo de siete pisos y otros siete que se elevarían en dos alas junto a una torre con faro y tres subsuelos. El hotel estaría pensado en otro estilo, más art nouveau, como se dijo, casi como una versión local del *Torre de Remei* catalán, con sus curvas, sus vidrieras y vitrales, decorado con pinturas y motivos ornamentales de artistas como Alfons Mucha. Pero lo que se agregaba de distinto era la construcción de un muelle y, por lo tanto, la ampliación del cauce del arroyo hasta la bahía de Montevideo. Si bien el hundimiento del *Titanic* había dado un golpe a la industria de los cruceros y transatlánticos, todavía era una actividad en auge y, ante la duda del gobierno sobre la llegada de turistas al hotel proyectado, la solución de los promotores había sido esta. Afirmaban, además, que con la ampliación del cauce toda la zona se iba a transformar en una atracción y las mejores familias del mundo querrían incluso construir allí sus casas. «Hoy en día, el mejor lugar del planeta para vivir es Uruguay, y con este proyecto mucho más», sostenían, elogiando astutamente al gobierno, que aún mantenía cierta desconfianza porque los gastos de la ampliación iban a correr a cuenta del propio Estado uruguayo y porque las obras generarían un gran disgusto en los vecinos de los barrios La Teja y Cerro y en las fábricas instaladas en ese curso.

Mientras tanto, si bien el proyecto de la fábrica de autómoviles no había sido nunca una de las opciones más queridas, por el hecho de que los otros proyectos arrojaban dudas, seguía vigente. Lo de Rolls-Royce en sí no duró mucho. Desde la empresa habían enviado la propuesta sin conocer realmente la realidad uruguaya. Luego trascendió que fue la propia embajada británica en Montevideo la que se comunicó con la empresa para contarle de esta oportunidad, y que la empresa, que ya venía manejando la posibilidad de instalarse en esta zona, mandó el proyecto sin mucho conocimiento. Pero cuando vino un representante de la empresa a evaluar el panorama, quedó horrorizado con la falta de calles, avenidas y rutas para que los autos que construían pudieran circular. Lo mismo con el traslado de materias primas desde el puerto hasta el lugar donde estaría emplazada la fábrica. Por otro lado, la idea de la automotora nacional seguía en pie. Adolfo Agorio, asesor del ministro de Industria, había desarrollado un plan para comenzar a crear un automóvil cien por ciento uruguayo. En uno de sus viajes había adquirido un Bugatti Tipo 10, que llevó al taller de un amigo ingeniero, con quien en sus ratos libres se dedicaron a desarmarlo minuciosamente. Decía haber resuelto el misterio para poder construir autos en un país como Uruguay, donde hasta la pieza más difícil podría realizarse en la industria local. Lo bautizó Abadía, por el grupo de poetas de la Abadía de Creteil, a quienes admiraba y supo frecuentar. Tenía pensadas tres líneas: un coche de ciudad, el Abadía Rou; otro tendiente a la velocidad, de uso deportivo, el Abadía Ñandú; y otro con una resistencia mayor, para tareas agrarias, el Abadía Abrojo. Igualmente, por diversos motivos no prosperó la idea. Agorio abandonó el ministerio y se dedicó a la literatura; publicó, entre otros libros, *La Rishiabura. Viaje al país de las sombras*, que supo tener cierto éxito de público en 1919 y que para muchos expertos es una joya extraña dentro de la historia de la literatura uruguaya. Nadie tomó la posta de los Abadía, cuyos bocetos deben dormir en algún archivo estatal.

Las decisiones se fueron postergando, idas y vueltas, discusiones, protestas, *lobby* del gobierno y empresarios, hasta que en 1914 se decidió otorgar el permiso para la construcción del rascacielos y el hotel. El gobierno aún no sabía qué hacer con el dragado y la ampliación del arroyo, pero pensaron que, entre que comenzaran las obras y estuvieran avanzadas, tendrían tiempo de resolver ese problema, ya que también manejaban la opción de recibir a los turistas en el puerto de Montevideo y llevarlos en un tren especial hasta el hotel en Nuevo París. La limpieza de los baldíos llevó mucho tiempo y nunca finalizó completamente. A esto se le agregaron otros contratiempos con los que no contaban: el estado de deterioro de los terrenos, la vegetación sin freno, los cursos de agua desbordados por la falta de cuidado. Además, ocurrió la ocupación del terreno por algunas familias que, sin lugar donde vivir, construyeron allí ilegalmente, y otros vecinos de propiedades linderas a los parques aprovecharon el vacío legal para ampliar considerablemente sus propiedades. Otro contratiempo fue la creación involuntaria de caminos y calles que atravesaban los terrenos, generados por vecinos que circulaban a diario; y también los animales.

Cuando se produjo la toma del Lafayette y el enfrentamiento, las vallas y los muros de contención de las atracciones cayeron y todo quedó liberado; entre esos lugares, la Amazonia. Anacondas, cocodrilos, pirañas, jaguares, nutrias gigantes, monos araña, guacamayos, perezosos, anguilas eléctricas, arañas pollito, tucanes, escaparon de sus jaulas y se dispersaron a través de la cañada, los campos y las calles. Durante unos días asolaron la zona e inquietaron a los habitantes (se reportó que un caimán se había comido al perro de un vecino, por ejemplo) y, cuando los baldíos de los parques quedaron deshabitados y descuidados, los fueron colonizando. Los locales denunciaron ante las autoridades municipales que el parque era un peligro para la convivencia, pero nunca se tomaron cartas en el asunto. Cuando años más tarde se empezó a limpiar el terreno para la construcción del hotel y el rascacielos, los empleados de la constructora se encontraron con un Amazonas real, la vegetación había crecido y los animales se habían reproducido y expandido por todo el barrio; en poco tiempo se anunció que el proyecto entraba en pausa.

La pirámide de Keops del Parque Lafayette fue armada piedra por piedra, al estilo con el que se cree fue construida la pirámide original. Blas Cabral, uno de los dueños del parque, siempre afirmó que las piedras provenían de las Canteras de Ottrott-Saint-Nabor, en el Bajo Rin, de donde, según repetía, también provenía su familia materna. La explosión que la destruyó durante el enfrentamiento con el grupo anarquista fue la más poderosa y, por lo tanto, la más expansiva. Eso, sumado al hecho de que la pirámide se encontraba en una zona alta, hizo que literalmente los pedazos de la pirámide se esparcieran por todo Nuevo París. Durante mucho tiempo, los egiptólogos creían que la pirámide de Necherjet, tumba de uno de los faraones de la tercera dinastía del antiguo Egipto, ubicada en Saqqara, había quedado inconclusa. En 1965, el argentino Ricardo Augusto Caminos, con base en testimonios de saqueadores del pequeño poblado de El Wahat El Bahariya, comenzó a seguir la pista de que quizás la pirámide en realidad hubiera sido terminada y luego saqueada y desarmada. ¿La razón? Se creía que se trataba de una pirámide con poderes sobrenaturales. Dentro de las distintas sectas, logias, grupos esotéricos y ocultistas, y también entre los coleccionistas de lo egipcio, se empezó a buscar la misteriosa pirámide, para adorarla algunos, para robarla otros. Fueron unos exploradores conocidos por los saqueos de reliquias de la antigua Creta, Constantinopla y Etiopía, entre otros lugares, quienes llegaron primero y, disfrazándola de piedras comunes y corrientes para la construcción, la sacaron de Egipto. Pero Europa no era un lugar seguro para tenerla, en cualquier momento alguien podría encontrar un lugar lleno de piedras misteriosas. Así que la investigación de Caminos encontró dentro de los posibles integrantes del grupo de ladrones el nombre de Cabral. Y, al investigarlo, descubrió un embarque de bloques de piedra desde el puerto de Cabo Skirring, en Senegal, al puerto de Montevideo. En 1966, viajó a Nuevo París junto con un equipo de colaboradores y recolectó fragmentos de piedras ante los ojos sorprendidos de los vecinos del barrio, quienes no consideraban que los escombros que andaban en la vuelta fueran ningún tesoro con valor. Con esas muestras se dirigió a Roma, donde se dedicó a analizarlas en el laboratorio de la Universidad de La Sapienza. Meses más tarde confirmó que gran parte de las piezas provenían de Egipto, al coincidir con muestras tomadas directamente de la pirámide de Necherjet. A principios de 1967, publicó sus avances de investigación en la revista española *Zephyrus*, en un artículo que reeditaron diversas revistas de arqueología de todo el mundo. Durante todo ese año, Nuevo París vivió lo que se llamó la *fiebre de las piedras*. Viajeros de todos lados, fanáticos de la arqueología, egiptólogos o simplemente buscavidas que necesitaban un golpe de fortuna se instalaron en Nuevo París y alrededores para buscar piedras egipcias. Fue un fenómeno extraño porque, a pesar de que significaba un cambio radical en la vida diaria del barrio, ninguno de los exploradores quería llamar mucho la atención por miedo a que se llenara de más oportunistas. Cuentan las crónicas que de un momento al otro se atiborró de gente nueva, que hablaban en distintos idiomas, pero que intentaban fingir que simplemente estaban de paseo. Los vecinos comenzaron a inventar y a esparcir rumores en relación con esos visitantes. Algunos sostenían que en realidad se trataba de extranjeros reclutados por Tupamaros para organizar un gran ejército y derrocar el gobierno de Pacheco. Esto llegó a oídos del presidente, quien rápidamente mandó a sitiar la zona y a detener a todo aquel que tuviera aspecto sospechoso. En menos de dos semanas, más de doscientos extranjeros fueron detenidos, lo que además casi genera un escándalo diplomático de proporciones inimaginadas. Las embajadas intercedieron para liberar a sus ciudadanos, muchos de los cuales eran académicos de prestigio e integrantes de familias de alta alcurnia. Cuando fueron liberados, muchos habiendo sufrido torturas interminables, pocas ganas les quedaban de seguir buscando piedras, por lo que la gran mayoría volvió a sus países de origen. Unos pocos lo volvieron a intentar, pero al llegar se encontraron con que casi no había piedras en la zona. Nada. Lo que se comenta es que, alertados por el rumor de que los exploradores eran Tupamaros, los propios miembros de la organización descubrieron que quizás con la venta de esas piedras podría entrar mucho dinero a las arcas del movimiento. Durante mucho tiempo esto fue un mito, pero en 2005, en el marco de una investigación sobre la venta de bienes históricos en el mercado negro, una periodista suiza, Marion Chapuisat, descubrió en la casa de un barón austríaco varias de las rocas de la pirámide de Necherjet y, al revisar los documentos del barón, ya fallecido, aparecieron vínculos con Uruguay y con algunos nombres de tupamaros muy conocidos. Chapuisat no pudo profundizar su investigación porque poco tiempo después de estos hallazgos perdió la vida en un accidente de tránsito en la ruta 64, cerca del puente de Storseisundet, en Noruega.

★

Seis meses más tarde, una noche asfixiante de verano, frente a un vaso de cerveza, un hombre me dice:

—Hay un vecino que tiene una roca.

José Prat es una calle típica del Nuevo París al sur de Santa Lucía, pavimentada en paño, rectángulos separados por una tira de alquitrán, viejos cordones de vereda con agujeros conectados a las cañerías de las casas por donde salen las aguas servidas que no van al pozo negro, veredas de pasto llenas de soretes de perros, sauces llorones y paraísos; casas al estilo de los cincuenta venidas a menos y otras precarias, que seguramente surgieron con la idea de irlas mejorando o de volverlas de bloques o ladrillos, pero que todavía siguen siendo de chapa y madera; patios cortos con enanos de jardín, macetas mal regadas y un perro atado con cadena herrumbrada acostado al lado de su cucha o ladrando a todo lo que pasa; fondos con gallinas, algún chancho, a veces un caballo, carteles de viejos comercios, almacenes, cantinas, mercerías, que ya no existen. En José Prat y Turubí vivía Américo Niz. Llevó la vida típica de un hombre de su edad en Nuevo París, viudo, vivía solo, había sido feriante, obrero textil, jugador de fútbol *amateur* en un equipo de barrio. Estuvo vinculado a la iglesia, a una rama de curas populares, a partir de los sesenta. Estos curas tenían una iglesia en una esquina del barrio donde hoy hay una fábrica de esponjas. En esos años, varias organizaciones sociales, sindicatos, iglesias, partidos, empezaron a organizar la resistencia frente a los gobiernos cada vez más represivos. La iglesia funcionó como centro de reunión, incluso cuando las medidas prontas de seguridad empezaron a volverlas clandestinas; luego, como refugio y hasta como depósito de documentación y armas. Unos meses después del golpe de Estado de 1973, la iglesia se incendió, aunque vecinos a cuyos testimonios nunca les dieron importancia declararon que vieron a militares entrando de noche y provocando el incendio. A partir de ese momento, las principales figuras de la congregación fueron perseguidas y, después de deambular por distintos escondites, consiguieron alojarse en la iglesia de los capuchinos, a unas cuadras de su vieja iglesia. Ese lugar tenía la virtud de poseer un túnel subterráneo absolutamente camuflado, unía esa iglesia con la de la madre Rubatto, en la calle Carlos María Ramírez, donde se podía salir hacia el Cerro, el Centro o el norte rápidamente. La principal tarea de la congregación fue proteger la resistencia, ayudando a esconder personas buscadas o, en muchos casos, generando salvoconductos para que pudieran salir al exterior con documentos falsos, pero también siguiendo una vieja tradición eclesiástica, preservando documentos y objetos preciados para la historia de la comunidad.

Gran parte de las fotos, diarios, afiches, volantes que consulté para el armado de la historia surge de esta tarea. Cuando se dio el fenómeno de la fiebre de las rocas, uno de los curas más interesados en la cuestión de la preservación del patrimonio, Trevor Alesor, quien además anduvo vinculado con la recuperación de los mapas de Piri Reis en Turquía, planteó la necesidad de salir a recuperar piedras y salvarlas de los piratas. En un baldío situado en donde hoy se ubica la cancha de la Estrella Federal, encontraron una piedra saliendo de la tierra. Al excavar solo un poco, notaron que se trataba de uno de los bloques de la pirámide y, al desenterrarla, vieron que no era cualquier tipo de piedra. Llegaron a la iglesia al amanecer y se quedaron un rato contemplando la piedra. Dos cosas les llamaron la atención. En primer lugar, una serie de dibujos tallados en la piedra. Estaban realmente claros, pero no sabían qué significaban. Nadie había visto algo parecido antes. Lo otro que les sorprendió fue notar que había una parte que parecía ser una puerta hacia el interior del bloque. Intentaron infructuosamente abrirla, ni siquiera forzándola con una uña y una ganzúa, hasta que desistieron pensando que quizás eso no se abría. Con respecto a los signos, esperaron que volviera Anatole, un cura que estaba de gira por el norte del país y que era experto en simbología y lenguajes arcaicos. Anatole quedó fascinado, pero no sabía de qué se trataba. Pasó semanas investigando, hasta que una mañana entró corriendo a la recámara donde dormían algunos curas y gritó que lo había descubierto, que era aun más extraño de lo que parecía. Explicó que los antiguos egipcios tuvieron mucha relación con otros pueblos en las distintas etapas de su historia, pero nunca con los escandinavos. Según Anatole, esos signos pertenecían a pueblos escandinavos, que podrían ser los nøstvet o los lihult, aunque no coincidían temporalmente con el momento de construcción de la pirámide. Anatole pidió que se conservara la piedra hasta que pudiera descifrar el misterio. Así fue, el tiempo pasó, se fueron muriendo los curas y un día también murió Anatole. Uno de los curas que quedaba de la vieja guardia le comentó a Américo, que se había vinculado a la iglesia primero como militante clandestino escondido y luego como colaborador en las misiones de salvoconducto, que se llevara la piedra y los manuscritos de Anatole, porque se comentaba que había gente muy poderosa y muy jodida que había descubierto su paradero y no iba a parar hasta encontrarlos. Américo vació un poco el galpón donde guardaba sus herramientas y otras cosas que no entraban en su casa, construyó un lugar cerrado dentro del depósito, a salvo de la luz, la humedad y los roedores, y allí la dejó.

Le pregunté, luego de que terminó su historia, por qué, si justamente se habían encargado de ocultarla, me contaba todo a mí, que era un desconocido. Pensó un segundo. «¿Querés verla o no?», me dijo sonriendo, y se levantó.

El patio estaba descuidado, pasto alto, la cucha del perro en ruinas, los únicos seres vivos eran unos cactus y un perro simpático, inquieto y con un ojo menos. El galpón era un desastre, olor a aceite de auto, telarañas, herramientas por todos lados, una motosierra, una bordeadora, amoladora, televisores viejos, radios, un futbolito roto. Cuando abrió la puerta del rincón, se pudo apreciar una habitación interna de tres por dos, estanterías con papeles, bibliorato, carpetas, cuadernos, diarios y, en el medio, sobre un atril de hierro reforzado, una roca casi cúbica, de piedra clara, intacta, con marcas extrañas en sus caras.

Profesor de amor

Mario García es el abuelo de mi amigo Martín García. Un día, no recuerdo si de 2005 o de 2006, Gonzalo, otro amigo, me dijo que Martín, que era actor, quería hacer una obra con nosotros. Su abuelo Mario tenía una idea y nos la quería contar, así que fuimos a su casa.

Mario era poeta, así se presentó ante nosotros, más allá de que después, hablando, nos comentó que había sido empleado de Ancap, o algo así, y se había jubilado de eso. Vivía con su esposa, Haydée, en un complejo de viviendas en Colón, sobre el noroeste de Montevideo. Nos invitó a pasar a su escritorio. Era una habitación con una mesa, unos muebles, unas sillas y una foto de Jim Morrison. «Es uno de los mejores poetas del siglo XX», nos dijo. Arrancó a contarnos una historia de la cual olvidé todo el principio. Mario frecuentaba el Bar Yatasto, que quedaba en Sierra (hoy Fernández Crespo) y 9 de Abril, una callecita corta que empieza en Sierra y termina en Galicia, cerca de donde está la Federación Anarquista Uruguaya. En ese bar se hizo amigo de Cabrerita, un pintor que iba vendiendo sus acuarelas y que, según Mario, por lo general las terminaba cambiando por cafés con leche y cañas. A través de Cabrerita conoció a Parrilla. Me preguntó si lo conocía y con mucha vergüenza le admití que no. Y no tuvo la reacción que hubiesen tenido mis profesores de la facultad, de burlarse o condenar mi ignorancia, sino que dijo: «Es normal, lamentablemente no lo conocen mucho». A partir del momento en que se conocieron se volvieron amigos; no solo iban al Yatasto y se quedaban hasta altas horas de la noche tomando y hablando de poesía, sino que empezaron a leerse, a recorrer otros bares, a visitarse. Parrilla vivía en una casa de la calle Arenal Grande con sus hermanas; Cabrerita, en pensiones y otros lugares donde no duraba mucho.

Mario sigue. Cabrerita se hizo famoso después, Parrilla nunca, él mucho menos; dice que los escritores, académicos y críticos que son conocidos como la *generación del 45* los ningunearon siempre, los veían como poetas menores o directamente insoportables. Algo de razón tenían, al menos en lo de insoportables, admite. Parrilla era un personaje, repartía tarjetas que decían: «José Parrilla. Profesor de amor», andaba con una bata satinada roja por el centro de la ciudad, escribía poemas sobre niñas, sexo, prostitutas; dice Mario que cree que lo de las niñas fue un tema que Parrilla tomó de Cabrerita, o al revés, no se acuerda. Después Parrilla, cansado de Uruguay y de que no le dieran bola a los libritos de poesía que se había autopublicado, se fue a Francia. Cree Mario que hizo una secta en Toulouse que se llamaba Esterismo, en relación con el nombre de la editorial ficticia que publicaba sus libros, Ediciones Ester, y que murió hace unos años. Cabrerita terminó en distintos hospitales psiquiátricos, cada vez más pobre, mientras que sus acuarelas son cada vez más cotizadas en el mercado del arte. Nadie le avisa eso; al contrario, es la chance para que muchos le compren obras valiosas por pocos pesos. Le pedimos si tiene alguna foto y no tenía. Pero sí nos muestra unas acuarelas de Cabrerita y los libros de Parrilla. *Rey beber, La llave en la cerradura* y *Elogio del miembro*. Quería hacerles un homenaje y que nosotros hiciéramos algo escénico con la poesía de Parrilla.

Mirtha Passeggi (Montevideo, 1938) es una escritora y poeta uruguaya.

Nació en Montevideo, Uruguay, el 26 de febrero de 1938. Sus padres eran Julio César Passeggi, contador público nacido en Canelones, y Emma Malrechauffe, profesora de piano de origen suizo. En sus primeros años estudió solfeo, piano, francés, y luego se inscribió en el taller Torres García, pero abandonó al poco tiempo. A los dieciséis años se involucró en la compañía de teatro del Teatro Apolo del Cerro. Con ese grupo tuvo un aporte fundamental en la huelga textil de 1950 y en las llamadas *huelgas solidarias* de 1951 y 1952. Por esos años publicó su primer libro de poesía, *La rosa florecerá durante una hora*, que recibió encendidos elogios de Arsinoe Moratorio. Metida de lleno en su apoyo a las luchas obreras con su compañía de teatro, comenzó a frecuentar la bohemia nocturna de algunos barrios, como Aguada, Cordón, Reducto, Cerro y La Teja. En esas vueltas conoció al poeta Mario García y al pintor Raúl Javiel Cabrera. Es por influjo de estos que publica su segundo libro, *La tumba de todas las cosas tiene su violeta*, y al año siguiente *El grito de un grotesco pájaro*, novela inclasificable en donde mezcla historias de las huelgas obreras de los cincuenta, ideas sobre ocultismo y esoterismo, terror y erotismo. Esta novela circuló de mano en mano en la bohemia nocturna, donde tuvo cierto suceso y consolidó el nombre de la autora. No así en círculos académicos, donde fue criticada duramente por Ida Vitale en la *Revista de la Biblioteca Nacional* y por Carlos Martínez Moreno en *Marcha*.

En 1963 perdió a sus padres en el accidente del buque *Ciudad de Asunción*, mientras este unía Montevideo y Buenos Aires. A raíz de ese trágico hecho, Passeggi renunció a su trabajo en un conocido restaurante, donde tocaba el piano por las noches, y se marchó a Europa, donde reside hasta la actualidad.

Hasta su viaje a Francia, se la ha relacionado sentimentalmente con los poetas Humberto Megget, Emilio Ucar y la argentina Raquel Weinbaum, y los artistas plásticos Pedro Miguel Astapenco y Norberto Berdía, pero nunca se confirmó ningún romance.

Profesor de amor dos

Para hacer lo de Parrilla empezamos a juntarnos en el taller del tío Pedro, hijo de Mario. Invierno. En el oeste de Montevideo el frío húmedo brota del suelo. Debajo del suelo, en estos barrios industriales, alejados del Centro, hay una enorme capa de hielo, una punta que viene desde la propia Antártida, que quedó muy abajo como para que la puedan percibir los geólogos, pero que en invierno se manifiesta, sube a la superficie. Los encuentros en el taller del tío de Martín eran difíciles y no había forma de evitar el frío, ni siquiera con la estufa a supergás que prendíamos ni bien entrábamos. Nos sentábamos en tres sillas, nos burlábamos de los discos del tío, fanático del folclore contemporáneo, género que, por ese entonces, y quizás ahora también, a mí y al Conejo nos parecía medio ridículo. Nombres como Dúo Coplanacu o Trío Lonqui nos daban mucha gracia, pero no sé por qué. Creo que estábamos en esa etapa, por la que todos los uruguayos pasamos, de renegar de expresiones más latinoamericanistas. Abríamos unos vinos en caja, nos servíamos hasta el borde de los vasos y empezábamos con Parrilla. Leíamos un rato, parábamos y hablábamos. No decíamos cosas muy interesantes, más bien nuestras charlas siempre iban por el mismo lado. Qué raro un poeta así en esos años, qué tristeza todo aquel que queda por fuera del relato único, cómo debe haber un montón de artistas que no hemos conocido que quizás hayan sido interesantes y hasta puedan resultar más ricos en la actualidad que muchos canónicos.

Fuimos pensando un dispositivo escénico medio básico y armamos un espectáculo de poco más de media hora leyendo su poesía. Fue en el Cabildo de Montevideo y no había mucha gente. Gabriel Peveroni hizo una charla sobre Parrilla y su obra. Luego habló Mario y contó lo que nos había dicho en su casa. De nuestra presentación no hay fotos porque nadie se dignó a llevar cámara. Creo que al final tocó alguien, tomamos una copa de vino, y ya. Nos fuimos todos con la sensación de que, luego de ese breve momento de visibilidad, José Parrilla volvía a las sombras.

★

Mario está muy enfermo, pero me recibe con alegría. Cuando volvemos a hablar de esos años, se enciende y se llena de vida. En este tiempo averiguó más sobre Parrilla. No se habría ido a Francia directamente, sino a España. No sabe si a Valladolid o Albacete. En ese lugar, aunque recién llegado, le dieron la importancia que jamás tuvo en Uruguay. Armó un grupo como el que quería armar acá: poetas, artistas plásticos, actores y actrices hicieron escuela, realizaron intervenciones y publicaciones que tienen importancia hasta el día de hoy. Posteriormente pude chequear este dato, el grupo se llamó Pascual Letreros. Luego de una intervención medio polémica, el gobierno de la ciudad empezó a soltarles la mano y a dejarles de dar permiso para sus acciones. Parrilla se fue a Barcelona brevemente y después a Niza. Una vez instalado en esa ciudad y tras haber conocido gente, empezó con la idea de hacer algo más grande que en España, una escuela, un grupo, un colectivo artístico espiritual que uniera arte y vida. Logró conseguir gente que lo siguiera, se raparon las cabezas, se fueron a vivir todos juntos en una enorme casa en la ciudad y, al tiempo, se instalaron en una casa de campo en Levens, en las afueras de Niza.

En Uruguay, Cabrerita se quedó unos años al cuidado de Lucy, la hermana de Parrilla. Pero cuando esta se fue a Francia con José, Cabrerita terminó internado en un psiquiátrico, por el desamparo en el que quedó. Parrilla intentó vender la obra de Cabrerita en Francia. Incluso le habría montado una exposición. En una ocasión, volvió a Uruguay con la intención de coordinar un envío sistemático de obras porque decía tener arreglada la exposición de obras de Cabrerita en galerías de Barcelona y París. Pero Cabrerita no estaba en uno de sus mejores momentos por su situación económica y habitacional, y no le rindió mucho el viaje. Mario dice que en esa oportunidad se llegaron a ver poco, que Parrilla quería llevárselos a Francia, que allá sí les iban a dar bola. Cabrerita estaba internado y Mario ya estaba casado y no tenía intención de dejar el país. Pero se acordó de Mirtha, una joven amiga que habían conocido en las vueltas artísticas obreras, que acababa de perder a los padres y tenía ganas de cambiar de aire y podía aprovechar la oportunidad de conocer Europa. No se sabe si Parrilla aceptó enseguida, si dudó, si se negó, si Mirtha tomó la decisión sin pensarlo o lo meditó largamente, pero a los pocos días, en un barco de nombre *Kodros*, Mirtha Passeggi y José Parrilla partieron a Francia.

Cuando empecé a tener redes, una de las primeras cosas que hice fue buscar a todos los que se llamaban igual que yo. Encontré a uno en Uruguay y después en otros lugares de Latinoamérica, como Perú, Bolivia o México, donde incluso había un pueblo que tenía como nombre mi nombre y apellido. Ubicado en Tlaxcala, es uno de esos pueblitos que se forman a ambos lados de una carretera, en este caso la 136 Apizaco-Calpulalpan, está a media hora en auto de Apizaco, que parece un lugar más habitado. Según el censo de 2020, cuenta con 712 habitantes. Extrañamente, el lugar se parece mucho a algunas partes de Nuevo París: árido, calles en mal estado, casas humildes, con pinta de ser supercaluroso en verano, casi sofocante. Los veranos en Nuevo París son difíciles. No corre mucho aire y lo único que queda es esperar al heladero bajo un árbol lleno de chicharras desaforadas. A veces me pregunto qué pasaría si voy a ese pueblo mexicano, me paro en la plaza principal, esa que tiene un reloj enorme en un montículo de pasto, o en un bar, una carnicería o cualquier lugar donde estén sus habitantes, y, sacando mi cédula uruguaya o pasaporte, digo que me llamo igual que el pueblo. Muchas veces imaginé que podía pasar algo como en las películas, que me traten como a un rey y me hagan un banquete con lo más rico del lugar, mientras toca la banda y todos bailan, pero seguramente me miren con desgano y sigan con sus tareas habituales.

No sé de dónde viene mi apellido. Siempre pensé que sería español, porque en Uruguay, si suena español, seguramente lo sea, pero no he encontrado españoles con mi apellido. En internet hay mucho verso, se ve que es uno de los contenidos con los que se puede generar más *clickbytes*, porque saltan enseguida un montón de sitios que te dicen cosas contradictorias entre sí, significados del apellido, procedencias y hasta el escudo de la heráldica. Por ejemplo, una página dice que mi apellido aparece recogido por el cronista y decano rey de armas don Vicente de Cadenas y Vicent en su *Repertorio de Blasones de la Comunidad Hispánica*; eso significa que mi linaje tiene armas oficiales certificadas por un rey de armas. Dicho *Repertorio de Blasones de la Comunidad Hispánica* es la mayor obra de heráldica española, donde aparecen los apellidos con su heráldica ordenados alfabéticamente, con sus escudos. En dicha obra se ha incluido el contenido de muchos manuscritos de la Biblioteca Nacional de Madrid correspondientes a minutarios de reyes de armas y se recogen apellidos que, como supuestamente es el mío, son españoles o están muy vinculados por unas u otras razones a España. También se suman millares de escudos heráldicos y heráldica procedentes de varias secciones del Archivo Histórico Nacional, así como de la Real Chancillería de Valladolid, Salas de los Hijodalgos y de Vizcaya, que dan fe de que los de mi apellido han realizado alguna prueba de nobleza o hidalguía. Esa misma página luego me quiere vender pósters o réplicas en yeso o cerámica del supuesto escudo de mi familia, pero cuando entro a la tienda, los escudos que me ofrece son todos distintos y ya no me da mucha confianza. Otro sitio web dice que los tres países donde mi apellido está más presente son Uruguay, Perú y México. En este dato creo más, porque, después de que busqué a todos los que se llamaban igual que yo en las redes, me dediqué a agregar a todos los que tenían el mismo apellido, y la mayoría eran de México y de Perú. Otra página dice que la historia del surgimiento del apellido es fascinante, pero que lamentablemente no tienen nada que decir de esa historia porque básicamente no la saben.

Otro sitio peruano me dice que, según su muestra de 9199 apellidos peruanos, mi apellido se distribuye de la siguiente manera:

- Hay 0,012% de personas con mi apellido en Perú.
- Mi apellido ocupa el ranking 2033 en Perú.
- Mi apellido ocupa el puesto 86 con la letra R.
- El departamento de Lima es donde hay más gente con mi apellido.
- El promedio de edad de los de mi apellido es de 37 años.
- El 75% son solteros.
- El 100% tienen educación superior.
- El 50% tienen trabajo.

No tengo ningún dato de que mi familia provenga de Perú ni de México. Mi tía Nelly habla de españoles, de italianos, pero nada de peruanos o mexicanos. No hay personajes en la historia que tengan mi apellido, ni en la historia uruguaya ni en la de ningún otro lado. Ni siquiera hay datos de por qué el pueblo mexicano se llama así. Hay una vieja hacienda en el centro del pueblo que tiene mi nombre, así que seguramente ese era el apellido del patriarca del lugar.

Mi padre tenía una teoría. El nuestro era uno de los apellidos que les ponían a quienes no tenían apellido. Huérfanos, nativos, indocumentados, por diversas razones podían no tener apellido o no conocerlo y el Estado, en su afán regularizador, les asignaba uno de una lista, que además no se parecía a ningún otro apellido de *gente bien*. No sé de dónde los sacaban, si elegían entre los menos usados o si directamente los inventaban. ¿En Perú y México será igual? Nunca supe si mi padre inventó eso o si alguien lo inventó y se lo dijo y él lo repitió siempre como una verdad. Lo que sí es seguro es que nunca debe haberse interesado en corroborar la veracidad de la información, porque no le importaba nada la historia familiar. Siempre pensé que tenía que ver con algún trauma o dolor, ya que no es normal que no le interesara ni siquiera hablar de eso, que me cambiara de tema cuando se lo mencionaba. Ese era su apellido, el mío, el de mi hermano, y listo, no había mucha vuelta que darle; y ahora que lo veo así, pienso que esa actitud se condice con la de alguien que sabe que su apellido no viene más que de la imposición de un tercero, de un decreto, de una orden. Quizás por eso nunca quiso hablar del tema, tal vez le indignaba o le daba rabia cargar con un apellido ficticio, con un nombre fijado por una institución.

Sigo buscando en internet y no aparece nada confiable. Me meto en un foro de personas con mi apellido, y la información, tirada sin ningún tipo de prueba, fuente o documento, lo único que hace es aportar a la confusión. Me gusta, me hace bien el poco compromiso con el chequeo, con lo racional, con la constatación que tiene esta gente a la hora de escribir la historia. Pongo un ejemplo de un tal Pedro José:

Aquellos que tienen el honor de apelledarse así, sientanse orgullosos de llevar en su pecho tan noble apellido... que si bien es cierto fue traído por los españoles en los años 1600... y todo empezó producto de la unión de un oficial español con una mulata... por no decir (negra)... fue el inicio de la expansión del apellido por medio de sus hijos y descendientes... que con el pasar de los años comenzaron a entenderse por todo el norte empezando desde Tumbes hasta lambayeque... y luego en todo el Perú... Pues deben saber... que son una sola familia con un meztisaje total tanto así que están dispersos por todo el mundo y en especial aquí en el Perú están como heladería para todo los gustos y sabaroes... y se le puede apreciar como negros... blancos morenos serranos... y hasta charapos pues tiuve la oportunidad de conocer a un familiar de iquitos de manera curiosa era bien charapa... un detalle que se estaba olvidando es que debido al meztisaje racial hoy por hoy aun podemos apreciar gente muy alta y de buena presencia... inclusive en sus descendías muchos de ellos sus hijos pueden salir de ojos verdes y azules... y bien algunos aun siendo morenos. Se les puede apreciar ese bonito detalle... bueno... eso todo lo que les quería contar sobre como nace la historia de la procedencia de apellido que pocos lo saben y a mi como siempre me da gusto contárselas… aunque una oportunidad anterirbya lo he hecho… ok… bye.

Mi otro apellido no representa mucho problema. Si bien tampoco se sabe mucho de la llegada del apellido a Uruguay, por lo menos sabemos que vino de Portugal, directamente o, como muchos otros, desde Brasil, y que al menos el núcleo grande de mi familia conocida, mi abuelo, sus padres y sus hermanos, son de San Gregorio de Polanco. Mi madre dice que ahora podría acceder más fácilmente que antes, porque hace no más de un mes hicieron por primera vez una reunión familiar de casi toda la rama, donde pudo conocer a tíos y primos que nunca había visto. Cree que, si voy hasta San Gregorio, podría llegar a averiguar y a sacar las partidas, pero, por algún motivo que desconozco, en esa rama de la familia está todo bastante transparente y no me sirve mucho para conseguir un pasaporte europeo, porque creo que portugués en esa familia no había ninguno.

Busco en unas bases de datos italianas que me pasó Alejandra. Son de unos sitios gubernamentales y de otros regionales, municipios, esas cosas. Dice que los italianos tienen todo registrado. No encuentro nada. Ni en esas fechas ni en esos lugares. Averiguo en páginas argentinas. Pienso que en una de esas mi bisabuelo y su familia vinieron a Argentina primero o entraron al continente por Buenos Aires. En las bases de datos completas de los barcos que llegaron a Buenos Aires en esas fechas no encuentro nada. Busco errores de tipeo, ortográficos. Recuerdo haber leído una vez que muchas de las variables de los apellidos y las diferencias con los apellidos originales se generaron en la llegada de las familias al continente, por el ruido, el griterío, la dificultad de entender a los recién llegados y la poca voluntad de hacer las cosas bien de los funcionarios estatales que los recibían y los registraban. Pero tampoco aparece.

★

Sé algo, hubo un hijo del tío Moisés Reciba que estuvo deportado en Argentina y luego llegó a Uruguay, y de allí marchó a Alemania, y si fué como su padre debe haber dejado familia por allá, estoy hablando de los años 40 o algo más, lo deportaron por político del Perú en la época de Sánchez cerro, sino me equivoco, y en Argentina se puso a pelear contra Perón y por eso fué a dar a Uruguay, hasta que marchó a Alemania trabajaba en la Mercedes Benz, hasta allí es lo que sé. Yo he vivido en Uruguay y noté que habían como tres páginas de nuestro apellido en la guía telefónica.

También el tío Victor Reciba Montoya hermano de mi abuelo escribió sobre el orígen del apellido y decía que era ruso como Rukoba, ese tío también fué a dar a Costa Rica por política.

Nuestro apellido acá en el Perú siempre estuvo ligado a la política, así el tío Moisés estuvo preso por aprieta a punto de ser fusilado.

Blanca de Chiclayo

hola que yo sepa viene de peru departamento de Lambayeque. Lupe

Otro sitio de internet habla de un tío abuelo de nombre Víctor Recoba, anarquista y librero, que estuvo vinculado en Costa Rica al atentado que mató al empresario Alberto González Lahmann la mañana del 17 de agosto de 1935. Según pude leer en artículos de la época que recogen los testimonios del juicio que finalmente lo deja en libertad, pero que implica su destierro del país, la corte lo volvía sospechoso únicamente por el hecho de tener en su poder libros de anarquismo. En el juicio, además, Víctor mantiene una actitud de confrontación con los acusadores y la instancia se termina volviendo un debate sobre el anarquismo y la libertad, lo que imagino no cayó muy bien en el tribunal, que, aunque en todo momento queda mal parado, en definitiva, era el poder, y el poder, como seguramente también lo sabía Víctor, siempre gana.

Ninguno de mis amigos tiene problemas con su trabajo, al menos no como yo. No quiero creer que ellos son unos pasivos desidiosos a quienes ya los mató la rutina y que yo soy un soñador aventurero difícil de apresar. Esa idea del aventurero me parece de los peores inventos del capitalismo. Antes, la aventura era otra cosa, nos permitía soñar con otros mundos, con otras vidas, una ilusión que nos hacía menos difícil la realidad cotidiana; pero hoy la idea de aventura está al servicio del consumo y, sobre todo, de su causa más potente, la insatisfacción. Si trabajás y no viajás, ¿qué estás haciendo de tu vida? Si los fines de semana, en lugar de tomarte un *break* y hacerte una escapadita a algún lugar paradisíaco, salvaje o escondido, te quedás en tu casa durmiendo lo que no dormiste en la semana o arreglando la pared que se te viene abajo o tomándote un tiempo para estar con tu familia o con tus gatos o con tus libros, a los que no ves hace un montón, o tomando cerveza y viendo fútbol, ¿qué estás haciendo de tu vida? Y si tenés el mismo trabajo hace diez años y si tenés la misma pareja hace cinco años y si aún no renunciaste a tu carrera que te llenaba de dinero ni te fuiste a vender agua de coco a una playa de la Polinesia donde se vive con lo mínimo, ¿qué estás haciendo de tu vida? Y así, viendo además en las redes que todo el mundo tiene una vida mejor y más copada que la tuya, te empezás a frustrar, te da rabia tu vida. Pero no una rabia que te lleva a romper todo, a tirar abajo las bases del capitalismo y a tomar los medios de producción, reforma agraria, tierra para el que la trabaja, no a la educación privada ni a la salud privada, quememos las casas de crédito y las instituciones financieras y los *country*. Empezás a llenar ese vacío consumiendo, no por placer o por necesidad, sino para castigarte por no animarte a la aventura. Consumís y no te alcanza; entonces pedís préstamos, te endeudás, trabajás más, y el trabajo que ibas a dejar porque te explotaban no lo podés perder; entonces te bancás cualquier cosa y, al final, vos estás deprimido, frustrado, odiando tu vida y tus decisiones, sabiendo que no tenés salida y consumiendo y trabajando más que nunca. Un soldado perfecto del capitalismo salvaje.

No soy un aventurero, soy alguien que trabaja en una de las cosas más precarizadas en la actualidad, que no tiene ningún valor social, que es visto por todos como un vago, un paria, un mantenido del Estado que no agarra la pala, que no arranca para las ocho horas, un tipo que se queja de lleno, pero que en realidad gana menos que un basurero o que el vendedor de caramelos del ómnibus, y que no tiene derechos laborales ni vacaciones ni aguinaldo ni cobertura de salud, y que, cuando va al hospital público a atenderse, los médicos creen que es un zángano, que viene a sacarle la atención a gente que realmente lo necesita, y no hay forma de explicarles que en el último mes, por el libro en el que estuve seis meses trabajando, recibí cuatro mil pesos que se fueron en una recarga de celular, un surtido de supermercado y unos championes medio pelo, porque los que tenía ya no aguantaban más. Quedás en el medio, en la grieta, para la clase media alta sos un vago, para la clase media baja sos un avivado. Para nadie sos un trabajador sin ningún tipo de contención sindical, sin leyes laborales que te amparen, sin regulación salarial, sin salario en realidad, que cobra cada tanto algo de dinero por su trabajo y que, como es bastante dinero de una, te descuentan IRPF como si ganaras ese dinero todos los meses.

En los primeros años de la carrera, un profesor hizo mención del prólogo de *Los lanzallamas*, de Roberto Arlt, escrito por él mismo. Es un texto muy conocido, hay varias frases que siempre andan en la vuelta, lo del *cross* a la mandíbula, el «dicen que escribo mal», que los eunucos bufen y esas cosas. La parte que más me gustaba era cuando hablaba de la prepotencia de trabajo. Nosotros, los escritores trabajadores, íbamos a ganar a prepotencia de trabajo, escribiendo como posesos cuando tuviéramos un minuto. En ese momento yo trabajaba de cadete cobrador en una empresa de seguridad, un horario larguísimo por dos pesos, y la imagen del tipo escribiendo en un segundo libre en una fábrica me parecía impactante. Esas ideas me hicieron muy bien, si hay algo que quiere ser expresado, no hay contexto ni precariedad que lo pueda detener.

Años más tarde, cuando volví de Argentina, donde había estudiado cine, quería armar un equipo de personas para filmar a la manera en la que trabajaba allá. Había mucha efervescencia y se habían puesto de moda los modos de producción de Campusano y Perrone, que tenían mucho que ver con lo de Arlt: si están dadas las condiciones, buenísimo, si no están dadas, lo hacemos igual. Pero cuando empecé a juntarme con gente para armar cosas, en la mayoría de los casos las respuestas eran que, si no ganábamos el fondo del Icau, el Fona, un

Fondo de Incentivo o alguna convocatoria extranjera, ni siquiera podíamos empezar. Ahora pienso que ni lo de Arlt ni lo de la gente de cine que me crucé en Uruguay son los caminos a seguir. Si trabajo ocho horas, más dos horas de traslado de ómnibus de ida y vuelta (porque, por lo general, alquilar cerca de donde trabajás sale el doble que alquilar en los barrios donde no hay trabajo), más otra hora entre ducha, desayuno y merienda, más dos horas de almuerzo, cena y preparaciones, más una hora de mandados, más una hora de vida social básica, más ocho horas de descanso, lo que queda de día es una hora, solo una hora por día para escribir, y eso implica que no investigues, que no prepares, que justo tengas ganas de escribir, que no salgas con amigos ni quieras coger, ni se te ocurra ir al cine, al teatro o a jugar al fútbol. Y, por otro lado, eso de no hacer si no están dadas las condiciones, en un país tercermundista donde todo está precarizado, donde nunca están dadas las condiciones para que las cosas ocurran de manera saludable, con relaciones equitativas, sin explotación, plusvalía ni jerarquías violentas, es absolutamente desclasado, antipático, arrogante y ha contribuido a que mucha gente crea que quienes hacemos arte somos unos nenes de papá caprichosos haciendo berrinches y pidiendo cosas tontas permanentemente.

Mucho más seguido de lo que quisiera veo entrevistas de colegas uruguayos donde dicen cosas como: «No me considero escritor, esa palabra me queda grande», cuando quizás ya lleva un montón de libros publicados; «No me interesa cobrar por lo que hago, yo escribo porque me gusta», como si a mí, por querer vivir de esto, no me gustara lo que hago; «La literatura para mí es un hobby, el trabajo es otra cosa» o la mejor: «Yo no quiero tomar esto como un trabajo porque no quiero venderme». Según el diccionario de la RAE, *hobby* es una actividad que, como afición o pasatiempo favorito, se practica habitualmente en los ratos de ocio. Lo primero que podemos notar es que, si es un hobby, no puede ser un trabajo, y viceversa. Lo otro es que solo se practica en los ratos de ocio, cuando hay un hueco, cuando las actividades principales nos dejan algo de tiempo. Según el mismo diccionario, *pasatiempo* es una actividad de diversión o entretenimiento en la que se ocupa un rato de ocio. Por lo tanto, la escritura se trata de algo que entretiene o divierte cuando tenemos tiempo libre, y hacer algo de afición es ejercer una actividad en la que no se es profesional. Considerar la escritura como un hobby, y que eso sea lo más aceptado, es todo lo contrario a pensar la escritura como un trabajo que merece su paga acorde, que merece que la persona le dedique su tiempo y su atención, un sistema de leyes y derechos, un amparo legal que defienda a quien escribe, como se defiende a cualquier trabajador de la precarización, de la explotación, de los atropellos del sistema.

El caso de la escritura es quizás el más complicado de todos a la hora de pensar en la regularización laboral de la tarea. En primer lugar, son creadores que, al menos en la parte de escritura estrictamente, trabajan solos. Segundo, el proceso de trabajo es difícil de sistematizar o de universalizar. En tercer lugar, no todos entienden que, aunque el escritor no esté escribiendo, en realidad lo está haciendo, siempre. A decir verdad, si se entendiera que quien escribe trabaja su libro todos los días, no sería tan complicado tratarlo como un trabajador que cumple su jornada laboral todos los días, o de lunes a viernes si se quiere. Pero en nuestra sociedad actual, que basa todo en la realización material del producto, quien escribe solo trabaja cuando sienta el culo en la silla y teclea sobre una computadora, una máquina de escribir, un celular, o garabatea en un cuaderno o libreta.

Históricamente, han fracasado los intentos de los escritores y las escritoras de colectivizarse y organizarse para realizar determinados planteos y llevar adelante sus reivindicaciones. Esto puede parecer una estupidez para muchos, pero no es casual que los colectivos que están organizados, como la danza, el audiovisual, la música, consigan mejoras laborales, derechos, reconocimientos sociales y legales, y, por lo tanto, una optimización de su calidad de vida y de las condiciones en las que crean. Es muy peligroso el discurso de los medios y de la derecha en Uruguay, que desde hace años viene inoculando la idea de que los sindicatos son una mafia y que lo que menos le conviene a un trabajador es estar sindicalizado. También lo es que los sindicatos más organizados sean tildados de radicales y desestabilizadores. En realidad, lo que es terrible es que se vea negativamente esas cualidades. En los últimos años, una de las áreas laborales que más ha incrementado los derechos laborales y su salario ha sido el de la construcción. Y no es porque sean unos mafiosos (ese discurso tan copiado de la derecha mediática argentina), sino porque están organizados y copan la calle si es necesario. En las artes es lo mismo, los colectivos que se organizan y se movilizan sin temer las consecuencias, sin miedo a perder trabajos o a quedar mal con el poder berreta de la cultura, son quienes han mejorado considerablemente su situación. No han sido pocos los intentos de generar algo así; instituciones como la Casa de los Escritores del Uruguay o algunas otras iniciativas puntuales han intentado una colectivización de quienes escribimos y ha sido muy difícil. Previo a la pandemia hubo otro intento. Me llegó la invitación de unos escritores para una reunión que pudiera dar inicio a una colectivización. Algunas cosas me hacían un poco de ruido. Primero, el orden del día, que tenía que ver con el desfasaje de los premios nacionales que premiaban libros salidos dos años atrás. Eso hacía que al publicar uno tuvieras que esperar dos años para poder presentarte al premio nacional, con el perjuicio de que el premio tampoco ayudara mucho a las ventas, porque en términos comerciales no dejaba de ser un libro viejo en un ámbito donde solo importa la novedad. Lo otro que me parecía raro era el lugar de la reunión: las oficinas de la Dirección Nacional de Cultura del Ministerio de Educación y Cultura. Yo sabía que no nos estábamos sindicalizando, y de hecho tampoco se podría decir que el Estado era nuestro patrón, pero no dejaba de parecerme raro que el encuentro se realizara ahí. Uruguay se jacta de que levantás una piedra y sale un escritor, de que es impresionante la cantidad de escritores y escritoras per cápita. En este país de escritores, donde, salvo dos o tres, ninguno vive de eso ni cobra dignamente por su trabajo, en la reunión éramos solo siete. Me apenó mucho que los temas a tratar no fueran los importantes, que ni siquiera salieran en la conversación. Todo era en relación con cómo mejorar los premios nacionales o los municipales. Los premios son un tema importante, brindan algo de plata a quienes los ganan, acomodan el canon, visibilizan autores; pero, desde hace un tiempo, cada vez que algunos queremos hablar sobre otros temas importantes, los mas chicos no nos dan bola y los más viejos siguen girando eternamente sobre temas menores. La lucha se va demasiado para el lado del reconocimiento, escucho permanentemente: «El Estado no nos reconoce», «El Estado nos ningunea», pero no se refieren nunca a los ninguneos en lo laboral, en los derechos, en lo cívico. Me aburro en la reunión. Los premios me importan poco. Pero igual me quedo hasta el final. En un momento, un autor de literatura infantil y juvenil quiso compartir unas cifras de una investigación que hizo sobre ventas, porcentajes, ingresos, pero nadie le prestó mucha atención y lo cortaron antes de que terminara. Querían seguir hablando del premio. En ningún momento se habló de mejorar las remuneraciones, de que el premio no sea solo dinero, de que se incentiven otras cosas (traducciones, como el Rozenmacher en Argentina); o de pensar alternativas para que no sea todo tan hegemónico y anquilosado y que se pueda reconocer nuevas estéticas y búsquedas; o de mejorar la publicación y la posterior difusión y distribución de los libros ganadores, o de encontrar alternativas para que la gente se entere de cuáles ganaron no solo a través de los dos diarios de siempre, que la televisión empiece a visibilizarnos. Cosas que pueden ser ridículas, sueños imposibles, pero que van más allá de esto en lo que giramos eternamente. Uno levanta la mano y dice que tiene otro planteo para hacer. Por fin. Pero es sobre lo mismo, agrega que hay que exigir que los premios nacionales y municipales no coincidan en el tiempo, así uno puede presentar la misma obra en los dos. Quedamos en redactar algo y firmarlo, y en tratar de que más gente se sume. A los días se redacta una carta que es extremadamente grave y solemne si se tiene en cuenta la tontería del problema. La firman algunos más de los que fuimos a la reunión. En las redes varios dicen que no pudieron estar en la reunión pasada, pero que la que viene no se la pierden. En la reunión siguiente no somos siete, somos cinco. La tercera no se llega a hacer por falta de *quorum*. No hay más reuniones después de eso, pero se resolvió el problema de desfasaje temporal de los premios. Todos contentos, seguimos igual de desorganizados, igual de aislados y precarizados, pero podemos presentarnos a dos premios con la misma obra.

Siento que, cuando hablo con otros escritores y escritoras de estos temas, me miran raro. Como si fuera un interesado, un mercader, alguien que olvida todo lo espiritual o aurático que puede tener el arte, lo sublime, lo alejado que debería estar de cuestiones tan terrenales como el dinero. No entiendo cómo no pueden empatizar con una cuestión tan sencilla de entender. Amo escribir, como quizás la panadera ama hacer panes o el farmacéutico, vender pastillas. Pero mientras la panadera y el farmacéutico pueden dedicarse a eso, cobrar por eso y, por lo tanto, dedicarle un tiempo diario a las tareas que corresponden, yo no puedo, y las dos opciones que me quedan son, abandonar lo que amo hacer o dedicarme a otra cosa y tener, con suerte, una hora diaria para lo que quiero hacer, a veces menos, y darme ánimo leyendo las consignas de prepotencia de trabajo de Roberto Arlt. Eso es lo básico y no debería haber miradas muy disímiles sobre el tema. No me interesa evangelizar ni que los demás piensen o vean las cosas como yo, pero que aún hoy sea polémico, cuestionable, y tenga que explicar largo y tendido que solo quiero tener el derecho a dedicarme a lo que me gusta hacer es realmente desgastante.

El problema del *boscia albitrunca*

Me presenté a la hora y el día que decía el papel. Un domingo a las seis de la mañana en Nuevo París no hay nadie. Al sur de Santa Lucía hay algo de movimiento desde temprano, porque los domingos se arma la feria barrial. Pero donde me citó este hombre no había feria. La Plaza del Huevo era una enorme rotonda que cortaba la calle Timote. Estaba atravesada por la cañada Jesús María, que, según las viejas cartografías, era un arroyo, luego perdió caudal y al final se entubó. Lo más llamativo de la Plaza del Huevo era la cancha del Lanza México 68. Ahí jugaban todas las categorías infantiles del club y, en los veranos, se hacían los campeonatos de adultos por las noches. Como la plaza quedaba en una zona baja, ir a ver esos partidos era la única experiencia fría del verano montevideano. Si en nuestras casas estábamos de short y chancletas, para ir a ver un partido a la cancha del México había que ponerse pantalón y buzo. Lo mejor de esos campeonatos era ver a los vecinos de todos los días jugando, peleándose, divirtiéndose. Mi padre tenía un equipo que alguna vez ganó el campeonato, pero por lo general lo ganaban el Groenlandia o el México. Esa plaza hoy se llama Juan Carlos Onetti.

Sentarme a esperar a un desconocido a esa hora, en la tribuna de una cancha de baby fútbol era una situación extraña. A las seis y dos minutos llegó. Pensé que iba a ser un hombre, estaba convencido. Supongo que por machismo, por pensar que ese tipo de conocimientos o datos que no sabe nadie, o el descubrimiento de algo que permaneció oculto, es una cosa de hombres. Pero no, llegó y se sentó a mi lado una señora muy simpática, que se presentó como Elvira Martínez. Era una maestra jubilada. Pero, además, luego de jubilarse, se había recibido de botánica y bióloga.

Estaba de jeans y botas de goma. Llevaba una chismosa y adentro un termito con café, una bolsa de bizcochos y unas botas para mí. Mientras me las ponía sin preguntar mucho, Elvira me servía café en un vasito de plástico y me ofrecía bizcochos, que seguían calentitos.

—Me imagino que sabrás lo de los parques. Si hacés una historia del barrio y no contás eso es como que no cuentes nada. —Le respondí afirmativamente con la cabeza, porque tenía la boca llena—. Además, porque las cagadas que se mandaron en esos años terminaron repercutiendo en el presente. Me imagino también que te habrás enterado de que hay serpientes y otros bichos que vinieron para los parques y siguen estando en todo el barrio.

Tomé un trago de café para bajar el bizcocho, porque no quería volver a responder solo con la cabeza.

—Sí, sabía.

—Bueno, pero el problema de los árboles no lo conocés. No me respondas, lo sé. Porque nadie lo sabe. Solo yo. Y yo lo descubrí de casualidad. Nosotros siempre vivimos por acá, en una casa por Herrera. Cuando me casé me mudé, pero no muy lejos, más para el lado de la cancha del Iriarte. Mi mamá murió en el 2002. Yo me había separado hacía poco y me volví a esta casa a cuidar a mi papá, que ya estaba viejito. Cuando podíamos nos sentábamos abajo del mismo árbol que siempre estuvo en el patio, tomábamos mate y recordábamos cosas del pasado. Lo hacíamos porque era divertido y también porque el médico de papá me lo había recomendado para mantener andando su mente. Una de las cosas que me contaba siempre era que el árbol que nos hacía sombra era un *boscia albitrunca*, originario del sur de África, y ahí me contaba una y otra vez la historia de los parques que, imagino, te habrán contado mil veces. Cuando intentaron recrear un paisaje africano, sin ningún tipo de criterio, mandaron traer árboles de distintas regiones africanas, pero por una cuestión de cercanía, de la parte sur. Embarcaban en el puerto de Namibia y llegaban un tiempo después a nuestro puerto. Uno de ellos fue el *boscia albitrunca*. Cuando los parques cerraron y con todos los problemas que hubo en esos terrenos, la mayoría de los árboles se fueron muriendo o quedaron donde estaban hasta cuando empezaron a poblar el barrio y los cortaron. Salvo tres. El llamado árbol del cielo, *ailanthus altissima*, el olmo siberiano, *olmus punila*, y el *boscia albitrunca*. Los tres muy invasivos, a través de los pájaros, del viento, de cruzarse con árboles cercanos, de mil maneras, en poco tiempo andaban por varias zonas de Nuevo París. Y como eran lindos, daban buena sombra y en el caso del *boscia albitrunca* sus hojas eran apreciadas por el ganado, las curanderas lo usaban para las hemorroides y la conjuntivitis, y hasta se comían sus raíces, pues fueron quedando. Pero son especies jodidas; por ejemplo, el *ailanthus altissima* es muy dañino con todos los árboles de alrededor, no deja crecer nada más que otros iguales, no tiene cerca depredadores naturales y aloja insectos que rompen todo, como la mosca *lycorna delicatula*. Pero, bueno, hasta ahí nada muy grave. Desde que el ser humano se traslada a lo largo y ancho del planeta, las especies invasoras y destructivas pululan por todos lados, a veces se pueden combatir, otras no; fijate los hipopótamos de Escobar, por ejemplo. Hasta que se muere papá. Una de las primeras cosas que me propuse fue volver a poner el lugar donde vivíamos de la forma en que mejor lo recordábamos, como era en nuestra infancia, o en la de papá o la de mamá, o al menos lo que imaginábamos que había sido un pasado mejor. Traje unas ovejas, unas gallinas, arreglé el gallinero, arreglé las plantas, el techo de la galería, ajusté los parrales a los parantes, puse a andar la chimenea, que estaba tapada hacía siglos, y quise reflotar el aljibe. Lo que pasaba en el aljibe era que estaba lleno de mugre, habían crecido unas enredaderas; así que, con ayuda de un muchacho vecino, fuimos resolviéndolo, habiendo creado un ascensor a cuerda con un sistema rudimentario pero muy efectivo y seguro. Una mañana, el muchacho estaba abajo y empezó a tirar de la cuerda insistentemente, que era el código para cuando pasara algo grave. Pero nunca supe qué pasó, porque el muchacho, así como subió, se fue corriendo y después no volvió más. Yo me empeciné y lo quise terminar, aunque fuera sola. Entonces pensé una forma de accionar el ascensor sola y lo logré, así que un fin de semana empecé a bajar a limpiar el aljibe. Le saqué toda la basura, el agua podrida del fondo y lo limpié con unos productos que compré en la ferretería. Cuando estaba terminando sentí unos ruidos debajo del fondo, no eran ruidos en sí, más bien como vibraciones. No sé explicarlo, lo que sentí era que debajo del fondo el aljibe era hueco. Primero empecé golpeando el fondo con la escoba, luego con la pala y, cuando salté encima, el fondo se vino abajo y caí. Y lo que vi no me lo olvido más, me sentía una hormiga, un ser minúsculo. Raíces gigantescas e interminables, interconectadas y generando túneles subterráneos. Ese verano me interné a estudiar, investigar y bajar. Mi teoría es esta. Las raíces del *boscia albitrunca* son de las más largas que conocemos, y, durante mucho tiempo y en un tipo de tierra blanda, comenzaron a interconectarse. Pero ¿por qué los túneles eran más amplios que el hueco que generaban las raíces? Bueno, seguramente por la ayuda del caudal del arroyo, que fue desgastando los huecos de las raíces. Por razones de seguridad y por el miedo a perderme, no pude ver la totalidad de esa red de túneles, a dónde llegan, pero podemos decir dos cosas, una apasionante y la otra quizás un poco más preocupante. La primera es que todo Nuevo París está construido sobre una red de túneles subterráneos desconocidos, que en la medida de lo posible me gustaría mapear. Y lo segundo, me di cuenta cuando pasó lo del bache en Santa Lucía, ¿te acordás? Cuando un 494 venía por Santa Lucía y bajó gente en la parada de la Branaa, ahí por Aldao, que se abrió un bache en la calle y quedó trancado. Tuvieron que bajar a la gente, traer un guinche para llevar al ómnibus, se armó polémica por el cuidado de las calles que hacía la Intendencia, después se tapó más o menos como se pudo y todo el mundo se olvidó. Bueno, no. No fue un bache generado por el mal cuidado de las calles, fue porque básicamente abajo de Nuevo París ya casi no hay nada. En cualquier momento se derrumba todo y queda un gran pozo, una gran red de túneles a la vista.

Le pedí que me llevara hasta la casa, a ver el aljibe, hasta el momento la única entrada a los túneles, pero me dijo que lamentablemente era imposible. Le había pedido a un vecino, que es mecánico y que tiene una camioneta grande, que entrara hasta el galpón donde su padre guardaba porquerías y se llevara dos motores viejos que tenía. El mecánico los vio y quedó fascinado porque uno de era de un Chevrolet Impala 327 de 1964 y el otro, de un viejo ómnibus Leyland, y pensaba que podría venderlos a buen precio a los coleccionistas. Una mañana fue con la camioneta y con una especie de grúa para motores, porque sin ayuda de eso era imposible moverlos y levantarlos. Empezó a cargarlos, y no sabe si es que las ruedas no hicieron el agarre suficiente en el pasto o si se había olvidado de poner el freno de mano, pero con el peso del motor la camioneta se empezó a mover y fue imposible pararla, hasta que se dio de lleno contra el aljibe. La camioneta por suerte paró, nadie salió herido, pero el pozo del aljibe quedó tapado de escombros y tierra. Le sugerí a Elvira que limpiara el aljibe, que lo vaciara y lo intentara rehacer, y me dijo que sí, que lo iba a hacer, pero que la exploración de los túneles no podía esperar.

En un principio me había entusiasmado con la historia que me contaba y me daba cierta curiosidad poder bajar por el aljibe y recorrer túneles subterráneos, pero a medida que avanzaba la historia me empecé a poner más incrédulo. Entonces tuve una especie de anulación del tiempo. Me di cuenta de que estaba pensando como esa gente a la que no le gusta una serie, una película o un libro porque no es verosímil. Pasa mucho cuando leo o escucho a alguien hablar de cine: me venía gustando la película, pero cuando estaba atrapado por un ejército enemigo y solo con la ayuda de un cortaúñas pudo derrotar a cincuenta, ya me dejó de gustar. Si no otra: cuando hay un problema complicado, que no hay forma de solucionar, y resulta que encuentran la solución y era sencilla y hasta estaba rídiculamente a la vista, esta gente se ofende, siente que para su enorme inteligencia el autor debería pensar una solución inesperada, que nadie haya podido encontrar, salvo ellos, los inteligentes e ingeniosos. Pobres. Es la misma gente que no mira una serie o un libro o una película porque le espoilearon el final. La otra vez me preguntaba si habrá forma de espoilear un cuadro, una canción, una obra de danza contemporánea. También me preguntaba qué nos pasó para atarnos tanto a la verosimilitud y la lógica y a sobreestimar tanto el factor sorpresa al punto de que no podemos ver una obra y apreciarla si ya sabemos lo que pasa. Cuando al personaje de Kevin Costner en *El guardaespaldas* le disparan es tremendo. La primera vez que la vi, me sorprendió y me lloré todo. Realmente me emocioné. Pero después se sabe que sobrevive. Sabiendo eso, cada vez que la veo sigo llorando. Es una gran película que está por fuera de las payasadas de la verosimilitud y los spoilers, como toda gran obra de arte. *Titanic* es otra. La película espoileada desde el inicio. Bueno, entonces me di cuenta de que estaba reaccionando como esa gente y que, si dejaba esas pavadas, lo que me estaba diciendo esa mujer era muy interesante. Cuando el tiempo volvió le pregunté para qué eran las botas entonces.

—Al bajar —me dijo—, no pude recorrer tanto como hubiese querido porque tenía que moverme con cuidado, no se veía nada, en algunos lados el aire es poco y te da claustrofobia, pero debía de haber alguna otra entrada. No todos los túneles que vi tenían salida, pero si fueron creados también por corrientes de agua, y la que tenemos más cerca es el exarroyo Jesús María, esa cañada que ves ahí, entubada, es probable que en algún momento un túnel haya tenido salida o entrada por el arroyo. A pesar de que recorrí poco, había empezado a esbozar un mapa y, según mis cálculos, había un túnel sin salida que se acercaba al cauce de la cañada. Afiné el lápiz y marqué un posible lugar del entubamiento donde, si perforamos, podríamos dar con un túnel. Yo estuve dándole con un pico en la noche. Acá de noche andan a los tiros, así que los vecinos, cuando escuchan ruidos raros, hacen como que no los escucharon y se vuelven a dormir. Avancé bastante y creo que hoy puedo llegar a abrir el boquete, pero me parecía lindo que estuvieras conmigo.

Cruzamos la cancha, atravesamos un alambrado roto y bajamos a la cañada. El nivel del agua era bajo, unos quince centímetros. Parecía espesa, contaminada, olía a putrefacción y cromo. El lugar donde estaba picando estaba casi debajo del pasaje de una calle, por eso no se notaba. Además, lo había tapado con unas ramas de paraíso. A esa hora el barrio ya se estaba despertando, pero igual le pareció que podíamos picar sin que nadie se diera cuenta. En algo tenía razón: tras algunos golpes con pico y con una maceta pesada, se abrió el boquete. Luego lo ampliamos hasta un tamaño por el que pudiéramos entrar, pero que no llegara hasta el piso para que el cauce de la cañada no entrara por ahí y descubrieran el boquete cuando bajara el caudal.

Allí abajo realmente había un túnel. Pero parecía imposible que una raíz y un curso de agua tan débil pudieran hacer eso, porque se trataba de un túnel grande; yo tenía que inclinarme para pasar, pero tampoco tanto. Goteaba agua de algunos lados, agua barrosa que caía en el piso del túnel, que también era barroso. Las raíces parecían sostener todo para que no se derrumbara. Eran gruesas y largas, como largos brazos o como un sistema nervioso. Elvira estaba entusiasmada y avanzaba más rápido que yo. Me parecía peligroso perdernos, se veía poco con la linterna, había lugares donde se estrechaba el túnel o donde el piso era de barro hasta las rodillas y las botas parecían no querer salir. Sentí un ruido extraño, una vibración, cayó algo de tierra de la parte superior del túnel. Le pedí a Elvira para volver y organizarnos mejor. Regresar con suficiente luz, con un cuaderno para hacer un mapa, con señalizadores para no perdernos. Pero no me escuchó. Y el ruido siguió y la vibración se hizo más fuerte y, cuando volvió a vibrar, una parte del túnel se derrumbó entre Elvira y yo. Yo quedé del lado de la salida, ella del otro, atrapada. Se podía derrumbar todo en cualquier momento, en una especie de efecto dominó. Caminé lo más rápido que pude porque el barro y la estrechez no me permitían correr. En un momento me pareció que me había perdido, no recordaba haber pasado por ese lugar, en el piso no había huellas. No sé si lo imaginé, pero seguía sintiendo vibraciones extrañas, como si se fuera a derrumbar todo. Pensé que, si tenía que pasar, iba a pasar y que yo lo que tenía que hacer era seguir. Me guie por el aire que respiraba, ante una encrucijada elegía siempre el aire más fresco. Afuera el domingo no se había enterado de nada. La gente volvía de la feria con los carritos llenos de frutas y verduras.

1

Uruguay se ha explicado a través del discurso del ascenso social. Ha tenido una sola versión, un solo relato para construir su historia. El principio del siglo XX con el batllismo, las conquistas sociales, la llegada de la primera oleada de inmigrantes, el Uruguay diverso, el ascenso de las clases trabajadoras, la alfabetización, la modernización, la consolidación del Estado, un ascenso que se forjó con la segunda guerra, un mundo en ruinas, en guerra, pero una guerra bien lejos, nuevos clientes y mercados a conquistar con nuestros productos. La segunda oleada migratoria, los que escapaban de los fascismos y llegaban a ese Estado pujante. La rápida recuperación de Europa en los cincuenta, unos gobiernos colegiados e ineficientes, la caída de la Suiza de América, el poder conservador y oligarca, el hambre, la pobreza, la inflación, los movimientos guerrilleros, los militares al poder, la injerencia política y económica de Estados Unidos, la democracia autoritaria de Pacheco y Bordaberry, el terrorismo de Estado, el golpe de políticos y militares, el éxodo, la resistencia, la democracia nuevamente, los mismos colorados de antes, el país destrozado, empobrecido, los militares aún en el poder, el exilio voluntario de los jóvenes, el triunfo de los blancos, corrupción, neoliberalismo, globalización, la crisis de 2001, la recuperación, los gobiernos progresistas, el crecimiento económico, las conquistas sociales, la modernización del Estado, la justicia social, la caída del progresismo, la vuelta de los blancos, un nuevo ciclo de destrucción y desigualdad. Y así. En ese relato, las familias parecerían ir todas juntas a los mismos lugares, arriba, abajo, pobres, ricos. Llegada de los inmigrantes: pobreza. Prosperidad de los cuarenta: todos bien. Progresismo: se terminaron los males de un día para otro. Y así con todo. En ese guion, las familias pueden ser ricas, pobres o de clase media, pero lo que sí es seguro es que están mejor que cuando llegaron. «Vino con una mano atrás y una adelante, no tenía ni para comer, no sabía leer ni escribir, y mirá ahora, mirá, a los diez años ya tenía un comercio, ya tenía dos ómnibus, tres sucursales, cuatro empleados». El mismo relato asume que todas las familias, en los años de prosperidad, compraron casas, terrenos, y lograron acumular propiedades. Con base en eso, poco más se cree que todos somos clase media y que mal, lo que se dice *mal*, nunca vamos a estar. Que tenemos familias nucleares, reunión los domingos en casa gigante de los abuelos, lo primero es la familia, esas cosas de tanos y gallegos. Pero no, la mía no. Nunca nos nucleamos demasiado, más bien siempre fue una dispersión, al punto de que no queda nada de nada, ni fotos ni documentos ni relato oral. Todos muertos. Y mucho menos somos clase media. Si nuestra familia, las cuatro ramas centrales que derivaron en mí y mi hermano y las muchas otras que se van abriendo tuvieron algo en algún momento, un comercio, una empresa, una casa, un terreno, en el correr de los años lo perdieron. No sé por qué mi familia, toda esa cantidad de gente que me antecede, tuvo esa pulsión tan fuerte de fracaso y derrumbe. Y lo mismo adaptado a las relaciones: mi pequeña familia, esa burbuja formada, hasta que mi padre se murió, por mi madre, mi padre, mi hermano y yo, inalterable, cuidándonos y queriéndonos hasta el final, compartiendo una vida, es una rareza en todo el árbol genealógico, dominado por separaciones, peleas y mucha, pero mucha gente sola, por cuestiones ajenas o, la mayoría, por una ferviente necesidad de estar solo. Quizás en la rama materna eso cambie un poco, esto sí; ha habido unión y mucha reproducción y multiplicación, pero basada casi que únicamente en el qué dirán y en la dependencia del macho proveedor, no solo en lo económico, sino también en lo territorial, todas las casas se construyen en torno a la casa paterna, formando colmenas, barrios, entre la necesidad y la dependencia. Mi familia, las dos ramas, son familias pobres, que llegaron pobres a estas tierras y que nunca dejaron de ser pobres. Y no digo esto por victimización ridícula y horrible, no me enorgullezco de ser pobre, no me parece pintoresco, es una mierda ser pobre, que mis padres no hayan podido viajar nunca ni tomarse las vacaciones que hubiesen querido o tener una casa de fin de semana en la playa, o que mi vieja, al morir mi padre, solo haya recibido de herencia un montón de deudas, que sigue pagando. Odio ser pobre y a los que se vanaglorian de eso, no soporto que me etiqueten como «el escritor pobre de Nuevo París», que me inviten a mesas, festivales y encuentros a hablar de pobreza y marginalidad. Por eso, cuando era chico decía, y lo sigo diciendo cada vez que me preguntan cuál es mi sueño: quiero ser cantante y rico. Pero no es la idea tampoco hacer un lamento por esto, este es un mundo capitalista en el que seguramente pobres somos casi todos, y más en un país pobre del sur de América. El tema es que esa pobreza terminó incluso conspirando con que yo pudiera saber algo de mi familia, quiénes fueron, cómo se veían, qué pensaban, qué hicieron. A todos se les fue la vida cagados de hambre, locos de tanta miseria, envejecidos prematuramente, violentos, malhumorados, resignados, renunciando rápidamente a los sueños que toda persona tiene en los primeros años, cuando la realidad parece ser más leve.

Alejandra no tenía ganas de escuchar mi discurso sobre pobreza e historia en Uruguay cuando me comentó, como una curiosidad, al ponerme al día sobre sus avances en la investigación familiar, que le llamaba la atención lo dispersa que estaba mi familia y lo poco que había de ellos en el sistema, como si no hubiéramos existido nunca. En realidad, lo que le quería decir es que existimos, pero lo hicimos sin huella. Todos muertos. No somos una familia próspera, quizás solo sobrevivientes que nos acercamos por comida, abrigo o para reproducirnos. Nos queremos, creo que sí, nos hemos querido, pero por ciertos instintos básicos. Por lo menos nunca nos hemos peleado por lo material ni por herencias ni por cagarnos entre nosotros con plata. Alejandra me dice que la tía Nelly le habló de una herencia. Se me iluminan los ojos, quizás, no lo puedo saber, pero siento que así me debo ver, porque una herencia, por mínima que sea, puede ayudarnos a ponernos al día con nuestras deudas a mí y a mi hermano, o al menos ayudarme a juntar plata para irme o para pagarle a la investigadora. Pero una herencia que perdieron, me dice, y apagón.

—Tu abuela Odilia tenía el apellido Garrido porque se creía hija de Santiago Garrido y Aroma Saravia. De hecho, Nelly y tu padre tienen Garrido como segundo apellido. Pero luego de que tuvo esos dos primeros hijos, descubrió que en realidad Garrido no era su padre, sino que su verdadero padre se llamaba Goñi. En ese momento renuncia al apellido Garrido y hace su cambio de apellido. Por eso, tus tíos, los más chicos, tienen como segundo apellido Goñi. Cuando tu abuelo Carlos, el primer esposo de Odilia, se muere, según Nelly, deja unos apartamentos de herencia. Ella fue a reclamar su parte, una parte que también le hubiese correspondido a tu hermano y a vos. Pero no hay forma de comprobar que ustedes son nietos de Odilia, la exesposa de Carlos. Porque en los papeles, Odilia siempre fue Goñi, un apellido que tu padre no tuvo nunca. Y ya sé, me podés decir que cuando se casaron tu abuela se llamaba Garrido o que cuando registró a tu padre o a Nelly al nacer seguía teniendo ese apellido, pero el tema es que no sobrevivió ningún documento. Todo papel donde pudiera aparecer como Odilia Garrido desapareció, como si siempre hubiera sido Goñi. Y la verdad es que, sabiendo cómo eran los documentos en esos años, es perfectamente posible incluso que Odilia nunca se hubiese llamado Garrido, y se registró así por algún motivo, yo qué sé, escapar, huir, o ya estaba casada, no sé, muchas posibilidades.

Alejandra siguió hablando, pero no sé qué dijo. Me gustaba eso de ser una ilusión. Al fin y al cabo, la familia no está basada en los documentos o los apellidos, que eso es azaroso y falsificable. Quizás, si quería saber la verdad, debía empezar a buscar de una forma menos ortodoxa.

2

Mi madre me escribe un mensaje pidiéndome mis datos personales para sacar mi partida de nacimiento. Está intentando jubilarse, pero la tiene complicada hace años porque trabajó informal la mayor parte de su vida. Limpió casas, cuidó viejos y niños. Recién en estos últimos años, cuando fue fiambrera en un supermercado del barrio y ahora que limpia una escuela, ha podido estar en el sistema y aportar para su jubilación. Trabajó toda la vida, salvo unos años en que con mi hermano éramos chicos y decidió criarnos a tiempo completo, pero para el sistema es probable que tenga menos aportes que yo. Hace años está juntando testigos de los lugares donde trabajó, para que vayan a declarar al BPS que ella efectivamente trabajaba con ellos en esos años. Cuando parecía que la cosa estaba encaminada, una testigo, amiga de toda la vida, se puso nerviosa en la entrevista y declaró cualquier cosa, así que retrocedieron muchos casilleros y tuvieron que volver a sumar puntos. Parece que por cada hijo además le suman años de trabajo y los años que debería declarar serían menos. Por eso nos pide la partida de nacimiento a mí y a mi hermano. Los trámites se los está haciendo un abogado que no me da buena espina, porque cada vez que mi madre va a hacerle una consulta sobre un problema, la solución del tipo es que venda la casa. La casa en la que vive, lo único que tiene a su nombre. Una casa en Nuevo París que nadie va a querer comprar y que nadie va a pagar lo que vale para mi madre.

Me quedo pensando que nunca pedí la partida de mi padre. Que ahí hay datos que pueden servirme para pensar mi estrategia de investigación, más allá de que por su lado Alejandra esté haciendo su trabajo. Lleno un formulario web en una página de la Intendencia de Montevideo con la fecha de nacimiento y el nombre de mi padre. Me devuelven un pdf con unos códigos de barras, que imprimo. Voy al Abitab y lo pago. Unos días más tarde voy con ese papel al Registro Civil de la Intendencia, por la calle Santiago de Chile, para retirarla. El lugar está lleno siempre. No sé por qué la gente necesita tantas partidas de nacimiento. Sería increíble que todos las quisieran para irse bien lejos.

Es muy curioso estar leyendo una hoja en la que hablan de mi padre como de lo que era: un recién nacido. Un documento creado en otro mundo, en un país anterior al Maracanazo, un mundo en el que Europa todavía olía a muerte y los nazis se desperdigaban como ratas por todo el mundo. Mi padre nació un 23 de diciembre, pero lo anotaron el 31. No sé si en esos años el fin de año se vivía como ahora, pero es muy extraño que mi abuelo haya ido a anotar a mi padre ese día. Porque qué apuro tendría, por qué no podía esperar hasta la semana siguiente. Mis abuelos vivían en Sayago, en la calle Lafayette. Imagino que en esos años sería un barrio semirrural. Pero lo más curioso es que la partida incluye información sobre mis bisabuelos. Esa información que mi padre nunca me quiso dar o que no estuvo muy interesado en darme. Descubro que las dos familias vivían en Sayago, unos en la calle Bell y otros en la calle Clara. Y para mi sorpresa, descubro que mi bisabuelo Santiago figura como español; dentro de tanta nebulosa, ahí sí hay una certeza, algo fijado en un documento que ha sobrevivido al paso del tiempo.

Voy hasta la casa de Nelly. No lo suelo hacer porque siento que sería pasar por encima de Alejandra. Es más, podría llamarla y decirle lo que encontré para que sea ella la que siga esa punta o simplemente me diga que ya lo estaba haciendo. Pero la ansiedad me gana y voy. Saca fotos de todo tipo. Su cumpleaños de quince, de dieciocho, de veinte, un montón de gente que no conozco mezclada con familia. Igualmente, gracias a las fotos de Nelly yo pude conocerle la cara a mi abuelo, mis bisabuelos, mis tatarabuelos. Me dice que claro, que su abuelo Santiago era nacido en Pontevedra. Le pregunto el día de su nacimiento. No sabe el año, pero sí que él y yo nacimos el mismo día. Vuelvo a la partida. Dice que, cuando registraron a mi padre, Santiago tenía cuarenta y seis años, así que logro calcular el año. Ya tengo el año y el día de nacimiento. Ya tengo el lugar y el nombre. Pero cuando intento buscar algo a la distancia, meterme en algún registro de Pontevedra, o me quieren cobrar o me piden datos que no tengo, como el municipio o algún otro apellido. Y me tranco. Y doy vueltas por la web y cada lugar al que me meto me ayuda menos que el anterior. Y me empiezo a frustrar. Y pienso que quizás haya sobrevalorado ese dato en el documento. Que la alegría del hallazgo me hizo olvidar que todo en mi familia es falso o tiene otro nombre, que hemos tenido siempre una existencia por fuera del relato. Que nada es lo que parece. Entonces pienso que capaz Santiago no nació en Pontevedra o que quizás ni siquiera se llamaba Santiago.

De todas formas, me pongo a averiguar los requisitos para sacar la ciudadanía española. Me ilusiono porque lo primero que leo es que España tiene una ley nueva, que se llama Ley de Nietos, que supuestamente facilita los trámites para sacar la ciudadanía, pero que solo va hasta los abuelos, no llega hasta los bisabuelos. Descubro que, si mi padre hubiera hecho el trámite, yo ya tendría esa ciudadanía hace años. Pero mi padre murió hace nueve años y nunca tuvo ningún tipo de interés en sacar otra ciudadanía, que nunca tuvo ni pasaporte uruguayo, más allá de que siempre haya sabido que su abuelo era un gallego venido de Pontevedra en un barco, como tantos.

3

Alejandra dice que efectivamente la ley no contempla a los bisnietos. Yo intento vericuetos que tienen más de sentimentales que de legales. Puedo decirles que, mientras mi padre estaba haciendo los trámites, acumulaba información y rastreaba documentos, de la nada, de un día para el otro, se murió. Que poder continuar lo que inició es también para mí algo simbólico, la importancia va más allá de conseguir un pasaporte europeo. A ella le parece ridículo, pero no me lo dice.

Sigo buscando. La partida de mi padre abrió varias puertas y caminos, y, si se cierra la de conseguir un antepasado europeo, por lo menos sigue abierta la posibilidad de arrojar luz sobre una historia que al menos para mí permanece a oscuras. Le escribo a Nelly para pedirle que me aclare el apellido de mi bisabuela Pascualina; parece decir «Imersi», pero en la partida no se ve claro. También le pido la fecha de nacimiento de Odilia para sacar su partida y así poder llegar a más datos sobre el bisabuelo Santiago. Nelly me dice que el apellido de Pascualina era Inmerso y que mi abuela nació el 21 de mayo de 1925. Mientras escucho el audio, vuelvo a mirar la partida y de ninguna manera ahí dice «Inmerso»; es más, ahora que lo veo, creo que efectivamente se llama Imersi.

Entro a la página del Registro Civil de la Intendencia. Ingreso los datos que tengo de mi abuela, todo lo que me piden, nombre, lugar de nacimiento, fecha. De todas las ramas de mi familia, la de mi abuela Odilia es la más misteriosa. Ella era igual de reacia que mi padre para hablar de la familia. Mi abuela no era muy amorosa, no era muy simpática. Odilia era una roca para los sentimientos, pero también por lo dura que era de derribar. Desde que la conocí era muy arrugada. Yo tengo muchas arrugas para mi edad. Me comparo con otras personas de mi edad y me doy cuenta. Creo que viene de ahí. De niño recuerdo que el mapa de su cara era absolutamente misterioso. Más allá del lugar común, en su caso realmente parecía que su cara contenía en esas líneas la historia de su vida. Piel morena y arrugada. Pasaba horas mirándole las arrugas, hasta que ella se daba cuenta y se molestaba.

Tenía ojos de animal. De animal bueno. Estoy seguro de que hubiese sido capaz de hacer cualquier cosa para protegerse y proteger a los suyos, cualquier cosa en serio, sin dudarlo. Era una fiera. Una fiera tranquila, dormida, pero de esas fieras que seguramente no querrías despertar ni hacer enojar. No tuvimos una buena relación, muy fría y distante, seca, árida. Quizás no supe ver por lo que había pasado, el peso que cargaba día a día.

Recibo un mail del Registro Civil. No hay ninguna partida con esos datos.

Llega un mensaje de Nelly: «Ah, me olvidé de contarte, Pascualina era italiana, nacida en Nápoles».

4

Me perturba demasiado la cuestión de la búsqueda de otra ciudadanía. El concepto en sí, lo que significa, lo que simboliza. Yo no quiero ser europeo. Y además nunca podría serlo, porque los propios europeos nunca lo permitirían. Con determinados hábitos y consumos, con determinado aspecto físico, situación económica, formación, en un buen trabajo, blanco y cosmopolita, es probable que te dejen acercarte, que haya momentos en que puedas sentirte uno más. Pero es solo un acercamiento. En realidad, nunca se llega. Hay una película romántica en la que Meg Ryan es la sobrina de Einstein y este entrena al mecánico de autos, el personaje de Tim Robbins, para que se enamoren. Lo entrena en física, porque imagina que su sobrina solo va a acceder a tener un vínculo con un científico. En un momento, Meg le explica a Tim una regla de la física; le dice que, si dos personas se van acercando entre sí y, cada vez que se acercan, hacen la mitad de la distancia que los separa, nunca van a llegar a estar juntas. Incluso va a parecer que se tocan, pero si realmente hicieron la mitad del recorrido cada vez, nunca van a estar en el mismo lugar. Al final, Tim le dice que eso es medio relativo, porque creo que terminan estando tan juntos que se dan un beso, pero me acordé de eso con lo de los europeos y los no europeos. Virtualmente, con las condiciones propicias, nos puede dar la sensación de que, después de todo, somos uno de ellos, pero nunca lo vamos a ser.

Además, es un gesto horrible. Me siento fatal moviendo cielo y tierra para poder ser ciudadano de un país, de un continente que sigue teniendo una relación de superioridad con el lugar en que nací. Qué estupidez esa idea uruguaya y porteña de que no somos latinoamericanos, de que somos poco más que europeos del sur. Como si el colonialismo europeo no actuara cada día en nuestras vidas. Copando nuestro pensamiento, nuestro capital simbólico, nuestra economía. Hasta nuestro arte. Gran parte de las innovaciones literarias europeas, que luego seguimos extasiados como verdaderas novedades, fueron creadas, pensadas, forjadas muchas veces en nuestro continente o, en el peor de los casos, en Europa pero por artistas latinoamericanos. No hablo del realismo mágico. Nada más alejado de lo que quiero decir. El realismo mágico terminó siendo más colonialista que los propios colonialistas. Los gringos querían algo de Latinoamérica y se lo dimos. Hasta hoy sigue pasando. Europa solo nos deja escribir sobre dictaduras, narcos, indígenas o realismo mágico. Si no escribimos eso, cometemos el error de no parecer latinoamericanos a sus ojos o, peor, y esto sí es lo más absurdo, nos dicen que estamos copiando el estilo o la búsqueda de determinados escritores europeos, que increíblemente basaron su estilo en búsquedas de escritores latinoamericanos. Pero, bueno, tampoco la ingenuidad es la hegemonía; lo es el poder económico, la globalización, el capitalismo y el neocolonialismo. No estoy descubriendo nada.

Y es raro querer conseguir los papeles para irme de un país, de un continente empobrecido, donde los que no se están cagando de hambre es porque tienen que trabajar desde que amanece hasta la noche, apoyando su escasa felicidad en lo que puedan consumir, a diferencia de los otros. El estatus se basa únicamente en lo consumido, y lo consumido termina costándoles a todos la vida. Es raro que, para huir de esta situación, en la que todavía hay gente que cree que por consumir determinadas cosas no somos pobres, no estamos precarizados, que nos quejamos de llenos, si para irnos de acá antes de que sea demasiado tarde, la opción es ir a los países poderosos que han sido los principales responsables del sistema que generó que nuestros países se hundieran en la precariedad. Voy a vivir ahí, a estudiar ahí, a trabajar para ellos y, de alguna manera, voy a aportar mi granito de arena para fortalecer un sistema que deja mi país estancado en eso que llaman tercer mundo.

Pero sí, con todas esas contradicciones arriba, con un sentimiento de culpa histórica, de ética y dignidad malheridas, estoy dedicando mis días a buscar un pariente europeo, para agarrar mis cosas e irme de acá, bien lejos, a esos países donde se cocina todo. Porque ser pobre de mente y de bolsillo no tiene nada de romántico, porque también me merezco cosas buenas y es injusto que siempre las disfruten los mismos. Tener lo que también me pertenece, la riqueza que se han llevado. Por eso, con la mochila llena de dudas y contradicciones éticas, sigo recorriendo registros públicos de mi país, con su Estado construido a la medida de los Estados europeos, para empezar a cobrar lo que me deben. No matando gente, como el personaje del cuento de Rubem Fonseca, pero casi.

5

Esto de Roger Koza en *Con los ojos abiertos.*

Los comisarios internacionales del cine, es decir, los curadores europeos, han fijado un modelo de cine latinoamericano, y los cineastas del continente, en menor medida también responsables, han aceptado subordinarse a las variables que ese modelo propone. A veces, exhibiendo en sus acciones un servilismo dócil que remite a viejos ademanes coloniales; a veces, perfeccionándose en un cinismo astuto que evoca la acostumbrada adecuación de los intereses de las clases altas y medias de los llamados países periféricos a los intereses de los dueños de la civilización. No es otra cosa que una práctica cultural en un dominio específico, el del cine global. No es otra cosa que la regularización de una estética y una política apoyadas en una connivencia entre un tribunal difuso y un centenar de cineastas de una región, que van moldeándose en el interior de un sistema. En poco tiempo, los cineastas pasan por los ubicuos laboratorios de los festivales de cine, asisten a múltiples sesiones de *pitching* y viajan a locaciones insólitas a escribir la próxima película. En la residencia, mirando las montañas de los Alpes suizos o la caída del sol en el sur de Francia, el creador se dispone a concebir el drama acerca del destino de tres jóvenes de Medellín que optan por las armas y la venta de drogas en una ciudad convulsionada. Las figuras retóricas y sus respectivas poéticas para el cine latinoamericano en el siglo XXI no son tantas. En tres décadas se ha erigido un manual invisible; no está publicado, pero se aprende de memoria.

6

Pido la partida de mi abuelo Carlos. Intento seguir agregando datos importantes, llenando vacíos. Pero me meto en otra línea, mientras la de mi bisabuelo gallego está estancada por falta de información. Ahora voy atrás de la bisabuela Pascualina, italiana de Nápoles, según Nelly. Me responden que está pronta, que vaya a buscarla. El Registro Civil de la Intendencia está lleno. En la cola de quienes retiramos partidas web hay dos personas con problemas. Una dice que pagó y no le llegó el comprobante; otro, que nunca le avisaron si estaba la partida que pidió o no. Estoy muy confiado en la línea de Pascualina. Pero cuando me dan la partida la línea se borra. Dice que se llama Imerso, tenía razón yo al final. También dice que es oriental, ni Nápoles ni nada: oriental.

Esa partida no me sirve para nada. No hay ningún dato que me pueda ayudar a tramitar ninguna ciudadanía. Salvo que mi abuelo y sus padres, mis bisabuelos, vivían en la calle Nicaragua en una casa en la que, cien años más tarde, por cuestiones laborales, vivimos con Leonor dos meses; era cerca de un apartamento de Nicaragua y Cabildo, donde un tipo muy simpático vendía unas empanadas fritas que yo consumía muy seguido, a pesar de que por fuera estaban calientes y por dentro seguían congeladas porque el aceite caliente no había llegado a descongelarlas; y quedaba enfrente de donde dicen que se criaron, sin que nadie lo supiera, Obdulio Varela y Luis Suárez.

El problema del *boscia albitrunca* II

Me llama por teléfono mi madre. Hablamos horas sobre lo mismo de siempre. La jubilación que está tramitando y no le sale porque, como siempre trabajó en negro, la está gestionando con testigos y los testigos declaran cualquier cosa o no se acuerdan del período en cuestión. Su trabajo en la escuela y la mugre que dejan los niños en los baños y el patio. Lo mal que está la tía Nelly de salud. El deseo de que ojalá mi hermano reencauce su vida con este nuevo trabajo. El clima. Lo bravo que está el barrio, a propósito de un nuevo hecho delictivo a algún vecino. El pedido de alguna foto de papá que yo tengo en digital y que recuerdo habérsela mandado no menos de cuatro veces. Si he ido al hospital a hacerme controles. Que para qué sigo buscando familiares europeos si ya sé que en nuestra familia son todos uruguayos. Que para qué quiero irme a otro país si en este tengo trabajo. Si estoy escribiendo un nuevo libro. El reporte de vecinos muertos en las últimas semanas. Cómo están los perros y los gatos. La idea de sacar otro préstamo porque tiene unas cuentas grandes que pagar, pero cuando le pregunto resulta que no hay nada grande que pagar. Al final me dice que llegó una carta para mí. Pero que casi no la ve, que tuvimos suerte, porque no estaba en la puerta o en la reja, donde los carteros dejan las cartas o las cuentas, sino al lado del ducto de respiración de las cañerías, enrollado y envuelto en nylon. Le digo que no sé cuándo podré ir. La movilidad en la ciudad de Montevideo es un verdadero problema y, aunque Nuevo París es relativamente cerca

de donde estoy viviendo ahora, sé que, si voy y vengo en
ómnibus, entre la espera y el traslado, ida y vuelta, voy a
perder por lo menos tres horas. Durante mi vida viví en
muchas zonas de Montevideo y ninguna está tan aislada
como Nuevo París. En otros barrios hay menos líneas de
ómnibus, pero pasan mucho más seguido. En Nuevo París
hay dos, en algunas partes tres, y las tres son problemáticas:

El 128 Paso de la Arena. De la empresa Cutcsa, une
Pocitos con Paso de la Arena. En un momento había
dos líneas, el 128 rojo y el 128 negro. El rojo no seguía
a Paso de la Arena y se internaba en lo que se podría
llamar Nuevo París Norte. Desconozco cómo se mueve
esa gente ahora que esa línea ya no existe, pero si solo les
quedó el 409 y algún que otro local, esa parte debe ser
sin duda la de peor movilidad de toda la capital. El 128
tiene ventajas sobre sus competidores. La primera es que,
no sé por qué razón, seguramente por su recorrido más
corto, es posible tomártelo vacío. Según la hora, claro. A
la mañana rumbo a Pocitos y a la vuelta de tardecita, está
repleto de todas las trabajadoras de limpieza del oeste
que trabajan en casas de Pocitos. La otra cosa linda del
128 es que va por arriba del viaducto del Paso Molino,
lo que mejora por unos segundos la experiencia horrible
de viajar en ómnibus y te permite ver desde lo alto el
Prado y el Pueblo Victoria, además del aire fresco que
entra por las ventanas, siempre y cuando las personas
abran las ventanillas (ese es otro misterio extrañísimo
del montevideano: por qué no abre las ventanillas de los
ómnibus). Las contras son que tiene muy pocos servicios
nocturnos y que en el día es medio traicionero, y que

pasa por calles espantosas como Magallanes, Arenal Grande o Fernández Crespo. Tiene otras contras que no son exclusivamente propias, sino del servicio de transporte público montevideano en general y que mencionaré al final. Y también otro problema, que nombraré a la hora de hablar del siguiente ómnibus.

El 494 Barra Santa Lucía. De la cooperativa COETC, unía hasta hace poco Buceo con la Barra Santa Lucía, pero ahora sigue hasta casi Delta del Tigre. En un tiempo, también había una línea hermana, el 495, que hacía el mismo recorrido, salvo que en Paso de la Arena doblaba por Tomkinson y llegaba hasta Pajas Blancas; pero la sacaron. Debe ser, sin dudas, de las peores líneas de ómnibus del mundo entero y las razones son varias. En primer lugar, por su recorrido increíblemente extenso que atraviesa toda la capital, es un ómnibus que nunca, pero nunca, vas a tomar vacío, jamás, ni en la mañana, ni en la tarde, ni en la madrugada, ni un domingo, ni un sábado. Es más, sábado y domingo es peor, mucho peor, por lo siguiente: es el ómnibus que permite que todos los habitantes del oeste vayan a la cancha, porque pasa por el Estadio Centenario y otras canchas; y, además, es el ómnibus que los sábados y domingos, días de visita, pasa por la puerta de la cárcel del Comcar. Otros problemas: pasa por abajo del viaducto, lo que lo hace perder mucho tiempo, da calor y carga aun más gente que la que hay; recorre el Centro usando el peor camino que puede haber, la infame calle Mercedes, y su no menos infame continuación, Eduardo Víctor Haedo; se llena en la terminal de Tres Cruces y se tranca en Avenida Italia;

por no mencionar que es de los servicios más lentos por su camino y con una pésima frecuencia, que empeora porque no suelen respetarse en absoluto los horarios ya existentes. A eso hay que sumarle que COETC tiene todavía unos ómnibus de los noventa, que parecen hechos enteramente de hojalata y que, cuando van por las cascoteadas calles de Nuevo París, te generan un ruido en la cabeza que sigue contigo durante horas y que además te impide hablar con la persona que tenés al lado, escuchar música o dormir. Un problema compartido entre el 494 y el 128: la competencia. Los dos ómnibus comparten un tramo, en el que los únicos ómnibus que pasan son esos dos, el que va desde Santa Lucía y el puente de Ruta 5, hasta poco antes del Paso Molino, es decir, Nuevo París en toda su extensión de oeste a este. La población que vive en esa zona y que toma ómnibus es muy numerosa y, aunque cualquier persona con un mínimo de sentido comunitario, que piense en el bien de los usuarios del servicio, intentaría que las pocas líneas que pasan por Nuevo París y que llevan a los lugares donde la gente estudia, trabaja o hace otras cosas, se intercalen para que sea menos el tiempo de espera, esto no sucede. Tanto COETC como Cutcsa lo pensaron únicamente como una excusa para llevar a cabo una competencia y ver quién se queda con más usuarios en ese tramo. Por lo tanto, pasan exactamente a la misma hora todos los servicios y lo que van haciendo es pelear por llegar antes a las paradas más pobladas. Por ese motivo, puede pasar que quizás el ómnibus que precisás no pare en tu parada, porque el otro se le fue muy adelante, o que te apuren para que subas rápido. O, lo más insólito, si uno de los ómnibus llega antes, el inspector que está en la parada le avisa al chofer que la competencia está por llegar en unos minutos y lo que este hace, sin ningún tipo de vergüenza, es parar el ómnibus y esperar al otro para que se acumule gente en las paradas y ganársela. Todo esto contribuye a que la experiencia del viaje hasta el Paso Molino sea al menos estresante; además, esto implica que, si perdiste un ómnibus, hayas perdido los dos que te podían llevar, así que la espera va a ser más larga.

La otra línea que pasa por Nuevo París, pero que hace un camino distinto es el 427. También de la compañía COETC, une Los Bulevares y Malvín Alto o Portones, lo que también lo vuelve un servicio con un recorrido muy extenso. No obstante, suele ir menos lleno que el 494 y es porque hace una vuelta más larga; si uno está apurado, mejor no tomarlo. Viene desde el oeste con el mismo recorrido que el 494, pero en Yugoeslavia se mete para el sur y hace la travesía del barrio por Carlos de la Vega, una de las calles más hechas mierda de Montevideo. Y como los ómnibus de COETC son de los más hechos mierda del transporte capitalino y no los quieren romper más, ese tramo lo suelen hacer a una velocidad de humano caminando. Igual, el 427 se hace querer por algunas razones. Una es que también va por arriba del Viaducto, otra es que agarra por Rodó, que es mucho mejor que el 494 cruzando el Centro por Mercedes, y la última es que, a pesar de tener un servicio nocturno muy malo, es el clásico ómnibus que, cuando te quedaste varado a mitad de la noche, te salva.

Y a todo se le suma un boleto caro; ómnibus que van lento porque tienen un horario estirado, por lo que muchas veces, si están adelantados, se frenan y van a paso ciclista; usuarios y trabajadores del transporte que no son conscientes de que todos la estamos pasando mal viajando, pero, en lugar de poner lo mejor de nosotros y darnos cuenta de que el enemigo no es el otro, sino el sistema político económico que desde que somos país piensa la ciudad y los servicios en función de quienes tienen más, que por lo general son los que no toman ómnibus, y que la gente de las clases populares se joda, y que lo único que hacen entre sí es tratarse mal, el chofer contra el que sube, el que sube contra el guarda, los choferes entre sí, los que viajan entre sí, así hacemos que viajar sea una experiencia amarga. Entre esperas y viajes, quizás se nos vayan 2,5 horas por día; todo el mundo trabaja 6 días a la semana, o al menos la mayoría; eso hace que en la semana se vayan 15 horas, en el mes 65 y en el año 780. En una vida laboral de 40 años se pierden 31200 horas, o sea, 1300 días: más de 3 años y medio de nuestras vidas en una experiencia mala, traumática, violenta. Sin embargo, en todos los años de historia del Uruguay, el sistema de transporte público y cómo mejorarlo nunca estuvo entre las preocupaciones de los gobiernos nacionales y municipales. Después se preguntan por qué la gente se está comprando motos y autos como si se terminara el mundo, y es porque viajar en ómnibus es una experiencia de las que deprime a una sociedad entera, que afecta la salud mental de una comunidad. Y entonces todo es peor, porque como la gente se compra su propio vehículo, las calles estallan, hay más accidentes y, por consiguiente, los ómnibus andan más lento y se embotellan. Conclusión: más locura, más neurosis, más depresión, más violencia. Pero los que viajan en ómnibus no son los poderosos, los que toman las decisiones, los que tienen el dinero y las empresas; y si, por alguno de esos milagros del mundo, uno de esos toma un ómnibus, va a ser siempre desde el Centro a Pocitos o Carrasco, y esos ómnibus van siempre vacíos, tienen recorridos cortos, llegan rápido y tienen buena frecuencia; entonces esas personas se preguntan por qué la gente se queja del sistema de transporte público, si es excelente, o, como escuché o leí varias veces, si en otros lados de Latinoamérica es peor. Por eso ir a Nuevo París no me resulta algo práctico. Como mi madre lo sabe, me avisa: «Te la mando con tu hermano, que mañana tiene que ir a hacerme un mandado al Centro».

Reconozco enseguida la letra. Es la misma de la carta que me llegó hace un tiempo, que decía que sabía que estaba realizando un trabajo sobre la historia del barrio y me citaba a una plaza un domingo a la mañana. No tuve relación con Elvira más que la charla y la expedición de esa mañana, pero me alegro mucho de saber que está viva. Cuando se dio lo del derrumbe fui a la Seccional 19 de Policía a denunciar que una persona había quedado atrapada bajo tierra, pero no me tomaron en serio. Un policía que parecía venir de una noche de servicio, con la típica expresión que tienen las personas que están intentando en vano salir del pegue de la cocaína a fuerza de mate y Coca-Cola, me miró mientras le contaba lo que había pasado, los ojos duros, la mirada perdida, no me escuchaba. Me pidió algunos datos, se quejó de que la computadora estaba trancada como siempre, imprimió algo que me hizo firmar, firmé y me invitó a retirarme, diciéndome que se iban a encargar. Cuando le iba a decir que era urgente, hubo problemas con unos familiares de alguien que tenían detenido y, de nuevo, esta vez con menos calma, me dijo que me fuera. A unas cuadras estaban los bomberos, por la calle Llupes. Los encontré al sol, tomando mate. Uno lavaba el camión cisterna. Les conté lo que me pasaba y me pidieron una dirección, un lugar desde donde iniciar el rescate. Les dije que se había derrumbado y que no había entrada, pero que se podían hacer paso desde la entrada que habíamos abierto desde la cañada. Ahí desviaron el foco y me amenazaron con que, si iban al entubamiento de la cañada y descubrían que lo habíamos perforado, me iban a tener que denunciar porque eso era daño a la infraestructura o al bien público o algo así. Les dije que lo olvidaran, que no pasaba nada, y me fui. Pensé que iban a decirme: «Eh, esperá, no te podés ir, lo que dijiste es muy grave y tenés que quedarte hasta que lo vayamos a comprobar», pero no, me fui y ellos siguieron con su mate al sol. Pensé que solo no podía hacer mucha cosa y, cansado, confundido, decidí hacer un pacto de silencio conmigo, olvidarme de Elvira, irme y, bueno, cosas que pasan, y que la verdad era que ella sabía cuando se metió bajo tierra que era algo que podía terminar mal. Pero cuando recibí la carta me alegré mucho, quizás porque todavía tenía algo de culpa por mi cobardía.

Querido, me quedé muy preocupada cuando se dio el derrumbe en el túnel. Con el tiempo pude enterarme de que seguías bien. Te soy sincera, no me enteré hasta un rato después: ensimismada hablando y contándote fascinada lo que sabía del túnel y lo que iba encontrando, en un momento me descubrí hablando sola y, cuando miré para atrás, ya no estabas. Pensé que te habías perdido y te busqué, pero luego, al ver que mis pisadas terminaban en un montón de tierra, comprendí lo que había pasado y temí lo peor. Intenté buscar ayuda desde acá abajo, pero fue imposible, y luego me resigné. Pensé que de alguna manera también sabías que esto podía ser peligroso y que, bueno, pasó lo que pasó por algo. Pero cuando me enteré de que seguías vivo fue un alivio, supongo que porque también tenía algo de culpa por haberte metido en este problema.

Desde aquel día no he subido, y te diría que mi vida está mejor acá, como que encontré una razón de vivir, un mundo a explorar que cada día me sorprende. Y como los túneles efectivamente conducen a todos lados y cada tanto tienen salida al exterior, me entero de cómo van las cosas y de algún que otro chisme también. No tengo pudor, que me juzgue la historia por chusma. Así fue cómo te pude mandar una carta, por un conducto de las cañerías que llega hasta la superficie. Con cosas que encontré acá abajo ideé una especie de bomba de presión que arroja objetos hacia arriba. Para que tu madre no pensara que era basura y la tirara, le tuve que dar un formato de carta postal.

Sí, aunque te parezca mentira, hay un montón de objetos acá y, por lo que he podido estudiar, puede tener dos causas, las dos muy apasionantes, y las quiero compartir contigo:

1) Hay un extraño fenómeno que hace que literalmente la tierra se trague cosas. Lo sospechaba y tuve chance de verlo con mis propios ojos. Creo que está relacionado con que acá abajo sea hueco, con la presión del aire, con los movimientos del suelo y con los cambios de temperatura y de humedad entre el arriba y el abajo; aún no he determinado cuáles de estas causas son las responsables. Pero lo que sucede, sin forma de predecirlo aún, es que la tierra chupa, abre una especie de boca flexible que no deja huella ni pozo ni nada, y como se abre se vuelve a cerrar. Es, como te decía, un fenómeno apasionante porque de alguna forma estamos descubriendo la flexibilidad de la tierra y la hierba, y eso podría cambiar la propia física. Imaginate que la Tierra pueda ser flexible, que el núcleo, el mismísimo centro de la Tierra quizás genere una presión que chupe cosas a su interior y no sea, como lo imaginamos, un nucleo duro. Los volcanes y los géiseres son formaciones que tienen que ver con el constante intercambio de información y energía entre el núcleo y la superficie, pero quizás no sean los únicos y haya otro tipo de formaciones, que por su carácter efímero y flexible suceden permanentemente y no han sido tomados en serio.

¿Por qué digo esto?, porque también lo investigué. Encontré un caño que da justo debajo del quiosco de Santa Lucía y Faramiñán. Le expliqué al quiosquero brevemente que yo vivía ahí abajo, que no le dijera a nadie, pero que necesitaba todas las revistas que me pudiera conseguir sobre casos y noticias insólitas. Viste que hay algunas argentinas y algunas paraguayas, uruguayas no, pero también en *La República* a veces aparecen noticias raras para llenar las páginas. Le pagué con un dinero que hice acá abajo. Encontré muchas cosas de plata y de bronce, y a través de un ducto de ventilación me comuniqué con el Remigio, el muchacho que compra chatarra ahí en Llupes y Diógenes Hequet, y me lo compró a buen precio. El quiosquero me vendió alguna cosa y me regaló muchas cosas viejas que andaban en el depósito de los canillitas. Revisé y revisé durante horas, y encontré por lo menos ocho noticias que daban cuenta de casos de gente que denunciaba que había presenciado cómo la tierra se tragaba a su perro, su moto, sus plantas, un galpón de herramientas entero, la leña, los juguetes de los niños. Y eso son los casos que la gente presenció o que denunció, imaginate los que no nos enteramos. Y por las cosas que he encontrado acá abajo, debe haber pasado muy seguido. Para serte sincera, en un momento temí por mi supervivencia y pensé en volver a la superficie. Pero fui encontrando tantas cosas y a la vez tantas maneras de vincularme con allá arriba, que perfectamente puedo estar acá y seguir con mis investigaciones sin que peligre mi vida. Sospecho que es por eso que no se ha venido abajo el barrio, a pesar de estar sobre un enorme hueco, porque, por este extraño fenómeno de la flexibilidad, no hay grietas, no hay derrumbes, todo se mantiene con aire debajo, como un tejido. Igual, debo averiguar qué fue lo que pasó con el derrumbe de aquella vez, el que nos separó.

2) Recorriendo, encontré, debajo de lo que podría ser el baldío de la extextil La Mundial (sabés de dónde te hablo porque es cerca de tu casa), una conjunción de túneles que daba a una zona más amplia y más alta. Descubrí que era más alta no por cuestiones del desgaste del tiempo y los fenómenos naturales, sino por incidencia humana, como si hubieran excavado, intentando dejar el suelo más abajo para contar con más espacio. Cuando llegué y me puse a inspeccionar, descubrí lo que sin lugar a duda fueron, en algún momento, pequeñas construcciones con barro y madera, que adentro tenían implementos para cocinar, viejos colchones para dormir, candelabros y faroles para iluminar con velas. Allí vivió gente. Y hablo del pasado, porque desde que lo descubrí no vi a nadie. Lo más llamativo es que todo está detenido como si lo hubieran tenido que abandonar de un momento al otro: hay platos servidos con restos de comida podrida en las mesas, hay vasos con líquido aún. Luego de revisar que no hubiera nadie que me pudiera causar problemas, me instalé allí porque es mucho más cómodo y, al ser más amplio, corre un poco más de aire. Y no solo por

eso. Una vez instalada, descubrí que había una serie de ductos de ventilación perfectamente diseñados que dan a la superficie, nunca encontrados por nadie porque, como sabés, La Mundial está abandonada hace décadas. He encontrado materiales de todo tipo, pruebas que me confunden porque son de procedencia muy diversa y que dan cuenta de varios grupos que podrían haber habitado aquí abajo; no descarto (no solo no la descarto, sino que quizás sea la hipótesis más lógica) que efectivamente todos esos grupos hayan vivido acá abajo en algún momento. Lo que ahí debería determinar es qué fue de ellos, por qué dejaron de estar abajo y qué los hizo abandonar este lugar. En fin, por lo que pude encontrar, es probable que hayan estado acá abajo: A) Hay infinidad de objetos, pinturas en las paredes, raíces talladas con simbología inuit. Si bien nunca se supo si los esquimales que habían traído para Les Champs-Élysées eran verdaderos inuit, estos indicios podrían dar cuenta de que efectivamente lo eran y que al cerrar el parque lograron instalarse aquí, con un clima que, si bien por momentos suele ser demasiado húmedo, es bastante fresco. B) Panfletos, volantes, libros y documentos de una organización guerrillera no conocida, al menos por mí: el BOLCHE (Brigada Operativa de Liberación y Confraternidad Holística y Esotérica). Leí algunas actas que pude rescatar de entre los hongos y la humedad, y al parecer es una rama del Partido Comunista del Uruguay expulsada de sus filas en el Congreso de 1955 por cuestionar a Stalin, pero también por manejar algunos principios incómodos para el comunista ortodoxo, como la certeza de que Lenin iba a transmutar en polvo cósmico y que, por lo tanto, su prédica estaba contenida en el espacio y podía ser leída y decodificada del estudio de las estrellas y su comportamiento; la equiparación de los escritos de Marx, Engels, Lenin y Stalin con los de Jan Christiaan Smuts, Louis Pauwels, Edouard Schouré o Madame Blavatsky; la negación absoluta de los conceptos de *lucha de clases* («En un sistema perfecto como es la humanidad, las partes no deben enfrentarse, resulta ridículo pensar en que los riñones de una persona se enfrenten con el corazón, la próstata o el cerebro») y *plusvalía* («Si bien es cierto que, como dice Marx, hay un excedente, una diferencia considerable entre lo que produce un trabajador y su retribución, parece al menos simplista pensar, en un universo en el que todo se transforma en otra cosa permanentemente, que ese excedente se pierda; ¿no será más preciso hablar de *plusvalía transdimensional centrífuga?*»). No hay más noticias de ellos, no se sabe qué los trajo acá abajo ni cuándo dejaron de estarlo, pero me llamó la atención que, según consta en actas de una asamblea realizada en 1970, pensaban la posibilidad de realizar un atentado contra el semanario *Marcha*, «un nido de izquierdistas falsos, porque el izquierdista que crea que la ideología es una actividad pura y exclusivamente definida por la razón, en realidad es un alienado, un esclavo inconsciente del imperialismo». C) Se sabe que, desde antes de que se diera el golpe de Estado en 1973, había una pugna entre dos facciones del Ejército. Cuando comenzó a gestarse el golpe, se creía que el bando que se iría a imponer era el conocido como el *peruanista*, en referencia a que estaban muy influenciados por el golpe nacionalista de Velazco Alvarado y por algunas cosas del peronismo argentino, igual de malos pero menos entreguistas y neoliberales; dentro de este grupo estaba Gregorio Álvarez, por ejemplo. Pero, en definitiva, se impuso el otro bando, más conservador, más fascista, que seguía las directrices de los organismos financieros y de Estados Unidos, más represivo; hasta el propio Álvarez termina renunciando a sus principios y sumándose a este grupo. Son quienes lideran la dictadura de principio a fin, el aparato represivo e ideológico, el terrorismo de Estado. Una de las cosas que siempre tuvo la cúpula que comandó la dictadura fue una paranoia tremenda que lo hacía pensar que todos eran enemigos y que los enemigos eran más grandes y peligrosos de lo que realmente eran. Dos ejemplos notorios: el primero, los tupamaros. Cuando estos milicos toman el poder, los tupas ya estaban desintegrados, sin poder, sin posibilidad de organizarse, con los líderes presos, muertos o exiliados, sin embargo los militares se pasaron todo el tiempo que estuvieron en el poder utilizando todo el aparato represivo para perseguir cualquier tipo de rastro tupamaro o de todo aquello que pudiera oler parecido.

El otro ejemplo es ese otro bando peruanista militar, que poco poder tenía, que no contaba con apoyos externos, que tenía a muchos miembros presos, desaparecidos o asesinados. Hasta el último día fue considerado un enemigo a atender y dentro de la cúpula militar poderosa no faltaban los hechos de paranoia grave y la intranquilidad de sentir que cualquiera podía ser un traidor. Me enteré, por lo que hallé acá, de que en realidad el bando perdedor no estaba tan desmantelado ni había renunciado al poder. Una fracción de ese grupo, no sé cómo, encontró este mundo subterráneo y, por lo visto, estaba armándose para contraatacar. Se habían planteado seguir cavando la red de túneles para llegar hasta la Rural del Prado. Esperaban poder llegar al día de la inauguración de la exposición de la Asociación Rural y poner un montón de explosivos debajo del suelo del palco principal, donde cada año estaba lo más alto del poder militar, del aparato represivo, de los líderes rurales más colaboradores del terrorismo y el saqueo y de los empresarios cómplices. No sé si pudieron acercarse, sé que el atentado nunca tuvo lugar. Desconozco los motivos y lo que sucedió con ellos después. D) Esto es lo más curioso, y son solo suposiciones parciales en relación con algunas cosas que encontré, pero creo que acá abajo está la clave para resolver desapariciones de los noventa. Hallé un mapa de los túneles, con lugares señalizados y nombres de mujeres. Enseguida recordé a Pablo Goncálvez, el asesino serial de principios de los noventa, y las fechas coincidían. Me comuniqué con un vecino, expolicía, y le pedí si podía conseguir del expediente de Goncálvez algún texto que tuviera su letra, porque, si coinciden las letras, es probable que haya muchas más muertes que las que declaró y se pueda dar con el paradero de mujeres desaparecidas. El tema es que habíamos quedado en hablar con mi vecino hace una semana y no aparece. Yo no quiero subir, creo que es mucho lo que tengo para investigar acá, y, al estar metiéndome en temas medio complicados, tengo miedo de que peligre mi seguridad. Por eso te quería pedir, vos que capaz tenés acceso porque eras periodista, si no podés conseguirme un texto con la letra de Goncálvez. Una fotocopia, una foto, lo que sea. La envolvés en una bolsa, la sellás con cinta y la tirás por el caño del desagüe del frente de la casa de tu madre.

Por lo demás estoy bien. Y el mapa de Goncálvez me puede servir incluso como base para hacer el mapa total de este mundo apasionante.

Muchas gracias. Cuidate.

Elvira

Si hubiera nacido unos años antes, probablemente Mirtha hubiese formado parte del grupo de Mario, Parrilla y Cabrerita. No. Borro. No debo pensar como históricamente se ha pensado la literatura uruguaya. Bandos, grupos, generaciones. Entiendo que, para estudiar períodos, autores, obras, a veces hay que realizar recortes y mapas. Pero solo como una escala, como una acotación de esa enormidad. El problema es que algo tan complejo e inexplicable, tan diverso y multidimensional como la historia, se termina explicando con esos esquemas. *Generación del 45*, por ejemplo. ¿Qué significa eso? Por un lado, es un recorte útil que puede definir a una generación a la que le tocó vivir condiciones históricas determinadas; pero hasta eso es un problema, porque esas condiciones no se vivieron de la misma manera, por el hecho de que las personas son distintas y por la simple razón de que no lo va a vivir de la misma forma un hijo de intelectuales de clase alta montevideana que el hijo de un ferretero de Canelones, y así con todo. Lo mismo en cuanto al trasiego y vínculo con personas de otras edades; sigo con el ejemplo, se ha estudiado la relación de los del 45 con Juan Ramón Jiménez o José Bergamín, pero solo como una especie de faro, como viejos maestros. Y, además de todo, está la idea de que una persona es un ser predecible con un itinerario físico y mental determinado. Con los cafés me pasa eso. Se juntaban en el Sorocabana o, antes, en el Tupí Nambá o el Polo Bamba. Más allá de las distancias temporales, imaginemos si alguien en cuarenta años dice que toda nuestra generación se reunía en el Andorra, el Brecha o La Ronda, que son bares que yo al menos piso muy de vez en cuando. Y con base en eso se crea un relato y muchas veces se cortan los recorridos, el estudio de la historia también desde lo territorial. Todo esto pensando en, por ejemplo, Mario, Parrilla, Cabrerita, pero también en Mirtha años más tarde. Sus edades no eran las mismas, venían de realidades distintas, no se podría decir, más allá de los años del Bar Yatasto, que se identifiquen con un lugar determinado. Es más, lo interesante de ellos, en los relatos que pude recabar, es que, por no ser muy aceptados en determinados cenáculos y por tener además muy poco dinero para permanecer en bares, caminaban mucho, recorrían la ciudad, paraban donde encontraban un lugar. La historia, los estudios, los muy buenos trabajos que hay sobre literatura uruguaya, la *Enciclopedia uruguaya, Capítulo oriental,* de qué me sirven para entender a este trío, que luego se vuelve una dupla con la partida de Parrilla, que después se dispersa del todo cuando encierran a Cabrerita, que luego se vuelve trío de nuevo con Mirtha, pero que se vuelve a partir cuando esta va a Francia. La historia parecería ser siempre la tarea de leer todo lo que se dice sobre algo para luego desecharlo o, al menos, olvidarlo por completo a la hora de crear un nuevo relato.

Siguiendo esa metodología, los relatos que se asumen, se legitiman y pasan a repetirse como verdades absolutas son en realidad un recorte bastante grueso de la realidad. La escala 1:1 es imposible en todo, pero eso no implica que no exista. Que en el atlas del que aprendí geografía en la escuela Uruguay fuera del tamaño de medio lápiz, porque alguien necesitó crearlo a esa escala para estudiarlo, no significa que efectivamente el país tenga el tamaño de un medio lápiz mordido. Tomemos como ejemplo el relato en torno al 45; ya que estamos, sigamos con ellos. Una generación pujante de jóvenes talentosos o, al menos, trabajadores y estudiosos. Armaron un canon de referencias y de lo que creían debía ser la literatura. Todos lo hacemos un poco, aunque no nos demos cuenta, pero después llegaron otros a repetir como loros que ese canon, que era personal, caprichoso, hasta un poco malévolo, era el canon que teníamos que repetir y defender. Pienso en el mío. Lo tengo, lo defiendo, cuando era más joven con mucha más vehemencia que ahora; pero, como todo recorte, deja afuera mucho más de lo que incluye. Imaginen que, dentro de unos años, por algún motivo azaroso, ojalá nunca, mi palabra sea lo que se llama *palabra autorizada*, y autores que gustan mucho o son muy importantes para mucha gente, pero que a mí directamente no me interesan nada y nunca los voy a nombrar porque difícilmente entren en mi universo de divagaciones, queden en la sombra de la historia. Bueno, a veces pienso en eso cuando imagino el presente de Parrilla, Mario García, Mirtha Passeggi y tantos. No hablo de buenos y malos, sino de quienes por algún motivo quedaron afuera del relato de las voces autorizadas y con los que luego el tiempo terminó la labor.

Pero más tarde viene otro tema igual de complicado. El rescate. En primera instancia es una acción muy loable. Aunque tenga problemas con la idea de que el sistema rescate a los mismos que esconde y que de poco le sirva al artista ese rescate porque muchas veces están muertos o por morirse, el rescate parece ser un recurso más del mecanismo para seguir operando en esos términos casi de selección natural, donde se nos jura que los que llegan son los mejores, los que el tiempo debe preservar, y que los que no llegaron no lo hicieron por algo. En realidad, esa cuestión de visibilidad/invisibilización tiene que ver con lógicas de poder heredadas y con lugares de superioridad a los que la gente, por lo general, se vuelve adicta, porque siempre es bueno sentir que se tiene el poder de decir qué es lo que está bien y qué es lo que está mal. Lo más ridículo de los legitimadores, creadores de cánones y formadores de opinión, es que no saben, ni siquiera sospechan, que nunca tuvieron el poder, que son parte de un mecanismo que los trasciende y que, encima, defender esa estupidez de los cánones es perpetuar la pérdida total de poder. Y la violencia simbólica también, pero ese es otro tema, para un libro entero. Por no hablar de algunas muletillas en torno al acto del «rescate». El primer problema es cómo darle valor a algo que estuvo en las sombras. Hay mil formas, pero por lo general se eligen las peores, como nivelarlo con un autor visible: «Es como el Rulfo uruguayo, pero nadie lo conocía», «Hacía lo mismo que Simone de Beauvoir, pero tres años antes».Y la otra es la del vago, la que se hace cuando no se anda con muchas ganas de pensar: «Es una rara, es un *rara avis*, es alguien fuera de época». Lo peor de esta movida es cómo termina atrayendo a las aves de rapiña del mercado literario, que en menos de lo que se cierra un libro ya titulan en los mejores suplementos culturales o en las antologías de raros que tal es «el secreto mejor guardado». No sé por qué eso vendría a ser un valor. Me interesa más en todo caso pensar en quién o quiénes decidieron que tal artista fuera un secreto, quiénes y por qué decidieron guardar ese secreto por años y, finalmente, quiénes y por qué deciden develarlo. Y todo ese mecanismo perverso en relación con alguien que probablemente está muerto y quizás fue ninguneado o ninguneada toda su vida. Si no fuera expresión de un poder berreta, sería hasta gracioso. El rescate es necesario, a veces es hasta bueno, pero si no revisamos qué hay detrás o delante, qué sucede, de dónde viene todo, seguirá siendo lisa y llanamente otro mecanismo del sistema para crear la enfermedad, las causas, el síntoma y, luego, el medicamento.

Ahora Passeggi, por ejemplo. La edición del ministerio va a pasar sin pena ni gloria, porque el Estado uruguayo no sabe nada de edición ni de mundo editorial-literario. Van a hacer una edición descuidada, mal impresa, mal curada, con un diseño horrible, sin distribución, comentada y rescatada únicamente por dos o tres críticos literarios, porque muchos más no hay; integrará, quizás, con mucha paciencia, algún programa de Literatura Uruguaya en Humanidades o en el IPA, y listo. Pero, en dos o tres años, la va a publicar una editorial argentina, que va a insistir con eso del secreto mejor guardado o como «lo que quedó afuera del *boom*», y después *El País* de Madrid va a entrevistar a escritores de moda y les va a preguntar por autores desconocidos, y alguien la va a nombrar, y entonces van a publicarla en España, quizás en México, capaz alguna traducción, van a estudiarla en algunas cátedras universitarias del primer mundo, la prensa hablará del nuevo fenómeno, por lo general equiparándola con otros autores desconocidos, y ahí increíblemente en Uruguay van a empezar a hablar de ella y curiosamente los lectores no van a ir a las librerías a comprar la edición que se hizo en Uruguay, sino las españolas o las argentinas, carísimas, diciendo que es una vergüenza que en Uruguay no publiquen a Mirtha Passeggi. En dos años ya no va a haber fenómeno, porque la cadena va a volver a empezar con otros autores, y Paseggi volverá a las sombras, quizás para siempre, quizás por décadas.

Entonces, con todo esto, ¿qué lugar se le dará a Mirtha Passeggi en la historia, en el presente, en el futuro? ¿Es necesario que tenga un lugar cuando durante mucho tiempo no tuvo ninguno? ¿Lo querrá? Sirven de algo, generan algo lindo o bueno o interesante todos esos juegos en torno al arte que a veces ni siquiera están tan cerca. Me aburre. Esto que escribí y que pensé me aburre. Esa retórica de escritores incomprendidos, olvidados, subvalorados, sobrevalorados, inflados y fenómenos publicitarios. Todo lo mismo. Todos muertos. Estamos en la peor etapa del capitalismo y todo indica que se vienen peores. Entonces, para qué perder tiempo dándose la cabeza contra un muro.

El problema del *boscia albitrunca* III

No fue difícil encontrar un manuscrito de Goncálvez. Como bien decía Elvira, yo había trabajado en un diario y en ese tiempo había hecho mis contactos, una red sin la que ningún periodista puede trabajar. Lo metí en una bolsa, le agregué dinero y un celular que no usaba, por las dudas. Me daba cosa que estuviera allá abajo sola.

A la semana, trancada en el caño, encontré una bolsa con el dinero, el celular y otra carta.

Querido, todo es mucho más complejo de lo que pensábamos. No tengo respuestas para todas las preguntas. No es malo ni traumático, quizás, sí, un tanto riesgoso.

La letra coincide con la de Goncálvez. Pero cuando fui a los lugares los encontré, cómo decirte, como si alguien hubiera llegado antes que yo.

. Lo que sí, a medida que me metí en túneles más profundos, oscuros, de esos que no tienen salida o conexión con otros, seguramente los más nuevos en el tiempo, fui encontrando lo que parecían restos de cuerpos. Básicamente huesos. Te acordás, creo que es una de las de Indiana Jones, que en un momento van por un túnel cuyas paredes y suelo son todas de huesos humanos; bueno, no tan así, pero sí. Quiero decir, encontré huesos, muchos, y, a medida que me metía en lugares más oscuros, encontré más. El tema es que no pude investigar mucho porque a esa profundidad me empiezo a quedar sin aire y el olor a podrido es fuerte.

Querés que te diga en lo que creo. No te burles. Creo que no lo vas a hacer, por lo que te conozco, pero igual lo pido. Acá abajo hay algo. No me preguntes qué, pero hay algo. Puede ser humano, pero si lo es, es algo muy distinto a lo que consideramos humano. Puede ser no humano, un animal capaz, muchos, pero sí con un poder depredador sin igual. Puede ser algo no conocido, un monstruo, un fantasma, un demonio. Mirá, creo que acá abajo te das cuenta de que nada es imposible. Como sea, creo que eso se comió a todas las comunidades o grupos que intentaron vivir acá abajo. Pero mirá esto, creo también que hay algo acá, donde estoy yo, que hace que no venga, la humedad, la luz, el aire, no sé, algo. Monté guardia varias noches, he puesto trampas sonoras, harina en el piso, nada. Por acá no anduvo. Pero cuando me meto en la profundidad, además de encontrar huesos y ropa de distintas épocas, objetos y hasta armas, me parece escucharlo, olerlo y, sobre todo, sentirlo. No te imaginás cómo lo siento. Es raro de explicar, creo que no es que lo perciba, sino que en un momento nos fusionamos. Y tengo una teoría, te la voy a contar. Creo que el ser que sea, lo que sea que hay acá abajo y devora lo que encuentra, posee poderes telepáticos. Sí. Creo que tiene el poder de hacerte ir hacia él, como sabe que no puede ir hacia donde sus presas están, hace que las presas vayan a él.

Es extraño. Entiendo que puedan haber ido a su encuentro como hipnotizados, porque la sensación es hermosa. Como de protección, de cuidado, de vuelta al origen. Sentís todo el tiempo atravesando a la vez tu mente, las diferentes dimensiones, el pasado, el presente, el futuro. Descubrís que no solo se expanden tus sentidos, sino que hay más de cinco. Muchos más, pero no descriptibles con palabras. Siento realmente que cuando estoy en ese estado no se trata de un imán, no es que telepáticamente me obligue a ir a su encuentro, no es esa la relación que se establece; es más bien como un intercambio de información. Y sabés qué, siento que, en cada una de esas sesiones, aprendo cosas nuevas, me expando, me potencio.

Quiero seguir con los encuentros, desarrollar su mismo poder. Creo que, si le doy lo que quiere, puedo lograr que me dé lo que quiero. Me di cuenta de que ese ser es como una gran antena que sintoniza las dimensiones temporales, espaciales, el conocimiento, todo el saber espiritual, el de la naturaleza, lo oculto. Yo ya estoy vieja y no tengo más aspiración que aprender lo que nadie aprendió, y esta es mi oportunidad.

Al principio te dije que se complicó y que quizás podía ser peligroso. No quise asustarte, porque en realidad no creo que esto sea algo malo. Quizás sí sea peligroso si este ser, esta entidad, evoluciona y puede sobrevivir fuera de su túnel, salir al barrio, a la ciudad, reproducirse. Pero por ahora no puede, y además voy a intentar una conexión distinta, no de cazador y presa, no de víctima y victimario, sino de mutualismo.

Así que nada, querido amigo. No te preocupes por mí. Acá abajo no hay bestias más peligrosas que arriba. Yo me pondré en contacto contigo, pero no me intentes contactar, porque voy a necesitar toda mi energía en este nuevo objetivo.

Gracias por todo, incluso por el dinero y el celular, que te devuelvo porque realmente no los necesito.

Suerte con el libro.

Insisto, es un poco obsceno hablar de la desesperación por irse. De las múltiples trabas que recibimos para poder instalarnos en otro país. No nos expulsa una guerra, no nos destierra una dictadura o un régimen totalitario. Ni una plaga, una peste, una hambruna, una inundación, un tsunami, un terremoto, un volcán en erupción. Hay mucha gente peor que nosotros, nuestras preocupaciones y urgencia no dejan de ser una emergencia burguesa, o, al menos, eso es lo que siento cada vez que le cuento a alguien lo mal que la estoy pasando por no poder tramitar una ciudadanía europea. Sé lo que piensan, yo pensaría lo mismo si alguien que se dedica a la literatura y que tiene estudios universitarios me dijera, indignado como si estuviera en una lista negra y debiera irse de inmediato del país, que necesita conseguir una ciudadanía para irse a Europa. Pero ya no sé cómo decirle a la gente, y que me tome en serio, que mi situación laboral, siendo escritor o dedicándome a los libros, es realmente precaria y preocupante. Por qué si viniera un obrero metalúrgico, vestido de mameluco y con las manos llenas de callos de trabajar ocho horas en la fábrica durante años, y dijera: «Mi situación laboral es precaria, necesito irme de acá porque no aguanto más», seguramente a nadie se le ocurriría decirle que se consiga un problema digno. Yo también alimenté eso. Fui de los que se pusieron desde la tribuna a juzgar qué problemas eran reales y cuáles eran frivolidades burguesas. La carta que podría usar para destrabar, que es victimizarme por mi procedencia, no la pienso usar. Decir que mi padre se murió con todos los órganos hechos polvo porque trabajó toda su vida con productos químicos, sin protección, en negro y por dos pesos, o que mi madre es trabajadora doméstica, que nunca aportó para su jubilación porque sus patronas no lo hacían y que ahora, con más de sesenta, tiene que seguir trabajando hasta que se muera. Que nunca tuvimos nada, que somos de Nuevo París, que soy el primer universitario de mi familia, que fui también el primer liceal. Que nadie tiene nada, que de mi padre heredé deudas. Esas cosas que a los juzgadores les gustan, que los conmueven o que los pueden hacer meter mi caso en la categoría Problemas Reales de Gente Humilde.

Leonor tiene una línea distinta que podríamos seguir, en apariencia mucho más sencilla y accesible, pero en la realidad la más difícil. Su madre y su hermano tramitaron la ciudadanía italiana hace unos años, aunque de italianos no tienen absolutamente nada, pero ella no. Ahora solo tiene que pedir turno en la embajada para presentar los mismos documentos, pero es difícil. La embajada da muy pocos turnos y es imposible acceder a uno. Meses hace que estamos todos los días, a determinada hora, diez segundos antes, con el dedo a milímetros del botón para cliquear a la hora justa en el formulario de la página de la embajada, pero, cuando lo hacemos, ya no hay más turnos. Lo hemos probado en punto, un segundo antes, tres, cinco, diez, quince. Un joven que da consejos en Youtube dice que, si lo hacés doce segundos antes, no hay forma de errarle, pero tampoco funcionó. Vimos otros videos: cerrar todas las otras pestañas y ventanas; no entrar desde el celular, sino desde la PC; unos dicen en Chrome, otros en Firefox, otros que tal día es mejor que el otro. En Facebook hay un grupo, Ciudadanía Italiana en Uruguay. Allí la pregunta siempre es la misma, ¿cuál es el secreto para conseguir turno? Algunos aseguran que hay que insistir todos los días; otros, que los días son tres o cuatro porque en los otros ni siquiera abren cupos. Siempre está el rumor de que la embajada va a ampliar cupos, pero no lo hace. Hay personas que se ofrecen a hacer el trámite por vos. Se comenta que no son pocas las personas que ofrecen sus servicios para conseguirte turno. También es como un secreto a voces que, realmente, si esas personas se encargan del trámite, se hace más rápido. Pero cobran muy caro. Me metí a investigar en varios perfiles que ofrecían ese servicio. Todos aclaran que no es porque tengan un conocido en la embajada que consigue turno enseguida cuando a cualquiera le demora años, sino porque cuentan con un programa de última generación que hace algo así como cliquear un montón de veces por segundo y alguna engancha. Pero en el grupo nadie les cree. Todos dicen que la embajada de Italia es pura corrupción, que hay gente que hace negocios con los turnos, que son pocos, es cierto, pero que los pocos que hay por día se los dan a gente que puede pagar un dinero por fuera.

Leo una nota en *Gente d'Italia*, un diario de la comunidad italiana que siempre se las arregla para salir como suplemento de algún otro diario. Siempre pensé que esos diarios de colectividades son poco críticos, apolíticos, más que nada de divulgación, por eso me sorprende encontrar una nota crítica con la embajada italiana. Más que un artículo, es una columna de opinión que critica al embajador italiano en Uruguay, a quien acusa de estar siempre para los brindis, los eventos y las fotos, pero no para su tarea diplomática y consular. Específicamente habla de la promesa, que hizo al iniciar su período de actividad, de solucionar de manera urgente las demoras en otorgar turnos de ciudadanía y bajar considerablemente los plazos, situación que consideraba vergonzosa. Lo que sostiene la nota es que, desde que el embajador hizo esa afirmación, la situación no ha hecho más que empeorar y que los plazos para conseguir turno e iniciar trámite de ciudadanía son cada vez más largos. La nota linkeaba con otra, sobre un grupo de ciudadanos uruguayos descendientes de italianos que se estaban organizando para realizar acciones concretas para protestar contra esta situación. Había testimonios de personas que perdieron trabajos, becas, o familias que se partieron porque unos fueron a Italia con la ciudadanía y los que todavía no lo consiguieron están hace años en Uruguay esperando. «La realidad es que para la burocracia política italiana nosotros en Sudamérica no existimos y tal vez incluso molestamos. Hay una clara voluntad de estorbarnos, pero debemos recordar un poco a nuestros antepasados, esos italianos que llegaron aquí sin nada, a quienes se les abrieron las puertas para construir una nueva vida como algunos de nosotros querríamos hacer hoy, pero se lo impiden, para nosotros las puertas siempre están cerradas», dice una de las representantes del grupo. Denuncian que hace unos años se anunció una obra en la sede diplomática y un aumento de personal, con un costo de más de dos millones de euros destinados a resolver el problema de la falta de turnos, pero que «solo fue una fachada». No sería la única fachada ni operación limpieza, porque dice la nota que, luego del caso Ventre, la embajada gastó más de 16.000 euros en una agencia de publicidad para una campaña de limpieza de imagen.

Luca Ventre fue asesinado misteriosamente en el patio de la embajada italiana el 1 de enero de 2001. No quedaron claras las circunstancias en que ingresó al predio ni por qué el policía lo atacó, pero lo que sucedió, y muestran las cámaras de seguridad, es que el policía tumbó a Ventre en el suelo, lo inmovilizó durante treinta y siete minutos, una maniobra violenta que le habría causado la muerte, según el informe pericial. Ventre murió tras ser trasladado al hospital por «asfixia mecánica violenta y externa a causa de una constricción prolongada del cuello que provocó una hipoxia cerebral de la que resultó el estado grave de agitación psicomotora y paro cardíaco irreversible». A pesar de las pruebas concluyentes, la resolución del caso es digna de la impunidad que reina en Uruguay desde hace tiempo. Por un lado, la Justicia uruguaya determinó que la muerte se debió a la cocaína que había consumido la víctima en los días previos y a los sedantes suministrados en el hospital. Por otra parte, la respuesta de Italia tampoco escatimó en eso de lavarse las manos, el policía nunca estuvo en Italia, por lo tanto, no pueden hacer más que apartarse y hacer como que nada pasó.

Le escribo al autor de la nota, a quien casualmente tengo entre mis amigos de una red social. Quiero el contacto del grupo que está protestando. Me pasa un número de teléfono y escribo para ponerme a disposición para lo que se necesite y participar de las próximas acciones. También le digo que soy periodista y podría replicar en el diario lo que se vaya logrando. Me responde enseguida. Me invita al próximo sábado. Hay un día dedicado a Italia en el Museo de la Migraciones, primero una bicicleteada y luego un festival culinario. La idea es ir con pancartas que denuncien la situación, a ver si el embajador les presta atención. Hacer ruido, hacernos ver, pero sin violencia, me repite. Le digo que si puedo voy, aunque sé que no voy a poder por cuestiones laborales.

Cuando le cuento a Leonor, me dice que mejor no, que no nos conviene sumarnos a esa, y propone una idea mejor. Su tío se comprometió a hackear la página para ingresar y conseguir un turno. Al momento de terminar de corregir esto para entrar en imprenta, no lo ha logrado.

PARTE II
Los padres populares

—Tía, ¿cómo estás?, ¿qué paso?

—Ay mi negro cómo estás perdoná que te llame no te quiero molestar yo sé que siempre estás con mucho trabajo y capaz no tenés tiempo para atender a una vieja pesada pero hace días quería hablar contigo viste que está viniendo esta muchacha para averiguar sobre la familia y para mí es muy difícil porque me remueve todo son muchas ausencias muchas pérdidas dolorosas Carlitos tu padre mi hermanito del alma Dios lo guarde y mi madre y mis otros hermanitos tus tíos ay mijo qué tristeza por qué ellos y no yo por qué si yo soy la más vieja y ellos tan jóvenes pobres qué vidas difíciles y hablo con esta chiquilina que pobre yo sé que no debe ser fácil bancar a una vieja como yo hablándole de muertos con lujo de detalle porque aunque parezca que no yo me acuerdo de todo y la chica a veces se enoja porque anota todo en su cuaderno y me graba y me dice que yo le digo una cosa y después otra y eso no es así yo creo que ella no sabe escuchar tan pendiente de anotar que está no sabe descifrar lo que digo tras lo que digo vos me entendés no es solo anotar interpretar lo que alguien dice no es solo reproducir exactamente las palabras que dijo y yo le digo cosas y a ella le parecen incoherencias o peor cosas contradictorias mirá si yo voy a andar siendo contradictoria con nuestra memoria nada más y nada menos que nuestra rica historia porque no habremos sido ricos económicamente pero nuestra historia es muy rica en realidad sí hubo riqueza porque el tío José el esposo de mi tía Norma era un banquero creo que fue gerente de un Banco República del interior y tenían tremenda casa en Sayago porque sabés que nosotros somos todos de ahí bueno tanto hablar de los muertos y del pasado y desde hace unas noches que no paran de aparecerse todos en mis sueños y me hablan me cuentan cosas que no sé si sucedieron me preguntan por qué como que yo supiera creo que lo que quieren saber es por qué se murieron porque siempre que se me aparecen muertos en los sueños ellos quieren saber eso pobres como si les sirviera de algo todavía no cayeron en que están muertos del todo en que no van a volver bueno en realidad yo sí creo que van a volver porque soy muy creyente no es que vayan a volver sino que nunca se fueron porque su espíritu está acá con nosotros bueno de hecho se me aparecen pero además en un momento volvemos a la vida yo creo en la reencarnación y esta chica se enoja y siento que hago todo mal porque no estoy pudiendo ayudarte a que te puedas ir porque le pregunté para qué eran las preguntas y me dijo que para armar el árbol pero yo soy muy inteligente y enseguida me di cuenta que no era solo por el árbol o que quisieras hacer un libro sobre nuestra familia sino también para irte porque te conozco y porque yo si fuera vos me iría también qué te vas a quedar haciendo acá en este país donde los únicos que progresan son los abogados los doctores los chorros los empleados públicos y los alcahuetes claro que tenés que irte te vamos a extrañar un montón pero sé que es lo mejor para vos y sé que tu padre desde el cielo también quiere que te vayas porque sé que siempre quiso lo mejor para vos y además te digo yo si hubiese podido me hubiese ido bueno en realidad una vez tuve un novio yo tendría treinta y cinco y él tenía veinte porque siempre me gustó estar con chicos más jóvenes que yo y porque yo además aparentaba mucho menos y bueno el chico era actor no te voy a decir el nombre porque sos capaz de buscarlo o de ponerlo en un libro y la verdad no quisiera volver a saber de él porque fue un gran amor y me sigue doliendo no haberlo acompañado cuando me dijo que le había salido un trabajo en México para actuar en una telenovela porque no sabés lo lindo que era todo un galán y no me animé no era porque yo acá tuviera mucho vos sabés cómo soy yo amaba a mis hermanos y a mi madre y a mis tías y a ustedes mis sobrinos queridos pero siempre elegí estar un poco ausente creo que era porque también sentía que me iban a juzgar por la vida que llevaba Carlitos no mis tías tampoco ellos siempre me apoyaron en todo y nunca me criticaron pero mamá sí pero no lo hacía de mala creo que tenía miedo que yo pudiera repetir sus mismos errores y yo le decía mamá vos no cometiste ningún error eras pobre y eras mujer en un tiempo en el que era espantoso ser pobre y ser mujer y además tuviste mucha mala suerte mi papá te abandonó con dos hijos te volviste a juntar con otro hombre confiaste de nuevo te quería te trabaja mejor se querían tuvieron varios hijos más y una noche lo matan en el trabajo y nada de eso es tu culpa y después cargaste con dos hijos enfermos toda tu vida y nunca tuviste nada y sé que con Carlitos intentábamos ayudarte pero no alcanzaba porque ni casa tenías y además porque eras un poco reacia a recibir favores pero ella me juzgaba y bueno a pesar que yo ya había decidido estar medio ausente de la vida familiar me dio un poco de cosa irme pero lo que más me influyó fue el miedo de darle una dimensión distinta a la cosa no sé si me entendés porque hasta ese momento éramos novios o algo así nos veíamos salíamos nos acostábamos pero nada más que eso de hecho yo nunca dejé de vivir en mi casa ni él dejó la suya pero si nos íbamos juntos yo me iba a sentir obligada a cosas que acá no hacía porque no vamos a irnos a México para vivir en casas separadas y hacer cada uno su vida una vez allí íbamos a vivir juntos y una vez viviendo juntos qué seguía decime vos tener hijos uno dos tres y ser una ama de casa a vos te parece yo que era todo lo contrario de una ama de casa ahora me ves con ochenta años y puedo decir que no tengo ni idea de cómo se cocina ni de cómo se plancha la ropa y entonces imaginate en mi esplendor en lo mejor de mi vida irme a otro país a volverme ama de casa de un actor de telenovelas y además me iba a llenar a cuernos porque él era hermoso y ahí iba a estar lleno de mujeres lindas aunque ninguna como yo porque siempre le decía vos andá probá pero siempre vas a volver porque no vas a encontrar una como yo pero ojo porque si te vas capaz algún día no podés volver y la verdad ahora que lo pienso yo también lo iba a llenar a cuernos porque era hermosa e insaciable ahora te lo puedo decir porque sos grande sobrino querido y porque sos como tu padre mi hermanito querido y sé que no me juzgás pero yo sé que para mucha gente una mujer demasiado suelta pero no me importa porque yo viví mi vida y claro si nos metíamos los cuernos no iba a ser lo mismo para él que para mí porque él iba a ser un genio por estar con mil mujeres y yo iba a ser la atorranta que lo avergonzaba entonces me imaginé todo eso y dije ni loca me voy acá tengo lo que quiero y bueno siempre lo voy a recordar y también siempre lo voy a amar eso le dije mirá siempre te voy a amar te voy a recordar para siempre y siempre tendrás un lugar en mi corazón pero no puedo irme ni quiero y él lloró no sabés lo que lloraba ese cristiano y cuando se fue y me quedé sola lloré también porque lo iba a extrañar y sabés por qué más porque algo de mí siempre se iba a quedar con la duda de si habíamos tomado la decisión correcta porque hay oportunidades que pasan una sola vez en la vida y me daba terror pensar que estaba dejando pasar la única chance de irme de acá y probar cómo podía ser mi vida en otro lado y la verdad tenía razón porque nunca más tuve la chance de irme y cada día que pasa pienso en ese muchacho lo busqué en el Facebook y no lo encontré y lo busqué en Google y nada y pienso que quizás se cambió el nombre y se puso un nombre artístico porque él tenía un nombre espantoso que no te voy a decir y cada día pienso en cómo hubiese sido mi vida y si este país no es un lobo con piel de cordero no es una planta carnívora es decir una flor hermosa que te atrae y que te hace creer que tenés que posarte allí y no irte más de ahí porque no necesitás nada y cuando elegís quedarte te abre la boca y adentro hay un aroma lindo familiar dulzón y de a poco entrás y te sentís dichoso porque estás en un lugar que nadie sabe lo lindo que es pero te traga y no salís más y te paraliza y te va comiendo y te das cuenta porque no te morís enseguida te das cuenta cada minuto que te queda de vida que tendrías que haberte ido bien lejos y bueno no sé sobri yo te quería decir que a la muchacha le respondo todo lo que me pregunta y me pidió documentos y fotos pero los busqué y no los encontré y creo que los perdí porque había dejado una caja en lo de mi tía Hilda y cuando la llamé me dijo que esa caja pensó que era basura y la tiró así que no sé si podré ayudarte perdoname sobri siento que te fallé.

—Tía, está despegando el avión. Te llamo cuando llegue.

★

Cuando Leonor se ganó una beca para ir a París, no pensé que todo iba a ser tan difícil. Entré a mis cuentas y tenía el dinero para el pasaje, tenía que conseguir para el alojamiento y los gastos diarios. Por su beca, nos permitían alojarnos en la *Cité des Arts*, un lugar lleno de artistas de todo el mundo que van a París a estudiar, exponer y crear, y el costo era bajo si se tiene en cuenta la ubicación. Armé un proyecto relacionado con la investigación de Passeggi y una lista de lugares en los que podía postularme para pedir plata. Estatales, municipales, privados; a nadie le interesó. Los fondos grandes de movilidad habían cerrado sus convocatorias, así que me presenté a otros fondos más chicos, y tampoco gané.

Probé en instituciones europeas, Passeggi había estado por varios lugares y podía aprovecharlo. Universidades, bibliotecas, centros culturales y artísticos. No la conocían, no entendían en qué los podía beneficiar mi presencia, no tenían dinero. Armé varios talleres, escritura creativa, literatura uruguaya, literatura latinoamericana, cine latinoamericano, cine para niños y adolescentes. Algunos lugares respondieron, pero la respuesta era la misma: no hay dinero. Mi proyección inicial sobre la forma en que mis ahorros, con los trabajos que tenía o iba a tener, se iban a ir incrementando empezó a fallar. Gastos inesperados, inflación, algunos trabajos que se cayeron, que no me pagaron o que terminaron pagándome menos de lo pactado hicieron que, al pasar los meses, la cantidad de dinero que tenía se hubiese quedado clavada en la misma cifra. Leonor me decía que me apurara a sacar pasaje, pero no le hice caso. Estaba enfocado en tratar de engrosar mis ahorros y en otras cuestiones, como las investigaciones sobre Nuevo París y Passeggi.

El tema de la ciudadanía también requería mi atención. Siempre manejamos la idea de ir a París esos meses y volver, pero yo quería otra cosa. Soñaba con irnos y poder quedarnos, y para eso necesitábamos los papeles. «Enfocate en este viaje, los papeles no van a salir antes de que nos vayamos», me decía Leonor.

Cuando finalmente quienes otorgaban la beca confirmaron la fecha de viaje, faltaba un buen tiempo todavía, y me descansé. Las cuentas estaban estancadas y me obsesioné con eso. No quería pedir plata prestada, ni a Leonor ni a nadie. Me pone muy nervioso deberle a la gente. Hablé con mi amigo TZ para saber si venía algún camión de impresoras para descargar, y me dijo que estaba por venir, pero no sabía cuándo. Le escribí al diario para ver si había chance de publicar más seguido o notas más grandes. Lo único que me podían prometer era tres notas al mes. Fui a hablar con mis editores para saber si había algún pago por derechos, y algo me pagaron. Paso raya. Entre descargas, diario y derechos de autor, había hecho en un mes ocho mil pesos.

Mientras todo eso pasaba, fin de la emergencia sanitaria, guerra en Ucrania, suba de combustibles y suba del dólar. Cuando Leonor me dijo de irnos a Francia, busqué pasajes y salían entre 1100 y 1300 dólares. Cuando fui a sacarlos, unos meses más tarde, salían entre 2000 y 2200. Ya ni siquiera tenía para el pasaje.

Corté pasto, limpié terrenos baldíos, vendí parte de mi biblioteca, cuidé viejos, instalé ventanas de aluminio con mi amigo GT, vendí ropa en la feria. Pero finalmente tuve que pedir plata prestada.

El pasaje más barato que conseguí era diez días antes del de Leonor. Hacía escala en Brasil, Panamá y Ciudad de México, donde pasaba la noche durmiendo en el aeropuerto, y luego Madrid y París. Una amiga francesa de Leonor me consiguió un lugar para quedarme con un amigo portugués llamado Romain.

Los papeles de ciudadanía nunca los conseguimos. Viajé a París una mañana que anunciaban un ciclón extratropical. La noche previa dormí en lo de mi madre en Nuevo París. Un vecino taxista se ofreció a llevarme por un buen precio. Me contó en el camino que había vivido en Galicia un tiempo, también manejando un taxi. Que volvió a Uruguay porque extrañaba y fue la peor decisión que tomó en su vida, pero que ahora ya estaba, ya había pasado el momento.

★

En el primer tramo de avión me puse a ver un documental sobre estrellas, planetas, agujeros negros. Son buenas esas películas que te permiten pensar en otra cosa mientras las mirás. Repasé lo que había significado París en mi vida. Crecí en una familia, en un barrio y hasta en un tiempo en los que hacer un viaje no era algo posible. Viajar no era más que una ilusión con poco asidero en la realidad. Un sueño que no podía concretarse, pero, de tan lejano, ya no me dolía. Como ser invisible o volar. No era para nosotros y, como lo asumí sin problema, viajar dejó de estar dentro de mis deseos.

Cuando entré a facultad, pasé de convivir con gente preocupada por el día a día en Uruguay, a estar en ambientes donde el extranjero importaba, con personas que viajaron, viajaban o querían viajar, no solo por turismo, también para estudiar, para trabajar. Importaba cómo pensaban, cómo hacían, cómo actuaban, cómo hablaban, cómo escribían en otros países. No entendía eso de estar pendiente de la vida de otra gente en otros lugares. También me molestaba que los referentes, el pensamiento, las ideas, las buscáramos afuera. Yo estaba acostumbrado a encontrar las referencias en Uruguay, a lo sumo en Argentina, pero no más lejos que eso. Ni siquiera era por conservador, por nacionalista; era la forma de pensar y vivir en la que yo me había criado, la única manera que conocía de hacerlo. No tenía muchas chances de ser otra cosa que la que era.

Pero, extrañamente, ese rechazo se fue transformando en aceptación, primero, y con el tiempo me convertí en uno más. Necesitaba estar al tanto, consumía todo lo que llegaba de esos lugares, quería conocer su historia, sus costumbres, su vida diaria, la vida política, la vida social, el idioma, la forma en la que vivían y pensaban. Era raro, porque tampoco era muy accesible estar al tanto. No accedíamos a los discos ni a los libros ni a la ropa del primer mundo. Una vez, vino una compañera con un disco a decirnos que se lo había traído una amiga de París y que eso era lo que se estaba escuchando en ese momento. Era un disco de Benjamín Biolay y nos lo pasamos escuchando en cada reunión que teníamos, bailando con la afectación con la que bailaban los personajes de las películas europeas que veíamos en los festivales de Cinemateca.

No era solo una cosa aislada de un montón de pendejos jugando a ser intelectuales, también había una institución que de alguna forma nos legitimaba. La Facultad de Humanidades, sus principios, sus docentes, sus programas, sus bibliotecas, luego de cierta tendencia latinoamericanista a mediados de siglo, ya entrados los dosmiles, se había volcado de nuevo, como en sus inicios, a un primermundismo hegemónico y, dentro de ese primermundismo, a una francofilia potente. Ahí adentro todos teníamos a Francia como faro, nuestra meca, y a todo lo francés como el universo de referencia al que queríamos pertenecer de cualquier manera. Los teóricos que nos interesaban eran los franceses, los autores tradicionales que nos interesaban y los novedosos que marcaban el camino, el estilo, la moda, la forma de habitar el mundo, eran eminentemente franceses. Al poco tiempo de volverme un estudiante de Letras, me había obsesionado con lo francés y mi objetivo pasó a ser solo uno: vivir en Francia. Le pedí plata a mi padre para ir a Francia y me miró como diciéndome «de dónde querés que saque la plata». El sueño resistió un tiempo, pero eventualmente se empezó a apagar. Los únicos que pudieron ir a Europa a vivir y a estudiar fueron los que ya tenían plata de antes; yo cambié mis objetivos y la poca plata que tenía la utilicé en alquilarme un apartamento en Palermo para irme por primera vez del oeste de Montevideo.

★

Charles de Gaulle. Como los trámites de llegada fueron ágiles y sin ninguna complicación, al agarrar la valija ya estaba saliendo directo para irme, cuando me pararon en un mostrador dos funcionarios aeroportuarios, un hombre y una mujer, que me hablaron en inglés. A nadie más de todo el vuelo, solo a mí. Me había fijado en internet los requisitos para entrar a Francia y había algunos que no tenía, como determinada cantidad de dinero. Me preguntaron para qué iba y les dije turismo. Dónde me iba a quedar y les indiqué la dirección de Romain. Me pidieron no sé qué papel que certificara que me quedaba allí y les dije que no tenía. Después me preguntaron por el dinero y les inventé que en mis tarjetas tenía esa cantidad. Dudaron unos segundos. Me pidieron que abriera la valija. No tenía nada raro, pero en ese momento todo puede ser sospechoso. Les llamó la atención el tabaco y la botella de vermú. Ahí me di cuenta de lo ridículo que era haber llevado a París un vermú uruguayo marca Oyama. «Vermouth», les dije, y por primera vez sonrieron. Encontraron mi mapa de París y lo abrieron. Era un mapa grande que me había impreso para trabajar lo de Mirtha. Como tenía el dato de que ella podía estar en la zona de los árabes, de la comunidad uruguaya o de los africanos, en el mapa había algunos lugares marcados y un gran círculo que decía «Árabes». «Qué es esto» me preguntó, señalando el mapa. No sabía qué responderle. Era largo de explicar, para qué quería saber cuál era la zona de los árabes, cómo expresarlo en mi inglés menos que básico. Lo miré, ya sudado, y le dije «Turist». Como vi que no decían nada y me seguían mirando, repetí: «Turist». El hombre posó el dedo índice de su mano derecha en el mapa y recorrió toda la ciudad, se posó en un punto, me miró y dijo: «Tour Eiffel». Se rio exageradamente mirando a su compañera y yo para salir de ese momento me reí también. Luego, marcó otro punto dijo: «Arc de Triomphe», y nos volvimos a reír. Cerró mi valija y me saludó cordialmente. Cuando me estaba yendo, me llamaron. Frené y tardé en darme vuelta. No podía ser. Otra vez. Giré y los vi, mirándome desde su mostrador. El hombre levantó su brazo, hizo un gesto de brindis y dijo: «Vermouth».

Salí del aeropuerto y fue un alivio respirar el aire fresco. Me tomé cinco minutos antes de la locura de intentar sacar boletos de tren hasta París con esas máquinas europeas inentendibles. No quería enloquecerme. Estaba muy cargado, pero si salía mal, salía mal. Saqué el boleto para el tren que me parecía y, si era otro, bueno, se verá. Me senté donde pensaba que pasaba el que debía tomarme, con mi boleto en la mano. Cuando paró uno, me subí, me senté en un vagón que tenía un compartimento para valijas grandes y me calmé. Miré para afuera y recién ahí, viendo una sucesión de lugares verdes con árboles, lugares con casas, lugares verdes, lugares con casas, hasta que en un momento empezó la urbanización total, me dije: «Mirá dónde estamos».

La Graine

Tuve suerte, pero a la vez no. Buscaba pasajes baratos para ir a Niza a encontrar a algún esterista que me pudiera hablar de Parrilla y de Mirtha. También un alojamiento relativamente económico. Resulta que Niza es un poco turística y todo lo que encontraba eran hostels que me cobraban un montón de dinero, pero a cambio me daban diversión y buena onda, y hoteles que me prometían buena ubicación, cerca de la costa y los lugares donde se hacen los negocios. En qué momento de la historia de la humanidad el turismo se transformó en una industria tan enorme y omnipresente. No creo que haya muchas industrias más nocivas para los lugares. Pienso en las ciudades a las que cambió para siempre, que ya no volvieron a ser ciudades normales, París, Barcelona, Nueva York. Una especie de melancolía, pensar lo que fue y ya no hay forma de que sea. Seguramente sea más fácil frenar la industria armamentística o el narcotráfico, que la del turismo.

Cuando ya estaba por reservar un hotel barato que encontré lejos de las zonas más concurridas y un flixbus que pasa por Lyon, Marsella, Frejus y Cannes antes de llegar a Niza, recibí un correo. La esposa de Parrilla me avisaba que no iba a estar porque se iba a Uruguay a una muestra sobre Cabrerita, en la que iban a exhibir cosas de Parrilla y el esterismo. Pero que igual no me iba a servir de mucho ir hasta allá porque no había papeles ni cartas ni fotos, porque Parrilla tiraba todo, y los compañeros de los primeros años estaban todos muertos. Lo que sí, en un viejo cuaderno de Parrilla había encontrado una dirección:

«Mirtha París: Pass. Josseaume 19».

Busqué en internet y el lugar era un edificio. Esa zona de París me gustaba, era como de una ciudad normal, por más que París nunca va a ser normal. Pero la vida parecía menos afectada que en otros lugares. Me fijé en los timbres del edificio y ninguno decía «Passeggi». Toqué uno por uno preguntando, en un francés muy elemental, si conocían a una vecina de ese nombre, pero todos me rechazaron, salvo una señora que me dijo, igual de seca que los anteriores, que el edificio no era muy viejo y que capaz era una dirección de antes. Crucé la calle y lo miré, era uno de esos edificios construidos a fines de los noventa, utilitarios, sin belleza y sin alma, realizados con materiales de calidad media que ya empezaban a romperse. Me paré en la esquina del pasaje y la Rue des Haies y le pregunté a todas las personas mayores que pasaban si sabían qué había antes en ese lugar. En la esquina con Rue de la Reunion estaba L'imprevú, un bar de viejos, y allí me ayudaron, hablando pausado para que pudiera entenderles su francés.

—Lo que estaba ahí era La Graine.

—Ah, claro, es verdad, los de La Graine, en una casona con un buen terreno.

—La demolieron en el 98, creo.

—No, ya era el 2000.

—No, 98, 99, no más que eso.

—¿Y qué era La Graine?

—Una comunidad. No sé si eran hippies.

—No, no era hippies, eran anarquistas.

—No todos, había algunos socialistas.

—Ah, sí, Luc, un camionero que venía por acá, era socialista. Murió hace unos años.

—¿Conocen a alguien de La Graine que me pueda ayudar?

—No.

—No, no me acuerdo.

—No.

—¿Fueron ustedes a la casona?

—Un par de veces, a imprimir unos volantes para mi comercio. Yo tenía otro bar más cerca del cementerio.

—¿Tenían una imprenta?

—Sí, hicieron de todo. Imprenta, tenían una huerta y vendían, pasaban películas, había teatro, en un tiempo la asociación de vecinos se juntaba ahí.

—¿Y después de que se demolió?

—No los vimos más. Igual, cuando se demolió, ya no funcionaba. Estaba vacía.

En internet solo hay una vieja nota en *Le Canard*, pero sin firma. Busco otros nombres en otras notas. Anoto como diez. Los busco en las redes, no sé si son ellos porque algunos tienen nombres muy comunes, pero les solicito amistad y les escribo. Quiero saber sobre La Graine y sobre el autor de esa nota.

Esa noche salgo a caminar. Llego al canal Saint Martin, la noche está fresca, pero hay mucha gente. Tomo unas cervezas, no sé muy bien cuál elegir. Vino tampoco, pero encontré unos muy buenos en el Lidl. No tengo internet, así que veo las respuestas al llegar.

No todos respondieron, pero lo hicieron más de los que esperaba. Varios recuerdan La Graine, pero me dicen lo que ya sabía: era una comunidad, luego se desarmó, demolieron la casona. Sobre la nota nadie recuerda con certeza, pero todos coinciden en que, si era una nota de esos años sobre La Graine, la debe haber hecho Benoit Duquesne. No tienen su contacto, pero todos me dicen que, en las cuadras que hay entre el bar Chateau d'Eau y la Porte Saint-Denis, en algún bar lo voy a encontrar.

París en mapa es siempre chica y todo parece cerca, pero luego en la realidad es mucho más grande. Se hace largo el camino. Siempre pienso que me perdí o me pasé. La Porte Saint-Denis es rara. No la puerta, sino el entorno, es un París suburbano en medio de otro París. En las cercanías de la puerta hay prostitutas, gente vendiendo droga, callejones oscuros donde se ve movimiento, pero no se distingue nada. Pregunto en los bares por Benoit Duquesne. Lo encuentro en un lugar de comida árabe. Está tomando un vaso de vino. Le digo que necesito hablar sobre La Graine y sobre Mirtha Passeggi. Se le dibuja una sonrisa.

—Ah, *Martha*. Bueno, invítame un kebab de cordero y una copa de vino y sentémonos ahí.

El edificio de Romain me hace acordar a las películas francesas que alquilaban mis padres. No sé si el cine francés tuvo una tendencia particular al drama en los ochenta o si mis padres elegían ese tipo de películas, pero me aburría que todas fueran de gente peleando, triste, solitaria. Cuando poníamos el casete y salía el logo de Enec, la distribuidora que traía el cine europeo a Uruguay, me iba a dormir. Un edificio con la puerta lejos de la vereda, a la que se llega atravesando un patio interno y luego una galería. Ese tenía rejas, así que toqué timbre. Romain me dijo que esperara, que ya bajaba; apoyé la valija en el piso y me dediqué a mirar el entorno. Olía a especias, sonaba una música a lo lejos, pero no podía distinguir de qué se trataba. Miré el cielo. Allá arriba, entre los edificios, estaba totalmente despejado. Vi una persona fumando en un balcón. Era igual a Sergio Blanco. No puede ser, demasiada casualidad, bajar en un taxi en el medio de Montmartre en una callecita perdida y ver a Sergio Blanco en un balcón. Pero era igual. Es o no. Parece.

—Hola, compadre.

Nunca nos habíamos visto con Romain, jamás cruzamos siquiera una palabra más que el intercambio breve para pedirle la dirección de la casa, pero se lo notaba feliz de verme.

—Perdoná, me pareció haber visto a un uruguayo famoso justo ahí enfrente.

El balcón estaba vacío. Entramos. La escalera era tal cual la imaginé. Estaba en una película.

Romain era portugués, pero vivía hacía un buen tiempo en París. Trabajaba en un bar, estudiaba teatro y danza. Leía mucho. Su casa era el departamento típico de un joven que se dedica al arte y tiene trabajos precarios. Armada con muchas cosas recogidas en la calle, muebles viejos, utensilios de cocina de otra época, muchas plantas y libros. Su casa, como él, te hacían sentir cómodo. Hablando, descubrí que era fanático de la cultura latinoamericana. Conocía un montón de bandas rioplatenses de rock.

Le conté sobre Mirtha. Se entusiasmó como si jamás hubiera escuchado una historia así. Se ofreció a ayudarme, a hacerme de traductor cuando necesitara. Me invitó a ir la noche siguiente al bar donde trabajaba, porque, al terminar su jornada, iban a ir a una fiesta okupa en Billancourt. Me dijo que trabajaba en un comedor para gente sin recursos y me invitó a ir a almorzar allí. No me había pasado nunca en Europa que alguien no asumiera que yo era alguien de la clase alta.

—Lo que pasa es que acá, si alguien tiene la formación que tenés vos o te dedicás a lo que te dedicás, la gente interpreta que sos como ellos, un burgués.

Le agradecí el gesto, pero quería darme un baño y dormir un poco. Me explicó las cosas básicas de la cocina y el baño, de las puertas y las ventanas, de las luces y la heladera, y se fue. Abrí la ventana y respiré un aire tan fresco que me quedé dormido sin bañarme.

La Graine II

Descubrí que, en Francia, Mirtha era Martha. No me queda claro, y Benoit no lo sabe, si es que ella se presentó así al llegar, si fue un error y ella lo asumió o si fue por otra razón. Pero si hablamos de ella acá, hablaremos de Martha.

Benoit no se acuerda cuándo la conoció ni cómo surgió exactamente La Graine, pero sí que ambos estuvieron en la fundación. Como todas las ideas de esos años, las buenas y las malas, nacieron en alguna charla en Les Pères Populaires, el bar donde se reunían todos los días. La Graine surgió como una comunidad para vivir juntos en tiempos en que no tenían mucho trabajo y los alquileres eran altos. Martha había tenido, además, muchísimos problemas al llegar para conseguir algo sin garantía y sin papeles, y siempre decía que la casona podía ayudar a todos los migrantes que llegaban a París y no podían alquilar. Primero, hacían fiestas, eventos como lecturas, performances, obras de teatro y cosas así, para vivir. Recuerda Benoit que Martha en esa época era principalmente una performer.

—Hacía unas cosas con poesía, música, bailaba, se desnudaba, cosas con el cuerpo, experimentaba mucho. Y, además, era muy política y, aunque la historia artística diga que sí, no era muy común por acá ver ese tipo de arte.

Las fechas y el orden cronológico se le mezclan a Benoit. Él es nacido en Bélgica y tiene apenas unos años menos que Martha. «Éramos los viejos de la comunidad», repite constantemente. Anduvo metido en algunas cuestiones como la insurgencia naksalita, fue contratado por el gobierno francés para infiltrarse en los grupos guerrilleros, pero desertó y se fue para Biafra, donde se dedicó a traficar armas para los grupos independentistas, traficó ilegalmente palo rosa (*dalbergia*) para el mercado chino, formó parte del Living Theatre y, en una de esas vueltas, no recuerda en cuál, conoció a Martha, quien también «siempre anduvo en cosas raras, pero al igual que yo, no para hacer el mal, sino porque nos divertía». Fue cuando coincidieron en París que se les ocurrió vivir juntos.

—Después, la comunidad empezó a crecer y nos dimos cuenta de que se había vuelto un micromundo. Ya era una forma de vida.

Una vieja imprenta de Saint-Denis, donde trabajaba uno de la comunidad, iba a hacer recambio de su equipamiento y consiguieron unas máquinas. Ese fue uno de los proyectos más importantes. Imprimían libros, folletos, periódicos. Pero Martha nunca publicó allí nada suyo, estaba preocupada por otras cuestiones más organizativas. De reflexión, dice Benoit, Martha les insistía en que tenían que debatir todo, cuestionar en todo momento por qué hacían lo que hacían.

—Cuando alguien conseguía un trabajo por ahí, siempre preguntaba si había lugar para alguno más, y venía a La Graine y lo compartía. Hicimos de todo, actuamos en películas, participamos en unos musicales sobre tango que armaba un argentino, trabajamos en un bar peruano, fuimos modelos de pintores, hasta desfilamos para una diseñadora de moda medio punk que estuvo unos años por acá. Hicimos de todo. Y siempre militando.

Nunca perdimos eso. En cuanta manifestación, huelga, ocupación, lío que había, La Graine estaba presente.

★

Le pregunto a Benoit cómo era Les Pères Populaires hace unos años. Relata largamente sobre ese tiempo con la misma expresión malhumorada con que habla de todo. Pero sutilmente, defendido por los pinchos de la barba de tres días que lo vuelve una especie de erizo a la defensiva, es posible encontrar en su voz una limpieza distinta, un brillo.

—Era igual.

—No creo que fuera igual, porque ni siquiera París, el barrio, la gente, sería igual.

—Por supuesto que no era igual.

—¿Entonces qué cambió?

—Todo.

—¿Todo qué?

Benoit levanta los ojos del café y me mira fijamente. Va a explicarme algo que para él es una obviedad.

—De qué sirve que una persona que recuerda algo con cariño te relate cómo era ese lugar, ese tiempo. El cariño, la melancolía, la nostalgia vuelven todo irreal, y me imagino que vos querés que te cuente las cosas más o menos como fueron.

—No. Quiero exactamente lo contrario. Nadie va a venir a chequear que lo que digas sea cierto. Bueno, en realidad, alguno capaz que sí, pero, bueno, gente triste hay en todos lados.

—Es que no sé si te puedo decir datos concretos. Por ejemplo, no sé si esa mesa de cármica estaba o no.

—Pongamos que sí.

—No lo tengo claro. Te diría que antes París era otra cosa. Menos pose, más curiosidad, menos apuro. Pero, capaz, alguien que en lugar de los ochenta vivió los sesenta escucha lo que digo y dice: «No, los ochenta fueron igual que ahora». Pero si no filtro los recuerdos, veo eso. Un bar lleno de gente distinta, había más burgueses que otros, pero nadie…, no sé cómo le dicen ustedes…

—Careta.

—Eso. La pose era para hacerte ver más importante o más rudo, o para llevarte a alguien a la cama o para pelear con tu contrincante, pose de artista bohemio nomás. Pero no era para ser mostrada en las redes. Quedaba acá, era parte del juego de acá. Y eso no nos definía. Creo que tomábamos en cuenta otras cosas. La forma en que alguien discutía o argumentaba, por ejemplo, eso marcaba mucho. Pero lo externo no. Acá al final del día capaz que había una mesa de punkis, obreros, hijos de empresarios ricos, artistas burgueses, ladrones, putas, y todos la compartíamos. Hoy nosotros no podríamos ir a la mesa de aquella chica, la que tiene la Mac, y sentarnos ahí y charlar. Se iría.

—¿Y Martha venía seguido?

—Creo que no entendiste. Venir acá no era una actividad, era parte de nuestra rutina. Para no andar vagando, nos quedábamos acá. A veces no tomábamos más que un vaso de agua y pasábamos todo el día. Martha, como todos nosotros, venía todos los días. Creo que ella habla mucho de este lugar en su libro.

—Tengo leídos sus libros y no hay nada de Les Pères Populaires.

—Los que escribió acá. Cuando se vinculó con la editorial de los libertarios españoles en Toulouse. Pero los publicó con otro nombre.

—¿Te acordás cómo era el nombre?

—No. Me acuerdo de que a ella le interesaba mucho poder escribir y pensar en francés, a pesar de que muchas veces en La Graine hablaba español. Yo le entendía porque cuando estuve en la brigada en Biafra tenía muchos compañeros españoles. Bueno, pero Martha no quería ser una escritora uruguaya escribiendo en francés, tenía un problema con eso. Así que le sugerí que publicara con un seudónimo francés y no le dijera a nadie.

—¿Publicó varios libros?

—Sí, uno que era medio autobiográfico, aunque tomá todo con pinzas, porque la relación de Martha con la verdad era rara, y hermosa también. Después publicó otro sobre un poeta amigo de ella, que vivía en Niza, y otros sobre arte.

—Parrilla.

—Ese, el pelado de la barba.

—¿Lo conociste?

—Vino un par de veces. Pero era medio insoportable. Bueno, también publicó un libro sobre Ethel Estades con un amigo coleccionista uruguayo que venía cada tanto por París. Él también usó un seudónimo, de mujer creo. Y creo que andaba con una novela sobre indígenas.

—¿Todas en francés?

—Todas.

—¿Las leíste?

—Todas. Pero después las regalé. Nunca tuve casa fija y no podía cargar con libros. Una cosa más, muchas cosas que dice de mí no son exactas. Anota eso.

—¿Nunca más supiste de ella?

—No. Después de lo de Mano Negra, anduvo por acá un tiempo. Un día nos juntamos acá en Les Pères y me dijo que había descubierto algo increíble y que estaba cuidando algo muy importante, que hasta le podría costar la vida. Sentí que fue una forma de despedirse.

—¿Vos te preocupaste?

—Cuando empiezan a morir los amigos, cada encuentro es raro. Siempre pensás que puede ser el último. Y, de hecho, con Martha fue así.

—¿No supiste nada más de ella?

—No. Ni yo ni nadie. Por eso creo que sigue viva. Escondida pero viva. Seguramente encontró algo que le mantiene vivo el fuego. Vivía de esa forma.

—Pero tendría casi noventa años.

—Vos realmente no conociste a Martha Passeggi.

Los libertarios españoles de los que habla Benoit son el Movimiento Libertario Español, un colectivo anarquista conformado por militantes que, escapando del franquismo, recalaron en Francia, principalmente en Marsella, Niza y Toulouse. La editorial que tenían se llamó Emle, y no me consta si sigue funcionando, pero por los libros que conseguí en distintas librerías de usados que recorrí, hace ya varios años que no sacan publicaciones nuevas. Según los pocos sobrevivientes que quedan de aquella época, la relación con Martha se dio en París. La relación entre los anarquistas y socialistas parisinos con la gente de Toulouse era fluida, y Martha estaba muy vinculada a ellos.

Joaquín Muñoz, un viejo imprentero de Emle, recuerda que Martha no solo publicó varios libros, sino que tradujo mucho. Por investigaciones posteriores, testimonios, cartas y apuntes de Martha, seguro constan las traducciones que hizo de Lucy Parrilla, Rolina Ipuche Riva, Perla Bottini, Maeve López y Arsinoe Moratorio, pero seguramente puedan ser muchas más, porque en los créditos de los libros no figuraba el nombre del traductor y porque los documentos de la editorial se perdieron completamente.

★

Consigo una copia de *Une seconde fois* en una librería de usados cerca de Pouvourville, al sur de Toulouse. El librero, un francés desagradable, me dice que no vale nada, que parece un libro de los de ahora. Lo leo de un tirón. Es un libro raro, todo puede ser autobiográfico y todo puede ser puesto en duda. A veces hay largas opiniones, como pequeños ensayos, en los que no queda claro si quien habla es Martha o una narradora que inventó.

La primera reacción que tengo es anunciarles a los de la Dirección de Cultura el hallazgo de nuevos libros de Passeggi; más allá de que no me contrataron específicamente para eso, mi tarea iba a contribuir con que su obra no quedara solo en manos de unos pocos, sino de todos. Pero enseguida en mi cabeza la transformo en dinero. Y en un poco de prestigio, también. Puedo pedir un Fondo de Creación del Estado y decir que lo que quiero es investigar y hallar la obra perdida de Passeggi; luego, presentarme a un Fondo Concursable del Ministerio para la edición de libros raros, editarla, hacerle un prólogo y cobrar un montón de plata por el trabajo.

Sé lo que acabo de planear, sé el tipo de actitud que hay atrás de todo esto, pero trato de no tener culpa. Desde hace por lo menos diez años, nuestra cultura se ha vuelto un juego de competencia entre gestores y proyectos. La única forma de cobrar por nuestro trabajo es volver todo un proyecto y pasarse todo el año preparando convocatorias, Fondo Concursable, Fondo Regional, Fondo de Incentivo, Fondo de Creación, Fondo de Formación. Nos hemos vuelto expertos en escribir proyectos, en llenar formularios, en escribir objetivos mentirosos, en transformar cualquier cosa en una posible investigación, en decir una y otra vez que el objetivo del proyecto es universalizar, democratizar, visibilizar y un montón de cosas que nunca se cumplen porque, primero que nada, la literatura en Uruguay, tal como está pensada, no es para todos, sino para una mínima franja de clase media alta letrada montevideana, y, segundo, porque en realidad todo lo hacemos por dinero. Y no nos queda otra. Somos conscientes de que nos hemos transformado en unos monstruos burócratas, pero no hemos tenido otra opción.

La Graine III

Esta vez Benoit me citó en un bar en Barbes. Se llamaba Les Trois Fréres, quedaba en Rue Leon y estaba lleno de gente borracha, pero los ebrios más amables y simpáticos que nunca había visto. Creo que se conocían todos desde hacía años. Había un partido de fútbol en la televisión entre un equipo alemán y uno portugués. Benoit andaba taciturno. No era algo inusual en él, más bien un estado que se permitía tener, casi como un *spleen* contemporáneo.

—El círculo de Martha era enorme. Siempre aparecía por La Graine o por Les Pères Populaires con alguien distinto. Sumaba gente. Creo que entendía que muchos, cuando llegan a París, necesitan un círculo de contención. Un grupo de personas igual de desterrados para hacer cosas. Parece una estupidez, aunque no todo el mundo lo puede ver. Pero es innumerable la cantidad de gente. Algunos se quedaron, como Thierry, un joven de Bruselas. Bah era joven cuando llegó. O Elaine Sturtevant. Ella era estadounidense, artista. Estaba un poco chiflada. Bueno, como todos nosotros. Con Martha se llevaban muy bien. Y después artistas de todo el mundo que venían por ella. Porque era muy modesta con eso, pero no sé si en Uruguay saben que Martha fue una artista importante, reconocida en muchos lados. Y muchos artistas cuando venían por París la buscaban, sobre todo los latinoamericanos. Me contó que llegó siendo escritora a Europa, pero acá hizo muchas cosas. En un momento lo cortó, creo que por La Graine, que le ocupaba todo el tiempo, pero antes había realizado intervenciones artísticas y perfos muy buenas. La contrataban los centros culturales y museos, viajó mucho. Pero ella nunca hablaba de eso. Bueno, en fin. Mucha gente pasó por La Graine. Escribió sobre eso también en sus libros. A algunos los he visto. Al viejo grupo. Creo que Elaine se murió. Hace poco vi una muestra en una galería. Ahora su obra se vende a buenos precios. A Tití lo he visto. Creo que vive en Saint-Denis. Tití es Thierry. Buscalo, creo que sigue haciendo música y cada tanto toca en algún bar. Había una argentina, directora de teatro, o actriz, no me acuerdo, que también era amiga de Martha. Y había otro argentino también que andaba con Moshe Naim para todos lados y después se volvió para Argentina. Pero para los nombres soy terrible. También son épocas de muchos exiliados latinoamericanos, no te olvides. Y muchos exiliados se sumaban a La Graine o andaban en la vuelta de Martha. Pero no le gustaba del todo eso a ella. Es decir, era muy solidaria y estaba siempre cuando la necesitaban, pero a veces le parecía que esa victimización permanente iba a generar que dejaran a los latinoamericanos siempre en una posición de lástima. Siempre decía que el objetivo era conquistar el mismo respeto que cualquier otro, no lástima. Igual, creo que eso tenía que ver también con un gran defecto que tenía: no sabía pedir ayuda. Era terca, prefería hacer trabajo doble o triple, resolverse sola, complicarse la vida, antes que pedir ayuda. Un poco con La Graine se le fue yendo eso, pero era insoportable. Orgullosa, diría. La pasábamos bien. Yo la quería mucho.

Al final saca de su bolso un libro inédito de Martha y me lo entrega. Me dice que ya lo tenía preparado para publicar así como está, pero que no encontró editor y después fue pasando el tiempo y no lo publicó. Tiene diapositivas pegadas y texto. El título en la tapa es lo único que está escrito con la letra de ella: *Díptico*. Dice que la última vez que se vieron, ella le dijo que hiciera lo que quisiera con el libro.

★

Dita Parlo se llamaba la banda de Thierry. Por las fotos, son todos veinteañeros, menos Tití, que tiene más de cincuenta. Era curioso porque su aspecto es juvenil, pero se notaba que era alguien grande. Las canciones sonaban parecidas a las de las bandas *hardcore* uruguayas y argentinas de los noventa. Le escribí y nos encontramos en un bar cerca de la estación Stalingrad. Se vestía como un joven, pero, a pesar de que había pasado ya los cincuenta, su juventud no tenía que ver con la ropa. Su cara conservaba una expresión joven, sus ojos estaban siempre prendidos fuego y su entusiasmo para hablar de lo que le gustaba era contagioso.

—Hace tiempo que no la veo, pero sé que anda en algo. Así es Martha. No pienses que soy un charlatán, pero si hubiera muerto, lo sentiría. Además, ya se me habría aparecido en la noche, en forma de fantasma, para rezongarme por algo.

La risa de Thierry valía la pena. Se reía dándolo todo, como si el mundo se terminara en minutos. Era inquieto. Antes de seguir hablando de Martha, me preguntó si me animaba a hacerle un favor. Iba a tocar con su banda en un lugar y quería hacer una perfo. Necesitaba a alguien que se vistiera de policía y sostuviera un palo bien largo, en cuya punta una cuerda tendría un dron colgando. La idea era pasar el dron por encima de la gente. El dron era de cartón, me aclaró.

—Martha es como mi madre, mi hermana mayor, mi mejor amiga, todo. Yo anduve en mil vueltas y caí en París siendo un jovencito. En ese momento, pensaba que me iba a llevar la ciudad por delante. París siempre me había parecido una ciudad careta, pacata, burguesa, y ahí venía yo a pasarla por arriba. Pero al final la ciudad era otra cosa: un monstruo tan glamoroso como oscuro, donde no eran todos unos burgueses hablando de moda y arte, sino que había un mundo oculto, por un lado, hermoso, pero también peligroso. Y fue Martha quien me hizo ver que tenía que comerme la ciudad, pero sin regalarme, porque había mucha gente que también se la quería comer y no todos eran buenos. No me enseñó a desconfiar, pero sí a estar atento. Y así con todo, eh. Martha insistía que la vida se trataba de estar atento, de tener las antenas siempre en funcionamiento. Pero no para la paranoia, sino para vivir la vida en contacto con el entorno. Decía que no hay gesto más anticapitalista que estar atento. Y que también servía para el arte, porque ella nunca separaba el arte de lo demás. Y un día me sumé a La Graine. Y ahí me quedé. Fui de los últimos. No cambiamos nosotros. Bueno, sí. Nosotros también. Pero lo que cambió rápido fue el mundo. Y en el nuevo mundo no había lugar para un proyecto como La Graine. Así que un día nos juntamos y, casi sin decirlo, todos sabíamos lo que había que hacer: hicimos una fiesta y cerramos el proyecto.

—¿Leíste sus libros?

—Claro. Varias veces. Pero no los tengo, los regalé todos. Ella, cuando te daba un libro, decía: «Leelo y regalalo». Y yo le hice caso.

—¿Con qué nombre los publicó?

—Josephine Péladan. Por un cuento de Mirbeau, creo.

Llegó Leonor. No ha podido sacar turno para la nacionalidad italiana. Tampoco han publicado los resultados de las innumerables becas y residencias a las que nos hemos presentado. El viaje desde el aeropuerto De Gaulle al lugar donde nos quedamos es muy lindo. Sobre todo, la primera parte. Las afueras de la ciudad, los barrios obreros, industriales, terminan siendo los que tienen más alma. Los lugares donde te dan ganas de vivir, tener vecinos, gente como nosotros, alquileres acordes a nuestros salarios.

Le cuento una idea que tengo. Alquilar un lugar grande, un depósito, un galpón, una fábrica, en un barrio de las afueras de París. Y juntarnos con otros escritores latinoamericanos. Bueno, escritores o artistas en general. Y no solo latinoamericanos, sino migrantes. Y que todos tengamos un estudio en el lugar, donde podamos trabajar, escribir, pintar, pero también dar talleres, hacer presentaciones, muestras, etcétera. Y una vez al mes, o dos, hacer una gran fiesta para recaudar plata.

—Bueno, pero eso ¿cómo va a solucionar nuestra situación?

—¿Qué situación?

—Esta. De querer venirnos para acá y no tener ni trabajo ni papeles.

—Bueno. En nada. Pero es buena idea, ¿no?

La gente nos mira tomar mate en el tren. Yo sigo creyendo que la idea está buena. Igual, a veces se me ocurren las ideas de cosas que me hubiese gustado hacer a los veinte años, pero veinte años más tarde. Después me digo que la edad no tiene nada que ver en esas cosas.

Pero enseguida pienso que la edad tiene mucho que ver en esas cosas.

Le conté las novedades. Mirtha era también Martha y era mucho más que una escritora, cada día aparecen cosas nuevas, publicó al menos tres o cuatro libros más. A Leonor le interesó mucho el libro de las diapositivas. Dijo que ese era el primero que teníamos que traducir.

Estaba contenta de estar allí. Solo en un momento le vi un gesto de preocupación.

—No quiero volver.

Ese mismo día nos íbamos a instalar en la residencia de artistas. Tomamos unos mates. Dormimos una siesta. Aprontamos todo. Almorzamos en un restaurante de comida senegalesa, pero atendido por un francés que nos trató medio mal.

—Creo que vi a Sergio Blanco.

—No. No creo. Sería demasiada casualidad.

—Te juro. Era igual.

—Bueno, debe haber muchos tipos como él en París.

—Te digo que era. Averiguá dónde vive.

El metro estaba lleno de gente. Dejamos pasar varios, hasta que apareció uno vacío.

—Hoy hay una muestra de Rimer Cardillo en la embajada, ¿vamos?

—¿Qué embajada?

—¿Cuál va a ser? La uruguaya.

Nos fijamos en internet. Quedaba cerca del Arco de Triunfo.

—Ah, una cosa. Antes de ayer, cuando estaba armando todo para venir, vino tu amigo el Pelado por casa. Me dio unas cosas que le dio Mario. Unas cartas de Mirtha, creo.

★

Nos alojamos en un lugar donde se están quedando artistas de todas partes del mundo. Es la semana de las galerías y en nuestro barrio abundan. Es curioso cómo los temas, búsquedas, técnicas, referencias se repiten. Me interesa explorar de qué forma conviven los flujos y cauces del arte en relación con este tema. La novedad y la tendencia, búsquedas que coinciden por el entorno, el tiempo y el espacio, por semejanzas en la formación y la educación, o por un pasado en común, pero otras que tienen que ver con un deber ser, con pertenecer, con tener la chance de ser visible. Hacer arte no es algo sencillo. Ser artista no es pasarla bien. Tampoco pasarla siempre mal. No creo en esa imagen del mártir, del artista sacrificado que hace arte, aunque sea una experiencia espantosa, solo porque su alma así se lo indica. No sé si esa tontería es heredada de la culpa y el sacrificio cristiano, o del artista romántico o de la imagen que las narrativas tradicionales construyeron del artista. Si la pasás mal y podés no hacerlo, no lo hagas. No creo que los artistas que siguen tendencias o modas o caminos abiertos por otros sean malos artistas, enemigos de la esencia. Los escritores queremos publicar y que hablen de nuestros libros y que la gente los compre y los recomiende. Y los artistas visuales quieren vender su trabajo, quieren galerías para exponer y museos que los programen. Y quienes hacen cine o teatro quieren poder mostrar lo que hacen y que ese producto se expanda. Y como vivimos en un mundo capitalista de libre mercado y la tendencia está directamente relacionada con lo que tiene valor de venta, muchas veces lo que no esté en ese universo tiene menos chances de acceder a la visibilidad que una obra de arte necesita. Pero ¿a quién se le ocurre pensar que aquellos artistas que lo único que quieren es dialogar con eso que está pasando, ser visibles, pertenecer, no van a tener la chance de ser artistas valiosos? No debe ser agradable tampoco entrar en esa rosca. Dan bronca quienes, desde el pedestal esencialista y hasta inocente, dicen de algunos artistas que son menores porque siguen modas. No creo que ningún artista que se deje llevar por la ola de la tendencia lo disfrute. Permanecer en esa ola implica hacer cosas todo el tiempo, estar pendiente de cómo se van reconfigurando las tendencias, a crear rápido porque cambian rápidamente de lugar en el sistema de poder simbólico. ¿Cómo pueden esos artistas ir construyendo una voz propia, búsquedas o caminos personales creando en esa locura? ¿Cómo puede anidar una pregunta, brotar la punta de un hilo que te lleve a territorios desconocidos y personales? Ser artista no siempre es un viaje de placer. Hay mucha información, se perdió valor social, el arte no le importa a nadie, somos ninguneados, ganamos mal, estamos precarizados y, en el medio de tanta locura, es muy difícil tener una conexión sana o fluida con eso que queremos hacer y con cómo quisiéramos hacerlo.

Nadie es libre a la hora de elegir lo que lee, nadie es impermeable a lo que consume ni a lo que dice la gente que uno aprecia o a quienes escuchan de qué va el proceso de escritura que empezamos y opinan. No afirmo ni descarto ser un escritor de tendencias, seguir las modas, prenderme a lo que funciona, copiar a escritores que me gustan mucho. Pero ¿cómo escuchar lo que el libro te quiere decir, lo que pide, a dónde quiere ir? La desconexión con lo que se hace es inevitable. Escribir, entonces, deja de ser una aventura en busca de algo, abrir caminos hacia un lado al que quería ir, para ser un problema, despertar en una habitación a oscuras, sin saber quién soy ni dónde estoy y sin saber cómo salir. Quizás, eso también es escribir bajo el capitalismo salvaje. Perder el deseo, racionalizar todo, escribir sin el cuerpo, pensar demasiado en la recepción y el recorrido posterior del producto en el mercado. Buscar todo el tiempo una cueva escondida donde guardar una estampita para poder rezarle tranquilamente.

Bar Le Gobelet, Niza
26 de noviembre de 1963

Caro Mario:
Recibí con mucha alegría tus poemas y, luego de hacer
una copia en mi cuaderno, te los devuelvo con algunas
opiniones. Me da un poco de preocupación (quizás miedo, no sé cuál de las dos es menos pesimista y dramática)
el pasaje de ciertas formas duras, soviéticas podría decirte
(que era lo que más me daba curiosidad de tus escritos),
a una gelatinosa asfixia que unos dirían surrealista, pero
yo diría química, intoxicada, distorsionada. Mientras que
a la primera le veía mucha más fuerza que belleza, pero,
a pesar de todo, más optimismo que cinismo, esta es más
evasiva, por un lado, entregada a los designios cósmicos,
aunque también quizás un poco resignada. Parrilla dice
que no te olvides del surrealismo, tampoco del tango. Él
anda bien, más enérgico, y sabés cómo se pone cuando
está enérgico y encuentra interlocutores. Porque increíblemente aquí en Francia hay quienes lo toman en serio
y siguen sus preceptos. Eso quizás lo obligó a ponerlos en
orden, porque muchos de sus principios fundamentales
cambian según el día (te ruego, no le digas que te dije
esto, por más que sabe que lo pienso, sabés muy bien que
él se cree el dogma hecho persona).
 Te escribo desde el bar donde nos juntamos siempre
desde que llegamos a esta ciudad. Es cercano al puerto,
te gustaría. Los portuarios son en su mayoría analfabetos
que vienen a emborracharse y pelear. Son iguales a los
portuarios de la literatura, aunque en este caso no hubo

una intención de parecerse a esos libros, ya que nunca los deben haber leído. Aquí los libros no crean realidad porque no existen, pero eso no implica que no haya literatura, que la hay en muchos otros lugares y formas.

Nos vamos a Mozambique. Parrilla se emborrachó con un italiano que nos convenció de ir hasta allá. Dice que tiene un negocio imperdible, dinero fácil, y necesita una pareja. Le explicamos con Parrilla que nosotros no somos pareja, pero nos dijo que cuando veamos lo abundante del botín y lo fácil de conseguirlo, no vamos a tener inconveniente en serlo. Parrilla le dijo que sí sin consultarme. Y, como te imaginarás, a pesar de odiar ese tipo de actitudes suyas, yo me sumé sin cuestionárselo demasiado.

No me respondas a la dirección del sobre, te escribo desde allá cuando lleguemos y nos instalemos en algún lugar. Viajamos mañana. Salimos en un barco pesquero con bandera griega. Me llevo el libro de Rolina para traducir, sé que aquí en Francia voy a encontrar interesados en publicarla.

Saludame a Haydée y no te olvides de ir a ver a Javiel.
M

P.D.: Parrilla me vio escribiéndote y me pidió que te transcribiera este poema que acaba de escribir:
Sobre dos puntos queremos insistir / sobre dos rosas / sobre dos cantos en los dientes / que a Janín ya la olvidé ya / la olvidé ya la olvidé / nunca.
Sobre dos puntos queremos insistir: / que ahora trataré de no quererla; / si me tiro del puente es que la quiero, / pero si no me importa es que la quiero.

Como quedaron las cosas aclaradas / me convertí en un señor muy claro. / Solo en dos cosas queremos insistir. / Cuando la conocía fue entre la niebla; / hoy entre la niebla veo sus ojos.

Gran Hotel Beira
15 de diciembre de 1963

Admito, querido Mario, que en un momento me encontré ofendida por no haber recibido carta tuya, pero luego recordé que me comprometí a escribirte pasándote la nueva dirección en Mozambique cuando llegáramos aquí. No estamos en Maputo, la capital, sino en Beira, una ciudad muy poblada pero muy pobre también. Pietro, el italiano, nos permitió alojarnos en su mismo hotel, el Hotel Beira. Una locura lujosa extremadamente desubicada en el contexto. Para que te hagas una idea, es un hotel de lujo, y alrededor hay pobreza y hambre. El nivel de sumisión que debe tener esta gente después de siglos de miseria, para que no se subleven y tiren abajo este monumento a la opulencia y la desigualdad. Pero como somos blancos, y además Pietro está en matufias con gente importante, nos alojamos gratis. Sí, gratis. Y no solo eso, el hotel cerró hace unos meses porque no tenía huéspedes suficientes para mantenerse. El gobierno se lo apropió y ahora lo usa para sus reuniones, pero también para alojar al hampa amigo y para encerrar y torturar opositores (esto no lo confirmé, pero es lo que se rumorea sobre lo que sucede en el subsuelo).

Paréntesis. Mirá qué linda esta frase. Es del libro que estoy traduciendo de Rolina. «En el cine se dejó abrazar por la penumbra, como si se recostara a descansar en un antiguo fantasma».

Aunque te parezca mentira, aún no sé para qué estamos acá, pero estoy segura de que Parrilla sí, porque llegamos ayer, cenamos algo, nos acostamos y hoy, al despertar, no estaban ni él ni Pietro. El hotel es un lujo. De película. Arquitectura art decó (ayer conocí al arquitecto encargado, Francisco, que junto con el gerente del hotel cenaron en nuestra mesa), escalinatas amplias, piscina, todo mármol, candelabros, arañas de cristal, mosaicos, peluquerías, restaurante. Hoy desperté y salí a caminar. Soy blanca y extranjera, pero me crie en Uruguay y la pobreza no me asusta. Agarré por Rua de Paiva, me metí en unas callecitas, y luego volví por la Avenida Mathemba. Es extraño, hay algo del Uruguay que estamos perdiendo en detrimento de un europeísmo falso, pero también hay una pobreza que no estamos acostumbrados a ver, casi infrahumana.

Bajé a la playa de Miramar, que es la que está más cerca del hotel, y pasé la mañana conversando con una de las pocas huéspedes que le quedan al hotel de antes de que cerrara. Es una actriz norteamericana que me nombra las películas en las que actuó y se sorprende de que no las conozca, y yo le nombro los libros que publiqué y finjo también indignación cuando me dice que no los leyó. Igualmente, es una bella y agradable compañía.

Por favor, escribime ahora que sabés dónde estoy. Saludos afectuosos a Haydée.

M

Gran Hotel Beira
18 de diciembre de 1963

Mario, te envié un telegrama, pero temo que no llegó. Te escribo por acá con la esperanza de que sí llegue. Parrilla y Pietro no han vuelto desde que se fueron el otro día. Mové los contactos que puedas desde allí para que alguien tome cartas en el asunto. Estoy muy preocupada. Fui a la Policía y se hacen los que no me entienden. Por suerte, Kim, la actriz, me acompaña a todos lados y ha sido de gran apoyo.

Intenté llamarte, pero fue imposible. ¿Seguís trabajando en el mismo lugar?

Mirtha

P.D.: Leete esto de Rolina. Lo quiero usar para algo. «Porque ya todo eso le era extraño: el ritmo, el lenguaje, la tabla de importancias entre él y su familia no eran los mismos. Sentía la ansiedad por el desperdicio del tiempo, de las palabras, de las acciones. Ellos parecían derrochar una vida que no les servía para nada».

Gran Hotel Beira
20 de diciembre de 1963

Mario: Cuando volvía de la oficina de correos, luego de enviarte la última carta, había un recado que alguien había pasado debajo de la puerta. Bajé a recepción y le pregunté a una joven de allí qué decía, me respondió en francés: «No pude evitar escuchar que busca al italiano y su amigo, no le conviene seguir averiguando, llamando tanto la atención, creo que tengo información que puede ayudarla, venga a Mwene Mutapa sin que la sigan. Tubi». Subí a buscar a Kim a ver si me acompañaba, pero no estaba, así que fui sola. La recepcionista me dijo que el Mwene era un bar que quedaba cerca de Praça Dos Professores, pero que una mujer como yo no podía ir sola a ese lugar. Fui sola igual. Caminando, porque no confiaba en nadie a esa altura, solo en mí y en Kim, que no estaba.

Una vieja construcción de bloques y techo de chapa. Desde afuera no se veía para adentro por el enorme resplandor del sol, la nula luz que salía de adentro y por la cortina de tiras en la puerta. Al acercarse a la entrada, lo primero que se siente es el olor a cigarrillo y a sudor, luego el sonido de las bolas del billar, después las toses, la orina golpeando inodoros, los lamentos de los borrachos. Entro sin dudar. No tengo nada que temer. No estoy más insegura que en cualquier otro lugar. Avanzo sin interactuar con nadie, mirando el lugar al que me dirijo, la barra. Un jovencito enjuaga un vaso en un balde con agua jabonosa. Me ve y con la mirada me dice que no le puedo preguntar nada. A su lado, tapado por la barra, leyendo el diario, quien parece ser el dueño del bar. Hago un ruido para que me vea y, cuando lo interrumpo, le tiro el nombre de Tubi. Me mira un segundo y me pregunta en inglés de dónde soy. Le repito que busco a Tubi. Vuelve a preguntarme de dónde soy. «De Uruguay», le respondo. Entonces me dice en castellano: «Mucho gusto, soy Tubilando Mialo, sígame». Le ordena algo al niño, da media vuelta, se mete en otra puerta, lo sigo, es un pasillo lleno de cajones de bebida y chacinados colgando. El pasillo termina en otra puerta. La atravesamos e ingresamos en una casa, la suya. Un lugar lleno de plantas, donde corre todo el aire fresco que no corre en el resto de la ciudad, donde huele a fruta y, sobre todo, donde podría olvidarme de todo y dormir una buena siesta. Tubi era escultor, estudió en el Art Institute de Chicago, donde se enamoró de un pintor costarricense que lo convenció de ir a México; una vez allí, la relación se quebró y Tubi se quedó solo en ese país, donde comenzó a frecuentar el taller de Antonio González Caballero y estableció vínculos con artistas locales con los que aún conserva la amistad, como Heriberto Juárez; por eso el dominio del idioma. Hace unos años, su padre enfermó gravemente y decidió volver a cuidarlo. La agonía fue muy larga y, para cuando murió, Tubi ya no tenía ganas de volver a irse, así que se terminó haciendo cargo del negocio familiar, el bar.

Me dijo que se cruzó varias veces con Pietro en un bar cercano al hotel y lo conoce de ahí, y que los vio, a él y a Parrilla, antes de su desaparición. El negocio en el que andaba Pietro era el del contrabando de rubíes. Los va a buscar al norte, a Namanhumbir y a Montepuez, luego los embarca en el puerto de Pemba en cargamentos de otros productos, frutas, pescado, madera, y los manda a lugares como el puerto de Kuala Lumpur o Kuwait, desde donde después por tierra llegan a toda Europa, o el de Boston, que es su puerta de entrada a Estados Unidos. Pietro anda metido con gente muy complicada, porque, para que todos ganen y nadie diga nada, son muchos los intermediarios que se llevan su parte. Le pregunto, entonces, para qué nos necesitaría a mí y a Parrilla si su negocio funcionaba tan bien. «En los últimos meses, se empezó a descubrir el mecanismo y los puertos se pusieron muy complicados con los controles a los cargamentos y las patrullas marítimas, con los controles a los barcos. Por eso, ahora empezaron a usar el turismo como vía de contrabando. En los países subdesarrollados no revisan los equipajes de turistas blancos y con apariencia de ricos, mucho menos a parejas que aparentan estar de viaje de enamorados. Seguramente, estaban coordinando para que fueran ustedes quienes pasaran la mercadería. Es probable que se hayan ido con Parrilla a las bases de operaciones de los líderes de la banda a presentárselos. Pero es raro que no haya noticias de ellos. Lo que pude averiguar es que tenían intenciones de ir a Namanhumbir y que los iba a llevar Samudio en su camión. Samudio es un paraguayo que vive aquí hace tiempo y se dedica a llevar gente de un lado al otro. Lo podés encontrar en ese bar que te digo, pero, si lo querés ver ahora, andate hasta la cancha del Ferroviário da Beira, que hay partido en un rato y seguro está ahí porque es fanático del fútbol».

La cancha en cuestión era lejos, así que fui hasta el hotel, me di una ducha, comí algo, pasé a buscar a Kim, que ya había vuelto, y nos tomamos un taxi hasta la cancha. Pagamos la entrada y nos metimos. No había una sola mujer en las tribunas. Kim me preguntó cómo íbamos a encontrar a Samudio y yo le dije que buscáramos con paciencia, que ya iba a aparecer. Nos sentamos a tomar una bebida porque hacía mucho calor, el partido ya había empezado, pero estaba aburrido; entonces, le conté a Kim la historia de la guerra de la Triple Alianza y de los cuadros de Solano López. Pasaba el rato y no encontrábamos al paraguayo. En el entretiempo pensamos que íbamos a tener la chance, pero fue un desbande y un caos de gente. El partido seguía cero a cero, ya llegábamos al final y nada de Samudio. Faltando poco tiempo, el juez cobró un penal para el Ferroviario. Luego del tumulto y los festejos y las protestas por el cobro, cuando el jugador se aprontaba a patear, se hizo un silencio impresionante. No volaba una mosca. Parece que era un partido definitorio y el contrincante del Ferroviario era su clásico rival. Kim quedó impactada con el silencio y me dijo: «Tengo una idea». No llegué a persuadirla, querido Mario, quizás estuve lenta. Pero, cuando estaba por patear el jugador, aprovechando el silencio absoluto, Kim se paró y gritó: «Samudiooooooo». El jugador tiró el penal y lo pateó para afuera. Yo quiero creer que no lo erró porque se haya distraído o puesto nervioso con el grito de Kim, pero la hinchada local no pensó lo mismo. Se nos vinieron arriba y nos arrinconaron contra un muro, gritándonos cosas que no eran muy amistosas. En eso sonó un tiro.

Y muchos se dispersaron, miedosos. Cuando se abrió un poco la multitud, se pudo ver a un tipo medio petiso y retacón, con una escopeta en la mano, que lanzó unas puteadas al aire, que dispersaron más a la gente, y luego disparó de nuevo la escopeta al aire. Avanzó hacia nosotras, apuntando amenazadoramente a quienes seguían con intenciones de lincharnos. Se presentó como Samudio y nos invitó a irnos con él. Nos subimos a su camioneta y nos llevó a un bar a orillas del río Chiveve.

Le conté todo de Pietro y Parrilla, y él asentía; que él los iba a llevar, y asentía; le dije que Tubi nos había dicho que iban a ir a Namanhumbir a hacer unos negocios, y él asintió, pero enseguida le cambió la cara. Preguntó a dónde le había dicho Tubi que tenían que ir, se lo repetí. «Ya vengo», nos dijo. Trajo un cuaderno de su camioneta. Efectivamente, ahí tenía marcada la fecha y el lugar al que tenía que llevarlos, pero había un problema. Viajaron de noche por el calor. Pietro y Parrilla iban durmiendo. Y él justo ese día había bebido todo el día porque un marroquí le había pagado un trabajo con una caja de whiskys y tomó de más. No era la primera vez que manejaba así, es más, la mayoría de las veces lo hacía borracho, pero ese día no sabe, se ve que se nubló. Ellos tenían que ir hasta Namanhumbir, hacia el noreste de Beira, pero Samudio se confundió y los llevó hasta Nhampassa, una ciudad hacia el oeste, cerca de la frontera con Rhodesia, ciudad dominada por una mafia muy peligrosa, los Nge Weusi, poderosos por controlar el contrabando de cuernos de rinoceronte. Le preguntamos dónde los había dejado. Ellos le dijeron, antes de arrancar, que los tirara en lo de los capos de allí, que ellos se iban a arreglar solos después. Y Samudio dice que, cuando pisó Nhampassa, preguntó dónde estaba la gente importante de ahí, que traía a dos para hacer negocios. Le indicaron un depósito, en la zona industrial de la ciudad, y allí los dejó. Ellos se despertaron recién al llegar, bajaron, él les preguntó si necesitaban algo, le dijeron que no, y él se fue porque tenía otro trabajo.

Mañana nos vamos con Samudio y Kim a Nhampassa a buscar a Parrilla y a Pietro. Te escribiré desde allá por las dudas. No te voy a negar que estoy realmente preocupada por Parrilla, y también por mí, pero sabés cómo es él. Debe estar hablando de poesía y arte con mafiosos peligrosos sin tener idea de con qué tipo de gente está hablando.

Ojalá en la próxima carta tenga buenas noticias.

Te saluda.

M

P.D.: Tengo problemas con esto de Rolina. «Embarcada por años y años en el ir y venir de los días sin zozobra, la seguridad sin altibajos, la molicie con que acolchaban su vida los que la querían, se sentía disgregada por dentro». ¿Cómo traduzco *molicie*?

24 de diciembre de 1963

Querido Mario:

Te imagino yendo a hacer las compras para pasar la Noche Buena con Haydée y tu familia. No extraño Montevideo, pero sin mucho esfuerzo puedo recuperar el olor de la Noche Buena: la leña, la carne asándose, el leve olor a alcohol que sube al cielo de todas esas botellas que se destapan en las casas, en los bares, en las cantinas. Diciembre es un mes que me pone de buen humor, despertarme de día, desayunar con el aroma mezcla de sidra, jazmines y tilos florecidos, es como recibir un tiempo mejor, falso, artificial, construido, pero tremendamente real, como todas las construcciones simbólicas de la humanidad. Acá estamos, en un hotel de mala muerte, con Kim, simulando que somos turistas, esposas de gente importante que está por venir, para que, a pesar de la curiosidad que despierta en la ciudad que dos mujeres como nosotras estemos solas acá, nos dejen tranquilas. No sé cómo celebran la Noche Buena, seguramente no lo hagan. Yo tampoco lo hacía estando allá, ¿te acordás? Eras vos quien tenía que venir al atardecer, a pocas horas de que llegara la Navidad, para convencerme de pasar con tu familia. Imagino que era la rara de la noche, la que se tomaba dos tragos y se sumía en una niebla taciturna de la que solo salía brevemente luego de las doce, para brindar con ustedes, tan llenos de alegría y tan optimistas. Yo no era neurasténica, no la pasaba mal; es más, como verás en mis palabras nostálgicas, algo me gustaban las fiestas, pero siempre pensé que diciembre y, sobre todo, esa semana que va desde el 24 al 1 de enero, era el momento de recordar a los muertos, de conversar con los fantasmas, de convivir todo el día con ellos. Sé que los mexicanos lo hacen el 2 de noviembre, sé también que en Uruguay ese día se concurre a los cementerios a recordar a los seres queridos que ya no están, pero esto es otra cosa. Diciembre es el mes en el que, a mí, al menos, se me llenaba la casa de muertos, incluso de aquellos que no conocí, que no llegué a conocer. Como si los propios invitaran a otros, amigos, familiares, vecinos. A veces me pregunto cómo es el lugar en el que habitan. Este no es, porque me lo han dicho, y porque cualquiera que tuviera las características que tienen los espectros perfectamente podría aspirar a construir otro lugar para habitar, no sé, yo tendría sandías sin semilla y playas por todos lados, víboras buenas, luna creciente todas las noches, no sé si me explico.

Kim es muy buena con las investigaciones. Dice que lo aprendió en las películas. Yo al final le reconocí que la he visto en el cine. Le dije que me gusta ir a ver de crímenes, que Parrilla decía que, luego de que se perdiera la vanguardia verdadera para siempre, es decir, las películas de Carné y de Vigo, lo único que se asemeja a esa potencia novedosa son las policiales, porque la vanguardia luego de las guerras mundiales ya no puede ser estética, sino violenta. Igual, siempre supe que a Parrilla no le gustaban las películas a las que lo invitaba y, además, sabés muy bien, Mario, que los lugares como los cineclubes le parecían asfixiantes. ¿Te acordás una vez que fuimos a ver una de De Sica a una sala ahí cerca de la Plaza Libertad?, cuando terminó, empezó a gritar: «No entienden nada, el cine no es esto. No entendieron a De Sica, dos horas escuchando su mensaje para que les entre por un oído y les salga por el otro». Parrilla no sabía mucho de cine, pero era intuitivo y entendía las cosas de una forma que estaba buena. No sé por qué hablo en pasado de él, pobre, esperemos poder salvarlo. Pero, bueno, por más loco que sea, a mí sus ideas sobre el arte y el cine en particular me quedaron girando en la cabeza. Recuerdo siempre su idea de que el cine, como arte, no es el que vemos. Que lo que vemos en una pantalla es una reproducción, es la exhibición, y por eso no es arte. Para él el hecho artístico del cine se daba durante la elaboración de la película y, cuando terminaba ese proceso, ya no era arte, era otra cosa. La exhibición, como la exhibición de una obra de arte en una galería o un museo, tiene más que ver con lo comercial o con el mostrar algo, con la imagen. En la exhibición no hay arte, pero el cine es atractivo y genera cosas igual, muchas, es muy movilizador. Pero él decía que no, no porque fuera un hecho artístico o una obra de arte (concepto que detesta), sino porque siempre es movilizador observar el pasado, ver fantasmas vivos, mo-viéndose y hablando. Por eso a Parrilla le deslumbraba tanto ir a ver películas de actores que ya habían muerto, le resultaba fascinante que, a pesar de la modernidad y el progreso de la humanidad, todavía se pudiera conservar un ritual tan primitivo y tan salvaje como el de reunirnos en torno a la imagen y a la evocación de un muerto, de un pasado, de un tiempo que ya no existe, para recordarlo y dialogar con él.

La situación es así. Por lo que pudimos averiguar, como imaginábamos, Parrilla y Pietro cayeron en una mafia muy complicada de acá. El tema se agrava porque los de Nge Weusi (así se conoce a este grupo que está en cuanto negocio ilegal y turbio se te ocurra, pero ahora están muy metidos en la cuestión del contrabando de cuernos de rinoceronte a China y otros países asiáticos) piensan que Parrilla y Pietro fueron enviados por otra mafia rival, los Nkhanu Kangaude, conocida mafia de Chikandamasalo, con quienes tienen larga data de enfrentamientos, sobre todo, en estos últimos años por lo de los cuernos. Una semana antes de que cayeran Parrilla y Pietro como unos otarios a la boca del lobo, la gente de Nkhanu Kangaude interceptó un cargamento enorme de cuernos que la gente de Nge Weusi traía desde Marira y que ya tenía vendido a Malasia. Cuando capturaron a Parrilla y a Pietro, lo primero que pensaron fue en matarlos y enviar sus cabezas en una caja a Chikandamasalo en señal de guerra. Pero, considerando lo que había pasado una semana antes, se los quedaron de rehenes y mandaron un mensajero para que les dijera que si querían a sus dos hombres con vida tenían que devolverles los cuernos hurtados. Lo que pasó es que perdieron comunicación hace días con el mensajero y acá en los bares se comenta que ya lo deben haber decapitado y que seguramente su cabeza esté llegando en un canasto en alguna carreta que arribará a la ciudad en cualquier momento. Es más, hay un rumor (que todavía no se ha dado como cierto, porque lo trajo un mercader con fama de mentiroso) que dice que se han visto las partes desmembradas del cuerpo del mensajero en un canasto con sal gruesa. Si eso se confirma, no tenemos mucho tiempo para ir a rescatarlos, porque el pueblo desde donde vino el mercader no es tan lejano.

Debemos actuar con apuro, por eso lo haremos hoy. Como te decía, no sé si acá se celebra la Navidad, pero los de Nge Weusi van a hacer una fiesta enorme en un palacete que tienen en las afueras de Nhampassa para agasajar a dos empresarios diplomáticos franceses con quienes tienen un negocio grande desde hace años. O capaz emborracharlos, cortarlos en pedacitos y comérselos, porque de esta gente se puede esperar cualquier cosa.

Lo haremos Kim y yo, porque Samudio, maula como él solo, se tomó los vientos. Kim, como te decía, es muy buena para las investigaciones y para hacer cosas de espías; y, además de que fue la que tuvo la idea de registrarnos con nombres falsos, de decir que somos millonarias que vivimos en New York y que nuestros maridos son empresarios que van a venir en estos días a buscar cómo invertir y hacer negocios en este lugar, encontró la forma de que nos invitaran a la fiesta, por lo que mientras te escribo esta carta urgente, que voy a dejar en la recepción de este hotel, nuestros vestidos de gala esperan en unas perchas, Kim se está dando un baño en la bañera mientras canta y fuma una droga que compró en el mercado local y estamos esperando el momento de ir, solas, a una fiesta llena de mafiosos y asesinos a rescatar a Parrilla y a Pietro, porque de buena fuente sabemos que van a estar en la exhibición como bestias, para que todos los invitados puedan ver que con Nge Weusi no se juega.

Feliz Navidad para vos y para los tuyos. Ojalá podamos volver a vernos.

P.D.: Otra consulta, ¿cómo traducirías *catedralicio* en esta frase de Rolina? «A veces, sin embargo, algo resucitaba por un llamado de afuera. Como el de ese vientre catedralicio, de esa sombre donde se anegaba su propia sombra».

28 de diciembre de 1963

Ay, mi estimado Mario, por todo lo que hemos pasado, tantas cosas para contar que aún sigo procesando. Espero se encuentren bien. Yo te escribo sabiéndome yo y sabiendo que esta que soy es tu amiga, pero también desde la certeza de que seguramente no volveremos a ser los mismos. A veces siento que yo quedé allá y quien te escribe esta carta es un espectro que mueve la mano que sostiene la pluma que garabatea estas líneas solo para que no entren en pánico ni se preocupen por nuestra falta de noticias.

Dicen que el optimismo, el verdadero optimismo, el real, se terminó luego de la primera guerra mundial. Suena lógico, veníamos del bienestar y la calma del novencientos, la ciencia avanzaba, el humanismo, los avances, la salud, la educación. Hasta que todo eso que pensaban que iba a ser para el bien común se empezó a usar para depredarnos a nosotros mismos. Pero peor la segunda, porque ya teníamos la experiencia de la primera y, en lugar de aprender de ella, lo que hicimos fue peor.

Llevamos nuestra maldad al límite: las bombas atómicas, las armas químicas, los campos de concentración. Todo esto para decirte que, a pesar de que suene lógica esa afirmación, no estoy tan segura de que sea tan cierta. Nosotros, sin ir más lejos, en nuestro paisito, sin guerras, sin violentas desigualdades, a veces sin nada, porque no me vas a negar que adoramos vivir en paz, pero la paz de Uruguay a veces es desesperante. Somos una clase media sin conflictos, sin problemas graves, y eso, además de aburguesarnos y anquilosarnos, nos ha generado un cierto optimismo. Perdón, ahora que lo pienso, quizás no sea optimismo; diría, mejor, que nos ha criado lejos de la maldad, de lo cruel, de la violencia extrema, por más que ahora parezca querer volver de la peor forma posible. En el fondo, aunque creamos que somos críticos con la realidad, somos tan inocentes que podemos, desde nuestra comodidad de país europeizado, juzgar y conmovernos por lo que pasa en el mundo, por el destino del ser humano, por la vida y la muerte y los grandes problemas. Pero no, Mario. La vida que llevamos en Montevideo no nos prepara para el dolor en serio, para la violencia real, para la muerte verdadera, la que se huele, la que te queda grabada en la piel y en los ojos.

Esperá, antes de que me olvide. Mirá qué bueno esto de Rolina: «El revestirse de solemnidad es como entrar en la antesala de la muerte».

El palacio era un lugar monumental. Nhampassa es un lugar seco, árido, un paraje perdido en el desierto, pero hacia el norte. A unos pocos kilómetros, un curso de agua transformó una pequeña zona en un lugar con vegetación, arbolado, lleno de animales. A orillas de ese curso, cuyo nombre no recuerdo, estaba el palacio. Arquitectónicamente sobrio, al menos en su estructura, al entrar se podía apreciar todo tipo de lujos. No sé cómo fue que Kim consiguió el dato ni la ubicación ni que nos invitaran, pero allí fuimos, como Honey Ryder y Sylvia Trench, dos británicas, fotógrafas, esposas de multimillonarios. Kim me indicó que no podíamos interactuar con los locales, solo con los extranjeros, porque es como se comportan por lo general los europeos y norteamericanos en eventos en estos lugares: con desdén, indiferentes, distantes. Y que, además de no despertar sospechas, esa actitud va a ablandar a los locales, quienes con el correr de las horas, dolidos por la indiferencia, van a hacer cualquier cosa con tal de acercarse.

Llegamos y todo estaba ambientado con una mezcla de lujo estándar europeo y algo que podría pensarse como lujo africano. El colonialismo ha hecho estragos por aquí, al punto que parecería que ya ni los locales entienden qué es propio, qué es ajeno y qué creen que es propio, pero en realidad todo es una construcción ajena. Eso es lo que se veía en la forma en la que estaba decorado el palacio. La invasión ha dejado por todos lados una mezcla extraña, neurótica, que se suele ver como eclecticismo, pero es simplemente un rejunte, una acumulación sin sentido, como la que uno suele tener en el galpón del fondo de la casa, herramientas, diarios viejos, adornos, fotos, pedazos de bicicletas, damajuanas.

Kim estaba espléndida y tranquila, sabía que el momento iba a llegar. Yo, en cambio, estaba muy ansiosa y quizás tomé de más. Con los primeros que hablamos fue con unos representantes diplomáticos europeos. Gerry Eastham, de Gran Bretaña, Marcel Schneiter, de Suiza, Lucien Gondet, de Francia, y Alberto Lourenço, de Portugal. El suizo hablaba de un concierto de Nam June Paik y de un grupo llamado Fluxus, que había visto en Alemania. Eastham planteaba que le parecía bien que el arte explorara sus límites, pero que eso no significaba quedarse a vivir en ellos; puso como ejemplo su auto Aston Martin, que tiene una máxima de ciento ochenta kilómetros por hora, pero que, si anduviera a esa velocidad todo el tiempo, el auto no andaría siempre bien y además se rompería. Kim le dijo que, si los objetos creados por el humano no son para usar hasta el límite, entonces para qué estarían creados. No le parecía coherente inventar algo para usarlo a la mitad de sus posibilidades. «La propia vida es así», le respondió el inglés, que, como todo inglés, no se esforzó mucho en argumentar su postura. El francés planteó que el arte tiene límites lejanos y que, a veces, la exploración de estos es para expandir la disciplina, que es lo que a su entender están haciendo los nuevos directores franceses de lo que algunos críticos llaman la *nouvelle vague*. Yo le dije que eso de crear un corral para sentirse cómodos dentro de él no era ni novedoso ni audaz, que el arte justamente es llevar los límites un poco más allá y que la nouvelle vague era un gesto neocolonial de un continente que fue potencia y que intentaba recuperar la hegemonía simbólica. Porque, si nos ponemos finos, lo que hacen los nuevos directores franceses es resignificar y retomar lo hecho por el cine norteamericano, con la contra de que, además, le quitaron a ese cine una de sus mayores virtudes: ser un arte popular para todos los públicos. Mientras, la nouvelle vague son las preocupaciones existenciales, formales y estéticas de unos burgueses snobs. Y no hablo de burgueses de nacimiento, que son los que menos me molestan, sino de quienes se hacen burgueses, quienes se construyen a sí mismos y a sus vidas de acuerdo con los cánones y los hábitos y patrones burgueses. No me gustaba la nouvelle vague, salvo Melville, y me parecía que Melville ni siquiera se sentía muy de la nueva ola. Kim me pateó porque, por más que lo hice en inglés, mi discurso no era muy de británica esposa de millonario y lo mejor era pasar desapercibidas; además, mi acento muy británico no parecía.

La noche transcurrió con normalidad, o eso creía yo. En un momento, Kim me invitó al baño y allí me preguntó si había notado que había algunos que parecían no ser invitados, sino gente de la seguridad, y que estaban inquietos hacía rato y que, cada vez que se los notaba inquietos, hablaban entre ellos y salían por el mismo pasillo hacia el fondo del palacio. No me había dado cuenta y no le importó, pero me pidió que rompiera la indiferencia hacia los locales y me empezara a mostrar más amable. Me acerqué a donde estaba el grupo que ella decía a servirme unos canapés y sentí que me hablaban. Yo les dije en inglés que no sabía lo que me decían y ellos empezaron a hablar en portugués, que entendía mucho más. Me quedé cerca. Noté que estaban todos armados. Hablaban de mi cuerpo y se burlaban. Discutían entre ellos sobre lo que me harían si me tuvieran. En un momento, vino uno que no estaba y pidió si podían cubrirlo, dado que tenía que ir a buscar unas cuerdas y unos sacos porque el jefe había ordenado que llevaran a los prisioneros a otro lado por cuestiones de seguridad. Le habían dicho que podía haber infiltrados en la fiesta. Fui a hablar con Kim. A ella se le ocurrió salir. Nos dirigimos hacia el lugar donde estaban estacionados los autos. Me ordenó que vigilara el entorno, abrió un auto con un ondulín de pelo, sacó los cables que había debajo del volante y lo encendió. Subimos y arrancó. Le pregunté por qué nos íbamos y me dijo que no fuera tonta, que íbamos a tratar de dejar el auto al fondo de la propiedad por si teníamos que perseguir el vehículo en que llevaban a Parrilla y Pietro. Fuimos en el auto hasta el fondo del palacio, con las luces apagadas y muy despacio para no llevarnos nada por delante. Pensé que íbamos a esperar ahí, pero Kim me dijo de volver a la fiesta, para que nadie sospechara de nuestra ausencia y, sobre todo, por si en una de esas lo que yo había escuchado no era tan así y había que volver al plan original.

Volvimos a la fiesta. No sé si fue una sensación real o imaginada, pero sentí que nos miraban diferente. Kim me dijo que no me enloqueciera, que quizás era porque estaban más borrachos. Se apagaron las luces y me aferré a Kim, espalda con espalda, como había visto en las películas. Uno de los anfitriones subió a una especie de tarima y anunció que comenzaba el show de Petula Clark. Todos fueron a bailar, sin distinciones. Le dije que necesitaba comprobar si lo que había escuchado era cierto y que iba a ir por ese pasillo por el que todos venían, ahora que no había nadie. A Kim no le gustó la idea, pero sabía que era la única chance de averiguar si los tenían allí. Afortunadamente, porque podía estar a resguardo de las miradas de quienes estaban en la pista, el pasillo hacía una ele. Ese otro pasillo estaba menos iluminado, solo se veía algo por las luces de las habitaciones que daban allí, creo que usadas como cocina para la fiesta. Del pasillo en ele se abría otro pasillo que iba al fondo de la propiedad. Ese tenía luz solo en el final y ahí había tres tipos de la seguridad, con armas largas. Me acerqué sin que me vieran, pero de pronto sentí un ruido de personas que venía de atrás. Me metí en una habitación oscura y cerré la puerta. La luz que entraba desde afuera me dejaba ver varias armas de todo tipo colgadas. El olor a pólvora era imponente. En un impulso, sin pensarlo demasiado, agarré un arma (después Kim me dijo que era una Uzi) y la metí en mi bolso. Igual, no me habían visto y parecía estar a salvo. Llegaron los que venían atrás y empezaron a gritar, apurados: «Hay que sacarlos, vamos, al fondo. Dijo el jefe que hay que llevarlos al hogar». Asomé la cabeza por la rendija de la puerta semiabierta y vi que abrían la habitación que custodiaban y salían con José y Pietro. Se los veía flacos y débiles. De hecho, cuando salieron, Pietro se desmayó y eso me dio tiempo para irme a buscar a Kim. Ella estaba bailando con el capitán de la selección de fútbol de Mozambique y tuve que meterme a separarlos. Agarré a Kim y nos fuimos a donde teníamos el auto. Entramos a esperar que salieran para seguirlos. Hubo un rato en que no se sentía ruido alguno, y nos preocupamos. Si salían por otra puerta, no íbamos a poder seguirlos. Ya nos estábamos inquietando, cuando se sintió el ruido de un motor. Afinamos los sentidos, había que estar atentas. Pero lo que vimos nos descolocó: a través de los árboles se movía algo, en la zona del arroyo, y Kim se dio cuenta enseguida de que se estaban llevando a José y Pietro en una lancha a motor. Ahí empezamos una persecución silenciosa y a oscuras de las luces de esa lancha, que duró un buen rato. En un tramo, los árboles a la orilla del arroyo fueron menos tupidos y pudimos verlos claramente. Había una luna menguante que iluminaba lo justo para poder ver el camino y no chocarse con ningún árbol. Además de eso, la única luz era la de la lancha. Hasta que en el horizonte se pudo ver claridad, no mucha, pero la suficiente para permitirnos ver que había una casona, menos ostentosa que el palacio, pero grande, con una fuerte presencia en la noche. Frenamos y observamos. Apostamos a que iría a ese lugar y no nos equivocamos. Pararon en un muellecito y bajaron a los prisioneros. Kim propuso caminar y acercarnos lo máximo posible al lugar. Vimos que estaba cercado, que no había vigilancia, pero que no podíamos pasar el cerco. Lo bordeamos hasta el agua. Nos metimos en el agua, no parecía, pero era profundo, nos daba hasta la cintura, íbamos con nuestras pertenencias en los brazos levantados. Vimos venir algo desde el agua, era un animal, no sabíamos cuál, pero era grande y avanzaba rápido. «Apurate —dijo Kim—, sea lo que sea, no se está apurando para saludarnos». Caminando en agua uno cree que no está avanzando nada, sentíamos a nuestras espaldas aquella presencia; por eso, cuando pisamos tierra firme, sentimos una sensación impresionante. Miramos hacia atrás y no vimos más a la criatura. Solo se oía el ruido de nuestras respiraciones agitadas.

Fuimos hacia la casa con mucho cuidado. Nos acercamos a una ventana desde donde salía luz y ruido. Al asomarnos, vimos a muchos niños sentados en una mesa, cenando. Todos tenían ropa con el logo de Nge Weusi. «Ya había escuchado de esto —me decía Kim, susurrando—, las mafias van por los pueblos ejerciendo el terror y matan todo lo que encuentran, pero últimamente a los niños no los matan, sino que se los llevan y los entrenan para ser sus soldados». Aún nos quedaba saber dónde tenían a los prisioneros. Recordé que a Pietro se lo habían llevado desmayado, con los pies arando la tierra, por lo que debería haber dejado un rastro. Volvimos al muelle y lo vimos, sutil pero claro: dos líneas paralelas en el suelo seco. El rastro se interrumpía en un depósito. Para adentro no se veía nada, pero no había vigilancia. Miramos de nuevo hacia el comedor y vimos a los vigilantes que los habían traido en la lancha comiendo con los niños. Corrimos al depósito. Buscamos la forma de entrar, tenía un candado en la puerta, pero estaba muy viejo y oxidado. Kim agarró una piedra que había cerca y le dio un golpe seco, que no rompió el candado, pero sí la bisagra. Entramos a un lugar oscuro. Kim prendió su encendedor y nos encontramos con un espacio más grande de lo que esperábamos y con una escalera hacia un sótano. En el sótano vimos a José y a Pietro, atados a un parante. Nos apuramos a desatarlos, pero sentimos un ruido arriba. Quedamos escondidos en una oscuridad, pero vimos llegar a los vigilantes. Entre todos, armados con palos y herramientas, pudimos neutralizarlos y atarlos en los mismos parantes. Subimos lentamente, porque José y Pietro estaban muy débiles. A José se lo veía frágil, pero no paraba de hablar, me contaba que había pensado un montón de poemas cuando estuvo prisionero y que no veía la hora de escribirlos. Me dijo que uno de los vigilantes le había dicho que el surrealismo africano era tan o más importante que el europeo y que le recomendó unos autores para leer. También recuerdo que me dijo que ya tenía el título para el libro que había estado escribiendo esos meses: *Janine, cuando te miro, la habitación se llena de agua.* Cuando llegamos a arriba, algo no andaba bien. Kim prendió la luz y había decenas de niños rodeándonos. Intentamos pasar y se cerraron más. Les hablé en portugués, les pedí que nos dejaran pasar. Nada. Se los dije con un tono más violento. Nada. José empezó a empujarlos para pasar y se armó la debacle: empezaron a pegarnos, a mordernos, a subirse encima nuestro. «No dejen que los tumben —gritó Kim—; si nos tiran, no nos levantamos más». Agarré un palo y empecé a defenderme y avanzar. José hizo lo mismo. Así, de a poco fuimos avanzando, sangrando por las heridas, doloridos. Llegamos a la puerta y nos dimos cuenta de que estábamos rodeados. En la puerta había una niña de unos once años, con una cara muy dulce pero una expresión dura. Aunque nos parecía inverosímil daba la sensación de ser la líder o la más respetada, la que daba las órdenes. Amenazamos a los de la puerta con los palos y nos respondieron levantando unos machetes, cuyos filos brillaban como lluvia de estrellas en noche de luna nueva. En un momento, la niña, con total tranquilidad, como si estuviera diciendo «árbol» o «chau», dijo: «Mátenlos». Fue en ese momento que metí la mano en el bolso, saqué la Uzi y empecé a disparar. La multitud se dispersó a medida que caían los heridos. Salvo los de la puerta, la niña incluida, quienes, empuñando machetes, vinieron por todo. Fue a ellos a quienes más balas disparé. Y creeme, Mario, el espectáculo tenebrosamente inolvidable que es un montón de cadáveres de niños llenando el suelo de sangre fresca, sus expresiones absortas, sin entender que la muerte les llegaba tan temprano y de forma tan violenta.

En el auto, cuando volvíamos, íbamos en silencio. Habíamos logrado el rescate, pero no estábamos bien. José me agarró la mano y me dijo: «Marthita, esos niños ya estaban muertos, vos no los mataste, mataste los espíritus que habían tomado esos cuerpecitos». Me asombró que José me dijera eso y le tiré un comentario relativo a su frialdad característica. «¿Cuantos poemas vas a hacer de esto?», le lancé. «Ninguno, Marthita, el arte no puede meterse con esto. No se ha inventado el lenguaje que pueda nombrar a la muerte cuando es muerte y a la maldad cuando es maldad».

Volvimos a Beira y, así como volvimos, nos fuimos. Kim no. Ella tenía ganas de quedarse un tiempo más, al menos hasta su próximo rodaje. José y yo nos iremos en un barco rumbo a Marsella. Del puerto te escribo esta carta. José me pidió que no hablemos nunca más de esto y yo creo que está bien. Así que todo lo que voy a decir está en esta carta que tienes entre manos. Haz lo que creas mejor con ella.

Espero verte, en territorios alejados del profundo dolor y libres del quejido fantasmal de las almas desterradas. Saludame a Haydée y decile que estamos bien.

Cuidá a Cabrerita y pedile que pinte nuestros rostros, por si los olvidamos.[1]

M

---

[1] Mientras preparaba este trabajo, algunos investigadores de la Facultad de Humanidades de la Universidad de la República de Uruguay, a quienes consulté, negaron terminantemente que haya sucedido lo que Passeggi cuenta en estas cartas. No aportan ninguna prueba fehaciente para esta negación y solo repiten prejuicios conocidos en torno a las figuras de Parrilla y Passeggi. Es entendible que, para personas que han vivido vidas en las que no ha pasado más nada que familia, oficinas, papeleo, libros y burocracia, historias como las que cuenta Martha en estas cartas resulten inverosímiles. Es probable que lo que muchas veces resulta inverosímil no sea más que la proyección de un miedo o de una frustración. Como si lo inverosímil no estuviera en el relato en sí, sino en la capacidad de quien la recibe de imaginar un mundo en que eso es posible. Siguiendo este criterio y tomando en cuenta que Martha vivió una vida de mucho movimiento en un mundo preinternet y preglobalización, donde este tipo de cruces inesperados e insólitos podía suceder en cada momento, voy a dar por cierto y real absolutamente todo lo que Passeggi cuenta.

Mirtha/Martha Passeggi (Montevideo, 1938) es una escritora, poeta y traductora uruguaya.

Nació en Montevideo, Uruguay, el 26 de febrero de 1938. Sus padres eran Julio César Passeggi, contador público nacido en Canelones, y Emma Malrechauffe, profesora de piano de origen suizo. En sus primeros años estudió solfeo, piano, francés, y luego se inscribió en el taller Torres García, pero abandonó al poco tiempo. A los dieciséis años se involucró en la compañía de teatro del Teatro Apolo del Cerro a través de su novio de entonces, quien era actor allí. Con ese grupo tuvo un aporte fundamental en la huelga textil de 1950 y en las llamadas *huelgas solidarias* de 1951 y 1952. Por esos años publicó su primer libro de poesía, *La rosa florecerá durante una hora*, que recibió encendidos elogios de Arsinoe Moratorio. Metida de lleno en su apoyo a las luchas obreras con su compañía de teatro, comenzó a frecuentar la bohemia nocturna de algunos barrios, como Aguada, Cordón, Reducto, Cerro y La Teja. En esas vueltas conoció al poeta Mario García y al pintor Raúl Javiel Cabrera. Es por influjo de estos que publica su segundo libro, *La tumba de todas las cosas tiene su violeta*, y al año siguiente *El grito de un grotesco pájaro*, novela inclasificable en donde mezcla historias de las huelgas obreras de los cincuenta, ideas sobre ocultismo y esoterismo, terror y erotismo. La novela circuló de mano en mano en la bohemia nocturna, donde tuvo cierto suceso y consolidó el nombre de la autora. No así en círculos académicos, donde fue criticada duramente por Ida Vitale en la *Revista de la Biblioteca*

Nacional y por Carlos Martínez Moreno en *Marcha*. En Francia, bajo el seudónimo Josephine Péladan, publicó los libros *Historia leve de la exploración del universo* (1979), sobre la obra y el pensamiento de José Parrilla y Raúl Javiel Cabrera, *Carne tensa. Veinte ideas sobre el arte de Lotty Rosenfeld (1984), Molde. Conversaciones sobre arte y política con Elaine Sturtevant* (1987) y *La segunda vez* (1993). Realizó experimentaciones con fotografías y poesía, que se mantienen inéditas.

En 1963 perdió a sus padres en el accidente del buque *Ciudad de Asunción*, mientras este unía Montevideo y Buenos Aires. A raíz de ese trágico hecho, Passeggi renunció a su trabajo en un conocido restaurante, donde tocaba el piano por las noches, y, por consejo de su amigo Mario García, que le comenta que el también poeta José Parrilla estaba instalado en Francia, donde tenía una escuela literaria, viaja a Europa ese mismo año. Luego de ir a Suiza a conocer a su familia materna y de un breve paso por España, recala en Francia.

Tradujo al francés la obra de Ana María Chouhy Aguirre, Rolina Ipuche Riva, Maeve López, Lucy Parrilla y Arsinoe Moratorio.

Se la ha relacionado sentimentalmente con los poetas Humberto Megget, Emilio Ucar y la argentina Raquel Weinbaum, los artistas plásticos Pedro Miguel Astapenco y Norberto Berdía y las actrices de cine argentinas Tilda Thamar y María Esther Podestá, pero nunca se confirmó ningún romance.

Hay huelga de transporte en París. Fuimos a ver los nenúfares de Monet a L'Orangerie porque Leonor no paraba de hablar de eso desde que llegó. Estuvimos un buen rato porque Guillermo Stoll le había dicho que, como el techo era de vidrio, los cambios de luz generaban distintos efectos en las pinturas. Pero no hubo cambios de luz, solo cielo nublado. Yo me senté a mirarla parada con los nenúfares de fondo. Estaba hermosa. Tuvimos que volver caminando. Nos cruzamos con una concentración de trabajadores en protesta frente a edificios gubernamentales. Otros colectivos acompañaban a los trabajadores del transporte, algunos artísticos. Hablamos de la lucha, de los trabajadores organizados. De cómo la prédica antimovilización y antisindical caló hondo en la actualidad. Nos criamos en distinas décadas, pero los dos crecimos con manifestaciones permanentes de colectivos y trabajadores copando la calle, pero en la actualidad eso parece haber quedado un poco en desuso. Siempre que hablamos de trabajadores organizados pienso en los trabajadores del arte y en los escritores en particular. No logro sacarme de la cabeza el fracaso que significó intentar organizarnos como colectivo. De la misma manera en que, cuando terminás una relación, empezás a ver en las calles parejas felices por todos lados, desde que se extinguió el último intento de pensar cosas entre todos, no paro de ver noticias o movilizaciones, logros de colectivos que sí se juntaron, discutieron, elaboraron propuestas y se movilizaron. Muchos factores han llevado a que los escritores nos hayamos neoliberalizado, pero de la peor manera en la etapa más desarrollada del neoliberalismo capitalista: el cinismo nihilista. Imagino que en un momento todo el discurso sesentista nos empezó a resultar pesado, el hombre nuevo, la utopía, porque después los que defendían eso se transformaron o en funcionarios o en depresivos con ideas conservadoras. Y porque es cierto, sería un poco ingenuo negarlo, ese tipo de ideas fueron aplastadas por el capitalismo atroz que arrancó en los noventa. Pero incluso los escritores de los ochenta, que pisaron fuerte contra esa generación más sesentista y que los negaron y los discutieron, no renegaron de la militancia, salvo quizás Escanlar, aunque lo que criticaba era cierto anquilosamiento y la actitud acomodaticia de viejos militantes. Sin embargo, ya a partir de los noventa las actitudes más individualistas, descreídas, desmovilizadas y poco solidarias empezaron a adquirir peso. Lo sindical, la militancia, lo colectivo, las reivindicaciones por fuera de lo estrictamente relacionado con el acto de encerrarse a escribir solo fueron vistas con rechazo, muchas veces como objeto de burla. Ni siquiera en el estallido de principios de este siglo, que explotó con Batlle, pero fue una olla podrida que condimentaron los gobiernos de Sanguinetti y Lacalle Herrera, los escritores salieron de su burbuja para, por lo menos, preocuparse de si había algún colega que la estaba pasando mal o si se estaba complicando terriblemente la situación del trabajo literario en el país. Las bases ya estaban sentadas. Aquellas viejas ideas del intelectual comprometido de Debray, Camus, Sartre y otros, aquel artista popular y solidario relacionado con las luchas obreras de los setenta y ochenta había dado paso al escritor que no quiere que su obra se vea alterada por el contexto. Escribir pasó a ser un acto solitario y el escritor no se debía a nadie, salvo a sí mismo y a su obra. Pero casi a la vez sucedieron dos fenómenos que terminaron de moldear la nueva forma de ser un escritor en Uruguay: las redes sociales y el progresismo. El escritor ya no está interesado en lo local, ni en cuanto a temas, que quizás sea lo menos grave, ni en sentirse parte de una red, de una comunidad. Si en los noventa y a principios del siglo el escritor era autosuficiente, en este tiempo mucho más. Por sí solo puede escribir, publicarse, difundirse, establecer contacto con escritores de todo el mundo y sentirse parte de la comunidad global. Eso ha permitido, por ejemplo, que las clases dominantes y su ambición de crear cánones y legitimaciones de acuerdo con el criterio de unos pocos perdieran peso simbólico, pero al mismo tiempo aísla cada vez más a un trabajador que ya estaba aislado. En los últimos años, con el gobierno conservador neoliberal del Partido Nacional, se puso de moda la figura del emprendedor y el emprendedurismo como nueva forma de *aggiornar* el tradicional mundo laboral. Detrás de la idea del *do it yourself* se esconde la ambición de aislar al trabajador, de que sienta que no necesita a nadie, solo al cliente (lector, en este caso), y que mucho menos necesita a sus colegas, los que en este nuevo esquema pasarían a ser únicamente competidores a quienes hay que ganarles. El progresismo nos terminó de hacer ciudadanos del mundo, nos sofisticó. En esos quince años, en los que, es cierto, la economía repuntó, el país se actualizó, el Estado se modernizó, el salario creció, la desocupación bajó y hubo presupuesto récord para salud y educación, dejamos atrás, o eso creíamos fervientemente, al Uruguay provinciano, atrasado, estancado en la década del ochenta. Y de ese Uruguay que queríamos dejar atrás para acercarnos al primer mundo, para sentirnos más cerca de Europa y Estados Unidos que de un latinoamericanismo que ya no nos identificaba, una de las cosas que había que dejar, y vilipendiar, era lo sindical, lo colectivo, la militancia. Escribamos y hablemos de literatura y otras artes, y con eso ya estamos, el resto es pasado. En las redes sociales, además, se estaba empezando a crear una enorme confusión. Para distinguirse de la plebe, que usaba las redes para compartir trivialidades, canciones, lo que comían, una foto del atardecer, cadenas de oración, chistes, memes y viejos videos de *Videomatch*, había que volverse hipercríticos. Ante esa masa acrítica y no pensante, había que poner sobre la mesa nuestra superioridad moral e intelectual. Nosotros también usamos las redes, pero las usamos bien. Y pasó lo que tenía que pasar en un ambiente como el letrado o el intelectual, que es de pequeño burgués. Es que esa acción de distinguirse de la masa nos fue llevando hacia posiciones conservadoras, elitistas, e inevitablemente al divorcio de esa nueva especie que había surgido, que era el progresismo. ¿Y cómo nos alejamos del progre al que todo le importa?, bueno, no nos importa nada, o sea, empezó a pulular el cinismo. Muchos de los escritores más veteranos se volvieron fachos o cínicos y muchos de los más nuevos, que tienen, al menos en sus primeros años, modelos a seguir, festejaron y se sumaron a eso. La suma de todo: neoliberalismo, rechazo a la tradición anterior, capitalismo, progresismo y cinismo, generó un tipo de escritor al que todo lo que sea juntarse con otros, confiar en que lo colectivo y la lucha dan rédito, buscar el mejoramiento laboral y de calidad de vida de todos quienes escriben, y, por qué no, intentar construir una sociedad más justa e igualitaria, les parecen consignas ridículas, trasnochadas, ingenuas.

No estoy diciendo que no haya habido intentos de colectivizarse, no solo para conseguir mejoras en nuestro trabajo, sino para ser un colectivo con cierta incidencia en la vida política y social de la comunidad. Pero justamente esos casos aislados, el éxito que tuvieron en la concreción de sus objetivos y lo cada vez más alejados que están en el tiempo refuerzan la idea de que quienes escriben en Uruguay difícilmente puedan mejorar su calidad de vida, porque, como fuerza social, de peso, de choque y también de presión, tienen un valor nulo. A todo esto, el progresismo permanentemente ha malentendido la relación que debería tener con los colectivos y no ha hecho más que entorpecer su formación y desarrollo. Cada vez que aparece un colectivo de gente autoconvocada sin relación alguna con ninguna institución, allá va el progresismo uruguayo a querer cooptarlos. O a anidarlos bajo el ala institucional o a subirse al carro de los logros ajenos o a sumarse directamente a lo generado por el colectivo. Al progresismo le cuestan dos cosas en relación con su función como gobierno a cargo de la administración de un Estado. En primer lugar, tiene mucha dificultad para no caer en el paternalismo. A veces, la forma de respetar o apoyar el trabajo de un colectivo no es ponerlo bajo su ala, como una gran mamá gallina con su pollito, que, pobre, no sabe cómo hacer lo que quiere hacer. Los gobiernos no entienden que, cuando un colectivo no hace las cosas como las harían ellos, no es porque se estén equivocando, sino porque, en realidad, es lo más lógico, es lo que debería pasar: es saludable que los colectivos independientes autogestionados no actúen como actuaría el Estado. Y, segundo, no se ubica, no asume que, por más afinidades ideológicas que pueda haber, por una cuestión natural, un colectivo nunca, pero nunca, va a estar en la misma vereda que el Estado. Yo también creo que el Estado somos todos y muchas veces me resisto a hablar del Estado como de algo ajeno. Pero tampoco desconozco que el Estado y los que lo administran, sean del partido que sean, están, y quizás es parte de su naturaleza, del lado del poder y la hegemonía, del *statu quo*. Un colectivo autogestionado y autoconvocado la mayoría de las veces se autoconvoca para ir en contra de eso, para marcar los problemas del estado de la cuestión, para cambiarlo o dinamitarlo por completo, para exigirle cosas, para presionarlo, y no para salir juntos en la foto de la ejemplar convivencia democrática de la que tanto nos enorgullecemos los uruguayos.

Díptico uno[2]

1. Dos jóvenes abrazados sonriendo bajo un magnolio. Uno lleva gabardina, el otro, camisa a cuadros. El cielo nublado. El de camisa se agacha sin razón.
2. Una pareja joven con lo que parece ser su hija adolescente. Sentados en una mesa en la que hay comida y gaseosas. Él lleva bigote; ella, ropa de verano. La adolescente tiene la cara quemada por la luz.
3. Galería de un edificio público. Ella, de gabardina clara, posa como una modelo de los años cuarenta. Él, muy abrigado, lleva guantes de cuero como un asesino y unos papeles misteriosos en la mano.
4. Fiesta en casa de alguien. Mujeres sentadas en el piso. Hombre de camisa pasa entre ellas como pidiendo permiso.
5. Policía baja la escalinata de un edificio neoclásico mirando hacia el más allá.
6. Fotógrafo saca foto a otro fotógrafo. Detrás, las torres de Notre Dame no se ven por la niebla.

---

2   El libro inédito pero, según Benoit, listo para la publicación constaba de dos partes. En la primera había treinta y seis diapositivas, una por página, sin ningún tipo de texto o numeración complementaria. La segunda parte, que estaba impresa sobre otro papel, tenía treinta y seis textos numerados. En una primera instancia, parecían tener que ver con las diapositivas, pero luego es notorio, no solo por el título, que Martha lo pensó como dos partes de lo mismo, aunque también como dos libros distintos.

7. Fiesta en casa de alguien. Mujeres sentadas en el piso. Tienen flores en la cabeza. Los hombres, vestidos de forma aburrida. Una reproducción de un cuadro de Picasso en la pared.

8. Escalera y puente. En la escalera, niños felices saludando. En el puente, dos hombres, que parecen asesinos, mirándolos.

9. Barco en mar agitado. Hombres muy abrigados. Uno de gorro de lana bromea con un objeto.

10. Parque. Foto con punto de fuga lejano. Composición volcada hacia la derecha de la foto, donde dos mujeres vestidas de rojo hablan con joven que viste como un viejo.

11. Fiesta en la casa de alguien. Mujeres con flores en la cabeza y expresión de borrachera. Detrás, un radiador blanco.

12. Un lugar que parece ser el parking de un aeropuerto. Nada es claro, solo el cielo.

La deuxième fois (traducción en proceso)[3]

En París la gente está todo el tiempo yendo a algún lado y, a la vez, en estado de contemplación.

En la calle hay olor a especias, a pedo y a meada.

Hay desorden, hay caos. Es esperanzador que todavía sigan existiendo espacios que escapen a la obsesión por el orden.

Más tarde, Benoit juega con una navaja. Lo hace sin ganas, como si nada en el mundo tuviera consecuencias. Quiere cortar un franco en el aire. Los francos son enormes, pero no pesan nada. Me habla, como siempre, del dinero que no tenemos. Pero Benoit no quiere robar un banco ni una joyería. Se la pasa buscando fondos del Estado. Dice que es un anarquista moderado, porque en realidad solo quiere la equidad en el reparto, que ese dinero que el Estado le saca todos los días vuelva a él. Dice que, si no sucede eso, el sistema no puede seguir funcionando.

—Pero vos ni siquiera sos anarquista. Te la pasás hablando de la conservación del sistema.

—El sistema nos antecede. Es prehumano. No es ni anarquista ni antianarquista. La anarquía también es prehumana, pero postsistema.

Les Pères Populaires está vacío. Un tipo de ropa cuadriculada hablando por teléfono como si no lo estuviera

---

3 Lo que comparto aquí son fragmentos, avances, de un libro mucho más extenso y diverso.

haciendo. Dos jóvenes jugando al pinball de Rocky. Un tipo parecido a Claude Laydu, que no sé si es.

—Mirá, Benoit, aquel no es Laydu.

—¿Quién es Laydu?

—El del programa de TV, el de las marionetas.

Hoy cobré un trabajo y no tomamos café. Le debía un vino a Benoit, pero él nunca parece disfrutar lo que está haciendo en el presente. Domaine du Moutou, un vino de mediana calidad, lo cual es mucho. Suena una canción de Jo Lemaire. Escucho la letra, se me ocurre un título para algo. *Entre el río y la carretera.*

Entra un levantador de apuestas senegalés. Una vez me explicó el sistema, pero no lo entendí muy bien. Me invita siempre a ir a un bar cerca de Gare du Nord, donde, después de que se hacen las apuestas, se quedan escuchando música y bailando. Pero vivo muy lejos; desde que habito el minúsculo departamento,[4] no salgo de Montparnasse, solo para ir a La Graine y a Les Pères. No sabe de dónde soy. Le expliqué muchas veces, imagino que cree que es un lugar exótico, con tribus y palmeras.

Benoit lee una revista muy concentrado.

—¿Qué leés?

---

4   Según Thierry, era en el Boulevard Pasteur, «107, 109, algo de eso», y se trataba efectivamente de un lugar muy pequeño que «se hacía más chico aun porque Martha tenía plantas por todos lados, plantas grandes, palmeras, helechos gigantes, filodendros».

—Un artículo muy interesante sobre un director de cine mudo que era mudo en serio.

(1984)⁵

Parrilla vino a París por unas horas y tomamos un café en un bar de Place d'Italie. Quería venderles unas obras de arte de su grupo a unos coleccionistas, pero no lo recibieron. Estaba enojado, no contó nada sobre su vida en Niza, solo despotricó contra Oteyza, que hasta no hacía mucho había sido casi que un maestro para él.

Andaba contrariado con algunas ideas de Oteyza que había leído por ahí. El escultor español le agradaba, sobre todo por la idea de vaciar la expresión, cierta disolución de lo figurativo, y la fusión definitiva entre arte y vida. Pero Parrilla decía que esto último se tenía que hacer desde la carne, la pasión, el sacrificio (entendido, según él, en todas las acepciones del término, incluso en las rituales), y no como planteaba Oteyza, a través de la normativa, de reglar y sistematizar absolutamente todos los procesos artísticos. «Es que el viejo se está empezando a enamorar demasiado de los soviéticos y eso lo termina volviendo un burócrata», se lamentaba Parrilla, que había trabajado estrechamente con Oteyza en la época de Pascual Letreros en Valladolid.

---

5   En aquellos fragmentos que parecen autobiográficos intenté, con base en testimonios y otros documentos, determinar la posible fecha de la narración.

Lo acompañé a la estación. Se tomó un tren sin saludarme. Me fui rápido porque llovía mucho.

(1983)

Reunión de uruguayos en casa de Ana María. Ricardo, su esposo, sostiene que es notable cómo, a medida que pasa el tiempo, el menú de las reuniones va teniendo cada vez menos carne de vaca y más quesos. Cree que eso es lo que indica que ya estamos integrados a París. Carlos, otro uruguayo, tupa y escritor, que trabaja como portero de un edificio en Rue du Simplon, le plantea que el jamón crudo es carne y que cada vez comemos más, y se quedan horas discutiendo. Pepino, otro uruguayo, más joven que nosotros, estudiante de antropología en La Sorbonne, pasó brevemente a saludar porque se iba con unos amigos a un bar de unos corsos en Montparnasse, donde toca una banda de música caribeña progresiva.

Mientras Carlos y Ricardo siguen discutiendo sobre comida y exilio, y Carlos cita anécdotas de la cárcel y Ricardo, que también es tupa y trabaja en el Institut Pasteur, le responde con teorías de la química, la física cuántica y hasta la termodinámica, Ana María me cuenta del libro que está preparando. Ya lo tiene casi terminado, es sobre su experiencia en Tupamaros y es novedoso no solo porque se centra en la participación e importancia de las mujeres en el funcionamiento y la teorización del movimiento, sino fundamentalmente porque denuncia el machismo recalcitrante que todas las compañeras sufrieron a la interna. Duda, tiene miedo de que el libro genere mucho rechazo, que les terminen haciendo el vacío a ella y a Ricardo, que los termine aislando en París con los otros uruguayos, que ya no puedan ir más a La Parrilla, que los intelectuales franceses más cercanos al movimiento los boicoteen. Le digo que lo haga. Que la única forma de que el movimiento sea verdaderamente revolucionario es si comprende que lo que pregona lo debe practicar, y que pensar en un hombre nuevo es también pensar en una nueva mujer y en nuevas formas de vincularse, muy distintas a las que pasan en la realidad. Le tiro una bomba incomprobable solo para motivarla: «Ana María, la causa por la que perdimos la guerra fue el machismo, y los milicos lo supieron aprovechar». Sé que es un razonamiento cuestionable y ni yo lo tengo muy claro, pero la frase causa el efecto deseado y noto en su cara la expresión de alguien convencida.

Ricardo y Carlos ya no discuten. Carlos cuenta que en su edificio hay muchos vendedores de droga y en la noche eso es un desfile de gente, líos, gritos, a veces tiros, pero que le han dado un dinero por su silencio, que le sirve porque anda con ganas de irse a Suecia. Luego, relata que un amigo suyo, periodista francés, le contó que, caminando por la ciudad, en los fondos de los edificios de unos bancos importantes, encontró en la basura una enormidad de documentos con datos, nombres, movimientos; que volvió con el auto de un amigo a buscarlos y los tiene hace semanas en la casa, donde intenta armar el rompecabezas. Ricardo siempre deja para el final las frases que es más común decir al principio, así que termina la historia diciendo que su amigo le confesó que descubrió algo sobre el Partido Comunista Francés que puede causar un escándalo de dimensiones históricas. Ana María le dice que eso ya pasó hace años, que hasta un libro hay, que, si su amigo le contó eso, le tomó el pelo. Carlos hace como que no la escucha.

Termina la noche abruptamente. Ana María, Ricardo y Carlos se van a lo de Jairo en Saint-Germain-en-Laye, porque los argentinos organizan ahí una especie de peña, que durará hasta el amanecer. Yo me excuso y me voy caminando, mirando con especial atención dentro de cada tacho de basura que me cruzo.

(1982, 1983 o 1984)

En el barrio hay gente durmiendo en la calle, vinerías con precios disparatados, un minúsculo restaurante peruano con comida cara, una taquería mexicana pituca, una panadería que hace poco ganó un segundo premio en un concurso de baguetes, galerías de arte, jóvenes exitosos y pujantes de todo el mundo. En París siempre te encontrás con mucha gente más exitosa que vos.

Con el grupo de teatro[6] recorremos bares. Soy la mayor. Me resulta interesante el lugar que tengo en el

---

6   Durante 1986, y al parecer por poco tiempo, Martha frecuentó el taller de teatro de Charles Dullin en Vieux-Colombier. Allí conoció a muchas personas, pero fue con tres que continuó el vínculo: una argentina, de apellido Galindo, y dos actores franceses, Jacques Pinault y Simon Reggiani.

grupo. Vieja huraña que todos escuchan, aunque diga cualquier estupidez.

Brasserie Kanterbrau, Café y Bar Les Vaucouleurs L'Industrie, Les Pères Populaires (aunque la gente de La Graine no se lleve bien con los de teatro, a quienes tildan de snobs burgueses, de BoBo's).

Una de mis compañeras hace gimnasia. La fuimos a ver practicar. Es imponente la forma en la que se agarra de dos aros y gira sin pausa como si fuera el vapor de la caldera subiendo mientras la ventana está abierta y por ella entra la brisa montevideana de una noche de diciembre.

Me estoy mudando,[7] y eso siempre es muy extraño. También lo es que ahora, cuando dejo una casa, no me

---

7 Una carta fechada en agosto de 1986, que le envía la artista estadounidense Elaine Sturtevant, está dirigida a 163 Rue des Sèvres, así que es probable que esa sea la dirección de su nueva casa. Se trata de un edificio en buenas condiciones, creo que económicamente le estaría yendo mejor a Martha porque no parece ser barato alquilar allí. Consulto con los vecinos más antiguos del lugar. Solo encuentro a una mujer que vivía allí en 1986 que no recuerda particularmente a Martha, aunque admite que mucha gente paraba allí. Me cuenta que un director de cine argentino de mucho prestigio tenía su departamento en el edificio y que, cuando no estaba, dejaba que lo habitaran sus amigos. No recuerda el nombre y en los papeles de Martha tampoco hay menciones.

llevo todo lo que tenía. Hay objetos que no deben seguir camino conmigo.

Encuentro en un libro un poema que me regaló Parrilla:

En las piscinas de París al mediodía
ella se baña,
y yo sentado,
en traje de soldado, la contemplo.
He visto muchos chinos,
millones como pájaros,
y ciudades de briznas y dientes,
pero no he visto contemplación igual
cuando contemplo a Stalin.

Calles favoritas de este período: Rue Saint-Placide, Rue Férou, Rue Huysmans.

Descubrimiento: me gusta mucho la cerveza. Tomamos Spaten, Leffe, Chimay. Creo que ninguna es francesa.

La gimnasta me invitó a practicar boxeo. Lo voy a consultar con mis naipes.

Una mujer y un hombre tocan música en el metro. Ella parece latina y la envidio. No es fácil parecer europea y no serlo, rodeada de europeos que sí lo son. Él es negro, creo que cubano. Ella toca el saxo; él, unas congas. Una canción latina para franceses, algo así como Carmen Miranda. Un viejo inexorablemente francés lee *Le nouvel observateur* y los mira de soslayo.

Almuerzo en Les Hortensias Restaurant. No pienso en Felisberto, sino en las casas de playa del este uruguayo.

El lujo modesto. El refinamiento moderado. La casa de balneario con las hortensias en la puerta, algunas en flor, enormes, otras secas, marchitas, otras azules; hay que enterrar un cuchillo oxidado, un perno, clavos, para cambiarles la coloración. Lo único para leer mientras espero la comida es *Le parisien*. Estoy un buen rato leyendo sobre el terrible problema de niños vándalos en moto que asolan la Rue Jeru du Bellay.

(1986)

Tocan la puerta de mi casa. Es Ottavioli, hacía muchos años que no lo veía. A pesar de que no tengo buenos recuerdos de él, lo hago entrar y caliento un café viejo para convidarlo.

Pierre Ottavioli fue un comisario célebre de la Policía francesa. Cuando mataron a Trabal, él era el encargado de la investigación. Se comió el pescado podrido que le dio la dictadura uruguaya. Estoy casi segura de que quienes les pasaron el dato errado a los franceses de que los responsables del atentado habían sido uruguayos clandestinos vinculados a los Tupamaros fueron los militares, y Ottavioli y la Policía francesa compraron. Durante días nos detuvieron, nos soltaron, caían en nuestras casas a hacernos preguntas, nos seguían, revisaban nuestra correspondencia. No nos dejaron tranquilos. Recuerdo, por ejemplo, a Alberto Sendic y cómo le hicieron la vida imposible solo por portación de apellido. Incluso, tengo mis sospechas de que más de uno de esos que caía en La Graine, se quedaba unos días y desaparecía misteriosamente era un infiltrado de Ottavioli. Después le vendieron otra mentira y nos dejó tranquilos. Se fue a perseguir brigadas de extrema izquierda francesa y con eso se entretuvo. Nunca se dignó a averiguar el hilo más obvio, que tenía que ver con la propia cúpula militar de la dictadura uruguaya y el uso que hizo de asesinos a sueldo mercenarios, al igual que las otras dictaduras latinoamericanas; pero allá él. Luego se retiró, escribió un libro, creo, y ahora trabaja en seguridad privada.

Está investigando un tema de pasaportes falsos donde estarían involucrados uruguayos, algunos muy conocidos. Yo sé cosas, no sé si son ciertas o no, pero a quien seguro nunca se las voy a decir es a Ottavioli, así que le digo que no sé nada.

Antes de irse me preguntó si supe algo más sobre lo de Trabal. Recuerdo que una vez, en un bar de Marsella, un egipcio borracho me había dicho que había estado involucrado en el atentado, pero en la parte logística. Aunque en los bares todos se adjudican algo heroico o interesante de contar, y tampoco ando como para hacerle el trabajo a la Policía.

—No. Nada.

(1986)

Hoy descanso. Una cosa es lo que uno imagina que puede pasar en París y otra es la realidad. Nada de lo que se organice con anterioridad se va a cumplir totalmente. París te impone su lógica, su dinámica, sus tiempos. Yo quería escribir, recorrer algunos lugares, trabajar escribiendo notas, leer libros, hacer algunas entrevistas, conseguir trabajos acá y en lugares cercanos, hacer contactos valiosos. Hace mucho tiempo que estoy acá y no pude hacer nada de eso. En otras circunstancias sentiría culpa, la sensación de estar boicoteándome, pero en esta oportunidad debo admitir que me tapó la ola. Perder con París es perder bien. Hay que aceptar las cosas como son, vivir como se pueda y dedicar la vida a procesar esa experiencia imprevisible.

Es un poco triste el primer mundo. Perdió todo lo primitivo, lo animal, lo salvaje. Perdió lo intuitivo, el instinto. Perdió el deseo, el placer. Perdió lo sucio, el desorden. Perdió lo irracional, lo caprichoso, la traición, la infidelidad, lo picante, lo salado, lo empalagoso. Perdió el sueño húmedo, el sudor, la lengua en la axila. Perdió los fluidos, los olores. Perdió el vaso que se desborda, la valija que se abre sola, la olla que explota y escupe pedazos de zapallo y boniato por toda la casa. Perdió el vómito, la diarrea, la nariz que sangra porque sí. Perdió el sol que te encandila, la humedad que te hace doler las rodillas, la ampolla veraniega en los pies. Perdió el homicidio, las autolaceraciones, la amputación. Perdió la cadena que se sale de la bicicleta, la cortina metálica que solo puede bajarse si se mete la mano en grasa negra, la pelota que rompe una vidriera de objetos frágiles. Perdió la risa que te hace salir el líquido por la nariz, meter los dedos en el enchufe, comer las flores que encontrás por la calle. Perdió el olor a pedo en el baño de un bar, el olor a pata en un camping, el olor a cebolla frita en un pozo de aire. Perdió los guitarreros, los cascarudos, los renacuajos, las chicharras. Solo les queda algo que llaman *cultura* y que, claramente, no lo es.

(1987)

Paseamos con Jérôme[8] por la puerta de una galería y había un *vernissage*. Estábamos con hambre y sin un franco. Había unos canapés y vino blanco, y nos metimos. «Galerie du Centre presenta a Denis Riviere».[9] Miramos un poco las pinturas, me hicieron acordar a Espínola Gómez, a Damiani, a Invernizzi. Extraño a Cabrerita. Lo último que supe de él fue por Zeta. La última vez que lo vi fue en Niza, cuando nos reunimos también con Parrilla. Debería escribir un libro sobre ese encuentro. Sería un libro de ciencia ficción. De ucronías y mundos imposibles. Sería la historia de un grupo de voluntarios que se ofrecen para una misión en la que tienen que parar un meteorito con sus cuerpos.

Hablo con Brisseau. Hace películas. Creo haber visto alguna de él, *Un jeu brutal*. Está medio borracho. Me quiere impresionar haciéndose el maldito. Le digo que me parece patético el malditismo. Su ego queda descolocado. Se va. Vuelve a los cinco minutos. Es otro. Me invita a tomar algo. Habla todo el tiempo. No lo escucho. Pienso en un poema de Lucy que me gusta mucho.

---

8 Aparentemente, se refiere al director y actor franco-argentino Jérôme Savary, a quien conoció a través de Galindo.

9 La exposición en cuestión se realizó en 1987, lo cual confirmaría la fecha del texto.

Brisseau habla de un libro de Balzac, *La belle noiseuse*, quiere hacerlo película. También me repite la fórmula de un trago que se llama Kiss in the Dark: una parte de ginebra, una de cherry brandy y dos dedos de vermú. Pasamos la noche en el Hotel de L'Indépendance. Pobre, no parece un mal tipo. Solo un poco incapaz para vivir.

Lo invito a ir a ver unas bandas interesantes que tocan la noche siguiente en el Demi-Lune. Es lo único que me saca de la atmósfera omnipresente de institucionalidad francesa. Es en el único lugar donde la cultura francesa no se te cae arriba como una avalancha de nieve. No quiere ir porque está peleado a muerte con Charles Guilleux, el dueño del lugar. No tardo en comprender que Brisseau está solo porque el mundo entero es su enemigo.

(1987)

Francia es un país saludablemente soviético. Hablo de lo estético, que es lo que atraviesa todo. Lo soviético, el realismo socialista, convive con el refinamiento burgués decimonónico francés, con esa variante descontrolada del pop que es la marginalia de árabes, sudacas y africanos, y con la estética turística aséptica global, que se encuentra tanto en Champs-Élysées como en Roma, Milán o Londres, porque lo que tiene esta estética es su forma de ser una copia que se pega como un afiche en cada lugar. Por eso es un gran lugar para crear, porque la belleza, que no es el motor absoluto de la creación, ni mucho menos, pero sí que nos puede llegar a hacer felices, la belleza aquí, donde la estética es fractal, tiene muchas formas de manifestarse. Es extraño, hay una idea de París como el lugar del buen gusto, donde se determinan los patrones de belleza y refinamiento. Pero es exactamente lo contrario. En realidad, si París es el lugar que marca los patrones de belleza, es justamente por su incapacidad para poder determinar en su devenir diario lo que es o debería ser la belleza. Que eso se le escape como niebla entre los dedos la hace el lugar ideal para hablar de belleza, porque solo se puede hablar con propiedad de algo cuando se admite la imposibilidad de capturarlo.

Vivo en el 7 Alle Youri Gagarine, en Romainville. Cada día despierto pensando que estoy en otro tiempo, en otro lugar. Los adolescentes se reúnen debajo de la autopista. Es una época horrible para ellos. Reina la incertidumbre y la sensación de que nada de lo que pase o vaya a pasar estará en nuestras manos. Ellos lo sospechan.

Acompaño a mi vecino al Caisse d'Allocations Familiales, CAF. Vive solo porque su madre se fue y su padre se va y no vuelve por días. Le pregunto qué le gusta hacer y me dice que prender fuego edificios. Ayer prendió fuego un Volvo que estaba estacionado en Galieni. Tiene una novia en la Cité de la Noue, en Montreuil. Al igual que mi camarada Benoit, todo el día juega con una navaja.

Mientras espero que salga, se acerca un tipo de unos cuarenta años. Me pregunta si conozco el Frent Français de Libération. Habla de que se está gestando una verdadera revolución, más grande que la del 68.

—Pero la del 68 no fue una revolución. El pueblo siempre se levantó. Siempre estuvieron unidos los estudiantes y la clase obrera. Lo distinto del 68 fue la legitimación de la burguesía letrada.

No le importa. Dice que son muchos. Que la revolución es inminente. Me invita a las reuniones del Frente, en un galpón de la Avenida Fleury-Mérogis. Se despide diciéndome que no puede decirme su nombre porque todos están clandestinos, pero me pregunta el mío.

Cuando se ha ido, le pregunto, quizás demasiado fuerte, pues se asusta:

—Ey, en realidad no existe el Frente, ¿no?

—¿Qué Frente?

(1988)

Los domingos en París son tristes como los domingos en Buenos Aires. La ciudad está con resaca, como si la semana y las noches del jueves en adelante la hubieran dejado exhausta. Ayer fuimos a cenar a lo de Gamarra. Las artes visuales siguen teniendo espacio para lo inesperado, mientras que en la literatura hace tiempo que ya nada sorprende. Seguramente tenga que ver con la relación de una y otra con lo distinto.

Personas de estos días:
Dr. Grivois
Dra. Baron
Dr. Binot
Dr. Talon

Lugares de estos días:
Hotel Dieu
Plaza de la Ópera

Hospital Villejuif
Buttes-Chaumont
Hospital Maison Blanche
Hospital Saint-Antoine
La Salpêtrière
Distrito 92
Distrito 19
Servon
Brie-Comte-Robert

Calle preferida:
Rue Bernard-de-Clairvaux

Conocimientos nuevos:
Aprendí de pastillas y medicamentos. Raph, Action,
Revotrax, Depamide, Tofranil, Seméssta (cuidado que
adormece). Tratamiento de Litio.

Hecho curioso:
Un extranjero se atrincheró en el techo de un
hospital y se negó a bajar, a menos que le dieran su
permiso de residencia. Ignoro cómo terminó todo
y me da culpa.[10]

(1988)

_____

10   Esta entrada es una intriga. Sabemos que se trata del año
      1988 porque pude rastrear la noticia del indocumentado
      que se sube al techo de un hospital. Pero, en entrevista con
      personas que frecuentaron a Martha en ese tiempo, nadie
      tiene conocimiento de que ella haya estado internada

Recorrida con Jérôme. Es con la única persona que accedo a recorrer presentaciones de libros, lecturas, galerías de arte, *vernissages*, teatro y cine, bares de la bohemia artístico-intelectual. Sabe que, a pesar de que cedo y accedo, no me puede llevar a cualquier lado.

Feria del libro de Saint-Étienne. Hay algo en la literatura francesa que me da vejestorio. Todo es demasiado institucional.

En el cine Le Méliès, un ciclo de «Littérature américain dans le cinéma américain». Sigo olvidándome de que acá, cuando dicen *América*, quieren decir 'Estados Unidos'. Le comento a Jérôme que estaría bueno que el cine latinoamericano adaptara muchas más novelas latinoamericanas. Me nombra, por lo menos, quince películas que son adaptaciones de novelas latinoamericanas. Suelo hablar sin saber y, a pesar de saberlo, encima de esas afirmaciones construyo grandes argumentos y teorías

---

o en tratamiento médico o psiquiátrico, porque algunos de los centros, pastillas y tratamientos que nombra tienen que ver con la salud mental. Tilda Tamar, actriz argentina amiga de Mirtha, tiene la vaga idea de que, en realidad, Thierry estuvo internado en ese año por su consumo de hachís, pero nadie más pudo confirmar esta versión. Según ella, Martha tenía un sentimiento maternal o de hermana mayor con él y es posible que se haya encargado de acompañarlo en sus vueltas hospitalarias. Según Jérôme, en cambio, seguramente se tratara de una investigación de Martha para escribir sobre esos lugares; pero, si lo hizo, no se han encontrado más pruebas que este breve texto.

y no me importa que todo se derrumbe. Las grandes verdades también se derrumban.

Jérôme trabaja en un liceo de acá. Pasamos por la puerta, se llama Jean Monet. Sueña con hacer una obra con los adolescentes que dure lo mismo que el año lectivo. Quiere que los personajes vayan creciendo, cambiando. Dice que un año de un adolescente equivale, en cuanto a cambios, a cinco años de un adulto. «¿Te imaginás una obra que recorte cinco años de una vida?», dice Jérôme, y agrega que el futuro del teatro va a tener que ver con el paso del tiempo en la vida de las personas, pero no creado por el artificio, sino en tiempo real. «La verdadera tragedia del humano es envejecer», afirma tajantemente, y por primera vez en muchos años me viene el miedo a ser vieja.

Cena en el Restaurant Marienbad. Jérôme saca un bibliorato de su bolso. Me cuenta el motivo por el cual lo había perdido de vista durante un tiempo. Fotos, recortes, mapas:

Mi próxima obra es una búsqueda de una persona desaparecida. Una turista de Luxemburgo que estaba recorriendo Francia con su amiga alemana. Acá empieza todo, mirá, en esta estación de Elf. Entró a comprar una botella de agua. No hay ninguna chance de que haya desaparecido de ahí sin que nadie se enterara. ¿Por qué no se resistió? ¿Cómo la convencieron de salir de allí sin su amiga alemana? La mujer tiene una cicatriz en la frente. Muy llamativa. Se la hizo cuando era chica, se cayó en el patio de la escuela y se abrió la frente. Nadie que la mire a la cara puede ignorar la cicatriz. Esa raya rosada, rojiza, sobre una piel bien blanca, sin arrugas, sin otras marcas. Imposible no mirarla. Realizan la denuncia. Difunden su foto. La cicatriz coronando esa cara inocente de estudiante de arquitectura. Suena el teléfono, una y varias veces. La vieron en una estación total en Malataverne comprando tabaco Drum, la vieron subirse a un camión de Safta en Châteauneuf-du-Pape, conversó con ciclistas conocidos (Delgado, Bernadau, Hinault, Figron, Herrera, Dietzen) en una parada del Tour en Bois Vieux, se alojó en el Hotel Menant en Remoulins, se cortó el pelo en Silvia Coiffeur en Nimes, llenó el tanque de un auto y compró un frisbee de plástico en una estación en Calvisson, entró a una sucursal del Banque Chaix en Vallérargues y, en ese mismo lugar, compró analgésicos en la Farmacia Prisunic. Mirá, acá está todo marcado en el mapa, acá están las fotos. Fui a todos los lugares. Hablé sobre lo que vieron, sobre la cicatriz, si vieron la cicatriz. Todos me la nombraron. La cicatriz es un tema en sí. Pero ¿no te parece extraño que ninguno de los testigos que la vieron notó una actitud de secuestrada o de estar allí bajo presión? Y muchas veces la vieron sola, sin nadie que la vigilara. Realizando actividades de rutina, cotidianas. La cicatriz es la misma. Y lo curioso es que se deja ver por todo el mundo, pero nunca por la Policía, que la está buscando. Entre la gente es casi un fantasma, todos la vieron alguna vez, hay rumores en todo el país. Pero nunca la encuentran. Sé que debo perseguir ese rastro. Necesito entender su multiplicación. La obra es esa. Seguir las pruebas que va desperdigando por ahí. No para ser encontrada, sino para dar cuenta de su recorrido. Además, no es nada nuevo, la historia de la humanidad y la historia del arte están marcadas por la búsqueda y persecución de fantasmas, por la lectura de sus rastros.

(1988)

Veo a Benoit alicaído. Nos encontramos una mañana en Les Pères Populaires a desayunar y no para de fumar y de leer el diario sin leerlo. No es fácil para gente de nuestra edad esta ciudad. El comportamiento está todo predeterminado según la edad. Hay que hacerlo y, si no lo hacés, quedás afuera. Los jóvenes tienen que actuar como jóvenes, y ser joven es seguir dos opciones. O sos un joven que está por fuera de todo, que en realidad no es estar afuera de nada; entonces vas a los recitales, a los bares, te acostás a cualquier hora cualquier día, te anotás en una carrera, vas a algunas materias porque lo que importa es conocer gente y luego irse a alguno de los bares cercanos a la facultad, vivís con lo que tenés a mano, pero siempre tenés algo a mano porque sos joven y esta ciudad está pensada para ser joven y tener siempre algo a mano. O podés ser un joven exitoso, que se toma en serio la carrera; y París es ideal, porque todos los bienes culturales están a mano, todo sin intermediarios, al alcance, entonces el grado lo hacen en tiempo récord y, antes de los treinta, ya tienen más estudios que los que hace un tiempo podía llegar a tener un académico del doble de edad. Los primeros van a ser, más tarde que temprano, trabajadores integrados al sistema, frustrados, alcohólicos, y de a poco olvidarán su juventud y votarán a los candidatos de la derecha. Los segundos serán quienes ocupen todos los lugares de poder. Lo que no está permitido es que hagas cosas de joven cuando no lo sos. Y ahí es donde Benoit y yo estamos empantanados, no tenemos familia, no tenemos trabajo fijo, andamos vagando por ahí, viviendo con lo que tenemos, cuando tenemos lo gastamos, cuando no tenemos nos arreglamos. No tenemos trabajos formales, nos dedicamos al arte, pero tampoco de forma constante. Si algo nos gusta, lo hacemos; si algo nos da plata fácil, lo hacemos. No nos importa lo legal ni lo moral, no nos importa el pacto social, no queremos la reconciliación de clases, odiamos a los ricos y a los burgueses y nos siguen dando ganas de romper las vidrieras cuando vamos a las manifestaciones. Pero la única gente que se nos acerca pueden ser nuestros hijos o nietos. Los demás nos miran con rabia o pena. El sistema, que categoriza y a todos nos asigna un lugar, no sabe qué hacer con nosotros; entonces nos ignora. Y, como el sistema, todas las personas, que forman parte de ese sistema, también. Nos siguen quedando nuestros desayunos en Les Pères, pero vamos entendiendo que, quizás, en lo que nos quede de vida, estaremos solos. Nuestros amigos han muerto o se han casado, han tenido hijos, se mudaron al sur, a la Bretaña, a Nueva York, a

Londres o a Berlín. Han conseguido empleos públicos o en instituciones privadas de gran prestigio, o son artistas de tal nivel que se han vuelto inaccesibles. Lo que más nos afecta a nosotros, que, a pesar de nuestro nihilismo, somos profundamente optimistas porque siempre creemos que podemos cambiar las cosas, es que esto no tiene solución. Que es una batalla perdida, y no estábamos acostumbrados a rendirnos. Más allá de que a veces odiamos las consignas del 68, somos bichos de utopías.

Le propongo que consiga un auto o camioneta prestada. Dice que consigue, claro. Nos vamos a Saint-Germain-en-Laye a un recital de unas bandas que están muy bien, Les Wampas, Les Carayos y mis amigos los Casse-pieds.[11] Después seguimos hasta Rennes, donde

---

11   En una carta dirigida a Rolina Ipuche Riva ese mismo año, da cuenta de cómo conoce a los integrantes de la banda francesa Casse-pieds: «Malos días, querida Rolina. Una sensación de angustia y asfixia que hace tiempo no me provocaba París. De eterno retorno, de repetición demente, un día y otro, la radio, los periódicos, el mismo olor a cebolla quemada que me hace acordar a mi casa de Uruguay. Nada en este lugar me parecía vivo, como si por encima nuestro hubiera una gran campana de vidrio y nos estuvieran exhibiendo como piezas de museo, como dioramas. Una noche en la Gare de Lyon, esperaba el metro mientras veía a una banda de músicos jóvenes. Poca atención le presté a su música, que, como sabés, es siempre atemporal, un continuo que a veces se interrumpe por cuestiones lógicas de la física, pero que

son los Transmusicales y tocan estas mismas bandas y otras muy interesantes, como Hellscrocks, Double Nelson y unos de Brest, Hot Bugs.

Benoit me sorprende. Se entusiasma tanto que no termina su café. Se va y me quedo leyendo a Nicole Brossard. Vuelve a la hora y media con un Renault 6 naranja. No me dice a quién se lo pidió prestado. Con el tiempo me doy cuenta de que lo robó de algún lado.

(1988)

---

no debería llamarnos demasiado la atención. Pero sí me interesaron ellos, la vida que tenían, la forma en la que pisaban el suelo de esta ciudad fósil, sin importarles nada, como conquistadores que venían del más allá a refundar una ciudad muerta. Y lo mejor es que no eran todos franceses blancos. Había africanos, árabes, latinoamericanos. No tocando, pero sí con ellos, la música como una parte de todo lo que en realidad estaban generando. Dejé pasar el último metro y ellos terminaron de tocar. Me acerqué y no me trataron como a una vieja loca. No hubo que recurrir a ningún protocolo de presentación o de integración al grupo, y al rato estaba con ellos tomando cerveza en un bar cerca de Place Pigalle. Phillipe, el percusionista de la banda, un joven tunecino muy simpático, fue el que más se interesó por mí y por mi historia. Hacía mucho tiempo que nadie me pedía que le contara mi vida. Creo que nunca había sido consciente, hasta el momento en el que se la tuve que narrar a otro, de que mi vida ha sido realmente increíble.

Paseo de sábado a la L'île de Bercy con Brisseau. La gran nada. Lo único destacable, un barco llamado *Tarzán* que iba y venía por el Lac Doumesnil.

Hace tiempo no voy a Les Pères Populaires. He encontrado con los jóvenes un lugar en el que me siento cómoda. Se interesan en mi vida y en lo que digo. Creo que me han puesto en el lugar de la vieja de la tribu. Los chicos de Mano Negra hicieron una serie de recitales en el Pigalle y este mes nos lo hemos pasado todas las noches por la zona. Los Chao son interesantes, hijos de un periodista español, conocen mucho de España, pero también les interesa mucho Latinoamérica. Integran ritmos latinoamericanos, también árabes y africanos. Pero, a pesar de eso, lo que hacen es tremendamente francés, hay un diálogo con la tradición de la *chanson populaire* francesa, el cabaret y lo circense, pero para desarmarlo. Sin proponérselo, estos chicos están reformulando el ser francés. Y entendieron que ser francés hoy es ser africano, asiático, latinoamericano; es ser potencia, pero también tener las desigualdades de cualquier país capitalista; es ser cultos, pero también colonialistas; es ser europeos, pero a la vez admitir que hay una Europa que no quieren y que rechazan, como es la del este; es vivir en un país donde las ciudades son muy cultas y formadas, pero lo rural está viviendo aún en el siglo pasado; son los tránsitos, la gente moviéndose, que lo francés no se puede definir fácilmente y, por sobre todo, que hay muchas formas de ser franceses. Es lo que venía necesitando, un poco hastiada de la resaca del 68, ese universo con buenas intenciones y revolucionario, se podría decir, pero con el tiempo elitista y conservador de la tradición colonialista y burguesa más rancia. También para escapar del embudo en que quedaron atrapados los exiliados latinoamericanos, que siguen creyendo que no perdimos las batallas y orbitan en la década pasada, la clandestinidad y la paranoia. A los únicos que les perdono eso es a los chilenos, que siguen en dictadura y con un régimen que, además, se ha encargado de perseguir por todo el mundo a sus opositores; pero a los demás no los soporto. El Bebe está viniendo a París para tratarse su enfermedad, no para organizar la revolución. Hasta él comprende que la forma de reorganizar la lucha ahora es otra, pero hay gente más papista que el papa. Esto que estoy viviendo me conecta con el presente. Dejo atrás el lastre de los sesenta y las utopías y el hombre nuevo, dejo atrás los setenta y la lucha armada. No reniego de esas tradiciones, pero, mientras seguimos estancados ahí, el presente nos pasa por arriba y lo único que hemos hecho para salir de ese andar en círculos ha sido pegarnos un tiro en la cabeza cuando ya sentimos que este tiempo no nos pertenece. Yo no me quiero pegar un tiro ni tirarme en las vías del tren. Y la lucha ahora es con estos jóvenes, con franceses pobres, con inmigrantes como yo, con africanos, asiáticos, con los hijos de los exiliados; y el enemigo es lo institucional, la burguesía y su elitismo simpático.

Ellos son jóvenes, bien distintos a mí, pero hay puntos en común, lugares donde nos encontramos en nuestras diferencias y pasa algo. No me gusta a veces sentir que le toman el pelo a la fauna nocturna más marginal del bulevar: los borrachos, los inmigrantes más huraños, los que viven en la calle, las prostitutas viejas sin clientes. Una noche, estaba un poco enojada por otras razones, y nos metimos en el Noctambules. Pierre Carre cantaba una canción corsa hermosa, *Le porte croix*, y algunos de los chicos comenzaron a filmarlo con una cámara de forma, quizás, más burlona de lo que yo soportaba. Amo a Pierre, su expresividad, la forma épica en que lleva encima su decadencia. Un verdadero antihéroe, mucho más profundo y misterioso de lo que estos imberbes pueden imaginar. Al salir de allí, en la puerta del Nu Integral a Marlyse, nos encontramos a una prostituta camerunesa, de las más viejas y de las que peor vida tienen, que anda viviendo en la calle hace años, no tiene clientes, no cobra mucho y los pocos que le pagan la maltratan; ella es adicta al hachís y al alcohol. Dos de los chicos, François, un chico divino que está haciendo un documental sobre la banda, y Bernard, el mánager, empezaron a hablar con ella cuando les pidió un cigarrillo. También la filmaron, se reían de ella. Les saqué la cámara y les di un sermón sobre la solidaridad entre los marginales, la solidaridad de clase, el racismo, el colonialismo y el patriarcado. Al otro día, la actitud de ellos fue diferente y me enteré por Vesna, una joven amiga camboyana de ellos, que empezaron a buscar dónde leer sobre los temas de los que les había hablado.

(1989)

Amiga:[12] En la última te hablé del Bebe y al poco tiempo se murió. No sabés lo mucho que me afectó su muerte. No soy tupa ni lo fui. Colaboré con ellos, anduve metida en mil, acá y allá, pero nunca me sentí del movimiento. A pesar de todo, el sentimiento es de orfandad. El Bebe era un distinto, de los mejores de nosotros.

Trato de ni acercarme a La Parrilla.[13] No quiero imaginarme el nivel de desorganización y disparate en que debe andar el movimiento. En cambio, con la barra del Pigalle no hemos parado. Recitales en el Elysée de Montmartre, el Théâtre Rutebeuf, Montreuil, la Salle Marius Manin en la hermosa calle Raymond Losserand, New Morning, Chez Jimmy, L'Aubergne, New Moon. Ahora preparan un recital en el Théâtre French Lovers en Pigalle y me pidieron si podía conseguir un caballo blanco o varios, para que ellos entren a la sala montados. Le pedí a Benoit y me consiguió enseguida. Lo invité a una gira que vamos a hacer, sé que Benoit es medio chúcaro, pero no me gusta que esté tan solo y empiece a chupar y a querer buscar heroína.

---

12   No hay indicios que nos permitan afirmar que este texto es la reproducción de una carta o que está dedicado a alguien en particular, así que me inclino a pensar que lo hizo de esta forma porque quiso.

13   La Parrilla es un centro social y cultural ubicado en París, donde se reunían, en un primer momento, exiliados políticos uruguayos y que, luego, funcionó para los migrantes y militantes perseguidos en general. Aún funciona, aunque en otra sede.

A partir de la semana que viene, un mes de recitales en Bondy, Nanterre, Montreuil, Saint-Denis, Champs-sur-Marne, Puteaux, Créteil, Issy-les-Moulineaux y de ahí nos vamos a Bourges, al festival Printemps, que organiza Bernard.

¿Cuál es mi rol? Ninguno, como tampoco el de muchos que los acompañamos. Llegamos a los lugares y hacemos de todo. Somos como una compañía de actores de las de antes, como un circo. Yo saco fotos, escribo y, aunque te parezca raro, volví a pintar. Raro porque en esta dinámica de gira parece difícil, pero no, no lo es. Tratan mis implementos de pintura con el mismo cuidado que una guitarra o un amplificador.

Estoy traduciendo mucho también. Muy enredada. Viste que para hacer esto hay que estar enfocada, y es lo que más me cuesta. Leo a Brossard y me encuentro con este fragmento:

Porque de improviso «engañar la lengua» le venía como una réplica necesaria para que se reconstituyera «la ficción», el contorno tembloroso de sus efectos. Necesitaba mucha rapidez en el proceso para que la frialdad no fuese sequedad, para cubrir ese espacio al descubierto y recubrir cada palabra con otra palabra sin que la primera se hundiera en el olvido. Posibles modulaciones. Con el olvido, con la réplica, recubre la razón.

(1989)

Bar Les 3 Colonnes con Marieke. Hacía más de cinco años que no nos veíamos. Se instaló en las afueras de Amberes con sus dos novias. Tienen una granja comunitaria para inmigrantes. Reciben gratuitamente a aquellos que no tienen dónde vivir, les dan casa y comida, y la trabajan todos por igual. Es un modelo parecido al de La Graine, pero enfocado en la inmigración. Sostiene que Amberes será la ciudad del futuro. El futuro es un mundo sin fronteras, con las naciones difuminadas, sin banderas, con límites que se corren todo el tiempo, con formas de gobierno fluctuantes y, con suerte, con una rotura del capitalismo tal como lo conocemos. Y Amberes es el lugar perfecto, un puerto de una ciudad pequeña de un país pequeño, que a la vez es la entrada a un enorme continente, su cultura y su historia. Dice, además, Marieke que cuentan con un equipo de abogados y asistentes sociales que pelean día a día por los papeles, la documentación, la legalización de esos inmigrantes. Me parece bien todo, pero me da un poco de escozor eso de pensar un mundo nuevo en el que el objetivo es integrar a personas libres al Estado. Me reprocha que yo hablo desde el confort de ya tener los papeles. Que es muy fácil ser una antisistema desde la comodidad de un bar de París, siendo blanca, con cara de europea, artista, sudamericana y hablante de varios idiomas. Cree que, para crear una nueva comunidad, esas personas tienen que sentir que pueden dormir tranquilas sin temer que venga una patrulla de Migraciones y las deporte a su país.

Jugamos un pinball: Robowar. Marieke hace más puntos que yo, pero yo hice mejores jugadas. Jugamos

Street Fighter. Ella elige a Chun Li, yo a Zangief. No se da cuenta de que lo mejor es tener pocas alternativas, un luchador básico, controlable. Ella se mueve por todos lados, le gano fácil los dos rounds.

Me invita a ver a Pablo Moses, que toca en un bar cerca de Porte de la Chappelle. Caminamos hasta la Gare de l'Est. Calles lindas que pasamos: Rue du Faubourg-Poissonnière, Rue d'Alsace. Nos cobran dos francos y medio por entrar al baño. En el vagón del metro 4 hay pocas personas. Un joven con pinta de nazi toma una 7 Up. Una señora que parece árabe lee *Tele Hebdo*. Unas adolescentes burguesas comen de una bolsa de McDonald's. Unas travestis brasileñas cantan y ríen a los gritos. Son lo más hermoso del vagón, seis bellezas altas, morenas, finas como flamencos. Cantan una canción de Las Wampas, *Petite fille*. Marieke saca una caja de gitanes y me ofrece. Le comento que, si supiera cómo hacerlo, me iría a la cama con una o dos o tres de las brasileñas. Marieke parece no escucharme, como si estuviera pensando en algún caso judicial pendiente en Amberes.

Sigo traduciendo. Ahora estoy con Arsinoe. Te copio esto del libro de Brossard, es largo, pero vale la pena:

Los personajes pronto se enfilarían uno tras otro, se convertirían en pequeñas transparencias a lo lejos, se cristalizarían. Estaría sola en su lengua. Entonces, habría sustitución. [...] Había llegado el momento de estar cuerpo a cuerpo con el libro. Un momento que daría lugar al asombro ante las cosas que solo rara vez se ven, situadas en el fondo de nuestros pensamientos. De una lengua a otra habría un sentido, una justa distribución, un contorno y el reencuentro del yo, esa sustancia móvil que, según se dice, entra en la composición de las lenguas y las hace sabrosas o detestables.

Pleno desierto, pleno horizonte. En el bajo vientre, allí donde quiere la lengua, un miedo fino y lento comenzaba a brotar, a distribuir las tareas.

(1991)

Antes que nada, este fragmento de Brossard, nunca te dije, es el libro *El desierto malva*: «La realidad siempre es solo lo posible realizado y por eso fascina como un desastre u ofende el deseo que querría que todo existiera en su dimensión. Yo no era sino una forma deseosa en el contorno del aura que rodeaba a la humanidad. La realidad es un futuro espaciado en la memoria. Hay que sorprenderla allí como una forma esencial».

Reencuentro con el grupo de Pigalle. Desde hace un tiempo no son tan frecuentes las reuniones, porque la banda se volvió un éxito y ahora tocan en lugares grandes, para miles de personas, y hasta salen de gira. Pero ninguno de los chicos cambió. Siguen siendo los mismos de siempre y disfrutan más que nada en el mundo de juntarnos, reírnos, tocar, cantar e ir cerrando bares a nuestro paso.

Volvieron sorprendidos de su viaje por Perú y Ecuador. La pobreza, la desigualdad, el estado de las ciudades, la violencia, la presencia de la Policía. Uno de ellos, francés, pobre pero francés, me dijo que los pobres como ellos sí pueden entender lo que siente esa gente. Yo les dije que un europeo, por más bueno y empático que sea, nunca va a ser pobre como un pobre latinoamericano y, por lo tanto, nunca va a entender lo que nos pasa. Me cuestionaron que estaba hablando de la pobreza como si fuera una competencia. «No —les dije—, nadie quiere jugar a ver quién es más pobre. Pero un europeo debería callarse la boca antes de opinar sobre la pobreza de continentes que siguen bajo la pata del primer mundo». «Bueno —me dijeron—, entonces no podemos hacer nada». «No —les dije—. Lo hecho, hecho está. Ya edificaron sus países con todo lo que robaron. Ya gozaron de nuestras riquezas y recursos y nos condenaron a ser países de servicios, de extracción, de materia prima y mano de obra, países que lo que producimos se lo damos para que nos lo vendan y ganen plata con lo que en un principio no necesitaba de su mediación». Insisten: «Entonces no podemos hacer nada, además eso que decís es lo que siguen haciendo los poderosos, no nosotros, que somos de los suburbios de París». «Ustedes también. El colonialismo está en todo. Sé que son distintos, yo los quiero mucho, y la verdad es que los gestos que veo a diario, colonialistas, racistas, machistas, en ustedes los veo menos, pero existen. Nunca nos van a tratar como a un igual, porque, a pesar de que nos quieran y nos admiren, nos van a dejar siempre en el casillero de migrante, de sudaca. Bueno, ustedes entonces no se crean latinoamericanos por ir a un país latinoamericano y tomarse una cerveza con un pobre borracho peruano o un obrero portuario de Guayaquil. Además, al querer igualarse con nosotros, al volvernos algo pintoresco que acá en Europa no tienen, nos están exotizando, están haciendo lo mismo que sus antepasados cuando traían nativos de América para exhibir. Ustedes nunca serán latinoamericanos. Ustedes no van a entender nunca el problema latinoamericano. Ni aunque lean *Las venas abiertas de América Latina*. Porque, además, les digo otra cosa, ni el propio Galeano, ni yo, por ejemplo, terminamos de comprender el problema de Latinoamérica. Somos blancos, provenientes de un país que renegó siempre de lo nativo. Un país sin indios, que siempre miró hacia las cosmópolis, fundado por un inglés, un país con nombre guaraní, pero que nadie sabe a ciencia cierta qué carajo significa, porque hemos amputado nuestras partes guaraníes. A ustedes, seguramente, los latinoamericanos los odian, y tienen razón. A nosotros capaz que también, y tienen razón. Hay que soportarlo, es lo que hemos generado y hemos defendido cada día».

Manu escuchaba y, cada vez que yo les decía un disparate, se reía y asentía. Se acercó al final. Me comentó que la mejor forma de combatir el colonialismo, entonces, es saber el lugar que ocupamos en él. «Tengo una idea —me dijo—, sabés lo que va a pasar el año que viene, ¿no? De qué se cumplen quinientos años. Reservátelo. Haceme caso».

(1991)

Carta de Parrilla. Adorada, estoy fascinado hace un tiempo con la obra de René Schwaller de Lubicz. Llegué a sus libros a través de mis inquietudes sobre las artes hieráticas, él ha trabajado mucho sobre este tema en relación con el templo de Luxor. Pero, mirá qué sorpresa, me encuentro con una idea que creo define perfectamente tu trabajo. Por eso te la envío, porque muchas veces uno no sabe que buscaba algo hasta que lo encuentra, y cuando lo leas notarás que tu arte ha jugado con esta idea desde siempre.

La página del libro, arrancada de forma desprolija, giraba sobre la idea de que los antiguos, principalmente los egipcios, eran plenamente conscientes de que no solo el conocimiento, sino el paso de los humanos por la vida, sus sucesivas reencarnaciones y toda la consciencia de la humanidad y el universo, quedaban grabados en los huesos de las personas, casi como los anillos de los árboles o las capas de las piedras. Y que a través de la lectura de esas inscripciones, se accede a toda la verdad sobre el pasado y a todo el conocimiento del mundo.

(1990)

Otras cuarenta y ocho horas en un cine del Boulevard Sébastopol. El cine de acción norteamericano y su forma de decirnos al resto de la humanidad cómo hay que leer el mundo. Pero, Dios mío, pocas cosas en este mundo tan inexorablemente poéticas como esas películas. No hay obra de arte en la actualidad que tenga tan bien fusionadas las dos caras de la moneda, crean realidad y a la vez dialogan como nada con la realidad que las contiene. Visualmente no hay imágenes más potentes que las de persecuciones nocturnas, tiroteos y peleas entre gente vestida de traje y corbata y marginales, amaneceres con humo de cigarrillo, lluvia y combustible, la cámara como ojo humano, sensible, adaptada incluso a lo más intolerable. Mientras todo el arte está intentando entender el mundo que vivimos, procesando los cambios, el cine de acción norteamericano de los últimos cinco años ya respondió las preguntas que el resto del arte recién se está haciendo y ha creado los frescos más brutales y hermosos con los que podrá ser estudiada nuestra época por investigadores del futuro. Muy bien Eddie Murphy reconfigurando la figura del pícaro en un contexto de crisis racial, de clase, de violencia capitalista y resurgimiento de los delirios colonialistas. Nick Nolte es el contrapunto, su reverso, pero no hay juicio de valor. El personaje de Nolte es la legalidad y el orden, pero es a su vez el más cuestionable moralmente. El cine de acción norteamericano actual es moral, muy moralizante, pero con una moral en crisis, que asume que de alguna forma defiende un envoltorio vacío, una escenografía de cartón. Es arte desde el propio corazón del capitalismo, que admite que quizás dentro de ese monstruo solo haya guata, relleno, mampostería. Los críticos marxistas aún no entendieron el cine de acción, porque no se han dado cuenta de que este cine está adelantado muchos años. Las herramientas, las operaciones que el marxismo debe realizar para poder analizar y entender este cine, aún no han sido siquiera esbozadas. Es necesario un posmarxismo, un pos Adorno, un pos discurso anticapitalista de blancos y negros, buenos y malos, héroes y villanos.

A la salida del cine me cruzo con Zeta. Hace años que no nos vemos. Viene de ver tocar a Sonia Wieder Atherton. Zeta solo recomienda artistas mujeres, siempre. Se está alojando en el Voltaire Republique. Vino a vender la obra de Teresa Vila a unos coleccionistas franceses, a ver un Cabrerita que está a la venta, a certificar un Barradas. Le busco la boca porque me gusta escucharlo cuando está enojado. Le comento el rumor que se corre desde hace un tiempo, que anda falsificando Barradas, que consiguió un pintor en Uruguay que le hace cuadros al estilo de Barradas, que luego él, uno de los más importantes certificadores, legitima como original, y que al venderlos se queda con casi todo. Se enoja, y una persona bajita es muy graciosa cuando está enojada. Parece que estuviera apartándose unos milímetros del suelo y flotara. Es como un dibujo animado. Dice que es la clásica mentira que diría alguien que él odia y que seguramente haya sido quien largó el rumor. Que con todo lo que hizo con Barradas. Y me cuenta una vez más que se fue incluso hasta un pueblo aragonés a buscar al molinero que retrató Barradas en su célebre pintura, y que lo encontró. Después, uniendo los temas con una fluidez caprichosa, vuelve a decir que él fue el primero en hacer poesía visual, el primero en poner el título al final, el primero en unir fotografía y poesía. Zeta une temas, anécdotas y novedades con una rapidez imposible de seguir. No sé en qué contexto me cuenta que tiene en su casa el libro que iba leyendo Ángel Rama cuando cayó el avión, que el futuro de la teoría literaria son los estudios psicoanalíticos, que está traduciendo unos poemas de Amelia

Biagioni, que el griego es la mejor lengua del mundo y que el portugués no es una lengua, sino un dialecto de simios. Le pregunto por su familia, dice: «Bien» y sigue con sus temas, que solo leyendo dos páginas por libro ya le alcanza, que el *boom* es una mierda salvo Pedro Páramo, que Camnitzer le plagió una obra, que nunca se lo van a reconocer, pero que el único pintor uruguayo que le ha dado movimiento a la abstracción es él. Dice que tiene una novedad, una bomba, que vayamos a tomar un café. Nos sentamos en el bar de la plaza Chatelet. Sé que me va a volver a contar lo de Kalenberg y Sanguinetti.

—Tengo pruebas más que suficientes para afirmar que los cuadros de Torres García, cuarenta cuadros para ser más precisos, no se quemaron en el incendio. El incendio fue orquestado por un grupo de personas vinculadas al comercio y contrabando de arte, que se querían hacer con varias obras de artistas famosos, con la venia del propio Museo de Arte Moderno de Río de Janeiro, que les debía mucha plata a algunos de los contrabandistas más peligrosos, y que de común acuerdo decidieron planificar el incendio, pero previamente habiendo dejado las obras en un lugar seguro.

—Perdoná que te joda, Zeta, ¿vos te estás tiñendo el pelo?

—Mirtha, no seas tonta, es muy serio lo que te estoy contando.

—Bueno, perdón, pero ese tono caoba no te lo había visto nunca.

—Es un escándalo a nivel mundial, hay obras de Picasso, de Dalí, Miró, Kandinsky, Matisse. Pero lo que nos importa son los Torres. Dicen que eran cuarenta, pero eran casi el doble, y no se quemaron. En el grupo de quienes orquestaron el incendio había dos uruguayos. Kalenberg y Sanguinetti. Ellos ya tenían la mayoría de los Torres vendidos a distintos compradores del mercado negro. Yo no sé si te conté que en un bar de Río conocí a uno de los fleteros que trasladaron las obras, unos días antes del incendio, a un depósito en el puerto de Cabo Frío, desde donde se cree que luego se embarcaron a distintos puntos del planeta. También, una fuente que no puedo nombrar, porque lo comprometo demasiado, me contó que, al final, con la repercusión que tomó la noticia, se arrepintieron de la compra y les dejaron un problema a estos dos. Bueno, estoy por confirmar que lo que no pudieron vender anduvo boyando por mucho tiempo en el sótano del Museo de Artes Visuales, en un galpón de UTE en Canelones, en un cuartel de la Fuerza Aérea, y que ahora, desde hace unos años, están en un depósito que alquila Sanguinetti cerca de su casa. La persona que me lo informó es alguien del entorno de Sanguinetti y llegó a sacar una foto donde se puede apreciar una de las obras desaparecidas. En realidad, una parte de una obra, porque la foto está muy oscura y borrosa, pero el pedazo de obra de Torres se ve clarito. Y no sabés, esto es lo mejor, lo afirmé en una columna en *Jaque* y nadie me lo desmintió. Nadie. ¿Podés creer?

—Mirá vos, cuando pueda la busco y la leo.

—Acá la tengo. Mirá.

Me había olvidado de que Zeta tiene en su porta-folios siempre copias de las notas que ha publicado, o de sus poesías o de los catálogos que le encargan sobre exposiciones de artistas. La nota hablaba de esto, pero era tan elíptica que no se entendía nada, además del hecho de que no se nombraba en ningún momento a los supuestos culpables. Ya conocía esa historia. Ya me la había contado, aunque es cierto que ahora había detalles nuevos.

—Lo que más rabia me da es la forma en la que el periodismo protege a estos dos. Porque los hechos son gravísimos y las pruebas están. Pero no, a nadie le llama la atención lo que digo, ni que Kalenberg esté hace mil años en el museo como si fuera el monarca, ni que Sanguinetti haya aumentado su riqueza de forma exponencial, ni lo raro que es que siga comprando depósitos para guardar su acervo cada vez más disparatadamente enorme.

Pago los cafés y seguimos caminando. Lo acompaño a buscar grabados. Es lindo ver a Zeta y acompañarlo a comprar esas obras de artistas que solo él conoce. Te muestra un grabado que nadie aprecia y te habla horas de la maravilla que acaba de comprar. Cree que en Montevideo se lo van a comprar enseguida y al final nadie le compra nada. Porque en Montevideo no somos solo unos burros, que eso es lo menos grave; en Montevideo ya nadie tiene la curiosidad y la pasión que sí tiene este viejo barbudo pequeñín de ojos pícaros.

(¿1991?)

Me metí en un problema, pero soy demasiado terco como para salir. No sé traducir, descubro que lo que hice hasta ahora está todo en un tono mío. Creo haber entendido el tono de Martha, haber llegado a la esencia de su escritura, pero quizás sea todo un engaño. Quizás lo que hice fue meterme más y más profundo en mi propia escritura, que es llana y básica en comparación con la de ella, barroca y punzante, elegante y popular. Pienso que la escritura de Martha es como su figura: cambiante, escurridiza, que avanza tan rápido que, si pestañeás, te quedás atrás. No escribe para ser contemplada, lo hace con urgencia, no recorre los lugares, pasa corriendo, no echa raíces en ningún lado. Entonces, ¿cómo sacar la esencia de su escritura si su escritura es de viento? Pero no puedo parar, quiero traducirla, aunque se me vaya la vida en eso.

Se puede conocer el truco, entender qué es lo que hizo el mago, en qué momento, las partes del mecanismo del engaño; pero a la hora de hacerlo, el truco no sale. La clave de lo inapresable que se vuelve la escritura de Martha tiene que ver con que no cree que la escritura tenga que ver únicamente con ser escritora. Como si realmente hubiera una esencia del arte, algo que emparenta la creación mucho más con lo místico, lo espiritual, algo de la energía, de la vibración o del alma. A muchos artistas la etiqueta de *artista* les significa el techo, la llegada; sin embargo, decirle a Martha que es una artista es para ella quizás el comienzo de algo, no la culminación. Nunca la Martha que conocemos, o al menos la que aparece en sus escritos o en los testimonios de quienes la conocieron, se quedaría quieta en ese compartimento. Diría: «Soy artista, ¿y? Eso ya lo sabía».

Mientras tanto, leo y releo, y me topo con un rotundo fracaso. En mi traducción Mirtha/Martha y todas sus creaciones escriben como lo hago yo, y el enorme universo se transforma en un charco insignificante, insuficiente.

Los repasadoir[14]

Los nuevos integrantes de La Graine son una caja de
sorpresas. Marieke era descendiente de Constant Troyon.
Había nacido en Turnhout, sus padres eran holandeses,
pero su tatarabuelo fue este pintor francés. Una tarde,
íbamos recorriendo el Orsay y Marieke me dijo, señalando una pintura de paisaje rural con árboles, un río
y animales: «Ese cuadro es de mi tatarabuelo», y así nos
enteramos no solo de que provenía de una familia de
artistas que continuaban el legado de su tatarabuelo, sino
que también ella había estudiado arte. Troyon recorrió
Flandes en su juventud motivado por la temprana fas-
cinación que experimentó ante el arte flamenco y que
iba a ser decisiva en la vida de la Escuela de Barbizón,
que formaría junto con otros paisajistas franceses. Allí
estableció una buena relación con pintores locales y en
uno de esos grupos de jóvenes pintores flamencos estaba
la tatarabuela de Marieke, con quien habría mantenido
un romance fugaz, que terminó con un embarazo no
esperado. Marieke fue una niña prodigio, con un gran
talento para la pintura, por lo que sus padres decidieron
enviarla a Tervuren, donde se encontraba una escuela de
acceso restringido, a la que pudo acceder por ser descendiente directa del maestro. La escuela era gestionada
por los grandes continuadores del legado de Troyon y
allí se encontraban hasta los escritos y las investigaciones

---

14 Algunas partes de *La deuxième fois* están tituladas. Tal es el
caso de esta sección, que está reproducida en su totalidad.

que había desarrollado desde su llegada a los Países Bajos. En estos se cuestionaba los principios matemáticos renacentistas de la proporción áurea y reflexionaba sobre la búsqueda de una pintura de acumulación, cuadros de varias capas que, en cada una de ellas, presentaba imágenes distintas pero escondidas para el público, que podía ver solo la última. Esto ha quedado en el terreno de la conjetura pues no se ha podido comprobar, ni siquiera recientemente con estudios tecnológicos.

Tomábamos café en Les Pères Populaires con ella, Benoit, una compañera chilena que se llamaba Luisa, Otto, un guatemalteco, y dos compañeros turcos, Turgut y Azize, que en realidad se hacía llamar Sputnik. Al hablar de la vida de Marieke, Turgut nos contó que también venía de una familia de artistas. Su rama paterna, una familia perteneciente a los derviches giróvagos de la orden sufí Mevleví de la ciudad de Konya, era de las más reconocidas desde hacía siglos en el arte del ataurique; mientras que por el lado materno, su familia venía de Ankara y se dedicaba, desde tiempos inmemoriales, al arte textil, la seda y el algodón.

Hacía un tiempo que estábamos buscando un proyecto que pudiera integrarnos a todos, cada uno desde su disciplina o especialidad, y además darnos dinero. Teníamos una imprenta, pero luego del primer año y medio habíamos llegado a ganar unos fondos municipales para imprimir unos libros y unos folletos y a editarle un periódico a una rama del sindicato de Renault, gracias a la gestión de Alberto Sendic, y de la plantación de tomates, hecha sin mucho conocimiento. Eso nos había llevado a plantar una cantidad desmesurada, que en un principio conseguimos vender en unas ferias en Montreuil y en Ivry-Sur-Seine; a su vez, les vendíamos a algunos restaurantes y mandábamos un camión semanal a Strasbourg. Aun así, se empezaron a acumular tomates en montañas y el olor a tomate pasado se sentía desde la otra punta de la ciudad. Me había acordado de mi abuela haciendo salsa y embotellándola. Conseguimos que una fábrica de vidrio nos donara botellas a cambio de que le diéramos algunas llenas. Embotellamos miles, pero pasó el tiempo y las botellas con salsa de tomate ya ocupaban todo el galpón y dos habitaciones de la casa. Hay un par, un español y un argentino, que empezaron desde hace un tiempo una guerra de liderazgo con los referentes de la comunidad (por más que la comunidad es horizontal, hay líderes espirituales, políticos, por áreas) y cualquier cosa que no nos salga muy bien les sirve para cuestionarnos lo que hacemos. Con lo de los tomates nos venían matando.

En medio de esa charla, Christophe, el joven bachero del bar, terminó de lavar los platos, los vasos y las ollas de la noche anterior y, como en un gesto de victoria, enjuagó los repasadores y los colgó al borde de la pileta. Descubro que todos estamos observando su ritual, hay algo en su épica que es gratificante, hasta que Benoit nos despierta.

—Siempre me pregunté quién diseña los repasadores y las toallas.

Entonces así se dio. En esa mesa teníamos todo para empezar a fabricar repasadores y para trabajarlo desde los distintos saberes. Nuestros repasadores iban a ser los mejores en su función, iban a secar mejor que ninguno, a durar más que cualquier otro, pero también iban a estar tan bien diseñados que, si uno quisiera colgarlos en su living o si el Pompidou quisiera hacer una retrospectiva de nuestra obra en el año 2000, podría hacerlo sin que nadie los tildara de posmodernos.

Pero no fue tan sencillo. Los primeros salieron con muchos errores. Tardamos, en primer lugar, en encontrar el material ideal. Habíamos visto que el de las toallas secaba bien, pero acumulaba mucha humedad y en poco tiempo ya no cumplía su función porque tardaba en volver a ser útil, y muchas veces uno no tiene el tiempo necesario para andar esperando que el repasador se seque. Ito, un físico español, venía desde hacía un tiempo experimentando con plásticos. Todo tipo de experimentaciones, fusiones de plástico con otros materiales, suplantar objetos de metal o de madera con plásticos, ropa de plástico, zapatos, hasta ruedas para el camión. En realidad, su mayor logro había sido la construcción de armas y balas de plástico, que tenían un efecto similar al de las armas comunes, pero eran más económicas y no eran detectadas por los radares. Había conseguido venderle un lote bastante grande de armas de grueso calibre y largo alcance a la guerrilla de Suazilandia, con la que terminamos todos involucrados (lo contaré más adelante), pero esa actividad generaba la mayor parte de los ingresos de la comunidad. Entonces, Ito, que escuchaba nuestros debates sobre las pruebas que realizábamos, planteó que había concretado un experimento para hacer tela de plástico y que un repasador de plástico podría funcionar. Lo desarrolló y secar secaba bien, pero tenía dos problemas, no servía para agarrar objetos calientes y no se podían estampar los diseños que los compañeros creaban. Básicamente, no se le podía estampar nada. Y como tampoco habíamos encontrado la forma de teñirlo, quedaba con un color marrón mezcla de plásticos, similar al de la plasticina cuando se mezclan todos los colores.

Luego de muchas pruebas, una fusión entre fibras de algodón, poliéster, felpa, plástico y nylon, se llegó a un material que dejó contentas a todas las partes. Con el diseño también tuvimos nuestros problemas. Las primeras pruebas fallaron, como se dijo, en lo relativo a la fijación en la tela, por lo que nunca pudimos entender qué habían querido plasmar en realidad los compañeros de diseño, encabezados por Marieke y Turgut. Cuando por fin pudimos estampar lo que buscábamos, nos encontramos con que las propuestas eran demasiado tradicionales y conservadoras. Como si no supiéramos todavía qué queríamos hacer, qué buscábamos con esos repasadores, cuál era nuestro estilo, nuestra identidad, los diseños iban desde lo abstracto, lo geométrico o, lisa y llanamente, el diseño escocés cuadriculado, naturalezas muertas, bodegones con tema culinario (dos manzanas en una fuente sobre una mesa de madera en una cocina que parece de una choza del interior de Francia de mediados de siglo) o paisajes bucólicos. Además, como no manejábamos de forma precisa el estampado y no sabíamos cómo trabajar pequeños detalles, eran diseños toscos, feos, dignos de un taller de pintura de jubilados.

Propuse trabajar mejor la narrativa y nos metimos en otro embrollo. La hegemonía, de la que, por más anarquistas o antisistema que nos podamos creer, no podemos escapar, perpetuamos y del algún modo alimentamos, ha impuesto una idea narrativa y nos ha destrozado la capacidad de vivirla en toda su expansión y posibilidades. Todos tenían una idea lineal y progresiva de la narración, aristotélica, como una flecha, se parte de un lado para llegar a otro de manera directa; la narración es progreso, es avance, es vectorial. Siguiendo esa idea, a todos les parecía que la única forma de tener una narrativa en un repasador era usando las viñetas de las historietas, en donde cada cuadro marcaba la continuación del anterior y era previo del siguiente, y así hasta el final. La narración es todo. Las que nos formaron y las que reproducimos son las que van a marcar la manera en la que vemos el mundo, lo habitamos, hacemos, pensamos, nos vinculamos. Es muy probable que el propio capitalismo se haya aprovechado de la precarización de nuestras narrativas para terminar de esclavizarnos. Una sociedad con una narrativa tan básica, con una cosmovisión tan acotada, es muy fácil de dominar y de convencer de que haga lo que quieren que hagamos. Les dije que no podían considerarse anarquistas si seguían atados a esa idea de narrativa de las cosas. Entiendo por qué nos vestimos así o cómo vivimos el sexo o el baile, el trabajo, la política. Que la vida no es retórica, que no andamos todo el tiempo respetando las partes de una argumentación o de la veracidad de los hechos, porque la veracidad no está en el orden. Hubo un tiempo en que no sabíamos nada del universo y, para poder ordenarnos, hubo que reglar todo, para nombrar, para comprender. La narración viene de conocer, pero conocer algo no significa apresarlo, delimitarlo, sino soltarlo y también conocerlo de otra forma o, claro que sí, desconocerlo por completo.

La narración también era simultaneidad, tiene partes que pueden narrar cosas distintas según el recorrido, su lugar o el ojo de quien lo ve. Les hablé de un grabado de Frasconi que adoraba, se llama *Autobiografía*, en el que, en un mismo plano, no como una línea, sino como un tejido o como capas, se expandían un montón de símbolos y escenas que formaban parte de la vida del artista, pero que juntas tenían otro valor que el da la simple suma de las partes. Eso era el arte para mí. Eso y tantas otras cosas. El montaje existe, el efecto Kuleschov también, importa el lugar de algo, también cómo está rodeado; pero eso luego se expande más en la experiencia de quien lo ve, lo lee, lo escucha. Hay contenidos atrás, arriba, hay distintos sentidos, hay capas, hay conexiones y, sobre todo, hay cosas que no son contenido. Y todo narra, solo que a veces no sabemos cómo, semejante a la fuerza de la gravedad o la incidencia de la luna en las mareas y los embarazos. Yo no tenía muy claro si era ácrata, una bolche o un coliflor, pero, si queríamos pilotear nuestro barco por este mar, cada vez más convulsionado y más reglado, más cuadriculado, lo que había que hacer era empezar a romper categorías y conceptos que en un momento nacieron con una intención loable, que durante el desarrollo de la civilización sirvieron de mucho, que nos formaron, que incluso quizás nos hicieron felices, pero que ahora podían ser usados, justamente porque confiamos en ellos como en nuestras abuelas, para mantenernos a raya o directamente para dominarnos. Otto se levantó de la mesa con una expresión en su cara que parecía decir: «Pensé que solo estábamos haciendo repasadores», pero los demás se quedaron y con ellos empezamos a imaginar los diseños, la narrativa. Nos dimos cuenta de que teníamos cosas para decir, para expresar, muchas más de las que imaginábamos.

Marieke dijo que sin un hilo narrativo era difícil arrancar. Pero se apresuró a aclarar:

—No hablo de un hilo a seguir, como si fuera un camino, sino del que une cosas, que conecta, como una red. O también como el hilo de una araña envolviendo a su presa; ese hilo no va a ningún lado, cumple otra función.

—Pero esa idea va a estar siempre. Nunca no hay hilo en una narración, porque el primero de los hilos es el tuyo. Al crear algo establecés un hilo, puede ser querido o no, una bendición o una carga, un peso, pero el vínculo está, como la madre al parir deja al bebé todo pegoteado, se corta el cordón umbilical, ese bebé ya es un poco más independiente, pero la baba sigue. Ese primer hilo es tuyo y es el único que no podés eliminar nunca. Hay quienes lo intentan, artistas que juran haberlo conseguido, pero no se puede. Vos podés traer al azar un montón de objetos a esta mesa, pero ya el hecho de agarrar uno y no otro establece un vínculo entre eso y vos. Y más cuando elegís qué hacer con eso, dónde ponerlo, con qué acompañarlo. No hay obras de arte caprichosas. O, mejor, no hay obra que no lo sea. El arte es caprichoso, porque el hilo que une todo, esa baba, puede llegar a tener más o menos criterio, intención, racionalidad, planificación, pero también un montón de otras cosas que se nos escapan y que están hechas del mismo material del que está hecho un capricho. Y ese hilo no tiene que significar nada.[15]

Lo que hacíamos reunía muchas características, varias de ellas pertenecientes a mundos distintos que no se tocan, pero nosotros queríamos que eso, en lugar de dispersar la estrategia, nos la hiciera explotar. Por un lado, seguía siendo un repasador, un objeto históricamente desangelado, con un fin práctico bien marcado y con una presencia universal en la cotidianeidad, un objeto popular que para mucha gente nunca iba a ser más que eso. Esto nos obligó a encontrar estrategias para venderlos a precio bajo, para el tipo de público que no consideraba al repasador más que un trapo descartable y por el que

---

15 Esta idea puede aplicarse a debates actuales en torno a cierta literatura del yo y a quienes ven una supuesta moda del género, a pesar de que la gran mayoría de las obras que se publican en la actualidad no están insertas claramente en lo que se conoce como la *literatura del yo*, que tampoco se trata de algo novedoso, sino de uno de los recursos o estilos más antiguos del arte escrito. Siguiendo el razonamiento de la narradora, la discusión quedaría saldada, sería algo inerte, pues, si en toda obra de arte hay un hilo del yo, que a veces es más evidente que otras, pero que siempre está porque es inevitable, entonces, podríamos decir que todo libro es literatura del yo.

no pensaba pagar mucho dinero nunca. Nuestro lucimiento iba a ir por otro lado. Para conquistar al público tradicional y masivo, debían ser baratos, venderse en los lugares donde se venden los repasadores, pero allí ser los mejores. Distribuimos en los comercios de objetos del hogar, en las tiendas de sábanas, toallas y todo tipo de textiles, y también hicimos un trato con unos malienses para que los vendieran en sus puestos callejeros. A ellos les cobrábamos algo simbólico por cada repasador, solo para los gastos de flete, porque nos interesaba inundar la ciudad de nuestros repasadores y que todos vieran que eran únicos.[16]

Ser exiliado genera un cortocircuito grave en las cuestiones de nacionalidad, identidad, patria, primer y tercer mundo, solidaridad, latinoamericanismo, y todo eso. Desde el primer día noté cómo, acá en París (y también lo vi en Bruselas, Ámsterdam y Barcelona), el exiliado latinoamericano poseía un estatus mayor que el árabe o el africano, incluso que los europeos del este. Ante este problema, en una primera etapa, los propios exiliados actuábamos desarrollando y expandiendo redes de solidaridad con todos los migrantes y los pueblos castigados por el colonialismo (o acaso no creés que nuestro problema también es el colonialismo y que no somos menos víctimas del problema que los senegaleses o argelinos). La Parrilla fue originalmente el lugar de los tupas, que, cuando empezaron a llegar, todavía tenían

---

16   En un fragmento de una carta al artista Carlos Gamarra también menciona a los malienses en relación con La Parrilla.

una cierta organización y que ilusamente pensaban que conservaban poder, aunque algo simbólico les quedaba, gracias al libro de Labrousse. Además, este fue uno de los que los recibió en Francia y realizó las gestiones para su establecimiento, incluso en emprendimientos como La Parrilla. Allí se empezaron a juntar, después de las reuniones comían algo, tomaban, se quedaban a cantar. Y, con el tiempo, se arrimaron otros uruguayos y otros argentinos y, de pronto, fue un lugar de referencia ineludible para la diáspora rioplatense. Pero no todas las comunidades tenían lugares así, por lo que también empezaron a frecuentar La Parrilla paraguayos, chilenos, peruanos, bolivianos, mexicanos, centroamericanos y, después, árabes y africanos. Y nunca fue algo explícito o directo, pero, por el hecho de haber sido los primeros y de considerarse latinoamericanos de clase A (no por su vínculo con una raíz prehispánica, sino justamente por lo contrario), empezó a haber comportamientos extraños de algunos compañeros hacia los exiliados más pobres y desprotegidos. Porque podremos ser víctimas de terrorismo de Estado, podremos reconciliarnos con una tradición en común de la que nunca nos habíamos sentido parte, pero la clase, esa arrogancia y pedantería que la clase media urbana europeizada tiene guardada bajo la máscara de la modestia y la humildad, salió a la luz. Al final, la clase y los privilegios se llevan a todos lados, es lo primero que ponemos en la valija. Un poco molestos por esos gestos, tuvimos un par de entredichos con algunas figuras importantes de La Parrilla, aunque no por eso dejamos de ir. Es más, no nos perdimos ninguna de las noches de salsa que organizaban unos cubanos los viernes y que también generaban incomodidad en un cierto exiliado rioplatense guerrillero burgués con aires de superioridad que cree que los únicos que se están tomando en serio lo de las dictaduras latinoamericanas son ellos y que los demás ya nos olvidamos del dolor y de los compañeros muertos y de los desaparecidos y nos entregamos de cuerpo y alma a los placeres capitalistas primermundistas.

Nos llevamos bien con los africanos. Más de un compañero es vecino de ellos en unas pensiones que hay por el Passage des Taillandiers, donde hay africanos y algunos uruguayos (los únicos que parecen haber encontrado la forma de relacionarse bien, a pesar de no entenderse mucho, salvo con los que hablan francés, aunque los uruguayos son muy duros para este idioma). En cuestión de unos meses, se han acercado a La Graine, hemos realizado actividades en conjunto y otras cosas más que no puedo contar, pues podría traerme problemas a mí y a los compañeros involucrados en determinadas acciones. Deberías conocerlos. Uno de los planes que tenemos es instalarnos en algún pueblo del interior uruguayo y hacer un lugar bilingüe, multicultural, otra ruralidad no blanca.

Pero también lo nuestro era una obra artística (probablemente cada repasador realizado en este mundo lo sea) y debíamos posicionarnos en el mundo del arte, jugando su juego con sus reglas. Lo que hicimos fue darle al público de las artes (el que tiene plata o el que es referencia para quien la tiene) dos de las cosas que más

adora: la sensación de exclusividad y la de pertenecer, a
su vez, a un grupo de adelantados (de nuevo esa idea).
No podíamos decir nada sobre el proceso de creación,
ni siquiera sobre sus creadores, simplemente que se ela-
boraban por La Graine en su taller de Montreuil. Buscamos una especie de padrinazgo implícito. Elaine dijo
que conocía a Jeff Koons, quien por esos días estaba por
venir a París para participar en una muestra colectiva en
el Pompidou. La idea era darle un repasador y que Koons
pudiera pasearse con él por la inauguración, que la gente
lo fotografiara, que le preguntaran. Él solo debía decir:
«¿Cómo?, ¿no conocen a La Graine?». Se nos ocurrió
que lo mejor era juntarnos antes con él para contarle
nuestro plan. Elaine quedó encargada, pero siempre tenía una excusa. Le parecía mejor llegar a la puerta de la
inauguración, presentarnos, que él se reencontrara con
Elaine, darle el repasador y, en una de esas, quizás, entrar
con él al *vernissage*. Cuando llegamos, había mucha seguridad, decían que Carolina de Mónaco y Yassir Arafat
iban a estar presentes. También había unos manifestantes
protestando contra la presencia del exgobernante de Surinam, Hendrick Chin A Sen, y eso complicó nuestro
plan de aproximarnos a la puerta. Los manifestantes nos
confundieron con infiltrados de la Inteligencia francesa
y empezaron a rodearnos. Con Elaine pudimos escabu-
llirnos, fue fundamental que no nos escucharan hablando
en francés; lamentablemente, eso hizo que enfocaran toda
la ira contra Benoit, que quedó atrapado. Pudimos acercarnos a la puerta, pero la seguridad no nos dejó avanzar.
Mientras discutíamos con ellos y les explicábamos que

éramos artistas y no manifestantes, vimos que bajaba Jeff Koons de un auto, junto al director filipino Mike de Leon. Intentamos pasar, pero fue imposible. Le gritamos a Jeff, pero no nos escuchaba por el bullicio de los manifestantes, que habían llevado unos bombos y unas cornetas. Vi en unos carteles el nombre de la persona a quien estaban escrachando y, señalando hacia un auto que acababa de estacionar, grité: «¡Chin a Sen!», y una avalancha de gente nos llevó puesta y pasó por arriba a la seguridad, que no pudo contenerla. Cuando pudimos salirnos del río de gente, quedamos frente a la puerta y Jeff Koons venía hacia nosotros. Pero cuando Elaine se paró frente a él, lo saludó y le preguntó si se acordaba de ella, nos miró con un poco de desprecio, miró a De León, se rieron burlonamente, nos apartaron y entraron al edificio. Intentamos entrar tras ellos, explicándoles por qué estábamos ahí, pero la seguridad del interior del lugar fue más efectiva que la anterior y nos sacaron para afuera, donde los manifestantes estaban ya dando vuelta autos y prendiendo fuego todo lo que encontraban. Benoit pasó la noche en el Lariboisière con dos costillas fisuradas.

Dejamos la cuestion del padrinazgo para más adelante e hicimos distintas acciones. Una de ellas, quizás la más efectiva, fue meternos en todos los *vernissages* que encontráramos y, cuando la gente estaba distraída, colgar en alguna pared uno de los repasadores y pegar una cartela a su lado que dijera el título del repasador, la técnica utilizada y el nombre del taller. Una de las cosas más divertidas de esos primeros días era ponerles título a los repasadores. Otra acción, un poco más temerosa, fue inmiscuirnos en casas privadas de gente del mundo del arte y los medios, que sabíamos que realizaban allí cenas y reuniones con otros artistas e intelectuales, como Bernard Teyssedre, Jean Luc-Lagarce, Jean Rouaud, Jean Michel Maulpoix, Emmanuel Hocquart, Jean Marie Gleize, Raquel Levy, Gina Pane, Lucien Attoun, François Berreur, Niki de Saint Phalle, Jean-Jacques Beineix y Orlan, entre otros. Dos compañeros marselleses, Marcel y Eric, tenían la habilidad de entrar a las casas; de hecho, habían terminado en París porque en Marsella eran buscados por el robo a varias propiedades. Al principio, queríamos solo que entraran, colocaran los repasadores en el cajón donde cada casa tuviera sus repasadores guardados y se fueran. El plan era perfecto, si uno abre un cajón para agarrar un repasador, no se cuestiona qué repasador agarrar y, mucho menos, si no lo recuerda, se pondría a pensar de dónde fue que había salido. Simplemente abren el cajón, agarran el repasador y lo usan; y si, además, lo usan con mucha gente invitada, mucho mejor. Esa gente confía, por lo general, en el criterio de quienes los invitan a su casa. Revisan sus libros para ver qué leer, sus discos, cómo tienen decorada la casa, qué ropa usan. La teoría de los formadores de opinión, de los semiólogos norteamericanos de los cuarenta, ahora se había transformado en la existencia de formadores o replicadores de tendencia: ya no se replica lo que tal dice, hace o consume por una cuestión de confianza y de seguir el consejo de alguien confiable en una situación desconocida; ahora la idea es replicar lo que esos formadores hacen para poder formar parte de algo. Esa gente cree que, si equipara sus habitos y consumos con los de gente que admira, esa gente los va a integrar a su círculo y a sus vidas. Una noche, a Marcel se le dio por revisar una de las casas y traer dinero y pertenencias valiosas. Cuando llegaron al otro día a La Graine, se armó un revuelo bárbaro. Hicimos una asamblea y lo primero que se dijo fue que Eric y Marcel no solo habían puesto en riesgo el plan, sino que habían confundido el real objetivo de lo que estaban haciendo y por qué lo hacían. Pero, cuando ya se estaba por votar la moción, Thierry levantó la mano y planteó que no, que lo había pensado y que lo que Eric y Marcel habían hecho era exactamente lo mejor para el colectivo y que estaban en sintonía con todo lo que decíamos y pregonábamos. Robarle a la burguesía (porque eso es lo que son los artistas parisinos) para repartir en proyectos autogestivos horizontales obreros y colaborativos era llevar la esencia del anarquismo a su máxima potencia. No les estamos robando al sistema financiero ni a los bancos ni a los ricos, por ahora, pero sí le estamos robando a la clase que les hace el juego y los legitima día a día, así que de alguna forma les estamos dando un golpe importante. A partir de ahí, Marcel y Eric también robaban lo valioso que encontraban en esas casas que pudiera servir para solventar nuestro proyecto, incluso libros y obras de arte para nuestro acervo. Creo que fue en casa de Pascal Laine, una residencia llena de perros dóberman, que fueron interceptados por la jauría y terminaron hospitalizados los dos con múltiples heridas (incluso, Eric perdió un testículo). Entonces, decidimos que la campaña de expectativa o publicidad no tradicional ya era suficiente.

En el mercado popular se estaban empezando a vender muy bien, pero los malienses respondían cualquier cosa cuando les preguntaban de dónde habían salido esos repasadores y quiénes los hacían. Todos los productos tenían nuestros datos en una grifa cosida, pero la gente se daba por satisfecha con la respuesta de los vendedores y se iba a su casa sin tener idea de quiénes hacían esos repasadores. Dos hechos nos ayudaron a darnos a conocer. El primero fue cuando Dominique Laboubée, el cantante de los Dogs, salió en la portada de la revista *Melody Maker* con una camiseta que tenía cosido un repasador de los nuestros, en el que una calavera montaba una motocicleta y recorría campos de tulipanes mientras en el cielo un cohete impactaba contra saturno y de los anillos perforados salían unos arabescos que terminaban por tomar toda la escena. En la entrevista le preguntaron por el detalle y él dijo que era un repasador de la casa de su madre y que se lo había robado porque no había visto nunca un arte tan verdadero. Al mes de lo de Laboubée, nos invitaron a un programa de la radio cultural estatal a debatir sobre arte contemporáneo con el argentino Luis Jorge Prieto, que nos terminó defendiendo de los ataques furibundos de Jean Baudrillard, seguramente para reafirmar su idea del acto sémico. Porque, en definitiva, fue de lo único que habló, ante las miradas de Jean-Luc Nancy, que casi no habló porque pensó que íbamos a debatir las ideas de Heidegger, y de Benoit, que se dedicó a decir que nuestros repasadores venían a terminar con la idea del arte tal como la conocíamos, pero que, como no éramos parte de la institución burguesa, en lugar de considerarnos vanguardistas nos consideraban raros o marginales, a lo sumo *outsiders* o *underground*. Pero esa mesa se terminó haciendo conocida, porque, en un momento de la discusión, Baudrillard, enojado por algo que dijo López, le tiró un vaso de agua en la cara y terminaron a las piñas. Vino la Policía y al único que se llevaron preso fue a Benoit, que no había participado en la riña ni en las roturas del estudio, pero que estaba sentado riéndose y gritándoles: «Eso, eso, la burguesía es una serpiente que se come la cola, es una bomba que le explota en la mano al que la construye, es un pene que se para hacia adentro», que eran los versos de una canción que había compuesto y de la que estaba orgulloso.

Cuando la cosa empezó a andar, no paró más. Habíamos podido copar dos espacios distintos. Muchos artistas habían intentado toda su vida sin éxito lo que nosotros logramos en un par de meses: el verdadero arte popular. Nuestros repasadores eran apreciados como obra de arte y se exponían en galerías y museos de Francia y de otros lugares, como Inglaterra, Alemania y Estados Unidos. En el ICA de Londres realizaron un catálogo impresionante; en el mercado del arte, los repasadores empezaron a venderse a precios disparatados, ya que, lógicamente, algunos oportunistas iban a los mercados de Belleville, Pantin, Vanves Malakoff, Montrouge y Saint-Denis a comprarlos a precios normales para luego revenderlos treinta veces más caros. Porque, claro, en los barrios populares los repasadores se seguían vendiendo como repasadores. El único problema fue que empezaron a llevarse enormes cantidades, y eso traía dos cuestiones que nos contrariaban. Por un lado, los vendedores se quedaban sin stock rápidamente y venían por más, pero no nos daba para cubrir esa necesidad, nos faltaba mayor capacidad de trabajo y un equipo más numeroso. Por otro, de alguna manera la comercialización se nos había ido de las manos, ya no controlábamos el modo en que nuestro producto se movía. No nos disgustaba que el producto generara su propio camino, sino el hecho de que quienes lo controlaban eran burgueses oportunistas que contaban con el dinero para comprar cantidades industriales y que sabían dónde y cómo revenderlos, por lo que, al final, nuestro proyecto estaba contribuyendo a que los mismos que ya tenían dinero tuvieran aun más.

—Y, bueno, eso es el capitalismo.

Es cierto lo que decía Thierry, pero no dejaba de ser un real contratiempo. Pasaron semanas de verdadera incertidumbre e incomodidad. Pensamos que la cosa no podía ser peor, hasta que apareció otra marca de repasadores, en un principio, con una propuesta estética muy similar a la nuestra. Pero, luego, nos enteramos de que no era un proyecto comunitario y autogestionado, sino el emprendimiento de unos ricos que provenían (y era fácil darse cuenta por los apellidos, ya que en Francia el linaje es algo que se ha mantenido inalterado en el tiempo) de las familias tradicionalmente más poderosas de Francia. Estos estaban vinculados al arte, a los medios, a los espectáculos, y algunos hasta a la venta de armas y la extracción minera en otros continentes.

Elaine se había dedicado gran parte de su vida a pensar cuestiones de autoría, la copia, el plagio, la imitación, y, como todos, estaba preocupada por estos problemas. Un día vino con una idea que podía resolverlo todo.

Senard, la nueva empresa de repasadores, se había subido de forma muy eficiente a nuestro fenómeno y, luego de copar el mercado con repasadores muy parecidos y de robarnos con recursos poco éticos algunos clientes importantes, anunciaba para la semana siguiente el lanzamiento de su nueva línea. Según constaba en la prensa (porque además consiguieron inmediatamente que toda la prensa hegemónica les diera espacio y difusión), tenían más de cuarenta diseños nuevos. La idea era meternos cuanto antes en la sede de Senard y robar los diseños de todos sus repasadores. Pensamos que era genial, ya que, si los hacíamos nosotros, les arruinábamos la sorpresa a los de Senard, que incluso capaz ni siquiera sacaban la nueva línea. Pero Elaine iba más allá, también por sus obsesiones.

—No. No vamos a ser nosotros quienes hagan esos diseños. ¿Se acuerdan de aquel encuentro de proyectos y comunidades autogestionadas de París que hicimos en Charonne el año pasado? Bueno, de ese encuentro quedó una base de datos de no menos de cuarenta proyectos. Lo que vamos a hacer es darles esos diseños, la capacitación rápida y la infraestructura básica a todos los proyectos interesados, para que fabriquen repasadores con los diseños de Senard.

—Pero eso va a terminar siendo competencia nuestra.

—No. Porque nosotros nunca pensamos este proyecto en términos de competencia. No podemos dejar que, por más que el proyecto crezca y funcione, nos terminen enloqueciendo las lógicas capitalistas del mercado. Nuestro producto se va a seguir vendiendo, tenemos un nombre hecho, a la gente le gusta lo que hacemos, somos reconocidos en el mundo. Y la saturación, el shock, va a generar un caos impredecible, que es lo que siempre tenemos que buscar. Con el caos ganan siempre quienes están fuera del sistema. Porque el sistema es grande pero poco ágil. El caos lo desequilibra, lo desestabiliza, y nosotros somos chicos pero ágiles, y podemos adaptarnos a cualquier desequilibrio. Y esa saturación, además, seguramente también les puede llegar a complicar la vida a los burgueses que nos revenden, porque la calle se va a llenar de repasadores. Algunos, incluso, llegarán a ser mejores que los nuestros, y no vamos a perder con eso, porque el orden del mercado no nos importa. Y estamos fortaleciendo las redes autogestivas, dinamitando la autoría, inundando la calle de copias. Ojalá que también empiecen a copiarnos a nosotros y el día de mañana nadie sepa si ese repasador que tiene nuestra marca lo hicimos nosotros o no.

—Bueno, pero ¿cómo sabés que va a pasar eso?

—No sabemos lo que va a pasar. El caos es eso. Y con esa incertidumbre te juro que vamos a salir bien parados.

Armamos dos equipos. Uno iba a convocar de urgencia a los colectivos para contarles la propuesta y para una capacitación rápida. Se había pensado en la posibilidad, dado que la maquinaria para estampar no era tan fácil de conseguir, de que los proyectos pudieran trabajar los moldes y, luego, la comercialización y distribución, pero que el estampado se pudiera realizar en colaboración con el sindicato de los obreros textiles de París, con quienes ya habíamos trabajado en el armado de manifestaciones o de operaciones especiales de sabotaje, que no puedo comentar aquí porque se realizaron de forma clandestina y secreta. El otro equipo se iba a encargar propiamente de la operación nocturna, del ingreso en la sede del Senart. Este grupo estaba compuesto por Marieke, Thierry, Eric y Marcel, la turca, Elaine y yo.

Benoit no estaba en el equipo, pero había averiguado con sus contactos, que eran muchos, en la prensa, la Policía, el bajo y hasta en el poder político y sindical, que, si bien el grupo empresarial que comandaba Senart tenía varias dependencias en distintos sitios, el lugar donde concentraban los documentos y lo concerniente a los repasadores era en la casona del 4 Rue Alphonse Karr, en Sèvres. Con Thierry y Marieke fuimos a ver el lugar en el viejo auto de Marcel. Nos disfrazamos de barrenderos con unos trajes que consiguió Benoit y estuvimos un buen rato en la cuadra observando el movimiento. Realmente iba a ser un trabajo difícil, casi imposible. La Rue Alphonse Karr era cerrada, la casa quedaba al final y, en el caso que nos descubrieran, era casi una trampa, una encerrona. Por no mencionar que en esa zona de Sèvres no era muy sencillo pensar en un escape porque había muchas calles cortadas, pocas opciones. La casa estaba vigilada por un guardia en una garita, cercada por unas altas rejas y parecía inexpugnable. Thierry sacó unas fotos, Marieke dibujó unos planos improvisados y nos fuimos.

Cuando le mostramos las fotos y los planos al resto del equipo, Eric y Marcel no parecían muy preocupados. Sabían, y nosotros también, que podían acceder a cualquier lugar, pero este era realmente un lugar casi inaccesible y no teníamos idea de lo que nos podíamos encontrar adentro.

—Una vez nos metimos en una casa cerca de allí. La vigilancia en ese lugar es enorme porque hay muchas oficinas gubernamentales, algunas secretas, y también representaciones internacionales. Nadie lo sabe, y es un poco la idea, pero en Sèvres están las cosas que nadie quiere que sepas que están. Cuando éramos más chicos, nos metimos en una y zafamos de milagro. Pensamos que era una casa normal, de algunos burgueses que por esos días podrían estar esquiando en los Alpes, pero no. Era un lugar rarísimo, por fuera parecía un simple hogar, pero por dentro era más parecido a un hospital o a una fábrica. Cuando escapamos, atravesamos una parte que perfectamente podía ser una sala de hospital. Nos metimos por arriba, recuerdo, por una escotilla en un ático. Enseguida nos topamos con cajas, carpetas, archivadores, fotos. Algunas parecían muy viejas, otras no tanto. Era raro; por un lado, había cajas con palabras japonesas, pero después encontramos algunas cajas del gobierno de Estados Unidos y papeles en inglés, *top secret* y esas cosas. Nos metimos en unas oficinas y unos escritorios; dormitorios no había, parecía que allí no dormía nadie. Guardamos lo que encontramos en unos bolsos y ya nos estábamos por ir, cuando nos encontramos con una puerta que parecía más nueva que el resto de las puertas de la casa. Pensamos que capaz ahí podía haber algo interesante, y nos metimos. Todo estaba apagado, pero daba la sensación de ser un lugar grande. A medida que fuimos entrando y aunque no veíamos nada, empezamos a sentir que algo no andaba bien. No estábamos solos. Un ruido extraño empezó a llegarnos mientras avanzábamos y no tardamos en darnos cuenta de que eran respiraciones. Le dije de irnos rápido, pero no lo hicimos. Queríamos saber qué era lo que nos rodeaba. Torcimos el rumbo, la idea era buscar darnos contra una pared, y lo logramos. Tanteamos buscando cables, conexiones, interruptores de luz. Yo me topé con otra cosa, parecía una cama. Había algo que respiraba en esa cama que no veía, pero no parecía ser la única respiración. Empecé a recorrer la cama, los barrotes estaban fríos. Bajé por ellos. Fue raro, primero sentí un rechazo, un momento de miedo, hasta de asco, pero luego mi mano siguió con normalidad. Era una cabeza. Los pelos eran duros, parecían de muñeca. Cuando terminaron, me encontré con una frente; la piel también fría, pero no estaba muerto. Como si abajo de ese frío hubiera otra corriente de otra temperatura, como el agua de la playa cuando se juntan dos corrientes. Sus ojos estaban cerrados, su nariz era grande. Tenía barba y bigotes. Su boca estaba seca. En ese momento, Eric encontró un interruptor y prendió una luz. Y con esa luz se prendieron también las del resto de la sala. Era más grande de lo que pensábamos, había varias camas, agrupadas de a dos. Lo que yo estaba acariciando era un hombre, de unos treinta años, inconsciente, conectado a unas bolsas de sangre y otros líquidos. En la cama contigua, pegada a la suya, un ciervo, también inconsciente y también conectado a esas bolsas. Miré el casi imperceptible movimiento de los fluidos. La sangre y otros líquidos del ciervo iban a parar al hombre, y los del hombre a su vez al ciervo. En otras camas pasaba lo mismo, pero con otras personas, mujeres, niños, viejos, bebés, y con otros animales, liebres, lagartos, perros, búhos, patos, hienas. Comenzó a sonar una alarma y nos fuimos corriendo. Estuvimos un buen rato dando vueltas por lugares extraños de la casa, esquivando guardias de seguridad, que eran muchos. Salimos a una especie de terraza. La única salida que teníamos estaba llena de guardias. Más allá, la calle también. Sentimos a lo lejos el ruido del tren y, no sé si por desesperación o porque dentro de todo lo extraño el ruido del tren era lo único familiar, empezamos a huir en dirección al ruido. La casa hacia el fondo daba a una especie de bosque particular, que atravesamos mientras sentíamos que nos perseguían. Llegamos a un muro altísimo, pero trepar árboles nunca había sido un problema para nosotros, así que subimos a uno muy frondoso y alto y pudimos ver que del otro lado del muro había una vía. Sin dudarlo, saltamos. Nos lastimamos, pero lo notamos mucho después. Caímos en la vía y corrimos, corrimos mucho. Y solo paramos cuando nos dimos cuenta de que estábamos a salvo.

—¿Qué era ese lugar?

—No sé. Pero después fuimos a vender unos objetos y papeles a un coleccionista de cosas viejas en Aubervilliers y el tipo estaba convencido de que eran documentos del Escuadrón 731, una división del Ejército japonés de la segunda guerra mundial que hacía experimentos con gente. Pero que no podía ser posible porque Japón había dicho que eso no funcionaba más y, de hecho, los involucrados habían sido juzgados y apresados, algunos muertos. En fin. Un par de años más tarde pasamos por ahí y la casa había sido derrumbada y estaban construyendo un edificio de viviendas. Bueno, lo que quiero decir, perdón por las vueltas, es que no vamos a entrar a Senart por el frente, sino por el fondo, por las vías.

—Pero me imagino que habrá vigilancia o algo que impida entrar tan fácilmente.

—No. No hay. Al menos no de los dueños de las casas. Lo que está es la vigilancia de la compañía de trenes que impide entrar a las vías a esa altura. Y un muro alto.

—Entonces, ¿cómo vamos a pasar si ni siquiera vamos a poder acceder a las vías?

—Vamos a ir en tren. Y de ahí, vamos a saltar.

El plan era el siguiente. El tren N sale de la estación de Montparnasse rumbo a Rambouillet, Dreux y Mantes-la-Jolie, pero los tres pasan por los fondos de Senart, ubicada entre las estaciones Sèvres y Chaville. En esa parte Eric, que era el más ágil y que durante la parada del tren en Sèvres se va a haber ubicado en el techo del primer vagón, va a saltar hacia adentro. Allí inmediatamente, y una vez adentro, se sube a un árbol, cuelga una cuerda y la tira al otro lado del muro para que podamos subir. Nosotros ya vamos a estar ahí luego de tirarnos desde el furgón. Para que nadie nos descubra tenemos que hacerlo rápido, calculamos que en menos de un minuto. El escape va a ser por el mismo lado, aprovechando el siguiente servicio antes del amanecer. Con la misma cuerda vamos a saltar el muro. Benoit va a poner un bulto en la vía para que el tren pare unos minutos, en esos minutos saltamos el muro y nos colamos en el furgón. En la estación Chaville va a estar Benoit esperándonos en su auto. Entre el último tren de la noche, que es en el que vamos a llegar, y el primero antes de que amanezca, en el que nos marchamos, hay dos horas y media. En ese tiempo tenemos que hacer todo. Quienes nos van a guiar y a comandar el plan para entrar a la casa son Eric y Marcel. No sabemos qué han pensado, creo que todavía no lo decidieron, me dijeron que están investigando para ser prácticos y eficientes con el tiempo, supongo que intentando averiguar dónde es que están los diseños de la nueva colección y también resolviendo todo como para no demorar mucho en el ingreso a la casa.

Resolvimos el plan un martes de tarde, decidimos llevarlo a cabo a la noche siguiente, así que el tiempo era escaso.

Tratamos de ir con poco equipaje. En nuestras mochilas llevábamos algunas herramientas básicas para abrir cadenas, puertas, ventanas; también cuerdas, un cuaderno con los bocetos de planos de Marieke, dos cámaras de fotos, unas linternas y poca cosa más. Thierry había llevado un par de *walkie-talkies*, pero no estábamos de acuerdo con usarlos. Nos parecía que hacían mucho ruido, que a veces la señal se perdía y se iba a perder del todo cuando más la necesitáramos.

La estación de Montparnasse estaba vacía a esa hora. Era el último tren de la línea N, el que tomaban los

borrachos, los que salen de noche, los serenos, los trabajadores nocturnos, los ladrones, las prostitutas, los enfer-
meros, los panaderos. Podíamos habernos tomado el tren
más cerca de la estación, pero queríamos ir preparándonos
sin apuro. Eric sí se iba a subir en la última estación antes
del Senart porque no podía viajar mucho en el techo,
por seguridad y porque, cuanto menos viajara, menos
chance de que lo vieran. Íbamos casi solos en el furgón,
tomábamos café en unos vasitos de papel y charlábamos
sobre cualquier cosa.

—¿Saben que el símbolo del anarquismo que conocemos lo inventó un policía?

La turca no hablaba mucho, pero le gustaban esos
datos extraños y, por lo general, incomprobables.

—No. Creo que te dijeron mal. Tengo entendido
que fue un anarquista español que andaba por París en
los sesenta. Ibáñez creo que se llamaba. Militaba en la
coordinación de estudiantes anarquistas parisinos y tenían
una revista que se llamaba *Jeunes Libertaires*, donde por
primera vez se empleó ese símbolo.

Conocía esa historia, también conocía a Tomás Ibáñez. Tanto él como su grupo eran amantes de la fama; no
eran malos compañeros, era valioso lo que hacían, pero
muchas veces les importaba más sumar puntos para ser
los anarquistas del año. Lo conocí en los talleres de la
editorial en Toulouse; de hecho, me lo presentó Parrilla
no sin algo de desconfianza («Cuidado con estos, que,
aunque lo nieguen, son un poco *pijos*». Parrilla decía
que había nacido en España y, a veces, para alimentar ese
mito, usaba estas palabras). Además, entre una versión de

los hechos con muchos testigos o mucha gente que la puede avalar, en la que los que se destacan y se llevan el crédito son unas personas que de por sí buscan el reconocimiento, y otra versión incomprobable, que huele a falsa, insólita y quizás mucho más divertida, me quedo con esta. Porque, además, la vida es insólita y ridícula, incoherente, ilógica, impredecible, y aprendí que entre dos opciones, una lógica y otra improbable, la verdadera es esta última.

—No. Eso dicen. Pero el tema fue que, en esos años, en las huelgas y manifestaciones estudiantiles, la represión estaba imponente y en un momento reprimían hasta las pintadas. Los anarquistas empezaron a poner una A mayúscula, porque la mayoría de las veces no podían escribir más antes de que los descubrieran y los persiguieran. Pero la ciudad se había llenado de las A por todos lados. A un comisario se le ocurrió que esas A por todos lados podían romantizar, generar un mito en torno a los anarquistas, era una toma simbólica de las calles. Entonces, mandó a todos sus subordinados a que rodearan esas A con un círculo, pensando que, de alguna forma, al alterarse el símbolo y al no saber si lo que prevalecía era esa A anarquista o una O desconocida, o hasta un cero podría ser, se iba a reducir el efecto de esa A en la gente. Pero no, con la mezcla de los dos símbolos, la O tomó un rol de destaque y lo único que hizo fue resaltar la A y volverla icónica.

Ya venía la estación donde se iba a subir Eric. La anécdota de la turca había quedado en la nada, a algunos les pareció todo mentira. Paró el tren. Marieke se asomó por la ventana y confirmó que Eric se había trepado al techo de la locomotora. Thierry había trancado la puerta del furgón para que quedara abierta. Marcel iba con la cabeza para afuera mirando la señal para saltar. La señal era un grafiti que decía «Arash ta mere». Cuando lo vio a lo lejos ya estábamos todos acomodados tras de él. Y cuando dijo: «Ahora», en orden para no pecharnos, saltamos.

No fue agradable la caída, si bien el tren a esa altura y por unas curvas aminoraba la velocidad, iba rápido igual, y al costado de la ruta lo que había era un suelo de piedras. Lo habíamos previsto, y nos habíamos reforzado la ropa con cartón para no rasparnos. Nos tiramos sin saber si Eric lo había conseguido. Quedamos en contar hasta veinte una vez que nos agrupáramos en el muro. Si Eric no tiraba la cuerda nos íbamos a dispersar rápidamente porque la vigilancia en esa zona era mucha. Se fue el tren, parecía que habían pasado horas, pero en nuestra cuenta no íbamos ni diez segundos. Ahí fue que cayó la cuerda y, en menos de un minuto, habíamos trepado todos.

La noche estaba hermosamente oscura. Tanta oscuridad enfriaba el aire y lo perfumaba. Había olor a noche. Mucho. El bosque nos hacía olvidar que estábamos en la urbe, caminábamos rápido, pero sin pisar fuerte, porque las hojas y las ramas hacían ruido. No veíamos mucho, unos decían que eran olmos, otros nogales, otros cedros, pero no, eran álamos. Llegamos a unos metros de la casa. Era una casona enorme, típica de la aristocracia francesa de posguerra. Me parecía raro que no hubiera perros. Aguardamos mientras Eric y Marcel abrían el lugar. Eligieron trepar a la primera planta a través del techo de una galería y entrar por la ventana de un baño. Parecía que ya hubieran estado allí. Le dije a Thierry y me respondió que seguramente ya habrían venido. Treparon, forzaron la ventana y nos llamaron. Fuimos subiendo y, en cuestión de minutos, estábamos todos adentro de la casa. Eric había hecho trabajo de investigación para averiguar dónde estaban los diseños y esperábamos que su información fuese confiable.

Entramos a la habitación. La seguridad, como en el resto de la casa, era mínima. Tan confiados estaban en que nadie pudiera ingresar al predio, que en la casa nos movimos con mucha tranquilidad. Un escritorio enorme con un sillón y unas sillas. En otro sector, una mesa ratona con otros sillones y, en el lado opuesto, una mesa amplia con material de trabajo. No nos costó mucho darnos cuenta de que allí estaba lo que buscábamos. No sé si fue para darle aun más valor a nuestro robo, pero los diseños nos parecieron excelentes. Ideas inspiradas en las nuestras, otras que nosotros no habíamos sacado pero que estuvieron en discusión y desarrollo, y otras que nunca se nos habían ocurrido y estaban muy bien. La turca se paró en la puerta para vigilar que no viniera nadie, Marcel cerró las cortinas para que no se vieran los flashes de las camaras y los demás empezamos a tirar los diseños en el piso para que Thierry y Marieke los fotografiaran.

—¿Qué pasa, Tití?, dale, apurate.

—Estoy esperando las cámaras. Las tiene Marieke.

—No, yo no las tengo, si me dijiste que las guardabas vos porque tu mochila era más grande.

—No, vos me dijiste que tu bolso era más acolchonado y para saltar el muro era más eficiente. Dijiste: «Llevo las cámaras y mis cuadernos con los bocetos».

—Pero ¿a vos te parece que, si tengo una mochila con herramientas, cuerdas y los bocetos, voy a ofrecerte llevar las cámaras?

—No puedo creer que no trajeron las cámaras.

—Pero ella dijo que se encargaba.

—No, fue él, yo no tengo la culpa.

—Bueno, basta. Ya está, los doblamos y nos los llevamos.

—No, pará, Eric, no. Nos arruina el plan. Se van a dar cuenta de que se los robamos, les vamos a dar tiempo para diseñar una línea nueva o para hacer una denuncia pública diciendo que les robaron los diseños, van a caernos a nosotros como sospechosos, se van a terminar haciendo los mártires. Y como acción no tendría el impacto que debería tener. Hasta en lo poético. Entrar y robarles, que ellos luego lo vuelvan un asunto policial, le va a quitar poesía.

—No, Elaine. Esto no es una cuestión de poesía.

—Claro que sí. Esto no es un robo, es mucho más que eso. Y nosotros somos mucho más que ladrones.

—Bueno, pero para algo nos vinimos hasta acá. Tenemos que resolverlo.

—Capaz que podemos buscar una cámara. Debería haber una por acá.

—No. Es una ridiculez. Podríamos estar toda la noche buscando.

—¿Cuánto tiempo nos queda?

—Y, como mucho, una hora.

—Marieke querida. Cómo no lo pensé antes. ¿Te animás a copiarlos?

Marieke se puso a dibujar uno por uno los diseños. Nos pidió que contáramos cuántos eran. Luego, que dividiéramos esa cantidad entre sesenta, que eran los minutos que tenía, y llegó a la cantidad de tiempo máximo que podía dedicar a la copia de cada diseño. Me quedé junto a ella avisándole cuando quedaran diez segundos para el plazo. No podía copiarlos exactamente. En esos pocos minutos debía capturar la información esencial. Elaine se puso a hablar muy emocionada sobre lo que estábamos haciendo.

—Se dan cuenta de que un accidente, un error, algo que podría arruinar nuestro plan, terminó dándole un sabor especial a lo que vinimos a hacer, lo potenció, ahora me gusta más. Porque a lo que pensamos, poesía, arte, le agregamos el bombardeo a las propias nociones de autoría, de obra, de copia, de plagio. Ahora no vamos a crear copias en base a fotografías, copias precisas, sino copias a partir de la interpretación de otra artista, como sos vos Marieke. Hay una impronta de palimpsesto, de la propia historia del arte y la humanidad. Porque la historia de la humanidad es la historia de la copia, una experiencia estética que queda en nuestra sensibilidad y, cuando creamos, también recreamos eso. Un cambio de percepción. Otra forma de ver el mundo. Lo que pasa es que a veces la copia no es exacta ni fiel, entonces no parece copia, pensamos que es obra original, pero no, es una copia que no sabemos que es copia. Nosotros somos una copia, solo que no sabemos. No existe la originalidad. Esto que estamos haciendo ¿es plagio?, ¿es copia? ¿Quién será el autor de los repasadores que vayamos a hacer nosotros o los otros colectivos?, ¿los de Servant, Marieke, los colectivos? Por eso es que hacer arte es tanto una religión como un acto de conexión con la naturaleza. Porque, si crear siempre es copiar, lo que copiamos también fue copiado, y así hacia atrás. Entonces, ¿quién fue el primer creador, el original? Hacer arte es continuar el legado del creador; para algunos es el legado de un Dios; para otros, perpetuar el relato del cosmos. Sin ser conscientes de ello, estamos todo el tiempo recreando el Big Bang o el Génesis, o el momento en que el renacuajo salió del agua e intentó caminar.

—Basta, Elaine, por favor. Me encanta lo que decís, pero necesito concentrarme en los dibujos.

Le avisé a Marieke que ya era hora de irnos. Elaine seguía hablando, pero solo la turca la seguía escuchando. Eric y Marcel habían revisado el resto de la casa y determinaron que lo mejor era salir por la puerta de la cocina en la planta baja. Perdimos mucho tiempo discutiendo con ellos porque no entendían que el plan era irnos sin dejar rastro. Querían robar otras cosas, pintar las paredes, romper cosas. Estábamos justos de tiempo, la primera claridad del día asomaba en el cielo. Nos fuimos rápido, parecía que amanecía más velozmente que nunca. Sonaban los pájaros y las maquinarias de las fábricas, las cafeteras, los despertadores, los borrachos y sus pesadillas. También el tren. Lo sentíamos cerca. Corrimos. Dependíamos de que Benoit pudiera frenar el tren frente al muro. Llegamos allí y esperamos. No podíamos subir sin saber si el tren paraba o no. Lo sentimos cerca. Por un momento, pensamos que lo de Benoit no había funcionado, pero, cuando parecía que se iba, aminoró. Del otro lado, un sutil murmullo de voces de los pasajeros, que seguramente se preguntaban qué había pasado. Subimos el muro. Una vez arriba, Marcel nos indicó que todavía no nos tiráramos. Nos mostró el furgón donde íbamos a subir. Lleno de hinchas del L'Avenir Club Avignonnais que volvían de ver a su equipo en el partido de la noche anterior contra el Paris FC. Eric no dudó y se tiró. Nos ordenó que lo hiciéramos. Al caer nos mostró un lugar debajo del vagón donde podíamos ir agarrados sin riesgo. El tren arrancó, el tramo fue eterno, fueron unos minutos, pero parecieron semanas. Bajamos en la estación Chaville, tratando de no despertar sospechas. Luego, nos mezclamos con los otros pasajeros. En la puerta de la estación estaba Benoit en una camioneta, tomando un *apfelwein* que les había comprado a unos alemanes que tenían un bar enfrente.

—¿Qué hiciste para parar el tren?

—Hice un muñeco con la cara del presidente y otro muñeco con la bandera de Zaire clavándole una espada en el culo. Y un cartel que decía: «No a la intervención en Zaire».

—¿No podías hacer algo que llamara menos la atención?

—A esta hora no hay nadie.

La risa estruendosa de Benoit fue abruptamente interrumpida cuando el bolso de Eric se empezó a mover. Benoit frenó la camioneta. Eric lo detuvo cuando iba a darle un palazo al bolso. Lo abrió y apareció un perro mediano, que enseguida se fue a la falda de Eric.

—Te robaste el perro del Senart.

—Seguramente lo trataban mal, mirá lo flaco que está.

—Dijimos que no íbamos a dejar rastros.

—Si no hacía nada, no era yo. Además, no pasa nada, van a pensar que se escapó. Si es que notan en algún momento la falta.

Para no atravesar París y disimular, bordeamos la ciudad por el Boulevard périphérique. Ya estaba claro, pero el sol no había salido. Se veía linda la ciudad desde el borde. No parecía tan majestuosa, parecía imperfecta, frágil, sufriente. Ya no contaba con la gama de colores del día, sino que era una cosa azul grisácea, con las luces que se empezaban a apagar y dejaban todo plateado. Ciudad helada. Deshabitada. Era la calma previa al temporal. A la locura diaria. Benoit prendió la radio. Sonaba una canción de Adriano Celentano. La cantamos entre la adrenalina de la noche y el cansancio que empezaba a bajar. Eric acariciaba al perro.

—*Zaire* es un buen nombre, creo.

Todo salió como lo pensó Elaine. Inundamos las calles de repasadores con la línea nueva de Senart y fue mucho mejor de lo que creímos, porque la intervención fue una obra de arte en sí. En base a los bocetos de Marieke, que ya eran una copia, cada proyecto realizó algo propio y se generaron, así, varias copias de la copia del original, que se enriquecieron entre sí, porque todas fueron de alguna manera una mirada distinta a un mismo diseño. Además, se logró el cometido de dejar los posibles repasadores del Senart como una copia más y, en algunos casos, considerando el gran nivel de algunas copias, como una versión de mediana calidad. Los de Senart nunca se enteraron del robo ni de la proliferación de repasadores con sus diseños y sacaron la nueva línea en un evento exclusivo al que concurrieron personas muy importantes y mucha prensa. Pero ya se habían movido tanto las copias, habían tenido tanta repercusión popular y hasta en el mercado del arte, que los repasadores de Senart fueron tomados como copias con poca imaginación y todo lo propiamente relacionado con su cotización, su prestigio, su legitimación, su valor, ante la sobreabundancia de copias, de diseños y de casas productoras, se desacomodaron, lo cual desarticuló por completo la dinámica financiera mercantil. Tenía razón Elaine cuando dijo que la forma era romper con la idea de exclusividad y de elite. Si cualquiera puede hacer un repasador así y cualquiera puede comprarlo, ya deja de tener un valor de cambio extra, porque al mercado elitista ya no le interesa un objeto sin valor de exclusividad. Lo que había que hacer era quitarle el aura con el que lo había bañado la clase dominante y su legitimación artística, y dejarle el alma que ya traía de por sí un producto generado por un colectivo autogestionado, cuyo acceso es universal y de consumo popular y cuyos precio y función son tan accesibles que puede colgarse en un museo como una obra de arte o se puede usar para secar los platos después de lavarlos y ponerlo a descansar en la cornisa de la pileta de la cocina.

Dejamos de hacer repasadores al poco tiempo. El primer impacto lo tuvimos puertas adentro. Los proyectos empezaron a romperse por desavenencias internas, luchas de liderazgo y, en algunos casos, cuando las ventas eran muy buenas, por dinero, por el reparto de las ganancias. Cuando hablábamos en Les Pères Populaires, todos se indignaban y se horrorizaban con la bajeza de los compañeros y compañeras que no entendían que se trataba de una acción colectiva y autogestionada, y no de una estrategia empresarial para obtener ganancias y repartirlas desde una lógica capitalista financiera. Creo que esa forma de comprensión es primermundista. Es fácil desde los privilegios pararse en un pedestal ético y criticar a quienes no pudieron mantener equilibrada su cabeza cuando empezaron a ver algo de dinero. Que no conservaron la ética inalterable, que no supieron cómo respetar los principios del proyecto como si fuera una piedra sagrada. Claro que es triste que un colectivo se pelee entre sí por cuestiones de plata, es feo que haya compañeros y compañeras que olvidan los principios y los objetivos ante el canto de sirena que les susurra el dinero entrante, pero no es culpa de ellos, sino del capitalismo. Y mientras sigamos responsabilizando a los nuestros por desviarse de la ética, por olvidarse de los preceptos básicos, los proyectos autogestivos van a seguir durando poco, porque la clave de la permanencia no es evitar que un compañero se equivoque y se tiente con las mieles del capital, sino evitar por todos los medios que haya otros compañeros que, por cualquier motivo, se suban a un pedestal de superioridad moral y ética y, desde allí arriba, miren al resto y actúen de forma vertical. Si alguien que nunca tuvo un peso se nubla cuando por primera vez en su vida ve algo de plata junta, no es culpa de él, sino de la vida que le tocó vivir, de la plusvalía, del dinero que nunca tuvo su familia, de la explotación que sufrieron todas las generaciones, de un mundo que exige tener para ser.

Pero también influyeron cuestiones de mercado. Tratamos de mantenernos por fuera de las dinámicas, al menos de las más violentas, que son las relacionadas con los altos niveles de actividad comercial. No queríamos perder el intercambio relativo de venderle a la gente de los barrios, que compraba en las ferias, en los puestos callejeros; y las transacciones entre iguales, entre trabajadores, que ofrecen sus productos a otros en su misma posición, no le corresponden a nadie y, mucho menos, a gente externa. No creemos en la abolición del mercado, sino en que dejen de regirlo y ordenarlo la burguesía especuladora y los poderes financieros, económicos, políticos, religiosos y militares. Pero en ese mercado más chico, más anárquico si se quiere, también tuvimos la invasión del capitalismo global, y en este caso terminaron ganando. Empezaron a venir repasadores manufacturados en países asiáticos muy pobres, que no importaba que estuvieran realizados con peores materiales, menos duraderos, menos aptos para secar, con diseños sin ángel, realizados en serie como quien hace latas de tomate, porque se vendían igual, ya que el precio era tan bajo que era imposible competir. Y no vamos a culpar a los vecinos que gastan un peso menos en repasadores. Empezó a haber menos proyectos, menos compradores, empezamos a perder mucha presencia en las calles. Perdimos también terreno en el mundo del arte, que ya perseguía nuevas tendencias, y el proyecto dejó de ser interesante y rentable.

En nuestro caso, además, el golpe final para dejar de hacer repasadores definitivamente fue que, de a poco, nos fuimos interesando en otro tema: los niños y la educación. En poco menos de un año y medio, tres compañeras quedaron embarazadas. A eso se sumó que dos hijas que Benoit tenía en Amberes, donde estaban con la madre, se volvieron. Ella se había colgado en uno de los muelles del puerto y él era la única familia que las niñas tenían. Nadie lo conocía mucho. Era, conmigo, el más viejo. El resto de los compañeros eran veinteañeros, a lo sumo alguno de treinta y poco, pero Benoit y yo estábamos en otra categoría. Nos llevábamos muy bien, siempre y cuando no habláramos mucho de él ni de su vida pasada. Aunque, cuando no se lo preguntabas, la conversación fluía y se sentía a gusto, largaba algún dato. Benoit era de Rennes, su padre era periodista y su madre, profesora. No sé si se murieron (creo que sí) o se distanciaron por alguna razón, pero Benoit se fue de la ciudad a los dieciséis años. Primero, probó en Nantes, donde trabajó en un depósito de madera en el puerto, pero no duró mucho porque tuvo un problema grave y escapó. Le oí decir algo de que mató a alguien para defenderse, que se metió con gente muy jodida y hasta que se fue tras un amor, pero son eso, rumores, pedazos de información. De allí se fue a Estrasburgo brevemente, porque un amigo lo convocó para trabajar en la cosecha de alcachofas, y, al poco tiempo, terminó en Alemania, creo que en Karlsruhe, donde se hizo camionero de larga distancia. Ese fue el trabajo que le duró más. Anduvo varios años en Alemania, recorriendo el país entero. Igual, según él, la Stasi lo tenía vigilado. A veces dice que injustamente; otras, que andaba en cuestiones complicadas que no me puede contar porque aún no caducaron, pero que se fue a Luxemburgo, se unió a una comunidad anarquista que no se andaba con vueltas, porque su objetivo central era el robo de bancos y llegaron a dar varios golpes. Pero en uno murieron un par de compañeros, él se deprimió, se alejó de la comunidad y se instaló en Bruselas. Ese es el lugar en el que estuvo más tiempo y en el que, creo, se sintió mejor. Vivió en una pensión en la Rue de Lisbonne, donde conoció a unos árabes con los que estuvo en unas movidas extrañas con algo relacionado con armas y grupos rebeldes, contrabando con África y otras cosas de esa índole. Y en una manifestación conoció a Thierry, que era un adolescente hijo de una uruguaya exiliada, que lo invitó a vivir en una casa ocupada. Benoit dudó porque era mucho más grande e imaginaba que todos en la casa iban a ser adolescentes, pero fue, conoció el lugar, que quedaba cerca de la estación sur, encontró gente de todas las edades y de varios lugares, y se instaló. Allí encontró cierta tranquilidad y la estabilidad que nunca había tenido y necesitaba. Consiguió unos trabajos de mala muerte, pero pronto descubrió que, si no trabajaba, podía cobrar subsidio de desempleo. Y que, al vivir en una casa colectiva, ese dinero le alcanzaba. Lo único que tenía que hacer era arruinar las sucesivas entrevistas de trabajo que el Estado le conseguía, decía incoherencias para fingir demencia, comentaba que se drogaba mucho, llegó a decir que lo habían echado de su último trabajo por asesinar al gerente. Nunca lo tomaban y, cuando iba a la Oficina de Empleo, decía que no sabía lo que pasaba, pero que no le daban trabajo, y así le renovaban el subsidio una y otra vez. En su tiempo libre empezó a escribir. Probó con unos cuentos, una novela, que publicó con una editorial propia que instaló en la casa pero que duró muy poco, y luego se dio cuenta de que lo que le interesaba eran los ensayos sobre historia. También encontró un trabajo en un periódico, como su padre; le gustaba ser periodista y no lo sabía. Les pidió a los del diario que no lo ingresaran al sistema laboral para no perder el subsidio, y estos, acostumbrados a que hubiera trabajadores con ese pedido, accedieron.

Vivía para eso, se la pasaba en la redacción o en la calle llevando una vida de periodista a tiempo completo. Allí conoció a Adriana, una brasileña estudiante de cine que, para bancarse la carrera, trabajaba en el diario haciendo crítica de cine y de teatro. Vivieron juntos un tiempo en la casa comunitaria, donde ella armó un colectivo de cine que rodaba documentales con bajo presupuesto. Al tiempo quedó embarazada, y nació Delma. Poco después quedó embarazada de nuevo, y llegó Sisleide. En la casa comunitaria el clima no era el mismo, porque algunos de los que habían entrado tenían problemas de drogas y, aunque ese no era el conflicto, ya que cada uno podía hacer con su cuerpo lo que quisiera, los *dealers* que los proveían se pasaban todo el día metidos en la casa. Y ellos sí eran gente complicada. Decidieron alquilarse una casa en las afueras de la ciudad, en Oppem. Por esos años, uno de los temas de los que se hablaba era del Informe Tindemans, un trabajo que los gobiernos europeos le habían encomendado al primer ministro Leo Tindemans para encontrar alternativas y nuevas ideas sobre el rumbo a tomar en cuanto a la integración regional. El informe fue celebrado por todos y Tindemans fue tomado como un europeísta de gran valía. Pero Benoit comenzó a encontrar muchas irregularidades en el proceso de elaboración del informe. Fue publicando en el periódico una serie de notas sobre lo que iba descubriendo. Y, como sucede en estos casos, a medida que publicaba información, aparecía nueva y cada vez más grande. Un día, le llegó una relacionada con coimas y sobornos que daban cuenta de bancos e integrantes del poder financiero más grande y oculto presionando para que en el informe se reforzara la idea de la moneda única y otras medidas que favorecerían a esas partes interesadas. Parecía un caso enorme y Benoit se lo tomó con calma. Investigó, apretó a sus fuentes, porque no quería dar un paso en falso. Pero, con el tiempo, la calma desapareció y terminó obsesionado. Tenía la nota terminada. Era una serie, con testimonios y pruebas. Iban a rodar cabezas, porque mucha gente de la involucrada eran personas importantes del poder político y económico. Hasta la realeza estaba metida. Una noche, mientras dormían todos en la casa, sintieron un ruido fuerte. Una bomba molotov había roto la ventana del cuarto donde dormían sus hijas. La habían tirado desde una moto dos hombres, que antes de irse le gritaron una advertencia. Algo así como que dejara de meterse donde no tenía que meterse y que no publicara nada. No hubo que lamentar heridos, el fuego se apagó rápido, pero las niñas quedaron en estado de shock y a Vincenzo, el perro, que dormía a los pies de la cama, se le quemó una parte de la cola y lloraba. Adriana dio por descontado que Benoit no iba a publicar la nota. Pero no fue así. Discutieron un montón, le explicó que por una nota no podía poner en peligro a las niñas, pero Benoit no escuchó. Para sorpresa suya y no tanto del entorno, que no tenía mucha confianza en que la denuncia llegara a mayores, el aparato en torno a los poderosos involucrados los blindó, desarticularon con mentiras las denuncias de la nota, desautorizaron los testimonios y con poco lograron deslegitimar su trabajo. Benoit, en un arrebato de ego dolido, en lugar de conformarse con haber publicado, redobló la apuesta y anunció a través de las páginas del periódico que iba a difundir unas fotos y una transcripción de una escucha ilegal que involucraba directamente al director del Fondo Europeo de Cooperación Monetaria, al propio Tindemans y a unos ejecutivos de bancos portugueses metidos en la venta de armas y el contrabando, lo cual corroboraba su denuncia. En un día, el siguiente al adelanto, se precipitaron los hechos. Una bomba derrumbó parte del edificio del periódico, lo que resultó en decenas de heridos, atacaron a tiros con armas de grueso calibre la casa de Benoit y dejaron por debajo de la puerta fotos de sus hijas durmiendo sacadas desde dentro de la propia casa. Adriana agarró a sus hijas y se fue de Bélgica. Benoit fue secuestrado por una camioneta; no le hicieron nada, pero lo tiraron desnudo en un río helado. Cuando volvió a casa, no encontró a sus hijas, solo recibió un llamado del director del diario que le decía que no les quedaba otra opción que desvincularlo de la plantilla.

Benoit se quedó unas semanas más investigando y buscando un medio que le quisiera publicar el material, pero nadie se animaba. Localizó a Adriana y a sus hijas, gracias a un amigo que tenía en el gobierno vinculado a la gestión de los pasos fronterizos. Se habían ido a Rotterdam. Benoit fue hasta allí, tuvo un momento de alegría al reencontrarse con su familia, intentaron con Adriana retomar la relación, quiso insertarse en Rotterdam, pero nunca pudo. Empezó a tomar mucho alcohol, a consumir drogas, estaba tremendamente deprimido, no le gustaba la ciudad, extrañaba su trabajo de periodista. Y una noche, cuando tuvo el impulso de tirarse de un puente, resolvió que tenía que irse, aunque eso implicara dejar a su familia, porque, si seguía con ellas, les iba a hacer daño. Agarró sus pocas pertenencias y se fue. Vagó por África y Asia, Ámsterdam, Koln, Stuttgart, Niza. Y en París se encontró de nuevo con Thierry, quien lo invitó a una comunidad que estaban formando. A Benoit le pareció que podría ser una forma de volver a una vida anterior que recordaba con felicidad. Y así terminó en La Graine. Cuando se sintió mejor, le escribió una carta a su familia y ellas le contestaron, lo que derivó en un intercambio de cartas relativamente amistoso. Seguía el crecimiento de sus hijas, ellas le compartían cosas de su vida, le mandaban fotos. Le contaron que se iban a ir con su madre a Amberes a filmar un documental, y lo que iba a ser por un poco tiempo fue definitivo, porque Adriana se enamoró de un actor de allí y se quedaron. La última carta que recibió de Amberes fue del servicio social: Adriana se había suicidado y las niñas quedaban a su cargo.

Dilma, Sisleide y los embarazos de otras compañeras nos cambiaron los planes. En las primeras reuniones demostramos una inmadurez de razonamiento y un completo corrimiento de la lucidez necesaria para seguir nuestros principios, algunos se negaron a que vinieran las niñas, otros querían plantearles a las madres embarazadas que se fueran o se planteó la posibilidad de cerrar la comunidad. Luego, con las sucesivas reuniones fueron surgiendo posiciones mucho más refinadas, complejas, en el buen sentido de la complejidad. Fuimos entendiendo que una comunidad como la nuestra, que lucha por un nuevo mundo, un mundo distinto, otro sistema, una nueva forma de entender al hombre, a la mujer, al trabajo, al dinero, al sexo, también tenía que buscar una nueva forma de entender la niñez, la crianza y la educación. Primero, decidimos que íbamos a aceptar a las niñas y permitir que las embarazadas se quedaran. Pero siempre buscábamos algo más. Era la chance de llevar nuestro proyecto político hasta las últimas consecuencias. Planteamos que, si los niños y sus madres y padres se querían quedar, tenían que renunciar al concepto tradicional de *madre*, *padre* y *familia*. Siempre nos pareció un disparate que cuestiones tan importantes para una comunidad, como la educación, la alimentación, la crianza, el crecimiento y el desarrollo de un niño o niña, quedaran en manos de dos personas como lo son un padre y una madre. Era una injusticia con esos padres, una vergonzosa lavada de manos de la sociedad, que, por una cuestión de comodidad, elegía no hacerse cargo de lo que toda comunidad que se precie de tal debería hacerse. Creíamos que, con el paso de los siglos, las familias se habían transformado en pequeñas células aisladas de la comunidad. En cambio, nosotros queríamos una comunidad involucrada, donde lo colectivo no era solo un slogan para creernos mejores que otros, sino un hecho concreto, una nueva forma de entender el mundo; o quizas no tan nueva, porque tomaba cuestiones que, por ejemplo, están presentes en la naturaleza desde tiempos inmemoriales. El desarrollo y crecimiento de una persona es un hecho colectivo, dado que se trata de un proceso en el que un ser humano crece y aprende a vivir en comunidad, así como de una comunidad que también crece y aprende en el proceso de acompañar a esa persona en su desarrollo. Privilegiar los procesos. En el capitalismo lo más importante es el resultado, no importa cómo se hicieron las cosas; en la autogestión colectiva es al revés. Queremos dinamitar la noción egoísta e individualista de *familia*, entendida como una chacra alambrada, como una empresa que compite contra otras en la soledad de sus cuatro paredes, como una cuestión de supervivencia de mercado. Creemos en la familia, pero en una nueva, colectiva y horizontal, de consensos, donde cada decisión se tome en asambleas en las que ninguna opinión tenga más peso de antemano que otra. Costó mucho convencer a las madres del trato. Se conformaron comisiones, de salud, de educación, de valores, de convivencia, de cultura, de alimentación, que se iban a encargar en el día a día de llevar adelante las cuestiones decididas en plenario y de informarle a este, en cada una de las asambleas, sobre el avance de los niños. Así fue cómo un día nos encontramos con que no habíamos estampado ni creado ningún repasador, y ahí nos dimos cuenta de que, casi de forma natural, esa parte del proyecto había muerto.

Almuerzo de sábado en lo de Manuel Neves. El día empieza temprano porque vamos a la feria de Bastille. Compramos frutas, verduras, hongos, flores y vino. Nos acompaña Florinda, una artista belga hija de argentinos que solo compra baguetes.

La noche de la inauguración de la muestra de Rimer en la embajada uruguaya terminó tarde en un restaurante caro cerca de Champs-Élysées; estábamos Rimer, una amiga suya, dentista, radicada en Estados Unidos, el embajador Jure, Manuel Neves, Leonor y yo. Con Manuel nos vimos por primera vez en la embajada, no nos conocíamos personalmente, pero él justo en esos días estaba leyendo el libro de Leonor, y por eso nos pusimos a charlar. Vimos la muestra y salimos al patio de la embajada a fumar y tomar vino. No imaginábamos que una embajada uruguaya pudiera estar tan buena. Es una casa enorme, antigua. Según el embajador, es de las primeras embajadas de ese barrio, que ahora está lleno de representaciones internacionales. Nos preguntamos por qué no hacen más actividades con artistas uruguayos, por qué no habilitan un sector para que algún artista pueda quedarse en residencia. Nos fuimos quedando mientras hubo vino. Al final, con los que quedamos fuimos a un restaurante cercano, porque el embajador nos invitó a cenar. Esa noche Manuel nos dijo que el sábado nos esperaba en su casa para almorzar.

Destino: Vanves. Caminar hasta Saint Paul, metro hasta Champs-Élysées-Clemenceau, después otro hasta Malakoff. Manuel está preocupado por que lleguemos en hora. Al bajar, están Rimer y él esperándonos. Vanves es un barrio de casas bajas, salvo por el edificio de Hachette, que está totalmente fuera de contexto. Es una zona alta y se pueden ver otros barrios a lo lejos. Manuel explica que son barrios obreros, principalmente Malakoff, que está del otro lado de la estación, absolutamente identificado con el comunismo y el anarquismo. Manuel vive con su esposa, francesa, y su hijo.

Hablan y me quedo callado porque no quiero perder detalle de lo que dicen. Leonor cree que me siento incómodo, pero es simplemente una postura atenta. Rimer habla de Fonseca. Cuenta cómo siempre fue un tipo modesto y austero. Cuando vivía en Nueva York, a veces no lo dejaban entrar a los *vernissages* porque pensaban que era un linyera, hasta que el artista lo reconocía y lo dejaban pasar. Relatan cómo se compró un rancho muy humilde en Carrara, desde donde podía utilizar el mármol tan preciado. Cuenta que una vez iba con Fonseca por Nueva York y se encontraron con Tadeusz Kantor y su compañía, y que todos pararon a saludar y sacarse fotos con Fonseca. Al parecer, se habían conocido a través de Igor Mitoraj, escultor que tenía un taller vecino al de Fonseca en Pietrasanta, quien a su vez había sido alumno de Kantor en Cracovia, y, desde ese momento, para ellos Fonseca era casi un maestro.

El vino y la cantidad de datos e historias me empiezan a transportar a cadenas de reflexiones que se unen rápidamente, y me ausento. Dudo de lo que pienso. El pensamiento no puede ser un territorio cómodo, pero uno a veces necesita el confort de saber lo que piensa sobre las cosas. Una postura, una ética, una estructura de creencias, valores e ideas, sobrevalorado en la actualidad, donde muchas veces se destaca la versatilidad, la flexibilidad, la capacidad para adaptarse a los cambios, en lugar de la rigidez.

Dudo de mi escritura. Por qué un libro debería ser la culminación del proceso de búsqueda de algo, de una verdad, de una perfección, de la belleza. Por qué la novela debería ser el resultado y no la forma en que se llega a ese resultado.

Ya afirmé mil veces que escribir es un trabajo, que el dinero es necesario para la vida, pero que los artistas tenemos vedado pronunciarnos sobre el problema a riesgo de considerarnos unos peseteros, unos frívolos.

Dudo de mis pensamientos. Sigo creyendo en esto, pero ya no de forma inexorable, inclaudicable. Después de toda mi defensa de la profesionalización y mi ataque al hobby, y de preocuparme mucho más por la precarización laboral que por lo que escribo, me doy cuenta de que, cuando todo eso se calla, extraño lo otro, no pensar en el proceso o el producto como un bien de cambio que estoy negociando, ni en mi trabajo como parte de un proceso de crecimiento y desarrollo de eso que podría llamarse *carrera del escritor*.

Por un lado, profesionalizarnos no es más que una lucha para integrarnos a un sistema económico laboral que, más tarde o más temprano, también nos va a precarizar o a explotar. Para que esto suceda, el escritor tiene que empezar a tomar en cuenta factores ajenos a los intereses primarios sobre el placer y la escritura. Es como entrar a la bolsa de valores. Mantener esa carrera no es nada sencillo, hay que trabajar cada día para cotizar alto, pasar un tiempo sin recibir atención o sin estar en la luz, es desaparecer y hacer que las acciones bajen.

Escribimos libros y después hay un tiempo en que estamos visibles, nos hacen notas, reseñas, nos invitan a lugares; pero eso no se puede cortar, aunque sea el proceso natural de un libro. Entonces, hay que dar talleres, hacer columnas, participar de cuanta actividad haya, tener una presencia fuerte en las redes. Y, aunque suene raro, muchas veces estas cosas no se hacen por dinero, no es para que los autores agarren un peso más, o, al menos, no es directamente para eso; lo que importa es que las acciones de esa carrera no caigan. Y esa carrera tiene pasos que, como toda actividad capitalista, son pasos en ascenso, que no permiten de ninguna manera que se frene ese desarrollo ascendente. Después de todo esto, y si se escribe medianamente correcto, es posible que el autor pueda vivir de lo que hace o, al menos, estar cerca de eso. Pero a qué costo. Porque este protocolo que se debe hacer cambia invariablemente la relación que esa persona va a tener con su creación.

No se acepta un mal libro, un mal momento, un capricho. Escribir de lo que tengas ganas, de la forma que quieras, porque no es lo que el mercado está esperando. De mí no esperan mucho, y tengo suerte, quizás, porque soy de un país que no se siente latinoamericano. No se espera de mí que escriba retomando el *boom* ni sobre narcotráfico, violencia, populismo, racismo ni pueblos originarios. Pero, a pesar de eso, hay un *deber ser*, y hay que respetarlo. Solo se respetan disidencias si entran en la lista de las permitidas, las que pueden volverse rentables.

Da mucha rabia que en Uruguay a quienes escribimos nos vaya tan mal, que con suerte vendamos quinientos libros, que los medios no repliquen, que ningún evento de ningún país del mundo nos invite; pero que se espere tan poco de nosotros, importarle tan poco al sistema, hace que podamos escribir con una libertad absoluta. Porque, en el peor de los casos (que lo que escribas no guste), vas a vender ciento cincuenta en lugar de quinientos y, en lugar de tener dos reseñas elogiosas, vas a tener una mala y una más o menos, reseñas que no leen más de treinta personas, de las cuales veintiocho no pensaban comprar tu libro ni recomendarte. Escribir acá es morir de indiferencia, no vamos a trabajar nunca de eso, no vamos a integrarnos a un sistema regional, a una red; nadie de otros países nos va a leer ni a proponernos cosas interesantes. Pero, por lo menos, somos tan invisibles que podemos hacer cualquier cosa. Y me da pena que no lo aprovechemos y que se multipliquen escrituras que buscan el respeto de la hegemonía bien pensante, una tradición que sostiene y designa a dedo aquello que, según su control, es baja o alta cultura. Y otras que buscan imitar novelas que han vendido bien en el primer mundo, con reflexiones higienizantes que no hacen más que homogeneizar discursos para premios y distinciones que perpetúan el poder simbólico del orden. Un primer mundo que solo se ha interesado en lo diferente cuando tiene la posibilidad de saquearlo para su beneficio o de exotizarlo.

Caracas[17]

Los chicos de la banda me hablan de Eduardo Galeano. La idea que tienen de Latinoamérica es la que escritores como Eduardo le inventaron. Yo les digo que ni es falso ni es verdadero, es la Latinoamérica de Galeano, punto. Conozco mucha gente a la que a esta altura Eduardo le está cayendo pesado. Hace tiempo vengo pensando en él y lo que me cuentan.

La mayoría de la banda y de la compañía no cruzaron en el barco, se sumaron al llegar a tierra. Yo sí hice la travesía. Después de muchos años, vuelvo a mi tierra, porque siento que mi tierra es el continente. Me pregunto mucho también por esta noción tan extraña de la pertenencia, de la identidad, de la nostalgia.

Quizás Eduardo se haya vuelto demasiado simple, en el mal sentido, la anulación total de complejidad, de grises, de cosas que parecen ser, pero no son. Y la historia es un verdadero enchastre, donde todo puede ser una cosa y muchas más. Pero le reconozco su mérito. Cuando escribió *Las venas abiertas de América Latina*, los únicos que hacían algo similar lo realizaban puertas adentro de los claustros y los cenáculos académicos.

Seguían dando la lucha simbólica en un pequeño círculo, pero el mundo había cambiado. Cuando surgieron, las naciones latinoamericanas fueron dirigidas por una clase dirigente reducida, con nulo aporte del

---

17 Intuyo que esta parte fue escrita en el viaje que realizó junto a Mano Negra, pero con Mirtha nunca se sabe.

pueblo. En el correr del siglo, las masas adquirieron un protagonismo mayor, por lo que seguir pensando que se podía dar la pelea en los círculos acotados fue un grave error, que, por supuesto, no cometió la derecha ni los fascismos ni los imperialismos, que entendieron que había que lograr que a las masas les llegara su mensaje. Eduardo se dio cuenta de que podía adaptar ese discurso, extremadamente complejo y largo de explicar, no a las clases populares, que seguían sin acceder a libros y que a veces no sabían siquiera leer, sino a la incipiente clase media urbana, que comenzaba a tener un rol central en la vida de las naciones. Dio la batalla por la hegemonía simbólica en las clases medias, usando las mismas simplificaciones y lenguaje directo, separando todo en buenos y malos, en blancos y negros, como hacían los *mass media* y los medios que respondían al poder.

En casos como el de Uruguay, que una clase media comience a interesarse en lo que pasa en la Amazonia, en los desiertos de Perú, de Chile, en las minas de Bolivia y México, la explotación, la contaminación, la complicidad de clases dirigentes locales con un poder colonialista o el avasallamiento de las comunidades indígenas, y que eso se integre a sus temas de conversación y sus acciones, es un mérito de su obra. Y es mucho más importante que lo que se podría decir de muchos de nosotros, que a veces seguimos tonteando en los mismos dilemas estéticos, mientras el contexto se prende fuego.

Pero, claro, ahora el primer mundo cree que Latinoamérica es eso, un territorio idílico, realismo mágico, dictaduras, donde todo se divide en buenos y malos.

Y, si uno está del lado de los buenos o, al menos, empatiza con ellos, milagrosamente el colonialismo es menos grave. Los europeos no entienden que no alcanza con leer a Galeano y hablarle bien a una chola en Bolivia. Es necesario, después de Galeano, que alguien tome la posta y comience a escribirle a ese público cautivo, con un poco más de profundidad, y quizás también de dureza, porque a veces Eduardo se pasa de edulcorado y te habla de la tortura de indígenas ejercida por unos empresarios mineros como si fuera un poema de Amado Nervo.

Bogotá

Latinoamérica es un problema complejo. El latinoamericanismo, el sentirse parte de algo más grande. Un destino colonialista en común, un tercermundismo que nos atraviesa y nos une. Y un continente, un lenguaje, un territorio.

Ahora, la pregunta es qué hacer con ese latinoamericanismo. ¿Es simplemente sentir la pertenencia? ¿De qué nos enorgullecemos? ¿Cuáles serían nuestras particularidades, nuestras características propias?

Quizás, entender que cumplimos un rol fundamental en la tierra. Poseemos las reservas de agua, oxígeno y minerales que abastecen a gran parte del primer mundo. Solo con eso alcanzaría para ser respetados y tomados en cuenta. En un mundo normal, deberíamos tener poder de decisión sobre los grandes temas de la humanidad, porque sin nosotros nada funciona. Sin embargo, no hemos podido salir del rol de los peones del mundo, los empleados domésticos, la mano de obra, la materia prima, el patio trasero, el establo. La obscenidad de lucir riqueza y poder de los países que se consideran ricos y poderosos, a costa de los recursos latinoamericanos, no es cuestionada por nadie.

Pero ¿por qué nos encontramos en cualquier parte del mundo y nos atraemos? Vivo en Francia hace décadas y me sigue emocionando toparme sin querer con un latinoamericano. Quizás por esa extraña conexión que genera el dolor. Nos duelen y nos dolieron cosas parecidas. Y a los uruguayos, que pensábamos que esos dolores eran cosas ajenas y lejanas, el Plan Cóndor vino a despertarnos de nuestro sueño europeo y a ponernos en la misma bolsa con aquello que mirábamos por arriba del hombro.

No sé. Sigo sin entender qué es eso que llamamos *Latinoamérica*.

Cartagena

No sé si conviene seguir pensando en el territorio como lo venimos manejando. Solo el hecho de asumir que esas nociones de *patria, nación, territorio, fronteras* y *banderas* son de un momento de la humanidad en que trasladarse de un lado al otro era casi imposible e improbable para la mayoría de la población mundial hace que, por lo menos, demos espacio a la posibilidad de que, quizás, debamos revisar todo.

Pasaron guerras, cayeron imperios, se reconfiguró el colonialismo, se movieron las fronteras, la Tierra gira, los polos se deshielan y la gente se mueve, más que nunca. Los contadores de población de cada lugar no mantienen sus cifras más de medio segundo. Los países no tienen solo una bandera, las personas no tienen solo una patria o una nacionalidad, las fronteras ya no son una línea.

¿Qué es, entonces, Latinoamérica si todo esto se pone en cuestión? Una patria espiritual, una energía que nos atraviesa, un pedazo de piedra que cargamos siempre en la mochila.

Nunca me sentí más latinoamericana que desde que llegué a Francia, por más que todo lo que escriba sea en francés. Nunca me importó más que lo que pasaba en Uruguay y, dentro de Uruguay, lo que pasaba en el entorno inmediato a la capital. Y, dentro de Uruguay, lo que pasaba pegado al suelo, en la parte de arriba, ni el aire ni el subsuelo ni el agua. Pero al llegar a Francia pude ver lo que dejaba atrás. Latinoamérica quizás existía, como la Atlántida. Y era más que una idea, era pampa expandida, era cordillera, era ríos bajando al mar, era tormenta, presente, pasado, fauna y flora, sonidos, música, muertos enterrados, ciudades construidas sobre cadáveres aún calientes, era una lengua, muchas. Un código en común que aún no hemos podido decodificar.

Es probable que la historia de Latinoamérica no se deba contar en clave épica, documental, realista, naturalista. Quizás, la mejor forma de contarla sea a través de géneros pararrealistas, terror, ciencia ficción, mística. La historia de algo invisible, de energías, de flujos, de telepatías y fantasmas, de demonios y santos, de ideas y supersticiones, de muertos vivos y criaturas mitológicas, de espectros y espíritus. De cosas incomprensibles, pero no a través del realismo mágico, que de mágico no tiene mucho y sí de realismo, sino a través de lo inexplicable, lo intraducible. Quizás, la novela latinoamericana deba ser un intento vano e infinito de decodificar una lengua imposible, de comprender un mapa estrafalario, un portal a lo oculto y terrible.

Santo Domingo

Nuestras naciones se edificaron en base al parricidio. Es inútil negarlo.

Quienes llevaron adelante las gestas de independencia fueron los propios descendientes de los colonizadores, en su mayoría españoles. Podríamos pensar, a la hora de marcar la identidad, en dos procedencias: la de la sangre y la de la tierra. Si tomamos la de la tierra, efectivamente la mayor parte de los independistas eran nativos del lugar que estaban intentando independizar del poder colonial español. Pero, si el criterio es la sangre, no. En ese caso, estaríamos hablando de parricidio. Hijos independizándose del padre al matarlo simbólicamente y, en algunos casos, físicamente. Las naciones latinoamericanas se construyeron sobre los cadáveres de padres contra hijos, la sangre vertida era la misma. En la más icónica de las tragedias griegas, *Edipo Rey*, de Sófocles, lo que marca el parricidio no es el lugar de nacimiento, sino la sangre.

Nuestras naciones no son latinoamericanas. Son españolas de otra generación, fundadas por españoles enojados con sus padres. Establecidas, forjadas y, luego, durante siglos, moldeadas según el modelo del cual se pretendían despegar.

Latinoamérica es el territorio parricida por excelencia. Latinoamérica sigue siendo una colonia que solo cambió de dueño por puro berrinche y necesidad de despegarse del padre.

Río de Janeiro

A veces, es insoportable la mirada de lástima con la que el primer mundo nos mira. No necesitamos la lástima, sino el respeto. Quizás, los latinoamericanos migrantes hemos contribuido a eso. Alimentamos esa lástima, hacemos crecer lo que nos daña. Porque seguimos actuando esa farsa y yendo a lugares a dar pena, a que el primer mundo se compadezca, nos tire unas monedas, nos palmee la espalda y, de paso, nos infantilice. Porque, en definitiva, de la lástima a la infantilización hay un paso y, una vez que se da, el paternalismo está consumado.

Y una cosa es la denuncia, que el arte sirva para que se haga público lo que algunos poderes no quieren que se sepa, y otra es usar el dolor de pueblos enteros para volverse una víctima rentable. La diferencia es mínima, la línea que las divide es casi imperceptible, pero es claramente posible distinguir una actitud de otra. La primera es valiente, la segunda es colonialista.

San Pablo

Latinoamérica es también una construcción simbólica de las academias y los centros de poder. Una vez que se construyó como objeto de estudio o referencia, la forma en la que se abordó fue utilizando modelos epistemológicos hegemónicos, creados justamente por un poder colonial.

Incluso con buena voluntad, la dicotomía colonizado-colonizador, si es pensada con las bases estructurales predominantes, va a seguir reforzando lo que quizás criticamos. Y vaya si el pensamiento moderno basó toda su estructura en esta dialéctica.

Entonces, ¿cómo escribir sobre el colonialismo, en una disciplina como la literatura, cuyas estructuras hegemónicas están configuradas de esa forma luego de siglos de historia? Porque, salvo excepciones, todos nosotros, desde los más evidentes defensores de la tradición occidental hasta los más pretendidamente experimentales, rupturistas y buscadores de una nueva forma de pensar el conocimiento, trabajamos con base en lo que la hegemonía dicta y el mercado pide.

Montevideo

Vuelvo a Montevideo luego de tantos años. No le dije a nadie que estoy acá, no intenté comunicarme.[18] La ciudad

---

18 Por otros textos que pude encontrar, Martha visitó brevemente a Lucy Parrilla, Mario García y a Cabrerita en

está deshecha. Nadie lo ve. Parece un escenario de posguerra. Mucha pobreza, estado ruinoso de las calles y los edificios, delincuencia, hambre, violencia. Todos, pobres y ricos, tienen un aspecto desarreglado, poco saludable. Imagino que esa tonta aspiración de la clase media y alta de ser una parte de Europa en Latinoamérica quedó en el camino ahora que ya no somos ni la Suiza de América ni la tacita del Plata ni la democracia modelo ni el pequeño milagro de estabilidad y civilización. El capitalismo no permite esas excepciones y corta de manera gruesa. Por acá los ricos, por allá los pobres. Uruguay se ve en el espejo que nunca quiso mirar, somos pobres, también a nosotros nos saquearon. Por fin vemos que somos más latinoamericanos de lo que pensábamos.

Interactúo con jóvenes en las actividades de la banda. Nos vamos después de los espectáculos a tomar algo por ahí. Hay un nuevo joven, que atraviesa las clases y que sí se siente latinoamericano: el hippie. Ya no los hippies lisérgicos de los sesenta, sino otro tipo de hippie. Gente que se cuestiona cosas, que se hace preguntas y que intenta mantenerse por fuera del sistema. Son más austeros, no compran ropa nueva, no van a los lugares de moda, no tienen coche ni viajan al exterior, ni siquiera van a

---

Santa Lucía, donde vivía al cuidado de una familia del pueblo, en lo que serían sus últimos meses de vida. Todo parece indicar que la experiencia del reencuentro con sus amigos y con la ciudad fue demasiado removedora para ella, ya que recién pudo escribir algo sobre esto mucho tiempo después.

la peluquería. Se visten con lo que tienen, usan colores marrones o rústicos, usan lana, pana, jean. Recuperan a los viejos cantores de protesta, más otros como Silvio Rodríguez o Chico Buarque. También escuchan reggae. Fuman marihuana, prenden inciensos, son más espirituales. Son de izquierda, pero descreen de la política. Escuchan murga y candombe. Toman espinillar y grapa con limón. Consumen música mayormente en español, van a ver películas a Cinemateca, veranean en la costa de Rocha. Venden artesanía en Villa Biarritz. Leen. Todos conocen a Galeano. Se lo pasan de mano en mano porque no tienen plata para los libros. También leen a Castaneda y a Bukowski. No lo saben, pero son de los primeros uruguayos que, de forma más o menos general, uno, se sienten latinoamericanos, creen que somos parte de eso, aunque no sepan muy bien cómo definirlo; y dos, saben que en Uruguay no somos hijos y nietos de europeos, no bajamos de los barcos, sino que hubo comunidades antes que los españoles, con los que también tenemos cosas en común, aunque lo hayamos negado.

No sé cuánto durarán ni en qué se transformarán. Pero son muchos, tienen sus propias dinámicas y, si bien en su mayoría son de clase media, hay gente de todas las clases. Esta gente está fascinada por Mano Negra y su llegada. Conectaron de manera instantánea con la propuesta de los muchachos y con su forma de ser. Y me consta que fue mutuo. Se asumen por fuera de cierta normalidad y, cuando dicen *normalidad*, creo que se refieren a la tradición uruguaya previa a la dictadura, pero también son muy uruguayos. Quizás estemos frente a una nueva forma de entender la uruguayez, vaya uno a saber si serán solo unos locos sueltos que hacen lo que pueden en un país en ruinas. Pero la normalidad, esa gente que sigue defendiendo la vieja tradición, los grandes medios, la academia, gran parte del arte, no se ha enterado de que las cosas cambiaron; y en ese gesto hay mucha tragedia, creen que habitan un lugar muy distinto al real. Estos nuevos hippies, a pesar de que parecen bastante volados, son los únicos que asumieron que Uruguay es el culo del mundo, un país tercermundista, minúsculo, rodeado de dos gigantes, inventado por el interés británico y abandonado a su suerte cuando ya no les servimos para nada.

Buenos Aires

No soy hispanófila, procolonia, monárquica. Pero, quizás, debamos dejar de hablar de Latinoamérica como algo más que una idea. Porque, por más que en nuestro continente exista una diversidad enorme de etnias, lenguas, poblaciones originarias, indígenas y demás, mientras el poder lo sigan teniendo los descendientes de europeos, mientras las leyes, el arte, la lengua, la cultura, la economía, la organización de las naciones, la ciencia, el conocimiento, el patrón de medida, la astronomía, los estándares de belleza, la forma de vincularnos, la alimentación, la vestimenta, en fin, en tanto Latinoamérica siga siendo un cúmulo de naciones gobernadas por descendientes de los colonizadores y configurada como las naciones colonizadoras, solo será un concepto vacío, una palabra-fachada, que en realidad oculta que seguimos siendo una colonia.

En este sentido, ¿quién soy yo para hablar de un continente que no me pertenece? ¿Quién soy yo para opinar sobre lo que es o no es Latinoamérica, sobre lo que debería ser, sobre lo que nos define? ¿Cómo puedo mirar a los ojos a los habitantes legítimos de estas tierras y decirles que este lugar también es de ellos, que debemos convivir, pero que, en realidad, no es de ellos, sino nuestro?

De nuevo, ¿qué define la identidad?, ¿el lugar donde se nace, donde se cría, o la sangre? Siempre la sangre complicando todo.

Buenos Aires II

No sé si hay una forma de escribir característica de los latinoamericanos. No sé siquiera si alguien cualquiera puede construir una forma distintiva de escribir o en realidad es algo más complejo.

Pensemos que, hasta no hace mucho, porque cincuenta, cuarenta años en la historia de una comunidad no es nada, las formas literarias aceptadas y hasta permitidas eran las provenientes de los centros de poder, que nunca son latinoamericanos. Y en esos años, además, los lugares que se volvieron capitales de la literatura latinoamericana (no solo en creación, sino en industria y, por lo tanto, también en las construcciones de hegemonía) fueron, por un lado, Buenos Aires, una capital que históricamente negó todo rasgo latinoamericanista y se sintió siempre una ciudad europea insertada en otro lado, y, por otro, México, un lugar que siempre aspiró a ser algo que no es. Y después está el *boom*, pero gran parte de sus escritores fueron acérrimos defensores de la tradición europea (Vargas Llosa, por ejemplo). Además, se trata de un fenómeno bombeado por Europa, hecho por periodistas o académicos de clase media, urbanos. Pensemos que estamos escribiendo en una lengua importada, que aprendimos a escribir leyendo literatura importada, que fuimos criados con la idea de que la literatura es algo determinado por otros y de que lo que no es así no es literatura.

Entonces, ¿dónde leer la otra literatura? ¿Cómo encontrar editoriales que se animen a publicar esas otras formas, academias y prensa que se animen a leerla y a pensar modos distintos de decodificarla, y, al final, nuevos autores que sientan que pueden escribir de la manera que quieran porque la literatura no es algo cerrado, no es un conjunto de reglas básicas, que la literatura es lo que cada uno quiere que sea?

Me gusta el *boom*, hay cosas que me interesan mucho, como Donoso, Puig, García Márquez, Rulfo. Pero no puedo negar que me da un poco de rechazo que sea un fenómeno legitimado desde Europa. Que sean de nuevo los centros de poder quienes dicen: «Bueno, ahora sí, la literatura latinoamericana existe y es buena. Y, es más, así debe ser, siguiendo estas reglas, si no, no es». Y cuando deciden que eso termina, termina. Y diagnostican que la literatura latinoamericana está en una meseta, en un pozo, que no pasa por un buen momento. Y mañana, quizás, de nuevo nos den la venia y nos digan: «Ahora sí, volvió la buena literatura latinoamericana y así debe ser, y lo que no es así no es». Y el ciclo es interminable.

Ahí el problema es nuestro. Los centros de poder no necesitan la aprobación de otros lugares para existir. No veo a la literatura española pendiente de si en Chile la consideran un fenómeno o creen que está en un buen momento, ni a la literatura francesa demasiado desvelada por si en Surinam o Senegal consideran que está viviendo un *boom*.

Deberíamos asumir que pensar la literatura, o el cine, las artes plásticas, el teatro o la música, como una sucesión de mesetas y *booms* es tonto y mercantilista. Pero, si no vamos a tener opción, ¿por qué no podemos generar el sistema necesario para legitimarnos a nosotros mismos, para determinar nuestros procesos, para administrar nuestros cánones, para (si es que seguimos tan empecinados en esta tonta tarea) definir nosotros mismos lo que consideramos literatura y lo que no? Y la respuesta, luego de ir despejando como en una ecuación, siempre termina en el mismo lugar: el dinero.

La legitimación de los centros de poder deviene en ingresos económicos, mueve plata, abre puertas que solo el mercado sabe abrir. No se trata exclusivamente de mercado pensado en cantidad de habitantes, falacia muchas veces repetida. En los países sudamericanos hay mucha más gente que en España, pero a ninguna editorial o escritor latinoamericano le interesa que sus libros sean leídos en los países vecinos, sino en España.

Es una de las diferencias fundamentales, acá falta y en otros lados sobra, y eso se nota. Me pregunta Manu, con la mejor de las intenciones, por qué en Latinoamérica las democracias son tan endebles, tan frágiles. Por qué hay tantas dictaduras, por qué la gente las termina defendiendo. Y, más allá del plan desestabilizador de Estados Unidos en las últimas dictaduras del Cono Sur, hay una cuestión relacionada con el dinero y la riqueza. No creo que los europeos o los yanquis sean unos demócratas intachables, pero la democracia republicana les resultó un modelo que les permite vivir, a los ricos les permite hacer sus inmundicias sin ser detenidos, a la clase media le permite un ascenso escaso pero lo suficientemente ficticio para ser creído y la clase baja puede subsistir. Las democracias en Latinoamérica han sido, muchas veces, sistemas que permitieron y legitimaron que poca gente se quedara con lo poco que había para repartir y las desigualdades se ampliaran. Y, cuando los de abajo se rebelan, el problema no son los que se llevaron la riqueza de todos, sino ese sistema que ya nadie quiere defender; y viene una nueva dictadura, donde todo cambia, pero para peor. Y de nuevo se lucha por la democracia, y se logra, pero al poco tiempo se comienza de nuevo a desgastar, porque las desigualdades persisten. Y el ciclo es interminable. Pero se trata, en el fondo, de un continente saqueado, sin riquezas y esclavo de un sistema económico que lo depositó únicamente en el lugar del proveedor y de la mano de obra barata. Los países del primer mundo son cada vez más ricos a costa de que los del tercer mundo sean cada vez más pobres. Y para el primer mundo, la democracia en esos términos es el modelo ideal y hay que defenderlo dando la vida, pero no por ideología, sino por conveniencia.

Díptico dos

1. Un lugar que parece ser el parking de un aeropuerto. Nada es claro, solo el cielo.
2. La fachada del hotel y restaurante Les Chiens du Guet. Al lado, el techo de una iglesia. Y una escalera que desafía la perspectiva.
3. Puerto de algún lugar. Depósito que dice Factorías Vulcano. Detrás, unos cerros. Ni un barco.
4. Un hombre duerme a la orilla del Sena. A unos metros, otro hace gestos obscenos y parece gritar, pero aquel no se despierta.
5. Fiesta en la casa de alguien. Foto grupal. Parece que un hombre de lentes dijo algo gracioso porque todos lo miran sonriendo. Salvo una mujer, que no parece de esa reunión, que cierra los ojos como encandilada.
6. Dos niños en el río. Uno de ellos tiene una camiseta de Pacman.
7. Siluetas. Parece un hombre en un barco llegando a una zona industrial, pero puede ser cualquier otra cosa.
8. Reunión. Mujer se tapa la cara. No quiere salir en la foto y el de al lado se ríe.
9. Fiesta en la casa de alguien. Todos borrachos y disfrazados. La mujer que no parece de la reunión mira hacia un costado.
10. Policía en la puerta de un museo.
11. Una mujer y dos hombres con pilots amarillos. De fondo, una pared de piedra antigua.

12. Mujer y niña. La mujer bebe de una cantimplora. La niña hace morisquetas a la cámara.
13. Calle empedrada. Autos estacionados. Muy a lo lejos, una cúpula.

Prólogo[19]

Como hace unos años con la carta que Zeta me envió desde Buenos Aires, en la que me informaba de la muerte de Cabrerita, con la carta que me acaba de llegar desde Montevideo, donde Lucy me dice que murió Parrilla, los mecanismos silenciosos empezaron a chirriar. Todo eso que funciona porque así tiene que ser, lo que algunos llaman *vida* y otros *cosmos*, comenzó a fallar, a indicar que algo ya no andaba bien. La vida, la que día a día se va gastando sin dar señales, hoy empezó a avisar que las cosas se terminan.

Nadie puede despedir a sus amigos con palabras. Como dijo Puig hace unos años en un poema, «Las palabras no entienden lo que pasa». El lenguaje que construimos como humanidad, las distintas lenguas, no fueron hechas para el desprendimiento, no sirven. Es como clavar un clavo con un destornillador, quizás después de muchos intentos puedas clavarlo, pero nunca va a quedar bien. Parrilla odiaría esta imagen, él dedicó su vida para que uno pudiera clavar un clavo con un destornillador, una zanahoria o un soplido, pero, como los niños que se permiten travesuras cuando los grandes no están, me autorizo este desliz, también como consuelo de bobo, porque la felicidad que me produce contradecir a Parrilla no se compara con la soledad que siento ahora que se fue. Le tengo que escribir a Mario y a Lucy, para que decidamos qué se hace ahora con esta enorme caja vacía.

---

19   Con este capítulo finaliza *La deuxième fois*.

Desde que abrí el sobre y leí las noticias, vengo pensando en un asunto: la cultura. En lo incómodo que nos hace sentir el juego de reconocimientos. No sé aún cómo reaccionar a la indiferencia que ha tenido la sociedad uruguaya ante dos artistas como Cabrerita y Parrilla, porque, cada vez que pienso en esa carencia, lo hago desde esos esquemas, que no son los que me interesan. Porque la cultura es construida, y en esa construcción también están esas dinámicas que vendrían a ser como sus venas, sus tendones, sus músculos. No quiero esa legitimidad para mis amigos, ni que ahora publiquen a Parrilla o lo estudien en las universidades ni que los cuadros de Cabrerita se vendan en todo el mundo a precios de Van Gogh. Lo único que quiero ya no es posible, que hubieran podido vivir como artistas sin desgastarse tanto, sin dejar la vida en ello. El caso de Parrilla es distinto al de Cabrerita a primera vista, él pudo en Francia llevar al extremo su forma de vivir el arte, pero fue a base de no descansar un minuto de esa tarea, de estar tan colocado en ese baile que nunca se dio cuenta de que estaba bailando.

Eso pienso, que ahora se hace más difícil separar el arte del mercado y sus reglas, y que son fijadas por otros, lejanos, impersonales. Pero quiero creer que hay un espacio, un territorio, un punto ciego a donde esa influencia no llegue. Un lugar donde no todo esté marcado por las dicotomías bueno/malo, valioso/no valioso, visible/invisible. Quiero pensar que hay un Dios que acepta sacrificios a cambio de favores y que la muerte de mis amigos no será en vano.

¿Por qué la critica, en lugar de ubicar una obra en un mapa, para orientar a quien no sepa o a quien quiera orientarse, utiliza esa posición en ese mapa ficticio para generar valor? En el ajedrez, cada casillero vale lo mismo, no importa dónde esté parada la pieza, sino los movimientos que hace. Parrilla no fue Benedetti, no fue Onetti, y por eso es menor. Cabrerita no hacía lo que sus contemporáneos, y además usaba acuarelas; por lo tanto, es menor. ¿Qué hemos hecho con nuestra relación con el arte? La última trinchera a defender es nuestro pensamiento y nuestra sensibilidad. Por supuesto que no es impermeable, que los procesos históricos, económicos, sociales, personales, el contexto va a influir, pero ¿por qué dejamos que entrara ahí la lógica mercantilista más banal? ¿Cómo nadie se rebela ante el hecho de que estemos valorando obras o trayectorias o estéticas o búsquedas de acuerdo con su valoración en el mercado o, en su versión más política, el canon y la hegemonía?

Hacer arte es hacer cosas con lo que tenemos. Por varios motivos, expresar, responder preguntas, formularlas, buscar experiencias distintas, cambiar la realidad, divertirse, decir lo que no se puede, decir lo que de otra forma no sale, y así hasta el infinito. Y también para vivir, como un trabajo. Buscamos gustar también, y eso activa la maquinaria de la valoración, pero no a los niveles que hemos establecido. Ser puestos en un tablero, en un lugar determinado, por determinadas personas, no implica que eso signifique que jugar sea para ganar o para destruir, para conquistar territorios al quitárselos a otros, para ocupar casilleros, para ascender. Hay un montón de juegos, sobre todo los de los niños, cuyo objetivo no es ganar. Cuando uno baila en una fiesta, el objetivo no es ganar o bailar mejor que los otros. Cuando uno tiene sexo no está compitiendo. Cuando uno canta, cuando uno se ríe. Y eso también es hacer con lo que tenemos, como el arte.

Parrilla odiaría lo que escribo y Cabrerita reiría al ver a su amigo enojado nuevamente. Y es lo que siempre quise, un mundo en que ambos fueran felices haciendo cosas tan distintas. Los enemigos son otros. Los problemas graves son otros. Y ahora, o dentro de unos años, dirán que fueron injustamente ninguneados, que también tenían su valor. Valor siempre tuvieron, desde el momento en que hicieron algo nuevo con lo que tenían, pero el valor que se les puede dar ahora es el mercantil, es el del prestigio, y es el que menos interesa. Hemos construido un arte del prestigio y el reconocimiento. Todos somos el César. Y estamos mandando lo más lindo que tenemos a los leones.

Terminamos de comer el cordero que preparó Manuel. Luego de un café con unas pequeñas obleas bañadas en chocolate que se disuelven al meterlas en la boca, volvemos a abrir un vino y, después, bebidas más fuertes.

Hablamos de Teresa Vila. Manuel tiene obra de ella y la vemos. También hablamos rato de Cristiani, Slepak, Gamarra. Quedo fascinado con un catálogo de Manabu Nabe que nunca había visto. Rimer cuenta sobre sus años de estudiante en Bellas Artes, cuando el director era Anhelo Hernández. Recuerda especialmente las clases de escultura de Julio Marenales. Se pregunta dónde estarán las esculturas del viejo que andaban en distintas partes de Montevideo.

El almuerzo termina casi al atardecer. Nos vamos caminando bajo una llovizna que nos despabila un poco después de tomar vino todo el día. Manuel nos acompaña hasta la estación y se ofrece a hacernos una recorrida por galerías un día de estos. Nos volvemos en el metro con Rimer, hablando sobre su casa en las afueras de Nueva York. Cuando se baja, Leonor me dice que vayamos a ver de nuevo los nenúfares.

—Pero si ya los vimos el otro día.

—Ya sé. Quiero ir de nuevo.

Está preocupada, algo la entristece. Después de preguntarle varias veces, me lo admite:

—Diego, vamos a volver a Uruguay y no vamos a tener trabajo.

Llegamos justo cuando están cerrando, pero nos da para entrar. Volvemos caminando. Ya no llueve. Es de noche. No hablamos. A lo lejos, como siempre, suenan unas sirenas.

Reseñas[20]

John L'enfer, de Didier Decoin

Qué problema tienen los franceses con su tradición. No saben qué hacer con su bagaje, esa valija que en un tiempo estaba llena de manjares y ahora huele a podrido y pesa. Es un problema, porque el imperio, la capital del siglo XIX, el faro de la racionalidad y la cultura, puede transformarse en cualquier momento en una caricatura anquilosada de sí misma.

Venimos viendo en los últimos años un intento de los autores (saludable) y de las editoriales (no tienen opción) de darle una vuelta de tuerca a una literatura que, de tanto prestigio, quedó fosilizada y parece no tener nada nuevo que aportar. Como se trata de una estrategia en conjunto, ahora es el propio Goncourt quien se suma a esta cruzada y premia un libro que, en apariencia, da una bocanada de aire fresco a una literatura momificada. *En apariencia*, dije, pues *John L'enfer* no es más que lo mismo con otras piezas.

Lo que peor envejeció de la narrativa tradicional francesa son dos cosas: la soberbia y la prosa recargada. Bueno, nada de eso falta en esta novela, que, al igual que

---

20 Buscando otros textos con el seudónimo de Josephine Péladan, encontré tres reseñas en *Tremblement*, un semanario libertario de la ciudad de Lyon. La primera es de 1977, la segunda de 1988 y la última de 2009. Opté por incluirlas aquí porque, además, la última da cuenta de que hasta 2009, al menos, Martha seguía viva.

tantas otras novelas de por acá, tratan al lector desde una superioridad insufrible.

Supuestamente, se trata de una novela novedosa porque se le daría participación a un indio, cuando lo normal sería que las clases populares o marginales estuvieran ausentes de la literatura tradicional. Su vida, lo difícil de su cotidianeidad, el sistema que ataca a los más desfavorecidos. Pero lo vuelve absurdo, burlón podría decirse, y transformar la burocracia en cosa graciosa no hace más que, en el fondo, ridiculizar a la víctima, que pasa de ser un trabajador explotado a ser algo así como un Buster Keaton de la nueva era. La invisibilidad, los nadies, ver sin ser visto, esa imagen paternalista del marginal, del trabajador, del pobre, que parece precisa pero no lo es, cuando, en realidad, si hay en este mundo un invisible, un nadie, un sin nombre, casi un incorpóreo, son los ricos y los burgueses, quienes no tienen ni necesidad de aparecerse por este mundo para seguir haciéndose ricos con el trabajo de los demás y con un sistema que necesita de sus mártires. La insoportable imagen del pobre como tierno, puro, casi virginal, angelical, no solo es paternalista y jerárquica, sino que anula toda capacidad emancipatoria de las clases populares. El pobre tiene que ser solo eso, quien mantenga viva la llama de la ternura y la inocencia; también para que, mientras hace el papel de tonto, no se le ocurra abrir los ojos y darse cuenta de que en realidad el poder no lo quiere, lo vuelve un niño para mandarlo a la cama o al rincón cuando se porta mal.

Anclada a una visión del mundo de la década pasada, oportunista, demagoga, Estados Unidos es el monstruo;

pero si, por un lado, lo insinúa, por el otro, hace lo posible por que quede claro que en esta novela nunca se insinuaría semejante barbaridad. Parece hija de los planteos maniqueístas y, en el fondo, elitistas de la Escuela de Fráncfort, ese modelo de pensamiento detrás de cuyo planteo revolucionario solo ataca a las clases populares y que lo único que parece haber formulado con cierta vehemencia es que la televisión es alienante.

Emplea esa enfermiza forma de escribir que consiste en la elaboración de párrafos de una prosa vacía, que no son más que una excusa, un pretexto, para llegar al final, donde nos espera una frase ingeniosa, de esas con las que los escritores franceses hombres nos suelen decir a todos: «Miren que, en definitiva, soy mucho más inteligente que ustedes».

A pesar de todo, hay en el montaje algo de esa idea del pastiche que cumple con la condición de las obras de arte de valor, ser algo tan novedoso como continuador, o bien, en este caso, de rescate de una vieja tradición, que no es más que la de las novelas vanguardistas de la primera oleada o de las tardovanguardistas, como *Watt*, de Beckett. El tiempo es progresivo, pero no lineal, sino en trenza, en nube, como en los sueños o como quien despierta luego de años en coma, se levanta de la camilla sin decirle a nadie y camina hacia su casa, viviendo a la vez tantas líneas temporales, tantas dimensiones. En el fondo, es una novela de aventuras o la imagen de una novela de aventuras que no fue, que terminó antes de empezar, que no dio el primer paso, pero que sucedió igual en otro mundo.

Hay algo extraño, no francés, y es la intención del tono, con quién dialoga, a quién le habla. Si no tiene el tono de la literatura francesa, salvo algún rasgo de pedanteria ya mencionado, entonces, ¿por qué le dan un Goncourt? La academia pretende dejar de dar la imagen de defensa de una literatura francesa ombliguista y endogámica para demostrar que, en realidad, también hay expresiones cosmopolitas y que ser francés también es ser, en definitiva, ciudadano del mundo. Pero, por el momento, lo único que ha encontrado para seguir teniendo presencia por fuera de sus fronteras es la misma canción de siempre: colonialismo y más colonialismo.

La exposición colonial, de Erick Orsenna

El primer mundo no ha podido resolver su trauma poscolonialista y su relación con las nuevas naciones, que antes les pertenecieron. Y que la gran mayoría no lo sabe, no lo nota; es más, si se les preguntara, negarían por completo que eso tenga algún tipo de incidencia en sus vidas. No creo que mientan ni que sean unos hipócritas o cínicos, las sociedades del primer mundo no son conscientes de todo lo que todavía tienen del gen colonialista en su quehacer diario, de su educación, de su formación, de su historia. Cierto progresismo ha intentado que se deje de hablar de esos temas, al creer que eso haría que mágicamente desapareciera, pero sabemos que no sucede. Hace un tiempo, en Alemania, le pregunté a una colega si hablan del nazismo en la cotidianeidad y me admitió que, si bien no hay nada prohibido, hay un pacto invisible, tácito, de no hablar más de esos temas. ¿Eso ha resuelto el trauma de la sociedad alemana con el nazismo? De ninguna manera. Y resolver las cuestiones heredadas del colonialismo no implica únicamente aceptar inmigrantes e integrarlos más o menos en la comunidad. No, si el colonialismo triunfó y fue tan fuerte, es justamente porque es enorme, porque tiene muchas cabezas, muchos brazos, muchas formas, y, cuando le cortás una parte, le vuelve a crecer. Visto así se podría pensar que es un trauma sin solución. Es posible, por eso mismo es un problema que, en lugar de ignorar, deberíamos abordar y hablar y hablar.

En los últimos años, he visto con un poco de perplejidad la forma en que escritores europeos retoman tópicos, temas, estéticas, estilos, voces, tonos de las narrativas o poéticas de los países colonizados. La oralidad y el barroco del Caribe o de la América negra, el realismo mágico latinoamericano, la tosquedad y aridez de la literatura mexicana de la segunda mitad del siglo, la mística y síntesis de las narrativas asiáticas, lo espiritual y pagano, lo ritual y corporal de las literaturas africanas, las narrativas populares, melodramáticas, sentimentales del Río de la Plata, entre otras. No estoy afirmando que esos tópicos (nombrados de forma más que gruesa) hayan nacido en esos lugares, porque, como se verá, más de uno de los nombrados pueden corresponder a cualquier relato popular tradicional de los estudiados por Propp y su equipo de investigación. Pero también refieren a una forma, extraña, casi inconsciente, de los centros de poder dialogando, en el mejor de los casos, o saqueando, en otros, narrativas tercermundistas.

El último premio Goncourt correspondió a *La exposición colonial*, de Eric Orsenna, una obra que podría tener que ver con lo mencionado anteriormente, lo cual, aclaro desde ya, no la invalida ni le quita la importancia ni sus virtudes. Leyendo la novela, que de alguna forma es un *rara avis* en la narrativa francesa de los últimos años por su torrencialidad, multiplicidad de tonos discursivos y diversidad, es posible ver, por un lado, una recuperación de los viejos relatos de viajes, crónicas de Indias, novela de aventuras, literatura picaresca; pero, también, una influencia, imposible de obviar, de rasgos preponderantes en la narrativa latinoamericana de este siglo. No solo la oralidad desbordada, que se ha desarrollado a partir del llamado *boom*, sino cierta narrativa expansiva del llamado barroco latinoamericano de Carpentier, Sarduy, Lezama Lima y hasta Clarice Lispector, o del *posboom* melodramático y marginal de Manuel Puig o Rosario Castellanos. Pero también con cierta picaresca colonial anterior, al estilo de las novelas de Machado de Assis o hasta, por qué no, el *Macunaíma* de Mário de Andrade.

Se podría pensar que el propio título es una declaración de principios, del objetivo que persigue. Siendo muy optimista, incluso se puede conjeturar que con esta obra el autor intentó dejar en evidencia esa dinámica en relación con las narrativas de países colonizados y problematizar ese vínculo; pero, más allá de que la novela no da muchas pruebas que nos permitan afirmar esta intención, la forma en que la literatura europea, y en particular la francesa, se ha hecho la distraída con el uso a diestra y siniestra de las narrativas de los colonizados, al igual que de las tierras y sus riquezas, habla de lo arraigadas que aún siguen ciertas prácticas.

¿Orsenna es un colonialista? ¿Lo son los autores que hacen esto, incluso los que explicitan sus referencias? No, no y no. Pero que constantemente se den estos juegos, por lo general unilaterales, y que además, en este caso, uno de los mayores legitimadores de la literatura primermundista como lo es el Goncourt lo posicione, lo avale, es algo para tener en cuenta, algo para hablar, hablar y seguir hablando.

Una novela francesa, de Fréderic Beigbeder

Escribir sobre lo efímero, la vida, el amor, la felicidad, sobre lo perdidos que solemos andar por la vida la mayor parte de lo que dura, de la injusticia que significa que dos personas (o más), sin pedirnos permiso, nos traigan a este mundo y nos obliguen a vivir este tiempo, no debería ser algo extraño o novedoso. Al fin y al cabo, la literatura parecería ser el intento imposible de encontrar alguna respuesta, de encontrarse o entrever un camino que, por más que no sepamos a dónde va, nos ilusione y nos saque de los momentos de estancamiento y extravío. No obstante, la nueva generación de escritores europeos (también gran parte de sus cineastas) presenta como novedad una literatura posnihilista, sin futuro, sin certezas, sin rumbo, desesperanzada, rendida. Estar perdido no es lo mismo que rendirse y, más que extravío real, lo de esta generación parece una preocupación burguesa y no un dolor real. La posmodernidad no es el fin de los grandes relatos, como dice Lyotard; no es su descrédito, no es su puesta en crisis, sino el advenimiento de una nueva generación frágil, desangelada, que no puede creer en nada, no que no quiere, que es incapaz. En esa indefensión, el descreimiento y la desesperanza no son nihilistas, no son parte de una postura ante el mundo, sino una incapacidad. El primer mundo, en su mundo sin dictaduras, con capitalismo, estabilidad política y económica, sin guerras mundiales, sin hambre ni desigualdad, generó un sinnúmero de personas sedentarias de cuerpo y alma, y esa gente sin tensiones ni conflictos en un momento se tira bajo un tren, se vuelve psicópata o se deprime. Eso es lo que denota la nueva literatura, un vacío que no es vacío, sino todo lo contrario.

Por otra parte, si bien cada generación generó sus mitos, en los últimos años daría la sensación de que cada persona que escribe, como condición imprescindible para considerarse escritor, tiene que alimentar un mito sobre sí mismo. El escritor pobre, la escritora que fue prostituta, el escritor discapacitado, la escritora maltratada de niña. El sistema de medios masivos, periodismo cultural y hasta la academia necesitan más que al agua esos rasgos pintorescos, distintivos, mucho más que lo que escriben esas personas, porque no es una novedad que en estos tiempos nadie lee un libro, ni siquiera los que trabajan de eso. En el contexto de desesperanza, falta de futuro y vacío existencial, es lógico que el mito del escritor adicto a la noche y los vicios que encarna Frederic Beigbeder sea de los más populares y, por lo tanto, de los más amados por los medios franceses, quienes pueden sacar mucho jugo de esa fruta sin siquiera dignarse a abrir un libro de los suyos. Tanto lo aprecian que acaban de darle el premio Renaudot por *Una novela francesa*. Pero todo lo expuesto y el hecho de que Beigbeder encarne (quizás muy a su pesar) la punta de lanza de una literatura actual bastante desalmada no significan que se trate de un autor a no tener en cuenta ni que su novela premiada no genere varias líneas interesantes para reflexionar.

Lo más llamativo en los libros de Beigbeder, al menos en comparación con el resto de la literatura francesa contemporánea (salvando muy pocas excepciones que afortunadamente existen), es su honestidad. Porque, en un juego constante de ida y vuelta, los narradores de sus novelas se edifican permanentemente el mito, de yonquis, de bohemios, de nocturnos, de incorregibles; pero siempre la contrapartida de ese mito es la decadencia y el autor no escatima en absoluto su entrega. Los personajes de Beigbeder, en el fondo, no son gente interesante, sino seres muy patéticos; el autor lo sabe y no duda en evidenciarlo. Viejos que se niegan a envejecer y hacen cosas de jóvenes; bohemios independientes que, en realidad, son hijos mantenidos por un padre burgués; seres que aman la noche y se sienten allí como peces en el agua, hasta que en esa misma noche se topan con verdaderos marginales que les inspiran terror; iconoclastas que no pierden la chance de insertarse en el sistema que defenestran; hijos que odian a sus padres y emprenden un furibundo parricidio, pero que luego admiten que los aman y que les están agradecidos. La narrativa de Beigbeder presenta una serie de antihéroes de este tiempo, de esta generación desvalida, que verbaliza su intención de romper con todo, pero que en lo más íntimo sabe que eso que quiere romper es lo único que la contiene. De esta manera, se trata de una obra más que importante para entender esta época; por eso mismo, se conecta con lo mejor de la tradición francesa y se aparta saludablemente de tanta obra que ya ni siquiera fue escrita en una torre de marfil, sino lisa y llanamente en una nube de humo.

Y hay política, hay una revisión de las instituciones. El Estado, la familia, el cuerpo, los vínculos, el arte, todo es disfuncional, está corroído por años de desigualdades, tensiones y violencias. Hablando de sus padres, el narrador sostiene que, para que uno sea feliz, es necesario que el otro no. No es posible la felicidad plena y universal, hay que asumir de una vez que la causa de los pueblos y la igualdad son quimeras, y que nuestra vida está construida sobre un modelo donde, necesariamente, para que unos sean felices, otros no deben serlo. En ese sentido, al igual que tantas, *Una novela francesa* es una novela desesperanzadora, vencida, resignada, pero que por lo menos, en lugar de quedarse en la tonta lamentación, bucea en las causas, deconstruye las estructuras que subyacen a todo.

Díptico tres

1. Celebración en un pueblo. Desfile con cabezudos. De un balcón cuelga un pasacalle: «Les combustibles de l'ouest».

2. Fiesta en la casa de alguien. Todos desfigurados por la borrachera. La mujer que no parece de la reunión está fuera de foco.

3. Joven a la orilla del Sena. Está vestido como de primavera, pero la luz de la foto es de otoño.

4. Embotellamiento de autos desde un lugar elevado. En el medio, un auto amarillo.

5. Tres jóvenes, una mujer y dos hombres, hablan en lo que parece ser el estacionamiento de una base científica.

6. Hombre da indicaciones con la mano a dos jóvenes. Es invierno. Parece el rodaje de una película.

7. Barco en mar agitado. Joven muy abrigado sonríe. De fondo, las chimeneas del barco.

8. Tres señoras a la orilla del Sena. La más bajita lleva un termo y un mate.

9. Joven en parque. A lo lejos salta un chorro de agua de una fuente, que parece caer exactamente en su cabeza.

10. Patio de una casa. Personas haciendo sobremesa. Un viejo parece irse del cuadro.

11. Jóvenes en una playa. Palmeras. Casas con tejas. Alegría.

12. Nativo de alguna tribu en un apartamento sin ventanas se esconde detrás de un filodendro. El flash lo quema.

Episodio de la monja pirata[21]

Thierry está en crisis. Hace días que se la pasa sentado en Les Pères, mirando para afuera por la ventana. Es muy querido y, siempre que entra alguien, se sienta con él, le saca charla, lo invitan con un café, una cerveza o una copa de vino. Él retribuye ese cariño dando todo de sí, simpatía, participación activa en la conversación, interés por el otro, pero se nota que está mal.

Hace un tiempo yo estuve mal y lo que me permitió ver las cosas con un poco más de claridad fue salirme de los circuitos diarios. Nosotros nos creemos que, porque no tenemos un trabajo fijo de oficina en el mismo lugar todos los días durante treinta años, la rutina no nos va a afectar, pero también elaboramos nuestra rutina. Incluso si solo fuera cosa de ir a los lugares que nos gustan o nos hacen bien. Así que Tití se la pasaba en un círculo comprendido por su casa en Montreuil, Les Pères, La Graine, la sala de ensayo en Pigalle, donde ensaya con su banda, y la casa de su novia en Montmartre. Y así todos los días, los mismos metros, las mismas calles.

Lo primero que se me ocurrió fue una manifestación que nos importaba poco, pero que era en Le Marais, un

---

21 Montón de hojas mecanografiadas y engrampadas están tituladas así por la propia Mirtha. En la primera hoja, bajo el título, está escrito con lapicera azul: «a ese mundo que parecía tan sólido había que actualizarlo a cada momento para que no se desvaneciese como un hilo de humo en el atardecer SAER».

lugar al que no vamos nunca. «L'inmigration juive et son integration dans la nation», se llamaba, y también había una muestra sobre el tema en el hotel de Ville. Es un lugar raro, pero cumplió su cometido, descentrarnos, el extrañamiento del que hablaban los formalistas. Arrancamos a caminar y nos metimos en otra muestra, de Michel Herbert, que no nos gustó mucho, pero que tenía buen vino. Thierry me dijo que nunca se había metido a una cabina porno de las de diez francos, y yo tampoco, así que entramos. Me tocó una película sobre tres ejecutivos de una empresa de Montparnasse, dos hombres y una mujer, que luego del trabajo salen a beber una copa y terminan haciendo un trío en una plaza.

Dijimos: «Vamos a donde nunca», y nos dirigimos hacia la plaza de Trocadero, un lugar de embajadas, representaciones internacionales, edificios aristocráticos, bulevares y jardines ordenados al extremo. Nos sentamos en un banco a la orilla del Sena, viendo la torre. Nos divertimos de ser un cliché. Nos gustaban mucho.

—Yo sé que me ves mal, pero no me pasa nada grave, no te preocupes. No sé explicarlo. Ahora que estamos con lo de los clichés, siento que lo que voy a decir es un lugar común: no le encuentro el sentido a nada. A ver, nada en mi vida está mal. Hago lo que me gusta, conozco gente que quiero y me quiere y que me cae bien, tengo salud, me va bien con las chicas, siento que tengo una ideología y un sistema de creencias que están bien. ¿Qué? No te rías, sí, un sistema de creencias, valores, esas cosas. No soy un careta, soy solidario, soy creativo, soy un luchador. No tengo nada para cuestionarme.

Pero, no sé. ¿A dónde va todo? ¿Para qué? ¿Vale la pena? ¿Hay algo más que buscar la felicidad o el bienestar o el placer día a día? No sé, capaz que es por lo de Antonio, ¿viste el peruano?, el que hace las perfo cuando tocamos con la banda. Bueno, su novio Olivier se murió de sida y él ahora también se complicó y está por morirse. Y pensaba, los vamos a recordar y a llorar, pero en un año ya ni nos vamos a acordar, seguimos nuestra vida y a lo sumo aparecerán en alguna charla de bar cuando estemos borrachos. Con el tiempo nos olvidaremos de sus voces, sus caras, y capaz dudaremos de si en algún momento existieron. No sé explicarlo, porque no es que haga las cosas para permanecer, para dejar mi legado, pero a veces me pregunto si será una pérdida de tiempo esto de vivir. Venimos, estamos un rato haciendo alguna cosa, y nos vamos, sin que nadie se entere. Como los que limpian a las noches los edificios de las empresas. Son tan invisibles que los que trabajan ahí deben pensar que las oficinas se limpian solas. No sé, amiga, perdí la épica y, la verdad, no quiero que la forma de suplantarla sea con eso de aprovechar cada momento, de que cada cosa simple del día a día tenga belleza y esas cosas. No quiero tener una vida mínima y sutil, eso dejáselo a los japoneses, no sé. Yo quiero volver a arder, como un fuego. Pero noto que el fuego, todos los fuegos, en algún momento empiezan a dejar de arder. Y lo entiendo, solo que no esperaba que fuera a los treinta años.

Nos quedamos en silencio. Se nubló. Por el Sena pasó un barco lleno de jubilados bailando. Nos reímos.

—Creo que estás mirando mucho cine francés, Tití.

Nos reímos largo rato. Luego, le dije que todo lo que decía era cierto y que quizás cada nueva crisis le iba a pegar peor. Pero que el fuego se puede prender y que todos los fuegos queman, hasta los más tenues. Además, que nada tenga sentido, le aclaré, te quita mucha presión. Podés hacer lo que quieras como quieras.

Caminamos por el parque y nos metimos en el Museo del Hombre. Recorrimos, charlamos mucho sobre lo que significaba culturalmente lo que estábamos viendo ahí. Entramos en el debate sobre la conservación museística y patrimonial y los objetos alejados de su entorno. En un momento, Thierry me llama: «Mirá, Martha, Uruguay». El busto de Guyunusa, el cuerpo de Senaqué, el esqueleto de Vaimaca Pirú. Tití me pidió que le contara sobre eso, sobre los charrúas en Francia. Y yo no sabía más que lo que me habían enseñado en la escuela. Le conté sobre la masacre de Salsipuedes, cuando el Ejército uruguayo mató a la mayoría de los charrúas e hizo prisioneros al resto, que cuatro charrúas fueron entregados por el Estado uruguayo a un francés, quien los trajo a París para ser exhibidos como atracción, que al final murieron casi que enseguida. Poco más. Me dio un poco de vergüenza. Me la he pasado hablando de colonialismo, pero ignoré un hecho paradigmático y terrible. Una monja con un parche en el ojo me miraba y yo sentía que me estaba juzgando, «Cómo no vas a saber eso, quién te creés que sos». Me fui rápido. Tití tenía que ir hasta Pigalle a hablar con el de Disques Barclay y lo acompañé. No me acuerdo de nada de lo que pasó después.

★

Tiempo después, Thierry se sentía mejor. Había encontrado una forma de sobrellevar el vacío con cierta sabiduría a la hora de equilibrar el cinismo y la indiferencia con el compromiso de involucrarse con lo que estrictamente le interesaba. Tocaba con su banda en Place Baudoyer. El ambiente estaba raro porque, hacía dos días, en un bar de Pigalle, se habían cruzado una banda de árabes contra una de skinheads y se dieron con todo, destrozaron el bar y se destrozaron ellos. Este espectáculo no tenía ninguna consigna, pero viendo lo que está pasando con los skinheads en las calles y con la extrema derecha en la política, decidieron que se llamara «Non a l'extrème droite». Tocaron Marc Ogeret, Noir Desir, Rene-Marc Bini y la banda de Thierry, Visage Belge.

No había pasado mucho desde lo del Museo del Hombre y, como pude, intenté averiguar un poco más. Encontré notas sobre los charrúas en París, me enteré de una polémica que se armó porque unos intelectuales denunciaron que lo que estaban haciendo era inhumano, que Guyunusa estaba embarazada y habría parido acá. Que, aunque intentaron escapar, terminaron muriendo todos. Luego del recital acompañé a Tití a llevar unos equipos cerca de Le Peletier. Tomamos una cerveza y me fui temprano, porque estaba un poco mareada y saturada de ver gente. Caminé por la Rue de la Victoire rumbo al oeste porque nunca iba por allí. Al llegar a la Chaussée d'Antin, el vínculo mental fue inmediato. Había leído, justo esos días, que el primer sitio donde alojaron a los charrúas fue en una casa en el 19 de Chaussée d'Antin. Fui hasta ahí sin dudarlo. Poco antes de llegar, caí en la cuenta de que en esa esquina no hay ninguna casa ya, porque hicieron la Galerie Lafayette. Al llegar a donde habría estado la casa, me quedé quieta, sola. Cerré los ojos, intenté imaginarme en 1833, los carruajes, el olor a bosta, el ruidaje de la esquina, pero no pude. De nuevo el mareo. Abrí los ojos y sentí que no estaba sola. Pero no había nadie. Miré para un lado y para el otro, estaba segura de que alguien estaba conmigo, y la vi, en la vereda de enfrente, cerca de la esquina, bajo la sombra que hacía un árbol. La misma monja con el parche, mirándome. Nos quedamos un rato y, cuando atiné a ir hacia ella, me tocó bocina un taxi y me puteó, luego la perdí de vista.

★

Benoit me pidió ayuda para ir a una feria. Tenía muchos libros en su casa y estaba pasando por una etapa de pocos ingresos, entonces quería ir a vender libros a una feria de ropa y cosas usadas que se iba a hacer en el Boulevard de la Chapelle y la Rue Guy Patin. Benoit vivía en una proa, en la Rue Hippolyte Maindron 20 bis, en una verdadera pocilga. Esa parte era medio complicada y solía haber mucho lío con la Policía todo el tiempo, porque se había vuelto un lugar a donde iban a vivir los búlgaros, ucranianos, lituanos y la Policía no los dejaba en paz. Llevamos dos cajas de libros y dos cuadros que, según Benoit, eran originales de Richard Dieberkorn. Pasamos por un gimnasio donde un montón de viejas hacían taekwondo. Benoit dice que la prensa viene haciendo una campaña de miedo y los viejos se sienten inseguros. Algunos se arman, otros enrejan las casas, otros estudian defensa personal.

—El tema es que quizás es todo un invento de la prensa, pero luego se vuelve realidad y dejás de saber si es una campaña de los medios o si los necios somos nosotros, que nos pasamos negando todo. Y, mientras perdemos el tiempo en eso, la única fortalecida es la derecha. ¿Y si los robos y asesinatos, en lugar de ser hechos por ladrones comunes, son también hechos por la propia extrema derecha? Se llevan dinero y siembran el caos que necesitan. Es perfecto. Y nosotros peleándonos contra quienes no tienen nada que ver, gente pobre como nosotros o, peor, inmigrantes que escapan de situaciones horribles para soportar que los traten como la mierda.

La feria fue un fracaso. Benoit solo vendió un libro de Guy Dupré y otro de Dominique Fernandes. Igualmente, estaba contento y nos fuimos a tomar por ahí.

—Tengo un lugar que te va a encantar.

Un bar latino que quedaba por la Rue Jasmin, bien lejos de donde estábamos. Una orquesta que se llamaba Machito y su Orquesta tocaba boleros. Luego fue subiendo la intensidad y se armó baile. Varias veces le dije a Benoit que eso no es ser latino, que lo perdonaba porque era él, pero que me había llevado a un lugar de lo más exotizante. «No jodas, parecés francesa, disfrutá un poco», me dijo mientras traía y traía tequilas y piscos.

Hablamos sobre las nuevas generaciones como dos viejos amargados y un poco envidiosos. Todo lo que hacían estaba mal, todo lo que habíamos construido lo habían roto. Pero después nos dimos cuenta de lo patéticos que sonabamos, y nos reímos. En realidad, nuestra generación tampoco había hecho nada. Lo del 68 fue simplemente algo con mucha buena prensa, decía Benoit, y no me di cuenta de si era una estupidez el comentario, un exceso de lucidez o ambas.

Bailamos juntos y después con otra gente. Benoit se enganchó con una brasileña, le recordé que su ex también lo era, y cuando estaba amaneciendo se fueron. Quedé sola con todos los tipos excitados que pululan al final de la noche, así que, cuando se distrajeron, me fui. Estaba hermoso el amanecer. Una llovizna constante era tan molesta como bella. Caminé sin rumbo. No tenía ganas de llegar borracha a casa, porque no duermo bien. Iba cantando una canción de Billie Omen cuando la vi saliendo de la estación Passy. La monja con parche iba apurada hacia algún lado. No había nadie a esa hora en esa calle, solo nosotras dos. La seguí como pude, porque caminaba muy rápido. Entró al Museo del Hombre, pagando la entrada. No me hacía mucha gracia pagar de nuevo para ver lo mismo, pero lo hice. Cuando la vi doblar y subir escaleras, supe que iba de nuevo a la parte de los charrúas. Se detuvo frente al busto de Guyunusa y allí se quedó un buen rato, no sé cuánto, el tiempo se volvió arena, nube, nada. De nuevo el mareo, comencé a sentir voces dentro de mi cabeza, en una lengua que no conocía, sentí que me desvanecía. Me despertó el ruido de un ídolo de la tribu Muila de Angola que había roto. La monja me miraba desde el mismo lugar de antes.

Atiné a correr. Tenía ganas de vomitar y me lo aguanté.
Tomé no sé cuál metro y me acosté en mi cama. Me
sentía afiebrada.

★

Meses más tarde, en un bar de Rue des Épinettes con Paseyro. Un lugar de mala muerte, de los que me gustaban
a mí y Paseyro odiaba. Tenía ese tema con lo refinado,
se había armado una historia en su cabeza, supongo que
por ser, de alguna forma, parte de la familia Supervielle,
y eso lo había llevado a construir una imagen de lo que
significaba estar en París que era medio rancia. Bueno, él
era medio rancio también y hacía cosas que me parecían
reprobables, pero más de una vez me dio una mano.

Un tipo que parecía salido de una película de Rene
Clair leía *Le canard*, un joven que parecía filipino con
una campera verde oliva con la bandera de Alemania en
una manga jugaba al pinball, uno con pinta de taxista y
campera deportiva Sergio Tachini tomaba una Spaten
Munich en el mostrador y hablaba de las bondades de
los quesos Saint Nectaire, una chica con un corte de pelo
afrancesado y campera forrada de corderito hablaba por
el teléfono de monedas, el camión verde de basura paró
en la puerta y bajaron dos jóvenes africanos a buscar la
basura del bar.

Paseyro siempre igual. Cuando le preguntaba por
alguno, a ver si sabía algo, qué sé yo, de Circe, de Bocage,
de Orfila, Paganini, Somma, Musto, Pérez Gadea, hacía
como que no le interesaba, aunque después empezaba a

hablar y resulta que sabía todo de todos, estaba al tanto de cuanto chusmerío andaba en la vuelta. Pero, la verdad, eran un poco tristes las noticias. No porque hubiera pasado alguna tragedia, sino porque andaban envueltos en vidas chatas.

Quería hablar conmigo por dos cosas. Lo primero era lo de siempre. Conseguía en distintas partes del mundo, por sus contactos, editoriales o universidades que lo querían publicar. Pero, como había tenido problemas con muchos de sus colegas y a los otros no les interesaba ni su poesía ni su forma de relacionarse ni su posicionamiento político, no encontraba a nadie que le hiciera un prólogo. Porque no tenía obra nueva y de la anterior interesaban algunas pocas cosas, y había que rellenar. Sabía que yo le debía unos favores y me pidió si le escribía ese texto. De paso, me dio un bibliorato lleno de poesías nuevas para ver si se podía negociar la inclusión de alguna de ellas en el libro. La otra idea era medio extraña. Él anda siempre en cosas raras. La gente con la que se junta, mucho más. Anda demasiado con la derecha católica aristocrática francesa, que es lo peor: racistas, conservadores, xenófobos, machistas, corruptos. Me comentó algo de unos pasaportes y contactos que tiene en no se qué embajada, que es un negocio que no puedo dejar pasar y para el que necesita mi ayuda. Pero dejé de prestarle atención cuando vi, a través de la ventana, a la monja del parche parada bajo la lluvia, mirándome. Me levanté rápido de la mesa, pero el de la basura me tapaba la salida con las bolsas y, cuando salí, no la vi más.

Volví en el metro lleno con el enorme bibliorato de poesías que no iba a leer. Llegué a casa. Me pegué una ducha, me serví una copa de vino y abrí un bollón de pepinillos. Encontré en la biblioteca la bolsa de tabaco que dejó Tilda la última vez que estuvo por casa y me dieron ganas de fumar. Cuando abrí la ventana, vi la espalda de la monja, que se iba. Podía ser cualquier monja, pero no, era ella. Bajé corriendo las escaleras, desesperanzada porque siempre la perdía, pero cuando doblé la esquina la vi a lo lejos. La seguí durante un buen rato. La noche estaba magnética, ya no llovía y la calle mojada reflejaba la luna menguante, que se asomaba entre las nubes.

No sé si fue una hora o cuatro. Si dábamos vueltas por el barrio o me había llevado bien lejos. De pronto, me encontré debajo de una autopista. Parecía la estación de Galieni, pero a la vez era un lugar que no me resultaba familiar en absoluto. La había perdido. Había gente durmiendo en los rincones, protegiéndose de una nueva lluvia, otros alrededor de un fuego compartiendo algo que bebían de una botella, unos adolescentes fumando hachís y rapeando, una familia numerosa de africanos que parecía recién bajada de uno de los ómnibus baratos que paran allí, pero ni rastros de una monja. Me senté en un murito y descubrí que seguía teniendo entre los dedos el encendedor y el tabaco que había armado en mi casa. Lo prendí y traté de recuperar cierta lucidez. Estaba como borracha y no había tomado ni media copa de vino. Comencé a sentir un ruido extraño, raro pero a la vez familiar, ubicado bien en el fondo de la memoria. Un chirrido, como el quejido de una bestia cansada y moribunda. Lo recordaba bien, era el sonido de los carros de los pichicomes uruguayos, el de los herrajes y las ruedas oxidadas de los carros. El ruido se hizo más claro y fuerte y, desde el lado que daba a Montreuil, vi que venía un linyera con un carro lleno de cosas, a un ritmo exhausto, sin apuro, resignado. Cuando se acercó, noté que en el carro había un árbol, sacado de raíz, parado, de unos dos metros de altura, y dos perros mirando para todos lados en silencio. El hombre paró el carro, sacó de una bolsa dos ratas muertas y se las tiró a los perros para que jugaran o comieran. Luego, comenzó a caminar hacia mí. Estaba paralizada, no del miedo, sino como resignada a que pasara cualquier cosa, por algo había seguido a la monja hasta allí. El hombre se paró frente a mí, parecía un viejo, pero seguramente era mucho más joven que yo. Saludó muy cortésmente y me dio un papel. Le pregunté qué era eso, pero el hombre volvió a saludar para despedirse y desapareció. Agarró el carro, rezongó a los perros, que peleaban, y se perdió por el lado opuesto del que había entrado. El papel decía:

Martha: Église Notre-Dame-de-Pontmain de Bagnolet, Avenue de la Republique et Robespierre.

No había nadie en la zona de la iglesia. Me acerqué a la puerta y estaba cerrada. La rodeé hasta una parte en el fondo que parecía el lugar donde vive el cura o guardan las cosas o arman una huerta. Todo cerrado. No quería despertar a nadie. Miré para adentro y todo parecía apagado. Volví al frente, donde había un camino de árboles, como una pasarela. Al acercarme, vi que algo se apartaba del tronco de uno de los árboles, pero quedaba junto a él. Mucho menos clara que una silueta, parecía desde lejos un bulto, una protuberancia. Fui hacia la sombra, lo único que se movía en esa noche estática. El bulto era una persona, la falta de detalle de la silueta se debía al hábito que vestía. Me acerqué y dije:

—Hola.

Aunque las copas de los árboles le hacían mucha sombra, supe que en esa oscuridad estaba la cara de la monja del parche.

—Ven.

Su voz era un imán. Parecía que no la hubiera escuchado con los oídos, sino con otro sentido desconocido. La seguí, caminando a su lado. La miraba sin disimulo, pero no parecía preocuparse. Entramos por una puerta de chapa que había en el fondo. Era una cocina antigua con bancos de madera y una mesa grande. Por la poca luz que entraba por la ventana, se podían ver ollas y sartenes colgando. La monja prendió una vela que daba muy poca luz, pero que nos permitía vernos. Sirvió unas tazas humeantes de té. Afuera empezaba a llover de nuevo. Se sacó el pelo canoso de la cara. Suspiró. Parecía cansada.

—No sabés quién soy, pero nosotros sí te conocemos —dijo con un tono muy cálido y amigable—. Al menos te investigamos. Y por eso creemos que sos la única que puede ayudarnos.

—Perdón, ¿a quiénes?

—Somos un grupo de personas formado hace más de un siglo, que hemos jurado mantener un legado, realizar un seguimiento y cuidar un secreto. Una amiga nuestra, allá por el siglo pasado, fue la encargada de iniciar esta aventura, que pensamos iba a ser algo inocente, pero que desde la segunda guerra se puso muy complicado. Grupos de extrema derecha, fanáticos, locos, vienen por nosotros y nuestros archivos, y luego por las personas involucradas en los archivos.

—Quisiera entender de qué habla, pero…

—Te vi varias veces en lugares relacionados con los charrúas que trajeron a Francia. Sabés a qué me refiero.

—Sí.

—Bueno, a partir de ese hecho pasó mucha agua bajo el puente, pero como quienes los trajeron generaron tanto daño en esas personas, nosotros lo único que queremos es aportar nuestro trabajo para hacer el bien. Cuidar, velar, no dejarlos solos.

—Pero creo que murieron todos.

—El tema es que hay gente que no está de acuerdo. O al menos sigue con la idea de hacerles mal. No te olvides de que estamos en un continente donde también hemos exterminado muchas poblaciones nativas.

—No entiendo. ¿Alguno de los charrúas sobrevivió?

—Sí. Y hubo descendencia.

—¿Por qué no trascendió esa noticia?

—Porque tanto los primeros como los actuales sufrieron persecución. Siempre tuvieron detrás de sí grupos que no estaban de acuerdo con considerarlos humanos dignos de vivir y los siguen persiguiendo para acabar con lo que empezaron. Con lo que empezó el gobierno de tu país, por ejemplo.

—Sí, ya sé, Salsipuedes.

—Sí.

—Pero ¿y yo qué tengo que ver?

—Necesitamos que alguien se haga cargo de los archivos y de algo importante. Un secreto muy preciado. Y no debe tener ningún vínculo con nosotros. De ningún tipo.

—Pero ¿por qué yo?

—Porque te vi dos veces frente a la casa de Guyunusa y una en el lugar de la vieja casa donde los tenían encerrados. Evidentemente, algo te importa. O te da culpa, no sé. Pero sé que no nos vas a decir que no.

—¿A qué?

—A volverte la guardiana del secreto.

Seguimos hablando hasta el amanecer. Cuando empezó la claridad, me dijo que debía irme. Me dio una bolsa con un montón de hojas muy viejas y otras más nuevas. Nunca me preguntó si yo quería ser la guardiana de algo, pero no pude nunca decirle que no.

—Acá hay parte del material que es necesario custodiar. Hay mucho más, pero con esto vas a poder entender de qué estamos hablando, por qué es necesario actuar y el peligro que estamos corriendo. No nos busques, nosotros nos vamos a contactar contigo. Sabemos que lo vas a cuidar como todos nosotros.

Llegué a casa y no pude parar. Pasé meses investigando lo que aparecía en los papeles. Completé algunos huecos, encontré lo que faltaba y decidí volverme invisible. Custodiaba algo muy preciado y lo protegía de gente muy peligrosa. Y ahora pasaba a ser la razón de mi vida.

PARTE III
Las tres sombras

Estos mapas celestes [...] no han sido construidos para el uso de especialistas. El que se tome el trabajo de verificar la posición de cada estrella encontrará, sin duda, errores. El autor sacrificó, sin apartarse mucho de la verdad, la posición del punto geométricamente trazada, por la posición del punto tal como aparece visualmente, con el objeto de dar una idea más cabal de las apariencias del cielo.

He exagerado el tamaño de las estrellas de primera magnitud, para hacerlas más fácilmente reconocibles, representándolas de distintos tamaños según sus brillos aparentes.

Doy también el sentido del movimiento del cielo, indicado por flechas que deben estar situadas sobre el ecuador o sobre un paralelo, y que, por no agregar líneas al trazado, las he situado en los límites de la figura.

En los mapas orientados al sur he trazado una circunferencia que tangentea el plano horizontal y que representa el paralelo límite de perpetua visibilidad, es decir, las estrellas que nunca se ponen por debajo del horizonte.

Agrego para cada mapa la situación de los planetas entre las estrellas, lo que será suficiente para poder localizarlos, únicamente aquellos que son visibles a simple vista.

«El cielo visible», José P. Vidal,
Almanaque Banco de Seguros del Estado (Uruguay),
1953, página 84.

Charrúas[22]

Guyunusa muere el 22 de julio de 1834 en un hospital de Lyon. François Curel, la persona que los tenía de esclavos, permitió a Tacuabé acompañarla en sus últimas horas. Al morir Guyunusa, y en un descuido de Curel y su gente, Tacuabé huyó con la hija de Guyunusa, María. Le habían dicho que el mar estaba hacia el sur y pensó que podría inmiscuirse en algún barco que los llevara de nuevo a su tierra. Pero, al escapar de la ciudad, erró de camino y terminó internándose en el continente. En Saint-Etienne decidió que lo mejor era registrarse con otros nombres. Eligió para sí Jean Soulassol. Una vez, cuando estaba en exhibición, anunciaron a un mago que se tragaba espadas, su nombre le quedó marcado y no dudó cuando se lo preguntaron en el Registro Civil. A María la anotó como Caroline Soulassol Tacouavé. No estaba tranquilo y prefirió seguir camino hacia el sur, orientándose esta vez por las estrellas, que eran parecidas a la de su cielo, pero estaban en otro lugar, como desacomodadas. Robó algo de ropa, robó comida y se marchó. Paró unos días en Le Puy-en-Velay, luego en Mende, pero la sensación de que lo reconocían como un prófugo y le estaban pisando los talones lo hacía irse de los lugares con celeridad. Se dio cuenta de que necesitaba

22   Texto inédito que, más que un libro, parece una pasada en limpio de lo investigado y recopilado por Martha en su investigación continuadora de la realizada por los domínicos. El título es mío.

un lugar más grande, donde pudiera pasar inadvertido. En cada pueblo, con gesto de pregunta, repetía: «¿Cité s'il vous plait?». Y la gente sin preguntar le indicaba un camino. Mal no le fue, porque terminó encontrando una ciudad, pero no la que esperaba. Luego de tanto vagar y recorrer la campiña francesa en carretas y caballos robados, llegó a Toulouse. Durmieron bajo un puente, en un granero, en un galpón, y siempre tuvieron que irse por la paranoia de Tacuabé. Una monja se los encontró a la orilla de un río, vagando, y se les acercó. Si Tacuabé la hubiese visto, hubiera escapado, pero, cuando la monja se le sentó al lado, ya era tarde. Quedó petrificado, no asociaba con nada bueno a las personas vestidas así. Ya los había visto en París legitimar su esclavitud, haciendo únicamente unas señas estúpidas sobre ellos y arrojándoles agua en algunos momentos. Odille les habló en francés y en otras lenguas que conocía, pues ella era experta en poesía religiosa y, para leerla en sus lenguas originales, las había aprendido. Cuando dijo unas palabras en español, por más que no fuera su lengua, Tacuabé sintió esa sensación de familiaridad que desde la muerte de Guyunusa no había sentido, algo de su casa, aunque extrapolado a otro lugar. La monja le preguntó si no tenían dónde dormir y Tacuabé le respondió que no y, cuando vio en la monja una mirada que hacía mucho no veía, le largó el resto de la historia: «Mataron a toda nuestra familia, a los que quedamos vivos nos trajeron encadenados, nos exhibieron como bestias en París, murieron todos, hasta la madre de la niña, nosotros somos los únicos». Odille los alojó en el Convento de los Domínicos y les dijo que lo mejor era que no hicieran nada más que esconderse. Ella les iba a dar de comer y lo que necesitaran, pero no debían dejarse ver.

El convento era muy reservado, las hermanas estaban en sus asuntos y a nadie le importaba quiénes se alojaban en la habitación de la torre ni por qué la hermana Odille se llevaba tanta comida para su aposento. Pero el llanto de la niña y algunas apariciones de Tacuabé por los pasillos durante la noche, porque necesitaba salir a tomar aire y mirar el cielo, hicieron que Odille tuviera que aclarar la situación. Salvo algunas que creían que la presencia de Tacuabé y la niña podía traer problemas, incluso con la ley, ya que eran prófugos, la mayoría decidió mantener el secreto y permitir que se quedaran. Esa situación le dio a Tacuabé la posibilidad de no estar encerrado en su habitación y a la niña, de poder llorar tranquila y, conforme pasaron los años, de aprender a caminar en los pasillos y los patios internos del convento.

Tacuabé seguía con la idea de volver a su tierra con la niña. Pero Odille le decía que no olvidara que significaba volver al país donde habían matado a todos los de su comunidad y que, si esa gente seguía en el poder, era muy peligroso. Tacuabé le decía que seguía sintiéndose inseguro en ese lugar. Ella respondió que lo mejor era matar las identidades anteriores. Moviendo sus contactos, logró elaborar dos actas de defunción que daban cuenta de la muerte de la niña María y de Laureano Tacuabé de tuberculosis en Nantes en 1835.

Los años pasaron, la niña creció y fue educada por las hermanas del convento, que la formaron en música, artes, historia y, por supuesto, teología. Cuando empezó a salir a la calle, a la gente le llamaba la atención su color de piel, sus rasgos, pero mucho más que una persona así hablara francés a la perfección y tuviera esos modos. Con el tiempo, dejó de ser tan llamativa y la niña Caroline pasó a ser una más de la ciudad. Tacuabé también. Aprendió rápidamente el idioma y se dedicó a estudiar música con la hermana Elise, ya que sentía que esa era su vocación. Realizaba tareas de mantenimiento en el convento y eventualmente también en otros lugares que solicitaban su buena mano y su detallismo. Comenzó a tocar en las tabernas y allí se empapó de las nuevas ideas. Se volvió no solo uno de los más fervientes defensores de la república, sino un líder para los republicanos. Los libros de historia destacan a Armand Duportal como uno de los principales líderes del republicanismo en Toulouse, pero, en los hechos, la influencia y el liderazgo de Duportal eran similares a los que ejercía Jean Soulassol.

Cuando sucedió la revolución de 1848, que depuso a Luis Felipe I y marcó el inicio de la segunda república, Caroline ingresó en la Facultad de Teología de la Universidad de Toulouse, a pesar de que las hermanas no compartían la decisión por considerar que quizás en la universidad pudieran enseñarle contenido falso o peligroso en relación con lo religioso, teniendo en cuenta las nuevas ideas de las últimas décadas. Pero Caroline les dijo que no pensaba dejar la formación con ellas, solo necesitaba interactuar con personas de su edad. En realidad, era todo una farsa. Caroline ingresaba en el edificio de la Facultad de Teología, a donde la acompañaban las hermanas, salía por una puerta lateral, caminaba unas cuadras y se metía en las clases de biología que se daban en la Facultad de Ciencias Naturales.

Tacuabé, luego de ser uno de los líderes de la proclamación de la segunda república en Toulouse y de encabezar reformas fundamentales en la ciudad, se dirige a París, donde siente que se están resolviendo los destinos de toda la nación. Allí conoce a republicanos moderados, a otros más radicales y a los socialistas, entre ellos, uno que será un gran amigo, Alexandre Martin, el obrero Albert. Es gracias a esa interacción entre ambos que Tacuabé comienza a militar en las filas socialistas y a encabezar acciones que se van tornando más radicales con el tiempo. Cuando detienen injustamente a Albert luego de los sucesos del 15 de mayo, Tacuabé se traslada a Charenton. Desde la clandestinidad, ya que Luis Bonaparte había empezado a perseguir a todos los opositores, organiza allí un grupo de militantes para el asalto al Castillo de Vincennes y la liberación de Albert. El asalto es un fracaso y los pocos sobrevivientes son encarcelados en el penal de Tours. Tacuabé sospecha que están esperando la orden para fusilarlos y esa misma noche escapa.

Es poco lo que se sabe de Tacuabé después de la fuga. Seguramente, se sintió amenazado y decidió escapar. Según sus apuntes, que en esta etapa se vuelven difusos, escapó en un barco hasta Brasil, se interesó por la Revolucion Farroupilha y estuvo en Porto Alegre un tiempo; luego, participó de la Guerra de la Triple Alianza, peleando en el bando paraguayo, y hasta menciona haber estado metido en la Revolución de las Lanzas, que transcurrió en Uruguay desde 1870 a 1872, como las fechas lo indican, ya a una edad avanzada.

Es en Uruguay donde descubre algo que le vuelve a dar sentido a su vida y lo hace retomar sus apuntes, se entera de que hay una sobreviviente de Salsipuedes. Una niña, que ya no lo es a esa altura, de nombre Floriana Aires, que en ese momento es una señora viuda que vive en Villa San Fructuoso, lo que hoy es Tacuarembó. La visita, Floriana le relata su vida y le presenta a su hija, Gumersinda Acosta, que en ese 1872 ya tiene veintitrés años y está casada con el peón rural Anacleto Caraballo.

★

Floriana recuerda el olor a pólvora, el humo, pero no ver a sus padres muertos. Al empezar la balacera, salió corriendo y los perdió. Cuando las tropas de Rivera capturaron a los sobrevivientes, sus padres no estaban. Tacuabé le confirma que sus padres murieron. También, de alguna forma, le dice por primera vez su edad, porque le cuenta que cuando pasó lo de Salsipuedes ella tenía diez años.

Él siempre pensó que ella había muerto también. Porque en el grupo de prisioneros no recuerda haberla visto. Ella le cuenta que, en un momento, antes de partir, le piden a un grupo de prisioneros que junten los cuerpos de los muertos en una pila. Se escabulle en ese grupo y se mezcla entre los muertos. Se queda durita, quieta, sin hacer ruido, mientras los otros, sin haberla visto, le siguen tirando cuerpos a la pila. Recuerda que desde el centro de la pila empezó a subir un vapor de sangre caliente y que tuvo que contener las ganas de vomitar. Tenía dos cuerpos arriba, no la veían, pero le costaba respirar normalmente. Deja de sentir ruido, pero espera. No oye nada más que pájaros carroñeros. Cuando anochece, hace fuerza, aprovecha la agilidad de su pequeño cuerpo y logra salir de la pila. Recuerda la noche, inmensa, y cómo, al empezar a caminar, respira el aire más frío y hermoso que jamás respiró. Camina hasta que no puede más. Duerme recostada a la orilla de un arroyo, cuando ya empieza a clarear. Siente ruidos o los sueña, entonces se despierta y sigue caminando. Come lo que encuentra, toma agua de cualquier lado. La misma rutina durante días. Una mañana, ve una vaca y la ordeña. Saldívar, el dueño de la vaca, un viejo paisano, la encuentra durmiendo debajo del animal. La despierta y ella se muere del susto. No puede moverse, está paralizada. Solo puede llorar, se mea encima. El viejo sabe lo que pasó en Salsipuedes. Todo el mundo lo sabe, el rumor se corre. Enseguida se da cuenta de que esa niña es una sobreviviente de la masacre. El viejo la adopta y, algunos años después, se muere. Ella se queda con las vacas y el rancho. Conoce a un peón de un campo vecino, Celedonio. Queda embarazada. Nace Gumersinda. Celedonio se muere. Gumersinda vive con ella hasta que conoce a un muchacho y se casa con él. Gumersinda se va a Villa San Fructuoso. La convence de mudarse a la villa. Vende el rancho y las vacas. Compra un ranchito en el pueblo.

Tacuabé le pregunta por los demás. Si sabe algo de los sobrevivientes. Floriana sabe sí. Cada tanto cae por la villa alguno y pasa las novedades. Muchos murieron. Los que siguen vivos son esclavos. Se los repartieron como botín y se los llevaron a sus campos o a sus casas de la ciudad. Hay un par que se escaparon, pero andan boyando por todo el territorio. No tienen una comunidad y en los pueblos son parias. Se volvieron huraños, nómades, solitarios. Esos son los que a veces caen por la villa. Los que propagan las noticias. A Tacuabé se le ocurre que hay que refundar la comunidad. Floriana, su hija, él, Caroline, los sobrevivientes de la masacre. Nunca fue un problema ser pocos, se vuelve a crear, con paciencia se puede. Le pregunta por Fructuoso, por Bernabé, los militares que comandaron la matanza. Fructuoso murió hace años, Bernabé fue emboscado por indígenas del norte y asesinado un año después de lo de Salsipuedes. A Tacuabé se le ilumina el rostro, que la venganza la hayan llevado a cabo ellos lo reconforta, pero más saber que al norte hay personas para refundar la comunidad.

Baja a Montevideo. Sabe que la situación ha cambiado y que los culpables de la masacre se han muerto, pero va con cuidado, no se confía. La última vez que recorrió esos caminos fue como prisionero. En Montevideo averigua de un barco que zarpa en tres semanas a Francia. En esos días que pasa en la ciudad, logra contactarse con algunos sobrevivientes. Viejos como él, con una esclavitud abolida hace años, pero trabajando día y noche para sus patrones. Todos se entusiasman con la idea, por más que quizás no les quede mucho tiempo. Se alegran de saber que Floriana y la hija de Guyunusa siguen vivas.

El viaje no es sencillo. Ya comienzan a sentirse los síntomas de la tuberculosis. No la pasa bien en el barco. A pesar de que pagó por su viaje con un sable que había pertenecido al propio Solano López, lo recluyen en una recámara sucia, sin aire, con poca agua y comida. Más allá de todo, su bitácora de viaje es optimista y gira sobre los mismos temas: la refundación de la comunidad, Floriana, Guyunusa, la muerte de los Rivera. Desembarca en Nantes Saint Nazaire y busca llegar cuanto antes a Toulouse, pero encuentra todo el tiempo obstáculos que lo demoran. Su nombre estaba asociado a los sectores más radicales y, si bien Luis Bonaparte ya no gobernaba, eran tiempos muy convulsionados. Luego del fracaso en la guerra franco-prusiana, el segundo imperio francés había caído, lo que dio lugar a la llamada Tercera República Francesa. Pero ahí no habían acabado los problemas. Poco tiempo antes de la llegada de Tacuabé, se había dado un levantamiento en París, que derivó en la llamada Comuna de París, que tuvo una vida muy breve y fue violentamente reprimida. Por más que Tacuabé se hallaba en Sudámerica, su nombre era asociado a los subversivos. El clima se termina de enrarecer cuando Tacuabé se encontraba en Niort, por unos intentos de levantamientos promonárquicos, que también son vehementemente apagados y que, por más que no involucraban a Tacuabé, daban carta libre al aparato represivo del gobierno para violentar los derechos y libertades individuales. Tacuabé tuvo inconvenientes en Niort, Bordeaux y Montauban, y debió quedarse incluso semanas escondido por precaución en esos lugares. Hasta que por fin llegó a Toulouse.

En el convento le informaron que Odille había fallecido, pero aún permanecían algunas de las hermanas más jóvenes. Caroline se había casado con un médico de nombre Max Blaché y habían tenido dos hijas, Florence y Anne. Por cuestiones laborales de Blaché, se habían mudado a Nice. Tacuabé no estaba bien de salud y no pudo seguir inmediatamente su viaje hacia Caroline, como hubiese deseado. Las hermanas cuidaron de él un tiempo, en el cual se encargó de compartir sus hallazgos, sus historias y legar sus cuadernos de apuntes de investigación. Murió un 23 de abril de 1874. Sus restos fueron sepultados en el cementerio del convento.

La historia en este punto podría partirse. El rastro hubiese llegado hasta acá. Quizás se hacía imposible saber qué fue de Floriana Aires, Caroline Tacouavé, Gumersinda Acosta, Florence y Anne Blaché. Pero una de las hermanas, Marjolin Gavard, se interesó particularmente en el tema. Recopiló y pasó en limpio los apuntes de Tacuabé. Fue registrando sistemáticamente los acontecimientos en la vida de Caroline y sus hijas, y luego formó un grupo de interesados, dentro de la propia orden domínica, para que el rastro no se perdiera. Ese grupo se mantuvo en contacto con aquellos religiosos que viajaban a Uruguay por misiones, les solicitaba datos y averiguaciones. Pero, ya a partir de fines del siglo, comenzaron a viajar ellos mismos de forma más fluida, algunos incluso se instalaron por muchos años. Sus investigaciones permiten armar el rompecabezas y continuar casi hasta el presente las líneas de descendencia.

La descendencia de Florence Baché está más documentada que la de su hermana Anne, que tiene muchos baches y zonas oscuras, pero que es de las líneas que arroja más sorpresas. Caroline Tacouavé, como se dijo, contrajo matrimonio con el médico Max Blaché y se mudaron a Niza, donde tuvieron a sus hijas. Caroline había terminado sus estudios en ciencias biológicas, pero no había ejercido su profesión para criar a las niñas. Cuando murió su marido, se dedicó a vivir de su herencia y a intentar retomar sus estudios. Incluso, ante el entusiasmo que le provocaron las leyes de Mendel, comenzó a interesarse por la genética, pero falleció repentinamente mientras montaba un laboratorio casero en su casa, en octubre de 1901; tenía sesenta y ocho años. Al enterarse de su muerte, la hermana Marjolin se trasladó hasta Niza y convenció a sus hijas de que quizás lo mejor fuera enterrarla en el mismo lugar del convento donde reposaba su querido Tacuabé.

Anne Blaché nació en 1860. Realizó sus estudios en el convento de los padres domínicos en Niza. Se interesó, en un principio, por la pintura y la arquitectura religiosa, por influjo del padre Michel, quien había realizado estudios de arquitectura en Roma y la incentivó a continuar por ese camino, a pesar de que las mujeres no podían estudiar la carrera. A partir de ese momento, se volvió su mentor, lo que se tomó como algo personal. En 1880, Michel falleció y Anne buscó continuar su pasión con los pocos arquitectos que había en la ciudad. Por ese entonces, Niza era una ciudad con escaso movimiento y actividad, al menos en comparación con otras ciudades vecinas. Ese mismo año, le escribió una carta al gran arquitecto Charles Garnier, en la que le manifestaba su deseo de trabajar con él. La carta no tuvo respuesta, por lo que Anne le envió, en los sucesivos meses, seis cartas más. El 1881, se incendió el Teatro de la Opera en Montpellier y contrataron a un alumno de Garnier para la restauración. La ciudad vivía un momento de auge por el desarrollo de la vitivinicultura y contaba con mucho presupuesto, así que las autoridades decidieron, ya que se iba a iniciar una gran obra, como sería la del teatro, reformar toda la ciudad y modernizarla. Anne recibió una carta escueta de Garnier en la que le contaba sobre esta situación y le decía que quizás su alumno, Joseph Cassien-Bernard, necesitaba ayuda y que se presentara ante él con esa carta como recomendación. Anne viajó a Montpellier y, luego de muchos entredichos e idas y vueltas, porque Cassien-Bernard no quería mujeres en su equipo, logró formar parte de la plantilla de remodelación de la ciudad. Se comenta que el protagonismo y la incidencia de Anne en la reforma de Montpelllier fue más importante y decisiva de lo que la historia cuenta, pero el relato oficial solo glorifica a otros arquitectos. En esos años de trabajo conoció a Just Lorrain, un escultor que trabajaba en el equipo de la reforma. Al terminar la obra, se casaron y luego partieron para Périgueux, ya que un proyecto de modernización urbanística que presentaron juntos había sido aceptado. En ese pueblo nacieron sus hijos, Yvonne y Emile. Pocos años después, durante el proceso de trabajo, comenzaron las desavenencias entre Lorrain y Anne, primero mínimas, luego graves, con agresiones varias. Al parecer, el escultor no soportaba su lugar marginal de reconocimiento, ya que todo el pueblo y la comunidad arquitectónica francesa comenzaba a rendirse al talento de Anne. En un incidente mientras recorrían obras del puente del Boulevard Lakanal, Lorrain le arrojó ácido en la cara a Anne y huyó. Nada se supo de él hasta que apareció muerto en 1897, en una taberna de Bordeaux, donde se hacía llamar Gino Lard. Anne estuvo un tiempo internada, se creía que quedaría ciega, pero al final solo perdió capacidad de visión parcialmente. Se sumió en una gran depresión, que la hizo abandonar la arquitectura. Sobre el final de su vida, su hija Yvonne y su pareja, su yerno Joseph, le pidieron que diseñara su casa en Jarnoc, lo que sería su última obra. Se suicidó en 1910, arrojándose desde un puente al río Isle. Marjolin y lo que ya en ese momento se llamaba secretamente Cofradía Tacuabé, continuadores de sus investigaciones, se hicieron cargo del cuerpo y los ritos funerarios, y la enterraron en el convento de Toulouse.

En el fondo, Yvonne vivió el desenlace como un alivio. Durante años había intentado ayudar a su madre a salir de su depresión, pero todos sus intentos habían sido en vano. Cuando perdió el contacto por un tiempo con ella, supo cómo terminaría la historia. Sentía la tranquilidad o la esperanza de imaginar que su madre ya no sufría este mundo tan ingrato. Los reconocimientos a su figura y su obra llegaron póstumamente, la agresión de Lorrain interrumpió su mejor momento y truncó una carrera absolutamente heroica, tomando en cuenta las dificultades que tuvo que sortear y lo complicado que era el contexto para una mujer arquitecta. Cuando Marjolin se presentó y le explicó quién era y qué quería, dejó que obrara a su antojo. Se podría decir que la mala relación entre sus padres y luego la cobarde agresión de su padre a su madre marcaron su vida. Cuando sucedió, Yvonne tenía siete años; su hermano Emile, seis. La historia de Emile no es muy épica y, como no dejó descendencia, que es lo que importa en este relato, vamos a obviarla. Solo se podría decir que se hizo contrabandista, no de los que realizan la travesía, sino de los que distribuyen en el territorio propio lo contrabandeado. Anduvo por todas partes de Francia, pasó unos años preso, se cree que mató a un portugués en una taberna de Cap Ferret y murió solo en un hospital de Le Havre, aquejado de una agresiva cirrosis que lo consumió rápidamente. Su hermana encontró refugio a su difícil niñez en las novelas policíacas, en especial en las de Emile Gaboriau, de quien era una total seguidora. Su sueño era volverse policía o detective y resolver crímenes. Cuando tenía trece años, puso un letrero en la puerta de su casa que decía: «Yvonne Lorrain - Detective». Resolvió un par de casos de desapariciones menores, como la de un juguete de un niño o la de las gallinas de una vecina. Pero, luego de un tiempo, nadie más la contrató y terminó poniendo una fábrica de vinagre, aprovechando que su hermano viajaba seguido a Montpellier y podía hacerle las gestiones con los vitivinicultores de allí. Nunca dejó de leer novelas policiales ni de querer ser investigadora. Leía las noticias de crímenes en los periódicos y, a veces, cuando la Policía no podía resolver el caso, ella se presentaba como voluntaria. Los policías ya la conocían y la dejaban; además, realmente era de mucha ayuda para pensar en hipótesis inverosímiles. Visitando un depósito de la compañía de ferrocarriles que se encargaba del tramo París-Orleáns, con motivo de la pesquisa en torno a la aparición del cadáver de una niña, hija de un empleado de la compañía, conoció a Joseph Mitterrand, otro empleado. Empezaron a salir, a conocerse, y se casaron en 1910. La compañía trasladó ese año a Joseph a Jarnac, y ambos se instalaron en esa ciudad. Yvonne mudó la fábrica a ese lugar y le pidió a su madre que les diseñara una casa que irían a construir. Lo más curioso de esta línea de descendencia es que uno de los hijos del matrimonio, François, con los años sería presidente de Francia. O eso parece indicar lo investigado por la Cofradía Tacuabé. Necesito corroborar esta versión, pero no es sencillo acceder a Mitterrand, quien, al momento de escribir este texto, sigue siendo el presidente.[23]

---

23 Con el tiempo, el propio Mitterrand habría llegado a declarar que era descendiente directo de Micaela Guyunusa, pero no hay documentos fehacientes que confirmen que efectivamente dijo eso. A pesar de la falta de pruebas irrefutables, es una versión que nunca fue negada por el entorno del presidente francés y que muchos trabajos sobre Mitterrand y sobre la descendencia charrúa toman como cierta. Principalmente, estos se basan en que también él tendría en su baja espalda la llamada *mancha mongólica*, uno de los rasgos de los descendientes de charrúas. En una postal navideña que le envía a Pedro

Me llaman de un programa de radio. Quieren saber qué voy a leer en las vacaciones. Les digo que pienso volver a algunos títulos cuya relectura tengo pendiente hace tiempo. Primero me preguntan si esta es la segunda vez que los leo y les digo que son libros que he leído muchas veces y a los que siempre que puedo vuelvo. No hay mala onda, la amabilidad continúa, pero siento que no es lo que esperaban. Me despachan rápido, me agradecen y me despiden. Sigo escuchando el programa. Noto que en realidad querían hablar de novedades, libros que ahora están en el tapete y no de clásicos o desconocidos de la década del ochenta. Hablamos mucho con Leonor sobre la novedad. Es un tema recurrente en las mañanas, cuando después de desayunar nos quedamos horas charlando. A ella todo el culto a la novedad editorial le parece una imbecilidad. A mí me interesan, me dan curiosidad algunos lanzamientos, estoy al tanto de lo que sale, leo las notas periodísticas que anuncian lo que cada editorial va a sacar al año siguiente. Pero coincidimos en que esa pleitesía es otro triunfo del capitalismo. No somos ingenuos, eso siempre existió y, como en toda actividad comercial en las sociedades modernas, es algo usual. Pero nos llama la atención cómo el tema de la novedad ha reconfigurado

Miguel Astapenco por el inicio del año 1996, Martha comenta al pasar: «Ah, y me crucé a Mitterrand en un *vernissage*, rodeado siempre de guardaespaldas, pero aun así me acerqué y le tiré: "Y lo de Guyunusa, ¿es cierto?", él sonrió y no dijo nada, nada con su voz, pero con los ojos me dijo un sí rotundo».

por completo el sistema literario y la vida de los libros. Es un poco cruel que la vida útil de los libros no supere el año y también repercuta en la precarización laboral de quien escribe, porque su trabajo pierde valor. Si lo que hace dura menos, el dinero que puede percibir por ese trabajo es menor; y, al durar menos, lo que tiene que hacer para percibir el mismo dinero que antes es escribir y publicar más libros en menos tiempo, por lo que, haciendo una estimación de cotización de lo que termina valiendo un libro ahora y lo que valía hace unos años o décadas, el valor de su trabajo se viene a pique. Para poder vivir medianamente de lo que hacen, que no proviene únicamente de la venta de ejemplares, quienes escriben ahora tienen que trabajar a tiempo completo y, al terminar un libro, inmediatamente tienen que empezar otro, con la consiguiente reducción también de los tiempos de los procesos de escritura. Los procesos largos siguen existiendo, pero en términos prácticos, ¿cómo pueden mantenerse, comer y pagar sus cuentas durante ese largo proceso quienes se dedican a escribir?

El programa sigue. Ahora hablan de la cantidad de libros que leyeron en el año y del objetivo para el año que entra. No hablan de qué libros quieren leer, hablan de cuántos. Y no se refieren nunca a relecturas, tienen que agregar determinada cantidad de libros nuevos para sentirse realizados. Al sistema no le interesa qué consumís, sino cuánto. El capitalismo necesita que consumas mucho, y cada año más. Y para consumir mucho, la experiencia de consumo debe necesariamente cambiar. Si un lector está con un libro durante meses, porque la experiencia con ese libro se dio así, porque quizás el lector necesite ir despacio, volver hacia atrás, abandonarlo y retomarlo a los días, leerlo dos veces, si la experiencia es así, libre, diferente porque cada lectura es una experiencia distinta, inevitablemente vamos a comprar menos libros que si leyéramos uno por día o uno por semana, solo por la obligación de leerlos en ese lapso. Lo que está cambiando es el objetivo que se persigue a la hora de empezar a leer un libro. Ninguna de las experiencias que tradicionalmente asociábamos a la lectura del libro se conserva y la única que reina, que no era tan predominante, es la relacionada al capital cultural a nivel social. Se leen muchos libros para decir que se leen muchos libros. Nadie se guarda ese logro para sí. Se lee una cantidad impresionante de libros, muy por encima del resto de la población, para poder vanagloriarse de eso, para ubicarse socialmente en un lugar superior de prestigio. En una reunión, entre colegas, en las redes sociales, el que lee mucho más que el resto tiene algo de qué jactarse, y en el mundo actual la jactancia es todo. Me apena que leer así no sea garantía de leer mejor. No tengo idea de qué sería *leer mejor*, supongo que tener experiencias con el libro que trasciendan la lectura mecánica, conectar, hacer funcionar el cerebro a distintos niveles, explotar la sensibilidad, ponerte a dialogar con tu contexto, con tu pasado, con tu futuro, hablar con los muertos, convivir con los fantasmas, tener ganas de coger, de comer, de bailar, sentirse asfixiado, desintegrarse. Le pregunto a muchos colegas sobre qué sería *leer bien* y muchos la llevan para el lado menos interesante, la acumulación de conocimiento y el agrandamiento del capital cultural. No quiero ir por ahí, siempre me parecieron horribles los planes de lectura. Los planes de lectura que se han aplicado en Uruguay tienen que ver con que todo el mundo lea y que lea más. No se va más allá, es estrictamente cuantitativo. Necesitan cifras para poder, de nuevo, jactarse ante los votantes y ante la comunidad internacional del nivel de lectura, de alfabetismo y de cultura general del pueblo uruguayo. Leer nos salva, pero para lograr esa salvación no importa si lo que debemos hacer es que la clase letrada obligue a cada ciudadano uruguayo a que lea. A que lea. Sí. En el momento de la humanidad en el que quizás se lea más, porque leer no es solo leer libros, los planes de lectura únicamente están interesados en obligar a un montón de personas que tienen que pasarse todo el día en trabajos que les arruinan la psiquis, la autoestima y el físico, o viviendo situaciones de violencia de todos los tipos, económicamente con la soga al cuello, en lugares de hacinamiento, con un montón de males de las socie-dades contemporáneas, que lean un libro y, después, que lean más. La cumbre del cinismo clasista es ese montón de frases del estilo de «Un pueblo que lee es un pueblo libre», «Lee para tener una vida mejor» o «Cuando nuestra sociedad leía era una sociedad mejor», como si el libro, que hoy también es un engranaje de este sistema, pueda salvarnos de siglos de desigualdad, de un capitalismo cruel, una sociedad globalmente violenta, machismos, racismos, colonialismos, una inmensidad de males que so-cialmente hemos construido y legitimado durante siglos. Justamente el libro, que hoy en día se volvió un producto de clase media alta, de letrados, blancos, occidentales, en un sistema dominado por grupos empresariales blancos, occidentales, ricos y conservadores, va a salvar a la humanidad de un sistema que basa su existencia y su éxito en la desigualdad, la explotación y la violencia del más fuerte sobre los más débiles. Si en definitiva es una actividad burguesa, ¿por qué vamos a obligar al pueblo a que lea, a través de políticas públicas?, ¿por qué vamos a insertarles en sus casas, a través de programas de acceso al libro, un artefacto que poco tiene de útil en sus vidas? En todo caso, las políticas deberían ir por ese lado, generar las condiciones necesarias para que una familia pueda y quiera leer un libro, o comprar el diario o ir al cine. De este modo, sería mucho más eficiente como política pública de incentivo al libro mejorar el inhumano transporte público montevideano, reducir la jornada laboral o combatir la especulación inmobiliaria. Dejar de ser tan hipócritas y admitir, de una vez, que una sociedad que en su conjunto considera al trabajo literario una actividad de vagos y parásitos, desde el obrero metalúrgico al senador, desde la maestra al empresario, desde el estanciero al linyera de abajo del puente, no puede obligar a que la población lea, quiera leer, necesite leer, disfrute leer.

Termina el programa con los recomendados de los conductores y algunos panelistas invitados, quienes se propusieron leer no sé cuántos libros en el año y le llaman a eso el *challenge* de no sé qué. Más allá de que ninguno de los recomendados me interesa, noto que son los mismos que recomendaron en otros medios y que, casualmente, son los mismos que se vienen recomendando hace años, mismos autores, mismas estéticas y búsquedas, mismas editoriales. Me pregunto de qué vale leer una cantidad de libros al año si eso no derivó en ninguna expansión o apertura, si no nos permitió sorprendernos, descubrir algo que no conocíamos, salir de nuestra zona para entrar en territorios inhóspitos. ¿Qué tan libres somos de elegir nuestras lecturas, leamos un libro por año o sesenta? Me pregunto si no se la estaremos haciendo muy fácil a esta máquina que solo quiere devorarnos y que, mientras lo hace, nos vende cosas que pagamos con nuestro cuerpo, nuestra mente y nuestras almas. Me pregunto, si en realidad, el algoritmo que nos esclaviza y delimita terriblemente nuestro universo no seremos nosotros mismos.

Charrúas dos

Era extraño vivir en un lugar con ese nombre. Hasta el día de su muerte, Floriana maldijo el momento en que a su hija se le ocurrió la idea de instalarse en un lugar que homenajeaba al asesino de los suyos, al gran artífice de la masacre, quien además había disfrutado el resto de sus días con honores de héroe. A Gumersinda le contó, cada noche de su niñez, la historia de su pueblo, lo que recordaba, lo que le habían contado, lo poco que había reconstruido junto al viejo Saldívar. Por suerte para ella, cuando la historia llegaba a la parte de la reunión en Salsipuedes, Gumersinda ya estaba dormida. Celedonio, su marido, le había dicho que no quería que le transmitiera esas supersticiones a la niña, que todo el mundo sabía que los charrúas estaban malditos y que era de mal agüero que le llenara la cabeza con esas cosas, ya bastante tenía con vivir con esa sangre en las venas. Celedonio era riverista, pero Floriana se dio cuenta tarde. Pensó en envenenarle la comida, en clavarle un facón en las tripas, pero no lo hizo y, con el tiempo, encontró la forma de ignorar sus loas a don Frutos y al Partido Colorado y tratar de transmitir a su hija su legado, mientras Celedonio roncaba en su cama. Confiada en una refundación de la comunidad, Floriana le contaba lo lindo que era ser charrúa, sus costumbres, su lengua, la idea de irse bien lejos de los pueblos y vivir únicamente en contacto con la naturaleza. Cuando creció, empezó a sugerirle sutilmente que lo mejor era fijarse en los muchachos de la comunidad, que eran muchos, solo que a veces andaban de pasada por el pueblo, conservando el nomadismo que Floriana conocía. Cada vez que venía un charrúa de una edad similar a Gumersinda, le hablaba de sus virtudes, de lo mejores hombres que eran. A Gumersinda no le interesaban, con alguno llegó a conversar, pero no mucho más. Conoció a Anacleto cuando se instaló con su patrón en un campo en las afueras de la villa. Venían de Montevideo el patrón, un escritor y abogado que sufría de asma y a quien le recomendaron alejarse del clima húmedo de la capital; su esposa, una mujer de la aristocracia montevideana, que en sus ratos libres se dedicaba a la pintura de paisajes; y sus peones, entre los cuales estaba el joven Anacleto. Lo vio por primera vez en la pulpería comprando vino para su padre, un viejo peón de la familia de la señora, quien llevaba a Anacleto y su hermano Carlos a todas partes. Gumersinda lo miró a los ojos y le mantuvo la mirada. En ese tiempo, las mujeres no hacían eso y las que lo hacían no podían ser miradas por gente como Anacleto. Comenzaron a charlar cada vez que se encontraban en el pueblo y, un día, la acompañó hasta su casa. Al día siguiente, sin que Gumersinda lo supiera, llegó Anacleto y solicitó hablar con Floriana para pedirle permiso para salir con Gumersinda. Se casaron al poco tiempo y se fueron a vivir a la estancia de los patrones de Anacleto. Pero la convivencia no fue la ideal. La patrona, cuando supo que la nueva peona era charrúa, se dedicó a atosigarla y maltratarla, le atribuía todos los males, la culpaba de lo que se rompía o faltaba, la trataba de maldita, ladrona, salvaje. El hijo de la pareja, un niño de nombre Marcelino, que ya tenía edad de hacerlo, no hablaba una palabra. Se creyó que podía haber nacido mudo, pero los estudios que le habían hecho en la capital determinaron que su cuerpo no tenía ningún problema que le impidiera hablar, si no lo hacía era porque no quería. Marcelino fue creciendo y su silencio se transformó también en una actitud fría y distante con sus padres. Directamente los ignoraba. Se levantaba de la cama, desayunaba en absoluto silencio e indiferente a su entorno, mirando con calma a un punto fijo en la nada, y se iba al campo, caminaba, andaba solo todo el día y únicamente volvía para comer. El padre intentó hacerlo reaccionar con rezongos y hasta golpes, pero, más allá de los quejidos por el dolor y la tristeza de la situación, nada de eso doblegó su espíritu ausente. La patrona insistía en que la culpa era de la «india», que desde que había llegado todo estaba maldito, hasta su hijo. Marcelino empezó a pasar rato con Gumersinda. Lo que quizás le hiciera sentir a gusto era que podían estar todo el día sin emitir sonido alguno. Gumersinda trabajaba en silencio y no molestaba con nada a Marcelino, quien empezó a acompañarla en sus vueltas cotidianas. Lavar la ropa en el arroyo, juntar yuyos para hacer sus medicinas y sus infusiones, darles de comer a los animales y barrer el galpón donde vivían. Con el tiempo, Gumersinda le fue narrando sus actividades, por qué juntaba ese yuyo, para qué servía cada cual, historias que le contaba su madre, el origen del cielo, del agua, de la noche, cómo hablar con los animales, su lengua, sus canciones. Un día, Marcelino vio que Gumersinda guardaba un mechón de pelo de su madre. Ella le contó que lo peinaba cuando la extrañaba y la sentía allí. Al día siguiente, Marcelino se cortó un mechón de su cabellera, lo ató con una cinta roja que encontró en el costurero de su madre y se lo regaló a Gumersinda. De a poco, Marcelino empezó a hablar en esporádicas situaciones aisladas. Gumersinda se sorprendió, pero pensaba que si le hacía saber que esas palabras eran extraordinarias el niño iba a dejar de decirlas. Una tarde, la madre de Marcelino ingresó a su habitación y, buscando otra cosa, encontró en un cajón piedras de distinto tamaño, ramitas, flores, montoncitos de tierra y arcilla, bichitos muertos y secos. Salió como una furia a buscar a Marcelino para preguntarle qué era eso y lo encontró junto a Gumersinda. Charlaban a orillas del arroyo, reían, Marcelino le ponía flores y pastitos en el pelo a Gumersinda. La madre se fue al galpón a decirle a Anacleto que se fueran inmediatamente de allí, pero no encontró a nadie. Sin embargo, en un canasto que había al lado del lugar donde parecía que dormían, encontró un mechón de pelo de Marcelino. Fue corriendo hacia la casa y le contó todo lo que había visto a su marido. Le dijo que lo de Marcelino no era ninguna enfermedad, sino un gualicho que la india les había hecho y que, si no los echaban, la maldición iba a acabar con todo. El marido le dijo que no podía hacer eso, que Anacleto y su familia eran los mejores peones que tenía y que no era tan grave lo del mechón. La madre fue a la habitación de Marcelino, juntó en una bolsa las piedras, las maderas, las ramas, la tierra, las flores, y le pidió a otro peón que lo tirara bien lejos. Cuando Marcelino llegó, encontró el vacío y empezó a gritar. Su madre le dijo que se había desecho de todo, que no se preocupara que la maldición de la india iba a terminar, que le prohibía verla, que los iba a echar y que, si se negaba, lo encerraría en la habitación de servicio para siempre. Marcelino gritó más fuerte y de un momento a otro, empezó a insultarla en la lengua materna de Gumersinda. La madre, horrorizada, le dio una violenta bofetada. El niño la empujó contra un viejo cuadro de sus antepasados, que cayó sobre un candelabro y se desarmó. Salió corriendo sin rumbo. Pasaron las horas, lo buscaron por los campos, salieron todos, la familia, los peones, Gumersinda. Se hizo la noche y siguieron la búsqueda. Ni rastros de Marcelino. La madre fue hasta el galpón de los peones aprovechando que no había nadie, juntó todas las pertenencias de Gumersinda, menos el mechón de Marcelino, que guardó entre sus ropas, y las prendió fuego. Se incendió el resto del galpón. Gumersinda llegó a ver irse a su patrona del lugar en llamas. Allí no solo estaba su ropa, también estaba el mechón de pelo de su madre y un regalo que le había hecho Anacleto la vez que le propuso casamiento.

Al otro día, Gumersinda le pidió a Anacleto que se fueran de allí. Fue difícil convencerlo; seguramente, en su cabeza Anacleto pensaba que pasaría el resto de su vida sirviendo a esa familia, como lo habían hecho todos antes que él, su padre, su madre, sus abuelos. Pero Gumersinda estaba convencida, dura como una piedra, intransigente. Se iba con él o sin él. Así que, un día, al ir al pueblo para buscar a Marcelino, que seguía sin aparecer, le preguntó al herrero si no necesitaba un ayudante. El herrero, un viejo paisano de la zona, le dijo que no, que el trabajo no era mucho. Que a veces algún caballo para herrar, a veces muy de vez en cuando una portera, alguna alambrada aislada, pero que nada más, y que no podía pagarle. Anacleto le dijo que, si le enseñaba el oficio y le daba un lugar para vivir, no le iba a cobrar nada y que iba a necesitar un empleado. En ese momento llegó Gumersinda, que también estaba en la búsqueda de Marcelino, y el herrero vio que se trataba de una charrúa. Sabía por lo que habían pasado después de lo de Salsipuedes, que siempre habían sido un pueblo errante, pero que ahora eran realmente fantasmas por los caminos, maltratados, sin trabajo, sin casa, sin nada para comer. El gobierno había incentivado que todo el mundo tuviera licencia para maltratar a cualquier charrúa o guaraní que viera. Recordó que, cuando niño, por las guerras de independencia su familia había perdido todo y tuvieron que vagar un tiempo sin casa ni trabajo, y que en el peor momento recalaron en un campamento charrúa, donde, a pesar de ser recibidos con cierta hostilidad al principio, les dieron comida y un lugar para dormir antes de seguir el viaje. También recordó que, cuando sus padres se instalaron en esos parajes donde ahora vivía, su madre tenía una pequeña india que la ayudaba con las cosas de la casa y el cuidado de los niños. Aceptó el trato de Anacleto, le cedió un pedacito de tierra tras el taller y le dio unas maderas y unas herramientas para que se construyera algo para vivir. Le enseñó el oficio y empezaron a trabajar juntos.

En poco tiempo se produjo el golpe de Estado que puso a Latorre al poder con su llamado «proyecto modernizador». Una de las características del proyecto de nuevo país de Latorre era el énfasis en el respeto de la propiedad privada, una explosión de loteado de tierra y, por lo tanto, alambrado. El herrero y Anacleto no daban abasto, alambrando de sol a sol. Instalando porteras, tranqueras, rejas. El ranchito de madera al fondo del taller se volvió una casa. Gumersinda ya le había dicho a su madre que se fuera a vivir a la Villa porque la extrañaba mucho y porque la veía muy sola en su rancho en el campo. En 1877, nació la primera hija de ambos. Azucena Caraballo. Marcelino nunca más apareció. La expatrona de Gumersinda apareció muerta en el piso de su habitación, con el pelo cortado y rodeada de piedras y ramitas de árboles. Cuando nació Azucena, Gumersinda recibió un paquete misterioso en la puerta de su casa. Una muñeca y el viejo mechón de pelo de Marcelino.

★

Teófilo Caraballo, padre de Anacleto, se había vuelto principista y seguidor de Juan José de Herrera, una de las figuras más importantes del Partido Nacional. Cuando este se exilió en Argentina y comenzó a organizar una Junta Revolucionaria que buscaba derrocar a los gobiernos militaristas colorados, uno de los interlocutores en Uruguay, que recibía información y la transmitía a los movimientos locales, era el propio Teófilo. De a poco, Anacleto se fue involucrando y, cuando en 1886 se produjo la Revolucion de Quebracho, ambos fueron a pelear en las tropas revolucionarias. En esa batalla, que el bando oficial ganó cómodamente, Teófilo perdió la vida y Anacleto resultó capturado como prisionero. Cuando lo liberaron no volvió a San Fructuoso inmediatamente. Junto a un grupo de militantes de varios partidos, opositores al régimen de Santos, organizaron un atentado para asesinar al presidente.

Ese mismo año, en la puerta del teatro Cibils, en Ituzaingó entre Cerrito y Piedras, a donde Santos se dirigía a ver una ópera, un teniente de la comitiva, Gregorio Ortiz, le apoyó en la cara una pistola y disparó, pero la cercanía del objetivo y que no atravesara hueso ni partes vitales hizo que Santos resultara sin heridas graves. Gregorio corrió rumbo al puerto, porque allí lo iba a estar esperando Anacleto a caballo. Pero Anacleto había entendido mal la dirección y lo estaba esperando dos cuadras más adelante. Al pensar que lo habían abandonado y al sentirse rodeado, Gregorio se pegó un tiro con la misma pistola con la que había querido matar al presidente. Luego del atentado fallido, las fuerzas de seguridad redujeron el cerco en torno a los organizadores del ataque, porque nunca creyeron que Ortiz fuera un loco suelto. Por precaución, Anacleto, junto con gran parte del grupo, se exilió en Buenos Aires, donde se cree que se vinculó a sectores afines a Aristóbulo del Valle, primero, y Leandro Alem, después; participó en la Revolución del Parque y ahí se le perdió el rastro. En 1904, cuando nació su nieta Esther, hija de Azucena, se lo vio por Montevideo, ciudad donde vivía su hija. Cuentan que, además de envejecido y bastante desmejorado de salud, sufría delirios persecutorios y sentía que lo seguían buscando por el atentado. De hecho, fue a visitar a su nieta brevemente, porque afirmaba que lo habían seguido unos vigilantes de Máximo Tajes y que debía volver a esconderse. Después de eso no lo volvieron a ver.

Se podría decir que Azucena es hija de la reforma vareliana, iniciada en 1876 por José Pedro Varela, que democratizó y universalizó la educación pública. Fue la primera de su familia en saber leer, y eso resultó decisivo en su vida. A los diez años, en los ratos libres que le dejaban las tareas de la casa y su educación, se dedicaba a enseñarle a leer y escribir a su madre, Gumersinda, y a sus vecinas. Eran tiempos en que los pueblos estaban poblados por mujeres y niños, porque los hombres de la casa estaban todos en algún tipo de batalla o revolución; por lo pronto, el propio padre de la pequeña Azucena. Los viejos charrúas que pasaban por San Fructuoso a recargar provisiones se detenían por la casa de Gumersinda a saludar y veían a la niña leer, escribir y enseñar, y le traían libros y periódicos de los diferentes pueblos que encontraban. Una vez, un visitante le insistió en que debía irse a la capital a estudiar en el Instituto Normal para ser maestra, y desde ese día no entró otra idea en su cabeza. Cuando ya tuvo edad como para irse, lo único que le preocupaba era con quién iba a quedarse su madre, porque su marido se había ido a combatir hacía años y seguramente ya estaría muerto o se habría instalado en otro pueblo para siempre. Pero su madre le dijo que se fuera, que los de su comunidad nunca están solos, que, aunque parezca que estaban dispersos, cuando se los necesita están. Y que, además, los charrúas no son gente para estar clavada en una casa toda la vida, sino para andar, y que ella tenía que seguir su camino. Azucena vio, a su vez, que las mujeres del pueblo habían generado una comunidad de solidaridad y cuidado que podía hacer sentir contenida y acompañada a su madre. Así que, un día, cuando pasó una carreta conducida por un viejo conocido de su abuela, se subió con sus pocas pertenencias y sus muchos papeles y se fue a estudiar a la capital.

Su madre le había dicho que buscara a algunos conocidos en Montevideo, que seguro la iban a ayudar. En alguna de las pensiones cercanas al puerto tenía que encontrar a Brígida, una señora que había sido amiga de su abuela Floriana y que se había casado con un comerciante italiano y mudado a Montevideo. Tardó varios días, en los que fue de la mañana a la noche casa por casa preguntando por la tal Brígida, hasta que por fin la encontró. Ya era una señora viuda con hijos y nietos, y casualmente vivía en una pensión con lugar para alojar a la joven Azucena. El primer año se le fue estudiando, trabajando en una cigarrería del mercado del puerto y cuidando a Brígida, que ya estaba un poco enferma. Los hijos y nietos de la señora no vivían muy lejos, pero nunca la visitaban. Al año siguiente, empezó a salir más, a conocer gente, a caminar por el río o ir hasta el arroyo, esos parques donde se estaban construyendo casas señoriales de veraneo. También le gustaba ir a las veladas de poesía que se daban en los cafés y las bibliotecas, pero muchas veces no la dejaban entrar, por mujer y por india.

En ese tiempo conoció a Elbio Maturana, el sobrino del panadero del barrio, que vivía más para el lado de las casas de Reus, pero trabajaba con su tío. Empezaron a salir, se enamoraron y, al tiempo, se fueron a vivir juntos a una pieza de la pensión en la que ella ya vivía con Brígida. Un día, Elbio llegó con la idea de irse los dos a Minas, porque le habían dicho que había oro y era la oportunidad para volverse ricos. Desde más o menos 1887, cuando unos trabajadores encontraron oro en las sierras, se había propagado el rumor; y del rumor se pasó a la fiebre y el furor. Mucha gente se fue a Minas, venían buscadores de oro de Argentina y de Brasil, al menos hasta cerca del 1900, cuando el Estado tomó cartas en el asunto y se dignó a regular la actividad. Igualmente, para cuando se normalizó, la efervescencia había mermado bastante. A Azucena le quedaba todavía un año para recibirse de maestra y, cuando se recibiera, sus planes estaban en San Fructuoso, donde tenía el sueño de enseñar a leer y a escribir a todas las mujeres que la habían cuidado y criado, o en Montevideo, ya que, en los barrios periféricos, de inmigrantes, indígenas y negros, nadie quería ir a enseñar. Así que le respondió que no, que ella se quedaba. Él le pidió que lo esperara, que iba a hacerse rico y volver para comprarse una casa y estar juntos. En esos años, Elbio no debió haber vuelto más de dos o tres veces. Siempre sin plata, envejecido, un poco loco, diciéndole que no habían encontrado nada, pero que estaban cerca. Siempre con un dato que nadie tenía y que los iba a hacer descubrir eso tan preciado. Una vez vino contento. Le ordenó a Azucena que fuera buscando casa en el barrio más exclusivo, porque un viejo charrúa le había indicado que en donde el arroyo Campanero Chico hace una especie de u había tanto oro que se podía ver sin excavar; incluso, a veces, si había tormenta, pepitas de oro podían encontrarse en el propio cauce. Nadie lo había hallado todavía, ya que estaba en una ladera del cerro Campanero, en una cueva que no se veía porque la tapaban unos árboles. Azucena no creyó mucho en lo que le decía Elbio; además, mientras se lo contaba, veía cómo su mirada ya no era la que ella había conocido, estaba oscura, perdida, pantanosa y profunda. Elbio volvió a partir a Minas sin saber que la próxima vez que volviera iba a haber nacido su primera hija, Esther, porque Azucena, que tampoco lo sabía, estaba embarazada.

Azucena ya trabajaba en una escuela de la Aguada, militaba con otras mujeres en un grupo que luchaba por mayores derechos, como el divorcio o el sufragio. Había empezado a contactar a todos los charrúas que encontró y logrado que se reunieran una vez por mes. Allí se enteró, por ejemplo, que Tacuabé, quien se había ido a Francia para traer a la hija de Guyunusa y volver a unir la comunidad charrúa, había muerto. El 5 de mayo de 1904, nació Esther Maturana. A los pocos días, Azucena recibió una visita inesperada en la pensión. Su padre, que creía muerto, pasó a saludarla. Viejo, un poco loco, paranoico, no dio muchas explicaciones y, como llegó, se fue. Nunca más lo vio. Al tiempo, le llegó la noticia de que su abuela Floriana había muerto. Tiempo después, cuando Elbio volvió dispuesto a llevarse a Azucena a Sabará, en Brasil, donde le dijeron que había oro debajo de cada piedra, se encontró con la habitación vacía y ropa de bebé. Una esquela de Azucena le decía que había sido padre de una niña y que ella se había ido a San Fructuoso a visitar a su madre, que estaba enferma. Elbio sintió que sus planes en Sabará no eran compatibles con la idea de tener una hija recién nacida en Montevideo, así que agarró sus cosas y se fue rumbo a Melo, de donde salía una carreta hasta Porto Alegre; de allí se iría, no sabía muy bien cómo, a Sabará. Volvió muchos años después, sin un peso, sin trabajo, enfermo, y su hija Esther, con ocho años, se vio obligada a simular que se puede tener cariño por un desconocido en estado deplorable solo porque dice ser su padre y que solo le habla de lo que vio en esas minas de Sabará, algo no humano, la sensación más espeluznante que vivió en su vida, y decirle que está condenado, porque algo de eso entró en él, como un demonio que se le metió y lo está secando por dentro. Elbio se colgó de una viga de hierro en el puerto de Montevideo en julio de 1913. Su cuerpo estaba en un estado de descomposición extraña, a pesar de que lo encontraron varios días después y de que los roedores y las aves carroñeras habían hecho lo suyo, al bajarlo de la horca su cuerpo no pesaba casi nada; dijeron quienes lo hicieron que parecía hueco.

Estoy más convencido que nunca de que tengo que irme de Uruguay, que no quiero terminar pegándome un corchazo o caminando por la calle como si fuera un Cutcsa, la vista en el piso, jorobado, esperando el final. Me pregunto muchas veces si no estaré tomando el camino fácil, huyendo; quizás la vida no sea huir, sino enfrentar las cosas. Pero también esa idea de la valentía y del hacerse cargo me parece medio tonta y está a solo un paso de la idea cristiana del sacrificio, que tanto odio, eso de que las cosas cuestan, de que el sacrificio paga, de que el camino largo siempre es el mejor. ¿Por qué Uruguay, que es un país laico desde principios de siglo XX, tiene tan arraigadas las ideas de sacrificio y sufrimiento cristiano?, ¿por qué nos gusta ser víctimas, mártires?, ¿por qué nos sentimos cómodos en el calvario?

No sé qué es lo contrario al cinismo. Supongo que tendrá que ver con seguir creyendo en algo, con seguir soñando, con no dejar que la razón, lo viable y lo lógico marquen los límites. Capaz podría probar, como forma de contrarrestar el cinismo y la depresión, pensar en aquello en lo que sigo creyendo, en lo que sueño, a pesar de que hasta yo sé, si lo pienso un segundo, que mucho de eso son tonterías.

Creo en la idea de *pueblo*, como algo solidario, combativo, rebelde, del que creo, al igual que mi familia, formar parte.

Creo en dividir entre buenos y malos.

Creo que esa idea de *pueblo* es la alternativa al capitalismo, porque hay algo fuera del capitalismo que es posible.

Creo que en Uruguay se pueden aplicar todavía las viejas reivindicaciones de reforma agraria, hambre cero, alfabetización, vivienda, salud y derechos humanos para todos.

Creo que podemos crear un mundo mejor para los que vienen.

Creo que escribir en Uruguay no va a ser un trabajo menor y que puede tener el mismo prestigio social que otro trabajo.

Creo que la educación pública es lo mejor y que tenemos que defenderla.

Creo en los sindicatos, siempre.

Creo en los trabajadores, siempre.

Creo que algún día vamos a dejar las jornadas laborales abusivas y abandonar la caduca jornada de ocho horas de lunes a sábado.

Creo, también, que no vamos a trabajar únicamente por la obligación de ser productivos.

Creo que vamos a entender que ser productivos, ponerse la camiseta de la empresa, el empleado del mes y todas esas cosas, no es más que la forma de maquillar que vamos a ser pobres para siempre, mientras enriquecemos cada vez más a los ricos.

Sueño con poder vivir de escribir.

Charrúas tres

Continuadora del camino de su madre, Florence Blaché se interesó desde niña por las ciencias. Creció en un hogar donde había libros y llegaban revistas científicas, y, además, concurría asiduamente a la biblioteca de Niza y a la del convento de los domínicos de esa misma ciudad. Su padre la había interiorizado en lo relativo a la anatomía, aunque con el tiempo sus motivaciones fueron más la química, la física y la astronomía.

Fascinada por el descubrimiento de las líneas oscuras en el espectro visible de la luz en descomposición, de Wollaston y Von Fraunhofer, comenzó a interesarse por la astronomía y por la astrofísica. Cuando descubrió, mucho antes que Gustav Kirchhoff, que esas líneas se debían a la absorción de la propia atmósfera solar y, por lo tanto, que los gases presentes en esta serían los mismos que los de la atmósfera de la Tierra y que la materia de los planetas, estrellas, cometas y todo objeto celeste son lo mismo, solo con deducciones basadas en los avances que leía en las revistas que llegaban a la biblioteca, sintió que esa era su vocación. No pudo realizar estudios formales, la astrofísica no estaba tan desarrollada en Francia y no aceptaron sus solicitudes para universidades como la de Leipzig. Cuando se enteró de que Edward Pickering estaba armando un programa de clasificación espectral estelar con mujeres investigadoras en la Universidad de Harvard, les escribió con los detalles de los avances que ella sola había tenido en la materia. Este informe deslumbró a Pickering, quien respondió inmediatamente a través de una carta en la que decía que la esperaba en Harvard. Pero fue imposible viajar, contrajo cólera y estuvo varias semanas al borde de la muerte, ya que la enfermedad derivó en males mayores. Se salvó, pero, cuando volvió a escribirle a Pickering, este le dijo que ya no fuera porque la Universidad se estaba planteando la necesidad de realizar recortes presupuestales en el programa de clasificación, con la posibilidad de que incluso lo cerraran.

Florence sufrió una depresión profunda, abandonó por completo sus estudios en astrofísica y se negó a seguir recibiendo las revistas especializadas o a responder las cartas de colegas de todo el mundo, con quienes mantenía una fluida correspondencia.

En el hospital conoció al enfermero Maurice Masson y, con los años, esa relación de cuidado se transformó en una relación amorosa. Florence solo encontró interés en la pintura y de alguna manera empleó todos sus conocimientos sobre la luz y el espectro solar en su arte, experimentando con la luz y cómo sus variaciones generan cambios en la forma en la que vemos y percibimos las cosas. Con quien sí mantuvo correspondencia sobre estos temas fue con la pintora Berthe Morisot, a quien había conocido en una conferencia que dio Gustave Courbet en Lyon sobre luz, arte y revolución. Se cree que el diálogo constante que mantuvo con Morisot influyó decisivamente en el arte de ambas, como consta, por ejemplo, en los diarios de Morisot de los últimos años.[24]

En 1877, se casó con Maurice y, al año siguiente, nació una niña, a la que llamaron Micaela por su abuela materna. Vivieron toda la vida en Niza, en una casa humilde cerca del Mont Boron. Maurice pasó, con el tiempo, a tener mejores trabajos en el hospital local y también oficiaba como médico a domicilio en zonas más alejadas de la ciudad. Florence pintaba y escribía poesía. No trabajaba como pintora, no se lo proponía, pero supo vender muchos de sus cuadros a vecinos de la ciudad y también realizó no pocos trabajos por encargo, como los retratos de Hugh Grosvenor, duque de Westminster, y Henry Wellesley, tercer duque de Wellington, entre otros de la nobleza británica que, por esos años, comenzaba a elegir Niza como destino turístico.

La pequeña Micaela Masson nació y se crio en años de calma, al menos en comparación con lo convulsionadas que habían estado las décadas anteriores a su nacimiento. Con el fin de la guerra franco-prusiana, Francia y Europa casi en su totalidad vivieron una época de paz, prosperidad, progreso y optimismo, que se

---

24 En los últimos treinta años, el nombre de Florence comenzó a aparecer en los estudios sobre impresionismo, no solo por sus ideas, sino también por su pintura. En 2005, obras suyas formaron parte de la casi definitiva muestra retrospectiva sobre el impresionismo realizada en el Museo de Arte de Nueva York (MoMa) y curada por la prestigiosa Judi Hauptman.

derrumbó cuando empezó la Primera Guerra Mundial. Desde niña fue estimulada por su abuela, su padre y su madre en cuestiones científicas, biológicas, pero también en lo artístico. Voraz lectora, pintora, dibujante, escultora, con inclinaciones actorales y tendencia a escribir obras de teatro, antes de los diez años ya dominaba un abanico amplio de disciplinas e intereses.

En 1893, al cumplir quince años, su madre Florence, a través de contactos artísticos y personales, le consiguió un cupo en el taller de Georges de Feure, y Micaela se instaló en la capital. No estaba en sus planes dedicarse a la pintura, pero ese lugar en el taller fue una excusa ideal para irse a París, donde soñaba vivir. No duró mucho en el taller, De Feure era extremadamente exigente y severo. Y la joven Micaela estaba fascinada por una ciudad que no tenía punto de comparación con su Niza natal, faltaba a las clases, no hacía las tareas. En el taller conoció gente de la pintura, de la escultura, que la llevaron a los cafés y los cabarets. Fue gracias a esos contactos que conoció el arte que le iba a cambiar la vida y al que se iba a dedicar. No es que estrictamente conociera el cine allí. En una feria itinerante que había llegado a Niza unos años atrás, había podido ver con asombro una exhibición de cinematógrafo que la había deslumbrado. Pero en París conoció el cine por dentro. A través de Fabienne, una actriz de un cabaret de Montmartre, tuvo la chance de ir al rodaje de un film en el que precisaban extras. A Micaela siempre le había gustado actuar, pero lo que le interesaba era ver cómo se hacían las películas. Cuando no tenía que actuar, se la pasaba mirando cómo operaban la cámara, las luces, el decorado. Algo no le cerraba y tenía que ver con todo lo que su madre le había enseñado sobre los impresionistas, por qué, si había tanta belleza e historias afuera, se buscaba el artificio, recrear lo que quizás era más fácil retratar. El camarógrafo le explicó que el tipo de película que usaban hacía muy difícil las tomas en exteriores. Pero Micaela vio que los focos que había en ese momento en el set no eran más fuertes que el sol del mediodía. A escondidas de los dueños del estudio Gaumont, consiguió que el camarógrafo amigo le prestara, algunos momentos al día, la cámara para entrenarse. Esas primeras filmaciones tienen que ver exclusivamente con dos de sus obsesiones: la naturaleza y la luz. Constaban de largas tomas del agua de un río, un picaflor libando, el movimiento de la hierba con la brisa, las nubes y su lenta carrera. Luego, revelaba, miraba cuáles habían sido los errores de luz, pero también de movimiento de cámara, de encuadre, de foco. Adoraba a todos los realizadores, Meliés, Maurice Tourneur, Max Linder, pero sobre todo a Alice Guy. Igualmente, creía que todos habían tomado un rumbo que no le interesaba, explotar el carácter artificial del cine, el truco, la creación de la realidad. Le parecía que en la vida cotidiana había relato, cosas insólitas e increíbles, fantasía. A sus amigos en el café les decía: «Vivimos en un mundo donde cae agua del cielo, ¿eso no les parece de fantasía?».

Llegó a desarrollar su técnica de filmación en exteriores a niveles que al resto de los realizadores les llevaría todavía mucho tiempo lograr. Ensayo y error, usando solo lo que había en el entorno, aprovechando lo que podrían ser errores (una toma muy quemada, una oscura, suciedad en el lente) a su favor y como parte del relato. En sus breves creaciones había mucha poesía y belleza visual, pero había logrado también un carácter narrativo, sus pequeñas películas contaban algo. Una tarde, uno de los directores de Gaumont buscaba unas tomas de árboles para montar como transiciones en una película que estaba haciendo sobre Pipino el Breve y fue al depósito de las películas donde guardaban lo sobrante de otras producciones. Allí encontró, en un baúl, escondidas en un rincón, las películas de Micaela. Cuando le consultó al camarógrafo qué era eso, este no pudo esconderle la verdad. El director fue a reunirse directamente con Leon Gaumont y le dijo que había visto un verdadero prodigio del cine y que mejor integrarla a Gaumont antes de que se la llevara la competencia. Cuando Gaumont pudo apreciar el trabajo de Micaela, le propuso un contrato de trabajo de mucho dinero y a cambio Micaela tenía que rodar esas «historias de la realidad» con asiduidad, porque las iba a intercalar en las proyecciones de Gaumont, entre película y película, «como descanso». A Micaela le servía el dinero y podía empezar a utilizar todo el equipamiento del estudio sin necesidad de esconderse, así que aceptó. Pero, más allá de que estaba cada vez más apasionada con su trabajo y con los descubrimientos que seguía haciendo sobre luz, movimiento, cámara, montaje y lenguaje visual, había muchas cosas que empezaron a incomodarla. En primer lugar, el trato que le daban a sus películas, que exhibían en los interludios, cuando la gente salía a fumar o a conversar afuera, absolutamente ignoradas. Trabajar dentro de la industria le hizo ver el nivel de locura y explotación al que se sometía a los creadores, que tenían que trabajar en largas jornadas para poder cumplir con las exigencias de la exhibición, que pedía siempre algo nuevo, como un animal famélico.

Una mañana, mientras filmaba unas liebres en un parque, se coló en la profundidad del campo una manifestación de trabajadores de la CGT que entraba a París para protestar frente al parlamento. No fue necesario verlo luego en la sala de exhibición, ya se había dado cuenta de algo que terminaría virando el rumbo de su arte. Con esa composición y encuadre, hierba, árboles, el río, unas liebres, la manifestación no quedaba como algo que contaminaba, sino como parte de lo mismo. Descubrió que el flujo de la gente por las ciudades es como la clorofila en los vegetales, como el de la sangre, que el circular de la gente en la ciudad es también parte de la naturaleza. Comenzó a registrar también la circulación de la gente caminando, no en tranvía, no en tren, no en carreta: caminando; no había nada más potente y natural que gente caminando por la ciudad. Y, mucho más fuerte, gente que caminaba por la ciudad luchando, peleando por una mejora de sus condiciones de vida y laborales. Si bien al principio se lo aceptaron, en el estudio no tardaron en decirle que la habían contratado para que hiciera sus películas sobre la naturaleza, no sobre protestas y manifestaciones. De nada sirvió que Micaela les explicara su teoría sobre el flujo de las personas y la potencia visual de las protestas, ni siquiera que les recordara que textualmente la habían contratado para registrar historias de la realidad y que la conflictividad laboral es parte de lo que se podría entender como las historias de la realidad. Gaumont la despidió sin pagarle lo que le debía y Micaela le pidió disculpas a su amigo camarógrafo, pero le dijo que como pago por lo que le debían se iba a llevar una de las cámaras y algunas películas.

Comenzó a cubrir con su cámara las manifestaciones y huelgas, los actos, las asambleas. Se vinculó a la CGT, que hacía poco tiempo había sido fundada, y aprovechó la infraestructura y presencia territorial de la organización para exhibir sus películas en las sedes y sindicatos de todo el país. Se afilió como trabajadora del cine y se dio cuenta de que era la única. A partir de ese momento, recorrió rodajes de todos los estudios y, sin que los dueños se enteraran, los empezó a convencer de afiliarse a un sindicato. Pudo arrimar a algunos técnicos y a pocos actores, pero en líneas generales no le fue muy bien. A pesar de eso, en CGT empezaron a verla con buenos ojos, deslumbrados por la capacidad de militancia y por sus ideas. Una facción la propuso para integrar la Segunda Internacional y llegó a participar del congreso realizado en Ámsterdam en 1904.

Ahí su historia tomará otro rumbo. Por un lado, los dueños de los estudios comenzaron a boicotear su trabajo, le negaron el ingreso a los rodajes y prohibieron terminantemente a sus trabajadores relacionarse con ella. También en CGT empezó a haber problemas por algunas facciones que no veían con buenos ojos el crecimiento de su liderazgo, que opacaba el de otras figuras. No la recibían de buena manera en los actos y manifestaciones, no exhibían sus películas. Corrieron el rumor de que se trataba de una infiltrada del gobierno y de que todas sus filmaciones no eran más que para identificar los rostros de los líderes sindicales y que las fuerzas de seguridad los detuvieran. Jules Guesde, del Partido Obrero Francés, le contó lo que estaba pasando sin ahorrarle ningún detalle. Le sugirió que se desvinculara de CGT, al menos de la participación, y le ofreció trabajar junto con él y su partido para las próximas elecciones municipales. Micaela comenzó a realizar películas proselitistas, de propaganda del partido, y se involucró en la interna. Pero en todo el tiempo que estuvo no consiguió que la incluyeran en ninguna lista ni que la postularan para ningún cargo, y empezó a volverse más radical. Dio la discusión sobre el machismo en la política y la forma en la que ese tema era la piedra en el zapato del proyecto socialista, porque, mientras existiera esa desigualdad, no se iba a tener nunca autoridad moral para hablar de otras desigualdades.

Se retiró de toda actividad política y sindical. Viajó por otros países de Europa, donde registró protestas y movimientos sociales, aprovechando contactos que había hecho en su época de la Segunda Internacional. Recopiló horas y horas de filmación, que hoy serían un documento fundamental para entender la historia del socialismo, el anarquismo, la izquierda y el movimiento sindical europeo, si no fuera porque, al parecer, todo el material habría sido secuestrado por las tropas nazis durante la invasión a París. En uno de esos viajes conoció a Adrien Perronet, un periodista afincado en Barcelona que cubría para un diario parisino las noticias de los países vecinos. Se enamoraron y Micaela quedó embarazada. Decidieron vivir juntos en París y allí fue donde nació Marie, el 4 de diciembre de 1904. Adrien comenzó a trabajar en la redacción de un periódico, mientras Micaela cuidaba a Marie y montaba el material que había filmado. Su intención era hacer una obra monumental de varias horas de duración sobre la izquierda en el mundo. Le contó la idea a su madre en una carta y esta le respondió que el mundo no era solo Europa y que, si quería hacer bien el proyecto, debía viajar a otros continentes. Micaela se desanimó, porque con la pequeña Marie no iba a poder cruzar el océano, al menos no hasta que creciera un poco. Y entre una cosa y otra, el viaje se fue postergando. Cuando recrudecieron los enfrentamientos de la Primera Guerra Mundial, Micaela le propuso a Adrien irse de París, quizás a Estados Unidos, donde podría continuar con su trabajo; pero Adrien se opuso. Al final, negociaron irse un tiempo a Nontron hasta que la cosa se calmara. Micaela dejó todo su material en un depósito de Montparnasse y se fueron, llevándose solo lo esencial. No hay indicios de que haya continuado su trabajo.

Cuando comenzó la Primera Guerra, se mantuvo al tanto con las noticias diarias. Una de las que más la impactó desde el primer día fue el uso de los aviones para los bombardeos a las ciudades. Cuando se enteró de la existencia de los aviones celebró, como buena amante y defensora de los avances tecnológicos; podían acortar distancias, unir lugares imposibles de unir, mejorar el comercio, el intercambio, ayudar a la salud y educación. Que ese invento fuera usado para matar y destruir, con la aprobación de todos los Estados, le parecía una verdadera aberración. La otra cosa que le preocupaba era lo relacionado al patrimonio: la destrucción de las ciudades, de sus riquezas, de sus calles, edificios, museos, obras de arte. Reflexionó sobre la forma de impedir la destrucción con sus conocimientos, pero ella solo se había dedicado al cine. Así llegó a una idea, crear artificio, como lo que tanto había criticado. Se contactó con los técnicos que conocía de su pasado como cineasta y trató de vencer el rechazo que muchos le tenían de la época del fallido sindicato. Contactó a otras artistas amigas, como Eileen Gray (quien se había puesto a manejar ambulancias ante la falta de personal), Kathleen Bruce y Jessie Gavin, con quienes había compartido una pensión en Montparnasse hacía unos años. Movió sus contactos en el gobierno y fue recibida por un alto mando, a quien le propuso la construcción de una ciudad falsa, de cartón y madera, a imagen y semejanza de París, en las afueras, hacia el este, para engañar a los aviones alemanes; estos, al arribar a una ciudad rumbo a la capital, nunca sospecharían que no era el objetivo final. Trabajaron en tiempo récord, día y noche, tratando de pasar desapercibidos. Cuando iban por la mitad, un bombardeo la destruyó, y ahí se dieron cuenta de que el plan no iba a funcionar, no les iba a dar el tiempo de construir lo que querían sin que vinieran aviones enemigos, y, además, volver a construirla cada vez que la destruyeran era imposible. El programa se canceló y Micaela volvió a Nontron, deprimida pero no vencida; desde allí comandaría otro plan, menos ambicioso pero beneficioso para las tropas francesas.

Una mañana, un grupo de soldados golpeó la puerta de su casa. Micaela se asustó, le dijo a Marie que se escondiera. Ya no confiaba en nada, pero al abrir descubrió que lo único que querían esos soldados, que podían ser sus hijos, débiles, flacos, sucios, era un poco de agua. Le generaban mucha curiosidad, quería hacerles preguntas, pero sabía que los soldados estaban de paso. De todas formas, eso no impidió que indagara sobre el campo de batalla y cosas relacionadas a lo anímico, si extrañaban, si tenían miedo, cómo mantenían la esperanza. Los soldados le dijeron que pasaban hablando de lo que harían cuando la guerra terminara, que los ayudaba a sobrellevar el día a día sin volverse locos, no perder contacto con el mundo anterior, y que otra cosa que los hacía muy felices eran las cartas. Uno contó que se notaba cuando algún compañero no recibía cartas ni tenía a nadie a quien escribirle, porque eran los que más rápido se entristecían y se oscurecían. Otro contó que un compañero no tenía a nadie, ni pareja ni familia ni amigos, pero que necesitaba establecer contacto con su vida anterior; así que le escribió una carta al dueño de la taberna de su pueblo, quien nunca le contestó, pero que igual él le siguió escribiendo varias cartas. A Micaela se le ocurrió convocar a personas que no hubieran ido al frente para escribirles a los soldados y mantener correspondencia con ellos. Pidieron al gobierno francés un listado de los soldados de cada compañía que no hubieran recibido ni enviado ninguna carta en el tiempo en que estuvieron sirviendo.

Así empezaron, y las que más se integraron a la propuesta fueron las mujeres. Micaela tenía varios interlocutores con los que hablaba de cualquier tema, del pasado, del amor, de arte, filosofía, ciclismo, fútbol, comida, lugares, libros, agricultura, animales, estrellas, muerte, bebés, alcohol. El gobierno francés les había dado su apoyo a cambio de que las cartas motivaran a los combatientes en cuestiones de la batalla, pero Micaela no quería arengar a matar, sino evitar que un montón de jóvenes se volvieran locos; así, sus motivaciones iban por otros frentes. Incluso, en algunos casos, sugería la deserción, como con Antoine, un muchacho de Limoges, a quien Micaela le propuso que, en el próximo pueblo que atravesaran, se escondiera en un establo o galpón, esperara a que su tropa se fuera y tratara de empezar una nueva vida allí. Mandó varias veces regalos de cumpleaños y todo el tiempo recibía los más diversos presentes de los soldados: flores encontradas, hojas, poemas, hasta artesanías hechas con balas, pedazos de armas, pelos de víctimas enemigas. El proyecto tuvo sus consecuencias negativas en algunos casos. Por ejemplo, fue muy común que los sobrevivientes, una vez concluida la guerra, quisieran conocer a su interlocutora y buscaran establecer una relación más allá de la epistolar, pero, al ver que la mujer no quería, terminaran el vínculo de forma muy violenta, al punto de registrarse no menos de veinte mujeres asesinadas. Esto derrumbó el ánimo de Micaela, quien decidió no hacer más proyectos de ayuda a nadie, porque pensaba que, al final, todo salía al revés de como lo había pensado.

Cuando inició la Segunda Guerra Mundial, el gobierno francés estaba muy preocupado por el patrimonio.

Le había costado mucho tiempo reconstruir París y otras grandes ciudades luego de la Gran Guerra y las pérdidas patrimoniales habían sido cuantiosas. Le encargaron al diseñador Paul Lemagny, que también estaba relacionado con cuestiones de cuidado patrimonial, que pensara un plan para preservarlo de los ataques y saqueos. Para las obras de arte se pensó un plan de escondite, pero todavía quedaba todo aquello que no se podía trasladar: lo edilicio y los monumentos. Lemagny recordó la idea de la ciudad falsa de Micaela, porque era una historia que en los círculos artísticos se había vuelto casi mítica, y fue a visitarla para que lo ayudara. Micaela ya estaba entrada en años, con pocas ganas, y, luego de recibirlo en su casa muy cordialmente, le dijo a Lemagny que no iba a poder ayudarlo, porque su propia idea de duplicar, de generar réplicas falsas de lo que se quería conservar, no había funcionado. Pero cuando Lemagny se fue, desilusionado, Micaela se quedó pensando. Recordaba que el arte es capaz de cualquier tipo de magia y engaño, y se dio cuenta de lo que podrían hacer. Al fin y al cabo, ella no tenía muchas ganas de meterse de nuevo en un plan así, pero también lamentaba lo que podía llegar a pasar con el patrimonio artístico. Viajó hasta París y se reunió con Lemagny. «Hay que camuflarlos —le dijo—, como la ropa de los soldados. Camuflarlos de tal forma que desde un avión nadie vea que debajo hay un edificio importante, un monumento». A Lemagny le pareció una gran idea. Reclutó a los mejores artistas, de los que no habían ido a pelear al frente, y generaron enormes telas pintadas como si fueran una calle, un baldío, y las colocaron encima de los monumentos y edificios más importantes en términos de patrimonio. Al final de la guerra, se pudo apreciar que había sido un plan perfecto, porque la gran mayoría de los bienes camuflados se mantuvieron a salvo de bombardeos aéreos. Pero ni a Lemagny ni a Micaela ni a los muchos artistas que participaron de este proyecto se les reconoció jamás nada. Igualmente, Micaela sintió que por fin algo había funcionado y, por primera vez, que lo anterior, lo de la ciudad falsa, lo de las cartas, tampoco había estado tan mal.

La infancia de Marie en Nontron fue bastante libre. Su madre estuvo muy involucrada en sus propios proyectos durante la guerra y su padre se la pasó trabajando día y noche. Fue Genevieve, una vieja vecina, quien se encargó de darle de comer y cuidarla a cambio de que la niña la ayudara con sus cabras y su huerta. Cuando terminó la guerra, se sintió rara, no estaba acostumbrada a tener a su madre en casa, y su padre también empezó a estar más presente porque pasó a trabajar menos. Así que, ni bien pudo, habló con su madre, a quien consideraba mucho más abierta que su padre, y le planteó que quería ir a París a estudiar. A pesar de que su padre se opuso, pues temía que algún foco bélico pudiera encender la guerra nuevamente, le dieron el permiso para ir, porque además Marie era confiable por su madurez, rara para una adolescente de su edad.

Vivió en Montparnasse, en la misma pensión de la Rue Bara 7 donde se había alojado su madre. En los cafés y talleres de ese barrio, entabló amistad con artistas como Marc Chagall, Chana Orloff, Chaim Jacob Lipchitz, Jules

Pascin, Amedeo Modigliani, Chaim Soutine y Ossip Zadkine. Estudió en la Académie d'Art Contemporain, donde tuvo como profesores a Fernand Leger y a Aleksandra Ekster. Estudió diseño de moda y trabajó como aprendiz en los talleres de Jeanne Paquin. Vivió esos años como muchos jóvenes de la entreguerra, con un optimismo inusitado y la esperanza de que difícilmente volverían a ser testigos de un hecho así, convencidos de que la humanidad, que los Estados poderosos, que los líderes habían aprendido la lección. Es cierto, había un dejo de pesimismo, una melancolía, cierta decepción ante el ser humano, que era el culpable, con sus ambiciones, de causar algo tan terrible. Como si, en definitiva, no supieran que su optimismo y hedonismo venía de pensar que se acercaban tiempos mejores o de saber que había que vivir cada minuto porque la muerte podía estar a la vuelta de la esquina. La humanidad siempre había vivido con la muerte cerca, hasta que los avances educativos, tecnológicos, científicos, cierto período de paz y prosperidad económica habían hecho creer a todos que ya podían vivir la vida desterrando bien lejos a la muerte. Lo que vino a hacer la guerra fue poner a la muerte en donde siempre había estado, codo a codo con la cotidianeidad de las personas. Hubo un hecho que la despertó de ese ensueño y marcó un giro en su vida. Los artistas del círculo de Marie también habían percibido el avance de las ideas conservadoras y violentas, pero no lo tomaban muy en serio. De hecho, algunos colegas, más involucrados en la política, advertían con honda preocupación que se trataba de algo muy peligroso que había que combatir sin tardanza. Pero estos, por lo general, eran tildados de románticos, de exagerados, de dramáticos, muchas veces burlados y parodiados; otras, rechazados abiertamente. Había toda una generación que no quería que le hablaran más de política, de guerra, de ideologías. Seguían con entusiasmo las noticias que llegaban desde la Unión Soviética, algunas de Alemania, pero sentían que vivir así era parte del pasado y que, de alguna manera, eso era lo que había desencadenado la guerra anterior. La humanidad debía pensar en temas como el avance tecnológico, el arte, la belleza, la ciencia, la salud. Ni siquiera debía preocuparse tanto de lo económico, lo que a gente como Marie le parecía una banalidad. Una noche, en un café de Croulebarbe, a donde habían ido con amigos pintores que conocía de la Academie, irrumpió un grupo de hombres y, con palos y armas, a los gritos, rompieron todo el bar diciendo que había que echar a todos los comunistas y judíos de Francia. Los amigos de Marie intentaron calmarlos y fueron agredidos. Uno de ellos, Yves Hanin, se llevó la peor parte, recibió una golpiza que lo dejó en coma durante semanas. Mientras Marie pasaba los días en el hospital cuidando a su amigo, seguían llegando noticias de hechos similares en otros lugares de París. En ese momento, temió por su vida y la de sus amigos, pero, sin explicárselo demasiado, pensó en su familia. Al día siguiente de que murió Yves, agarró sus cosas y volvió a Nontron.

Allí, fue una activa impulsora de las ideas socialistas y se encargó de advertir sobre los peligros de los grupos de extrema derecha que estaban surgiendo. En Nontron la gente estaba contenta con el fin de la guerra y demasiado preocupada por las tareas cotidianas. Montó un taller de pintura y escultura, que tuvo unos pocos alumnos niños. Un día, recibió una carta del alcalde de Angulema, Pierre Tuffere, quien le ofrecía dar el taller en su ciudad a cambio de una nada despreciable paga. Marie no le contestó (no sabemos si se olvidó o si optó por dejar la carta sin respuesta), por lo que, unas semanas después, Pierre golpeaba la puerta de su taller. Le preguntó a Marie por «la maestra Marie», imaginando que se trataba de una señora entrada en años. Charlaron, tomaron un té y Pierre la convenció de ir una vez al mes a dar clases a Angulema. Luego, empezó a ir semanalmente y, después, le propuso que se instalara definitivamente allí. Marie no estaba muy convencida, pero sentía que, además de la buena paga, podría llevar su tarea informativa contra la extrema derecha en otra ciudad. No duró mucho, no se hallaba y extrañaba a su madre, pero en ese lapso había surgido algo con Pierre, una relación más cercana que la estrictamente laboral. Pierre renunció a su cargo y se fueron juntos a Nontron, donde se casaron y, al poco tiempo, nació Laurent.

Cuando Laurent no tenía ni diez años, Marie lo dejó al cuidado de Pierre y se unió a las brigadas francesas de apoyo al bando republicano en la Guerra Civil, que empezaba en España. Su grupo, de nombre Golondrina de Ojos Negros, por un poema de Louise Michel, peleó en la zona de los Pirineos, aunque también realizó acciones cerca de Zaragoza y Barcelona. Acorralados por el avance de las tropas franquistas, en 1938, la mayoría del grupo partió hacia Camerún a participar en los movimientos que intentaban, paradójicamente, expulsar al gobierno colonialista francés. Marie fue capturada prisionera y desterrada a Francia, donde la encerraron en la prisión de La Santé; sin embargo, un indulto del gobierno del Frente Popular, al reconocer el trabajo de apoyo al bando republicano español, la liberó. Volvió a Nontron y pasó un tiempo con su hijo. En esos años, murió Pierre de un cáncer de páncreas. Marie participó activamente en grupos de resistencia obrera que intentaban frenar el avance de la ultraderecha, que comenzaba a tener mucho peso; se encargó de una imprenta popular, donde, además de imprimir folletos de alerta y denuncia, publicó sus dos libros conocidos: *Flora* y *Fauna*. Cuando se produjo la ocupación nazi, Marie se fue con Laurent a Vercors, donde, junto con otros movimientos campesinos y obreros, más algunos españoles republicanos, organizaron un grupo de maquis, que, durante la ocupación, fue de los más importantes. Allí se le pierde el rastro, va a vivir un tiempo en cada lugar, se va a esconder, pasará a la clandestinidad. Pero no son pocos los relatos de la ocupación francesa del sur de Francia que hablan de «la charrúa y su hijo». Porque así la conocían, seguramente por pedido suyo. También, porque se puede apreciar en sus escritos que, luego de su incursión revolucionaria por España y Camerún, vivió un entusiasmo y una compenetración con su sangre y su ascendencia indígena.

En un atentado fallido a un convoy nazi cerca de Vallouise-Pelvoux, Marie fue detenida y trasladada a la prisión de Fort du Ha, donde desaparece su rastro, seguramente luego de ser asesinada y arrojada a una fosa común. Laurent salvó su vida de milagro. Desde hacía un tiempo, a causa de su interés en sus antepasados, Marie estaba en contacto permanente con la hermana Marjolin. Cuando esta se enteró de la detención de Marie, se trasladó inmediatamente a donde sabía era el escondite de Marie y Laurent. Logró llevarse al pequeño en el momento justo, porque, horas más tarde, un grupo de maniobras nazi halló lo que había sido un refugio importante de la resistencia y asesinó a quienes encontró adentro. Laurent y Marjolin fueron a Toulouse, donde el niño pudo ser ocultado un tiempo. Aunque no mucho, porque, cuando los alemanes allanaron el refugio, encontraron las cartas que Marjolin le había enviado a Marie y, al cabo de un tiempo, fueron por ellos al convento de Toulouse. Advertida por mensajeros, Marjolin logró escapar con sus documentos y sus pertenencias a Biscarrosse, y embarcó a Laurent con unos padres domínicos que se dirigían a una misión que tenían desde hacía un tiempo en un barrio popular de Montevideo.

Allí no terminó el calvario de Laurent. Finalizada la guerra, cuando él se creía a salvo y pensaba que incluso podría volver a Francia, Marjolin, de nuevo en Toulouse, le mandó una carta en la que le advertía el peligro que significaba que regresara. Al allanar el convento, los nazis habían encontrado en una habitación mucha de la documentación que Marjolin no se había podido llevar. Durante décadas, la monja se había especializado en los charrúas, documentando su itinerario de vida, sus ubicaciones, su descendencia, pero también realizando estudios genéticos. En secreto, porque muchas veces se trataba de conocimientos que no caían muy bien en la iglesia, ella se había vuelto una experta en genética, ciencia forense y ADN. Había una intención humanitaria en el gesto de Marjolin de ir a recuperar los cuerpos de los descendientes de Guyunusa cuando fallecían, intentando que pudieran tener una sepultura cuidada y amorosa; pero también buscaba tener a mano muestras forenses que le permitieran desarrollar sus estudios. A los nazis les pareció una aberración lo que vieron, por lo cual se dedicaron a perseguir también a los descendientes de charrúas, que eran un objetivo fácil, no eran muchos y estaban documentados. Así, podrían, con muy poco, exterminar por completo la descendencia, un paso más en el objetivo de limpieza étnica aria. Pero no lo lograron, porque la resistencia francesa, más los ataques de los aliados, los mantuvo entretenidos; y luego fueron derrotados y expulsados de Francia. Sin embargo, quedó un grupo de franceses, muchos de ellos científicos, otros religiosos, algunos militares, que a escondidas seguían defendiendo los intereses y las ideas nazis, y que se propusieron, de a poco y desde las sombras, purificar el país. Contaban con las actas que daban cuenta de estos objetivos menores que los nazis no habían podido llevar a cabo, uno de los cuales era exterminar lo charrúa. Para esto se enfocaron en dos metas: una era encontrar el resto del archivo de Marjolin; la otra, matar a Laurent. En la carta, Marjolin pedía encarecidamente no solo que no volviera, sino que lo protegieran más que nunca, ya que le había llegado la información, por alguien vinculado a la iglesia, de que venían por ella y por el niño.

★

Su abuelo por parte paterna le regaló un acordeón y le enseñó a tocar, lo que será por un tiempo una de sus pasiones. En un baile barrial, Pepita Avellaneda la escuchó y le ofreció irse a Buenos Aires para grabar. Los padres de Esther no se lo permitieron y, como consuelo, le pidió a Pepita si podía escribirle unas canciones para que ella hiciera con sus músicos. No se sabe a ciencia cierta qué canciones se llevó a Buenos Aires, pero hay investigadores que creen que no menos de diez canciones con relativa repercusión en el tango de aquella época fueron compuestas por la niña Esther Maturana. Estudió en el Instituto de Higiene Experimental de la Universidad de la República la carrera de Farmacéutica, que fue lo que la mantuvo toda su vida.

Desde que fue consciente de ser descendiente de indígenas, mantuvo un interés constante en la causa de los pueblos originarios y se relacionó con descendientes no solo de charrúas, sino también de otras comunidades. En una de esas reuniones, conoció la historia del corazón de piedra, una piedra sagrada de la comunidad arachán que nunca había sido encontrada y que era solo un mito, pero que se comentaba podría estar en los montes de palmar de Rocha, al este de Uruguay. Desde ese momento, se fanatizó y pasó varios años instalada en ese departamento con un equipo, buscando el famoso corazón de piedra. Creía que su descubrimiento podría significar el reconocimiento de la sociedad uruguaya, en general, respecto de su pasado indígena, y que ello podría significar un empuje anímico para que todas las comunidades volvieran a unirse.

La historia de los arachanes hablaba de la piedra como el símbolo de una posible tierra sin mal, edénica. Una piedra que tenía el poder espiritual de contener la energía que protegería a la tierra de los males, que la volvería a un estado, creía Esther, previo a la llegada de los españoles. Era ideal para pensar la refundación y, por qué no, en esos montes y cerros rochenses como el lugar de la nueva colonización. Pasó el tiempo y el equipo se fue desmembrando. Cuando, en 1923, el gobierno de Baltasar Brum decidió recuperar la Fortaleza Santa Teresa y reacondicionar el parque a su alrededor, Esther quedó sola, porque a los escasos integrantes del equipo que quedaban les pareció que, más tarde que temprano, les iban a impedir la exploración. Esther, en cambio, permaneció y se obsesionó más que nunca. La exploración estatal podía destruir el corazón de piedra sin querer o considerarla una piedra más y mandarla a cualquier parte o hacerla arena, pedregullo, destruir un objeto sagrado, la última esperanza de la refundación de las naciones indígenas. Ingresó en la noche a los predios, realizó sabotajes al trabajo estatal, protestó pacíficamente durante semanas para que pararan con las tareas, incluso se encadenó a la portera de ingreso. Una tarde, vino un vehículo de la Policía, la desencadenaron y la detuvieron. A través de la intervención de Domingo Arena, viejo conocido de su madre, su familia logró que la liberaran, a condición de que no saliera de Montevideo, mucho menos a Rocha.

Conoció en un baile de carnaval a Carlos Materazzi, un ingeniero italiano que formaba parte del equipo que se había armado para la construcción del *Palacio Salvo*. Se casaron y se fueron a vivir juntos a una casa del barrio Pocitos. En 1926, nació Rosa y, cuando la niña tenía tres meses de edad, Carlos desapareció para siempre. Esther fue a la obra en construcción del *Salvo* y se encontró con que nadie conocía a ningún Carlos Materazzi. Se dirigió a la embajada italiana, y no figuraba registro del tal Materazzi. «Pero si yo vi su documento italiano, si nos casamos con ese mismo documento». Fue hasta el Registro Civil, pidió los expedientes del casamiento, el funcionario le dijo que capaz era un documento falso, que ellos no tenían las herramientas para darse cuenta de cuándo un documento era real o no. Fue al puerto de Montevideo, revisó una por una las listas de pasajeros de barcos que habían llegado de Italia o de Buenos Aires, y nada. Muchos años después, poco antes de morir, recibió una visita misteriosa, una persona con acento extraño la invitó a tomar un café y le dio un montón de dinero. Le dijo que Carlos había muerto, que ese no era su nombre, que se llamaba Filippo Tagliaferro, y que, en realidad, era un espía que no podía decirme a quién servía. Había venido a Uruguay a realizar unas misiones especiales y había tenido que irse. Esta persona le dijo que siempre recordaba a Esther y a su hija, que cada vez que un espía venía a Montevideo le pedía que les sacara fotografías, que averiguara si estaban bien. Que nunca sintió que el matrimonio entre ambos fuese una pantalla, sino que realmente se había enamorado de ella, pero que no podían estar juntos. Lo habían matado en una misión en Viena y ese dinero era un fondo que había guardado para ella y su hija. Esther lo rechazó, pero, al parecer, por lo que indican los testimonios y las anotaciones encontradas, el misterioso espía logró que años más tarde Rosa se hiciera con ese dinero.

Esther recibió otro golpe, en 1929, en una rutinaria limpieza de terreno, que incluía el corte de algunas rocas del predio, descubrieron en Santa Teresa, a menos de un kilómetro de la fortaleza, el corazón de piedra. Esther lo vio como una enorme derrota. El gobierno de Brum lo asoció con un mito tonto y, según ella, inventado, y salió a decir en los medios que un indio arachán le había dicho a Brum que, una vez que encontraran el corazón de piedra, ese lugar estaría destinado a ser un gran parque. A partir de entonces, comenzaron las obras para transformar una enorme porción de los viejos terrenos arachanes en el Parque Nacional de Santa Teresa, a donde la gente irá a pescar, a veranear, a acampar. Lejos estaba eso de los planes de Esther, que eran volver a recuperar esas tierras sagradas. Y el objeto sagrado por excelencia quedaba ahora expuesto como una chuchería más por el gobierno, que era del mismo partido del que, casi cien años antes, encabezara la matanza de Salsipuedes. Esther sentía que era una nueva masacre, que terminaban de darle la estocada final a la comunidad. Brum no solo consideró la piedra como la prueba del avance humano y civilizatorio, sino que además se la quedó en su propiedad, se autodesignó tutor oficial.

Esther pasará el resto de su vida planeando el robo de esa piedra, para restituirla a la geoda donde había sido encontrada. Lamentablemente, la muerte la encuentra a ella primero.

No sé de qué trata este libro. No sé de qué tratan mis libros. No sé de qué tratan todos los otros libros. Ni las películas ni las obras de teatro. ¿De qué trata un cuadro de Rothko? ¿De qué trata un disco de Martín Quiroga? Desde que publico he tenido ese problema.

No sé la sinopsis de mis libros, no puedo describir la trama ni contarlo como un cuentito ni resumirlo en una frase; a veces ni siquiera puedo ubicarlo en un género, en una corriente, en un lugar en el mapeo de la literatura uruguaya.

Lo lineal, lo lógico, lo acotado, lo resumible, si la naturaleza, el mundo, los seres humanos, los animales, el cosmos, son mucho más complejos e impredecibles, ¿por qué lo escrito tiene que ser así? Si no estamos escribiendo libros contables ni manuales de instrucciones para maniobrar una licuadora, ¿por qué necesito explicar de qué va lo que escribo?

No es extraño que hoy las sorpresas, lo libre, lo vivo del arte, estén en otras expresiones, a las que vamos a abrevar cada vez que nos sentimos perdidos, aburridos, asfixiados.

★

Cuando volvía, en una escala en el aeropuerto de Lima, leo una nota en un diario español y quiero dejar este fragmento por acá.

«¿Cómo se descoloniza un museo?», se pregunta el ministro, y lo cierto es que, queriéndolo o no, ha dado en el clavo. Porque esta no es una pregunta más, sino la pregunta que cualquier ex metrópoli colonial debe hacerse para fijar una política cultural coherente con la representación pasada, presente y futura de buena parte de su ciudadanía. Y porque esa puesta al día rebasa las paredes mismas del museo y atraviesa el uso y el origen de sus colecciones, hasta impactar en millones de personas que llevan décadas mirándose en un espejo en el que no se reconocen. Un reflejo que les devuelve estereotipados, como seres exóticos a los que, en el mejor de los casos, se les dispensará un multiculturalismo condescendiente desde unos templos inmutables que hablan por ellos, pero jamás desde ellos.

Charrúas cuatro

El adolescente Laurent, como un siglo antes su tatarabuela Caroline, pasó a vivir en un convento de domínicos,
pero en La Teja, Montevideo. Este lugar fue fundado por
un grupo de domínicos franceses que no comulgaban
mucho con la línea oficial, aunque también se sentían
parte. El grupo creía en el trabajo en territorio, con
una comunidad periférica, y fue así que construyeron,
a principios de siglo, una iglesia y un convento austero
pero importante para el barrio.

Se abrió un gran debate a la interna de la iglesia con
respecto a la situación de Laurent y si era pertinente que
se lo mantuviera al tanto o no. Para algunos, no debía
enterarse porque el peligro que corría, según las infor-
maciones que llegaban desde Francia, podía afectarlo
negativamente y era importante que se pudiera insertar
en el nuevo país. Se planteó que lo del riesgo que corría
no era necesario, pero que quizás contarle más sobre
quiénes habían sido sus familiares, de dónde provenía y
la relación con Uruguay podía favorecer su vida actual.

El padre Cristophe fue el encargado y citó a Laurent una vez por semana, en la tarde, a su escritorio, para
conversar sobre estos temas. El religioso se sorprendió al
notar que el joven sabía mucho más de lo que esperaba sobre su ascendencia y el legado charrúa, porque su
madre le había contado. Los vacíos que tenía su versión
los fueron llenando juntos. En los archivos de la orden
estaba la información y Laurent pudo conocer la historia
de otros miembros de su línea familiar. Los encuentros

siguieron durante mucho tiempo, pero versaron sobre cuestiones filosóficas relacionadas a la sangre, a lo indígena, a la descendencia.

Si bien algunos del grupo no estuvieron muy de acuerdo, y a Laurent tampoco le caía bien la idea, lo anotaron en el Liceo Santo Domingo, que era uno de los centros a los que se solían anotar los jóvenes provenientes de Francia. No le gustaba ese lugar, no tenía nada que ver con lo que recordaba de su niñez, de su ciudad, de su familia, de su formación, pero tampoco de su vida en La Teja y en el convento. Todos allí eran hijos de familias importantes, vinculadas a la política, la diplomacia, el poderío económico. No obstante, en esos años logró hacer tres amigos que le hicieron más llevadero el día a día.

Julio Delfour era hijo de Aristide Delfour, un empresario de barcos que en esos años controlaba la ruta comercial entre Francia, Montevideo y el sur de África, y que se encontraba en Uruguay inyectándole dinero al desarrollo del puerto de Montevideo a cambio de ciertos beneficios y privilegios. Fue uno de los principales promotores del canal del río Negro, una obra pensada por representantes de Uruguay, Argentina, Brasil y Chile para extender, artificialmente y de ambos lados, el curso del río Negro uruguayo, de forma que se pudieran conectar en un largo canal el océano Atlántico y el Pacífico. Hubo muchos problemas y la obra nunca llegó a comenzar: las resistencias de los brasileños en el uso de la laguna Merín; los argentinos de Rosario, que preveían que las obras iban a descontrolar el cauce del Paraná; y los chilenos de Viña del Mar, que no querían transformar su lugar turístico en una ciudad portuaria internacional. Julio fue también un gran empresario, pero de otro rubro. Sus pelotas Obdulio, realizadas con cuero de las mejores vacas uruguayas, fueron comercializadas a todo el mundo, aprovechando el *boom* por el triunfo en Maracaná, y llegaron a ser durante décadas la pelota oficial de los torneos de fútbol en el continente africano. Denuncias de corrupción y de coimas con dictaduras centroafricanas para conseguir licitaciones y beneficios legales empañaron su figura, pero ninguna prosperó. Con el advenimiento del cuero sintético, Julio cerró la empresa de pelotas y se dedicó a exportar objetos de mimbre, que compraba por pocos pesos a los indígenas paraguayos y revendía en todo el país. Seguramente, si en alguna casa uruguaya había un canasto, un sombrero, un moisés, una reposera y hasta un marco de espejo realizado con mimbre, era uno de los exportados por Julio. En sus últimos años, fue dirigente del Club Biguá y del Rotary Club. Murió de cáncer a los ochenta años.

Etienne Nicolás era hijo de Paul Nicolás y Marlene Vandooren, una duquesa de Montecarlo que supo estar en la cresta de la ola hasta que, en un brote psicótico, asesinó a tres personas con un cóctel en un castillo en Niza. En Francia se volvió un mito, los padres asustaban a sus hijos con que, si se portaban mal, iba a venir la loca Marlene; las compañías de teatro populares hacían obras que la parodiaban y el reciente cine de terror expresionista francés hizo, por lo menos, tres películas sobre su figura. A los veinticinco años salió del hospicio donde estaba internada y no soportó su vida en Francia. Sacó un pasaje a Estados Unidos en un crucero exclusivo pero discreto. Antes de subir, angustiada por tener que dejar su país, fue a un bar del puerto y bebió hasta desmayarse. Al despertar corrió porque iba a perder el barco, pero el suyo ya había salido, así que terminó subiendo sin saber a uno que, luego de pasar por Portugal e Islas Canarias, la iba a depositar en Montevideo. Una vez que llegó, la depresión le impidió retomar su curso y se quedó en Uruguay. Conoció a Paul Nicolás, un francés que había venido a trabajar en las obras de la represa de Rincón del Bonete y también se había quedado. Paul se había anotado en la Facultad de Ingeniería y, con el tiempo, se transformó en un ingeniero civil de renombre. Participó de obras fundamentales, como la Facultad de Medicina de Pelotas, Brasil, el puente sobre el lago Verá, en Paraguay, el muelle sobre la laguna de Llancanelo, en Argentina, el estadio de Rampla Juniors, en el Cerro de Montevideo, y la casa del conocido escritor Yamandú Rodríguez, que tenía la particularidad de estar contruida sobre un lago. En 1973, una investigación periodística descubrió que su título era falso y que nunca había cursado una materia en la Facultad de Ingeniería, pero el clima convulsionado de la época, golpe de Estado incluido, arrastró la atención de la ciudadanía hacia otros temas, por lo que siguió ejerciendo como ingeniero civil hasta su muerte, en 1980, en un accidente de tránsito en la plaza principal de Melo. La vida de Marlene en Uruguay estuvo estrictamente relacionada con la crianza de sus hijos y el cuidado del jardín de su casa en Paso de la Arena. Se volvió una botánica autodidacta y dedicó su vida a categorizar no solo especies de plantas, flores y árboles presentes en Uruguay, sino lo que despectivamente se conoce como *yuyo*, es decir, lo que crece de forma silvestre en cualquier baldío. Escribió un estudio que hasta hoy es referencia ineludible en la materia. Aún no se ha recuperado y sistematizado la inmensa cantidad de material que generó en décadas de estudio, recorriendo el país para analizar y categorizar cada yuyo encontrado. Su hijo Etienne, de alguna manera, continuó el trabajo de su madre con Coquille de Perroquet, una empresa de productos de belleza y cosmética elaborados con base en las investigaciones que Marlene había hecho sobre botánica y herboristería. El formato de venta hoy es muy común, porque lo realizan empresas como Nuvó, Avón o Gigot, pero fue con el negocio de Etienne que comenzó esa doble comercialización, por un lado, en comercios autorizados y, por el otro, a través de vendedores particulares que contaban con un catálogo de productos y recorrían las casas de sus barrios. En su momento fue muy famoso por tres especialidades: 1) Safari Bleu, un perfume para hombres en base a manzanilla, lavanda y abrojo; 2) Bruine d'Avril, una colonia para mujeres elaborada con toques de clavel, ortiga y perejil, que contenía en suspensión pistilos de hibisco; y 3) Baiser du Tunisia, una crema humectante que surgía de una combinación de muchas hierbas, entre las que se destacaban ruibarbo, coquitos de paraíso y hojas de remolacha. Esta última fue un verdadero furor debido a que circulaba la leyenda de que era afrodisíaca si se la usaba para estimular el glande y que era también efectiva contra el pie de atleta. La empresa se fundió en

1975, luego de que los militares, convencidos de que en los invernáculos y los galpones se escondían cofres con dinero y lingotes de oro de los Tupamaros, incautaran y saquearan todas las propiedades de Etienne, quien partió al exilio en Ecuador; allí se dedicó a la elaboración y venta de una malta de hierbas. Sigue vivo, pero está internado en un geriátrico.

Y, por último, Waldemar *Cacho* Barreau, hijo de los cineastas franceses Raoul Barreau e Isabelle Diagne. La pareja llegó a Uruguay para filmar una película sobre Carlos Gardel y, al viajar a Tacuarembó, fueron secuestrados por una banda de cuatreros a la altura de Blanquillo, Durazno. Pasaron en cautiverio casi un año, porque los secuestradores no daban exactamente con el dato certero de a quién debían pedirle rescate por los secuestrados. Probaron con la dueña del hotel donde se alojaban, después con el gobierno uruguayo, con la embajada francesa, y todos les decían que no tenían el más mínimo interés en pagar por ellos. La embajada no tenía siquiera información de quiénes eran precisamente, porque los secuestradores no les decían más que que eran «franchutes». Un día, Raoul e Isabelle dejaron de escuchar ruido en el lugar donde estaban, ya no oían a los secuestradores. Cuando los días pasaron y no hubo ninguna señal de presencia humana en ese humilde rancho y hacía días que no les daban comida ni agua, tantearon la puerta de la habitación y descubrieron que estaba abierta; la casa estaba vacía, quedaba un poco de pan y vino. Salieron y notaron que estaban en el medio del campo. La noche despejada. Nunca habían visto un cielo así. Se quedaron un tiempo en ese rancho, que luego descubrieron quedaba cerca de un paraje llamado San José de las Cañas. Lo arreglaron todo, le hicieron una huerta, lo cercaron. Cuando ella quedó embarazada, notaron que, a pesar de que lo amaban, no era un lugar para criar un niño. Vendieron el rancho y el campo, aunque no era suyo, y con el dinero se compraron un cine en el Prado de Montevideo. En el piso de arriba vivían ellos, debajo estaba el cine, que administraban con una propuesta distinta, porque, a través de conocidos en Francia, accedían a muchas películas del nuevo cine francés de aquellas épocas. Por ejemplo, en su cine se exhibió por primera vez en Latinoamérica una película de Julien Duvivier. Toda esta peripecia desde que llegaron a Uruguay, pasando por el campo y luego el cine, está contada en una película de su autoría, de 1940, titulada *El cielo es un nudo desatado*, extraña mezcla de documental, película *noir* y experimentación que no tuvo gran suceso y de la que no parecen quedar copias. Raoul e Isabelle se separaron en 1952. Isabelle fue a Polonia a filmar y a trabajar con la compañía de Tadeusz Kantor, donde se transformó en una figura fundamental del nuevo arte polaco. Un dato que pocos saben es que fue el nexo para publicar, en 1982, un libro en polaco titulado *El nuevo cine uruguayo*, una antología con artículos de Mario Hendler, Manuel Martínez Carril, Jorge Abbondanza y Orfila Bardesio. Raoul cerró el cine luego del divorcio y fundó una distribuidora de cine. Su empresa fue la encargada de que se conocieran en Uruguay el cine de Russ Meyer, Gordon Parks, Andrew Herbert, José Ramón Larraz y

Ruggero Deodato. Waldemar, a quien desde chico le decían Cacho porque así lo llamaba el acomodador del cine, recibió toda esa influencia del cine, pero la volcó a la experimentación y posteriormente al videoarte. Fue pionero en Uruguay del trabajo experimental con el fílmico como soporte pero también como material. Una de sus obras más conocidas fue *La internacional celuloide*, con la que participó de una de las marchas de la huelga obrera de 1947 con pasacalles elaborados con las cintas de filmaciones que realizó de los integrantes del gobierno de Tomás Berreta. Otra intervención fue *Primero como comedia, después como tragedia*, donde tapió la puerta de la central sindical con cintas en las que se podía ver al presidente Luis Batlle Berres en actividades protocolares militares, protestando ante la persecución sindical del gobierno. A causa de esa intervención, fue detenido y amenazado para que se retirara del país, por lo cual viajó a Nueva York. Allí se vinculó con los artistas más experimentales, que algunos años después darían inicio a un movimiento de videoartistas. En 1965, Cacho alquiló un depósito abandonado en Coney Island junto con el artista chileno Juan Downey, y allí montaron su taller Bocachai, lugar fermental para el *under*, la experimentación artística y la bohemia neoyorquina de los años sesenta, hasta su incendio en 1970. En 1972, se mudó a Belleville, Nueva Jersey, donde abrió una escuela de fútbol con un viejo amigo, el futbolista peruano Willy Barbadillo. El *soccer*, como le decían los norteamericanos, era un fenómeno marginal, pero la escuela de Cacho tuvo mucha repercusión y de todas partes del país venían a formar parte de ella. El gran arquero estadounidense Tony Meola es fruto de esa escuela, entre otros tantos jugadores célebres. En 1981, se mudó con su familia a la localidad de Wilkes-Barre, donde abrió una sucursal de su academia. En 1982, fue una de las víctimas de George Emil Banks, quien, portando armas de gran calibre, produjo uno de los tiroteos masivos más sangrientos de la década en Estados Unidos.

En su afán por investigar y alimentar el archivo sobre la nación charrúa, Laurent terminó enterándose de los grupos extremistas franceses que lo buscaban. Inmerso en los documentos de los domínicos, conoció la historia de Esther Maturana, la mujer que buscaba recuperar el corazón de piedra arachán y las tierras de la costa rochense para refundar una nación indígena. Se vinculó con ella, se puso a las órdenes y juntos llenaron los huecos que podía tener la investigación de los domínicos. También en esas visitas conoció a Rosa, la hija de Esther, y se enamoraron. El amor de ambos fue un acontecimiento para los descendientes de charrúas de esos años. Desde que Laurent había llegado, la comunidad había pasado de boca en boca, casi como un secreto, la buena nueva de que el descendiente directo de Guyunusa estaba de nuevo en el país. Aunque sabían que la situación no estaba como para gritarlo a los cuatro vientos, igualmente se trataba de un hito. Luego de un siglo separadas, las líneas de Floriana Aires y Guyunusa se habían unido.

En 1943, Laurent y Rosa se casaron y, al parecer, tuvieron dos hijos. Los dos descendientes por ambas líneas de las víctimas de Salsipuedes. Pero no se sabe más. Ahí termina el rastro. Según consta en el archivo de los domínicos, el grupo extremista francés no había dejado de insistir en su objetivo y, no se sabe cómo, había llegado a enterarse de que el descendiente de Guyunusa estaba en Uruguay. Como todo en esos años, la información se diluyó en otras falsas y el grupo, creyendo que Laurent iba a volver a Francia a refundar una especie de nación charrúa-francesa, decidió viajar a Uruguay con sus mejores hombres para terminar con el problema de inmediato. Rosa y Laurent escaparon y es poco lo que se sabe de ellos en la actualidad. Sus hijos son entregados a alguien de quien se desconoce la identidad. Lo único que se supone es que quedaron en Montevideo. Pero nada es seguro.

Y después la nada. Como llega, se va. Una persona como Martha, que generó tanto material en su vida, fotos, papeles, libros, ese rastro nítido y fácil de seguir, por momentos abriéndose en varias direcciones, se corta. Y no es increíble, en la naturaleza, en la vida, hay cosas que se van apagando de forma progresiva y otras que, de un momento a otro, se terminan. Lo increíble es que, en este caso, después de que se terminó, no hay más.

Podría volver sobre mis pasos, intentar encontrar algo que se me haya perdido. Algo que tenía frente a mis ojos y no vi. Revisar de nuevo todo lo que fui encontrando, lo que viví mientras seguía las migas que había dejado por todo el mundo Mirtha/Martha. Pero estoy cansado. Agradezco haber tenido la lucidez de darme cuenta del momento en que estaba por dar el paso hacia la obsesión. Me gusta la obsesión, pero salir de ella lleva muchísimo tiempo. Si elegía entrar, volver a revisarla de nuevo, a desandar mis pasos, entraría a un estado obsesivo, hermosamente artístico y vital, pero con un costo muy alto.

Quiero descansar. Dormir en mi casa. Despertar, quedarme un par de días en short de fútbol y alpargatas, tomando mate, lavando ropa, platos sucios, resucitando las plantas, cortándome el pelo y la barba.

★

Ando con culpa hace varios días. No entiendo la mala fama que tiene la obsesión. ¿Por qué, en todo caso, preferiría el descanso y el desapego a la pasión obsesiva? Vivimos en un mundo que condena la obsesión, pero que a la vez fomenta el consumo, que es una forma deforme y horrible de la pasión. Es la obsesión mala, aquella que no genera un fuego vital, sino un hueco en el pecho que hay que llenar todo el tiempo y que, cuanto más se le ofrenda, menos para de crecer. «No es amor, es una obsesión», canta Aventura, y yo pensaría que, más allá de que la obsesión en los vínculos muchas veces termina en violencia, acoso y abuso, no toda obsesión está alejada del amor.

Yo encontré mi obsesión y, ahora que ya descansé, debería ponerme en marcha. Dejar la pose distante, que muestra que en realidad no me interesa tanto, que es un tema más, un trabajo como cualquiera, cuando en realidad no he parado de vivir atrás de la estela de una artista que a veces llego a pensar que nunca existió.

★

Lo que es seguro a esta altura es que, hasta que no confirme si Mirtha/Martha vive o no, no podré saber nunca quién es dueño de los derechos de sus obras. Y, si bien desde hace por lo menos diez años no hay rastros de ella, todos los testimonios coinciden en que debe seguir viva. Y el argumento que dan es: «Si estuviera muerta, lo sentiríamos». Yo, al igual que ellos, elijo creer y alimentar esa pasión que me hace seguir.

Está viva, entonces. Fin de la discusión. Me presentaré a la Dirección Nacional de Cultura y les diré que, según mis investigaciones, Mirtha Passeggi está viva, aunque se desconozca su paradero. Les sugeriré que, si quieren publicar una edición de *El grito de un grotesco pájaro*, lo hagan, porque quizás la publicación sea un buen anzuelo para que aparezca ella o quien tenga sus derechos; cobraré el resto del dinero por mi trabajo y me dedicaré a preparar las convocatorias a los fondos para publicar y traducir el resto de su obra. Pero, aunque ya no sea necesario, no dejaré de buscarla, porque no puedo dejar de hacerlo.

★

Reviso nuevamente los papeles, las cartas, los apuntes, los libros, las diapositivas, el universo Passeggi. Repaso, subrayo, saco apuntes. Hago asociaciones nuevas, uno lo imposible de juntar, lo conecto de formas extravagantes y absurdas. No escucho a quienes me hablan, no puedo dormir. Hay algo que se me escapa.

Encuentro una hoja que no recuerdo haber visto nunca, pero que estaba entre los papeles. Un recorte de un artículo periodístico en el que se recoge el testimonio de la antropóloga e investigadora Mónica Sans, quien habla de los rasgos comunes en la población uruguaya de matriz indígena y menciona en principio dos indicadores: el diente en pala (hendidura en forma de pala en la parte trasera de los frontales) y la mancha mongólica (mancha marrón que aparece al nacer sobre el coxis y suele irse a los dos o tres años). También asegura que la ascendencia indígena en la población uruguaya ronda el 34%, un número similar al del resto de los países de Latinoamérica.

Vuelvo a Mirtha. Siento que su intención no fue dejar un rastro para ser seguida, sino una huella en el sentido de algo que da cuenta del pasaje de alguien. Pero no para un reconocimiento *postmortem* ni para los investigadores del futuro. Ella no lo hacía por el futuro, necesitaba sentir que estaba en el presente, incidiendo, cambiando el curso del universo, torciendo el destino, jugando con las líneas causales, manipulando los hilos que unen las cosas entre sí. Las combinaciónes insólitas que propició no parecen solo un divertimento o la consecuencia de una personalidad compleja e imprevisible, sino también la forma de ir mucho más allá de la cosmogonía lógica y racional que impone lo verosímil, coherente y probable como regla. «El universo tiende a expandirse, eso dicen todos los físicos, pero el capitalismo busca que determinados universos se achiquen cada vez más, como el mental», escribió una vez en uno de sus apuntes. Si su búsqueda no terminó, si no llegué a encontrarla, se debe a que ella se encargó, a lo largo de toda su vida, de ampliar el universo, el propio y el de todos, y de que en esos nuevos territorios conquistados seamos unos completos forasteros.

★

Varios nombres que aparecen me suenan, no sé si porque pueden llevar a algo o porque quiero que así sea. Creo que hay una forma de sistematizar de modo más eficiente los datos que aparecen en una investigación, los nombres. Pero no soy un investigador muy aplicado y la única vez que estudié métodos de investigación fue en facultad y, aunque era 2002, me dieron métodos y bibliografía de la década del cincuenta que no me sirven en esta época de datos por doquier. Pero hay uno que tengo la sensación de haberlo visto en otro lado, el padre Gilbert.

Voy a visitar a Mario. Me comenta que hay un plan para publicar las obras completas de Parrilla. Le muestro cosas que tenía o mencionaba Mirtha sobre Parrilla y descubre que hay algunos poemarios de los que desconocía su existencia y va a apurarse para decirle al posible editor que frene los libros, porque sin esos nuevos poemarios no serían obras completas. Le digo que en Uruguay los editores no son tan rápidos y que seguramente no manden un libro a imprenta sin avisarle, y se queda tranquilo. Le pregunto por el padre Gilbert y me dice que nunca lo escuchó en su vida.

★

—Querido, te vuelvo a agradecer por tu impresionante labor. Te voy a pagar por el trabajo terminado, ya inicio los trámites, va a demorar un poco. Pero, más allá de que avanzamos y de que es muy probable que publiquemos el libro, no me alcanza lo que tenemos. No puedo, siendo el Estado, publicar un libro sin la autorización de la autora o de los herederos. Así que te pido que, en la medida de lo posible, continúes un poco más la búsqueda. Si necesitás más plata, decime y vemos cómo lo arreglamos; capaz te puedo hacer un contrato artístico, pero necesito una firma, algo. Y no, no me suena para nada el nombre del padre Gilbert.

Viendo en el cine una retrospectiva de la obra de Ignacio Agüero, me vino la iluminación. El padre Gilbert, vi su nombre en la capilla San Antonio cuando fui a averiguar si había datos sobre Nuevo París. No recuerdo si cuando consulté el archivo barrial o en una oficina, un cartel, una cartelera, o alguien que al pasar lo nombró o habló de él. Pero de ahí me suena su nombre. No quise pararme en el medio de la película, porque me estaba gustando, pero de la ansiedad que me había dado me hubiera ido en ese momento a la capilla.

Había vuelto la obsesión.

★

Almorcé con mi madre antes de ir a la capilla. Contaba los días para jubilarse, pero aún no le habían dado ninguna certeza en el BPS.

—¿Sabés qué es lo peor? Ir. Todo lo que tengo que hacer para ir, esa rutina. Para llegar en hora tengo que hacer los mandados y la comida a tal hora, comer apurada, vestirme rápido, ir hasta la parada diez minutos antes porque, si pierdo el que me sirve, llego tarde. Viajar de pie, con toda la gente malhumorada. Bajarme en el Palacio y esperar otro que también viene lleno y, entre una cosa y la otra, demoro más de una hora en hacer un trayecto que, en una moto, el Gonza, tu amigo, que también trabaja ahí, hace en quince minutos. Y a la vuelta lo mismo. Ir, estar ahí. Después el trabajo lo hacés, es mecánico. Barrés, juntás basura, ordenás los salones, limpiás los baños de varones y el de niñas. Y a la vuelta esperar que en el trayecto desde la parada hasta casa no me roben. ¿Te dije que andan en las motos? Yo escucho un motor y tiemblo, porque si te agarra a mitad de cuadra no tenés para dónde escapar. Lo peor no es que te roben, lo peor es el miedo.

Me pregunta cómo me fue en Francia. Le cuento las cosas que me interesaron y no me da mucha bola. Me doy cuenta de que quiere saber de la Torre Eiffel, del Arco del Triunfo, si vi a algún famoso, cómo son los precios en relación con Uruguay, cómo se visten, si son soretes o macanudos los franceses, qué comi, si es seguro o roban igual que en Nuevo París. Le cuento eso y dice: «Qué lindo sería viajar», pero con la expresión de quien sabe que quizás nunca lo va a hacer. Me rezonga porque no saco fotos. «Es como que no hayas ido», me reprocha.

Le pregunto por Nelly. «Ahí anda, achacosa como siempre, andá a verla, que siempre me pregunta por vos».

Golpeo la puerta y nadie responde. No se puede ver para adentro, porque Nelly tapó todos los lugares por donde entran aire y luz, dice que la humedad le hace mal. Pienso que no está, porque golpeo y no contesta, pero al final siento su voz: «Voy, voy».

—Hola, mi negro, qué alegría verte. —Su voz es suave y temblorosa, pero no sé si está tan enferma o finge, porque Nelly a veces exagera—. Estoy muy enferma, mi amor. A ver si en estos días voy al médico porque las pastillas no me hacen nada. Y eso que mirá.

Nelly siempre me muestra la cantidad de pastillas que toma por día. Antidepresivos, ansiolíticos, para la presión, para la diabetes, para la tiroides, para que el estómago no se perfore de tantas pastillas.

—¿Cómo te fue en Francia? Qué hermosura, mi sueño siempre fue ir a Galicia.

Le cuento lo mismo que a mi madre, pero no parece registrarlo. Le pregunto por las fotos de mis abuelos y bisabuelos.

—No sé. Creo que perdí todo.

—¿Cómo? Si no salís de acá.

—Creo que las presté, pero no sé a quién.

—A Alejandra capaz.

—No, a ella no. Me daba la sensación de que no me las iba a cuidar. No vino más esa muchacha.

—No, me escribió, que era imposible mi caso. No tenía datos certeros ni documentos.

—Qué atrevida, si yo le dije todo bien clarito.

—Bueno, tía, no te preocupes. Cuando pueda me voy a encargar yo de la investigación.

Nos quedamos mirando al perro jugar con una pelota pinchada. Veo el perfil de Nelly y extraño a mi padre. Tienen el mismo color de piel, las mismas arrugas, los mismos ojos aindiados, el mismo pelo finito, lacio y canoso. Nelly quizás tiene el mentón un poco más adelantado que mi padre, pero no tanto.

—Voy a conseguirte esas fotos, mi vida.

★

La zona de la capilla estaba llena de gente. Pensé por un segundo lo peor, alguien llegó antes que yo, mataron a alguien, un incendio, un robo de los archivos, el propio padre Gilbert en un charco de sangre. Pero no, estaba lleno porque en el centro cultural que hay enfrente estaban haciendo una batalla de freestyle.

Me atendió una monja llamada Patricia y me llevó al fichero. No encontré nada del padre Gilbert y se me vino el alma al piso. Le pregunté a Patricia si lo conocía y no le sonaba. Una limpiadora lavaba el piso con un trapo muy cargado de hipoclorito, y nos dijo: «Sí, hermana Patricia, padre Gilbert, en el lugar de los papeles, una caja con su nombre, lo veo siempre que barro ahí».

Padre Gilbert

Los domínicos se instalaron en Uruguay en la década del cincuenta, pero, como consta en los apuntes de Mirtha/Martha, en La Teja existió en los años veinte y treinta un convento formado por algunos disidentes de la orden. No se sabe si porque volvieron a ser admitidos o simplemente fue una asociación de cooperación, pero en los años cuarenta el convento cerró sus puertas y parte de ese grupo, con otros domínicos llegados de Brasil, construyeron una parroquia en la Villa del Cerro. A partir de ese momento, comenzaron a llegar domínicos franceses de la orden de Toulouse a radicarse en Montevideo; algunos para trabajar en otros proyectos de la orden en diversos puntos de la ciudad y otros fueron directamente al Cerro. Cuentan las crónicas e investigaciones que el carácter poco elitista y popular de los domínicos del Cerro terminó contribuyendo a que fueran aceptados por la comunidad casi inmediatamente. En los sesenta, todavía con el fervor provocado por la Revolución Cubana intacto, surgieron posiciones más progresistas y hasta radicales de izquierda en la iglesia, ayudadas por lo acontecido en el Concilio Ecuménico Vaticano II convocado por Juan XXIII. En la constitución aprobada entonces, llamada *Gaudium et spes*, comenzaron a vislumbrarse perspectivas más humanas y hasta clasistas a partir de una relación distinta de la iglesia y su contexto, y el surgimiento en Latinoamérica de iglesias del tercer mundo, como la Teología de la Liberación. En ese panorama, en 1963, momento convulsionado no solo para la iglesia, sino para el propio

Uruguay, llegó Vincent Gilbert, un domínico de Toulouse, a instalarse en el Cerro. En realidad, llegaron otros con él, que tuvieron también una importancia en la comunidad, como François Malley y Fernand Boulard. Pero Gilbert se destacó por su fuerte involucramiento, que lo llevó a ser perseguido y espiado por la Inteligencia uruguaya y francesa, como consta en archivos del gobierno francés. Se sospechaba que podía tener vinculación con Tupamaros, pero no hay mucha más información que la que se desprende de los documentos desclasificados. Viajó a Perú a un encuentro de la Teología de la Liberación y, según consigna en un diario,

> Fue en uno de los descansos de nuestras largas jornadas de reflexión, salíamos al pueblo a compartir una larga mesa con los vecinos de ese pueblo, cuando se me acercó un hombre. Me dijo que era uruguayo y que estaba escondido, clandestino. Le pregunté si por la creciente represión que se estaba empezando a dar en Montevideo por los gobiernos de turno y me explicó que no, que estaba con su esposa vagando por todo el continente desde hacía veinte años porque querían matarlos. No me explicó mucho, pero me dijo que, si me interesaba más el tema, averiguara. Estaba muy agradecido con los domínicos, que, según él, lo criaron en el viejo convento de La Teja, y me rogó que le hiciera un favor. Quería que, aprovechando que tenía acceso a los archivos domínicos, averiguara qué fue de sus hijos y simplemente me encargara de ver que estuvieran bien. […] sabía que

en algún momento iba a poder volver al país, decía que eso era lo que los mantenía vivos. […] aunque aclaró que su esposa estaba muy enferma. Lo invité a la mesa, pero agradeció y se fue. Tenía lágrimas en los ojos. Hablaba un francés casi perfecto.

Según consta en los archivos desclasificados y luego corroborados por la interesante investigación de Susana Monreal sobre los domínicos en Montevideo, al volver a Uruguay, las presiones para la iglesia del Cerro y en particular contra Gilbert seguían. En 1972, se trasladó a Perú, específicamente a El Callao; de allí a Haití y, luego, de nuevo a Francia, donde lo último que se supo fue que vivía en Marsella.

Me pregunto por qué la caja con sus archivos estaba allí. Después de chequear el contenido, le pregunto a Patricia si ellos son domínicos y me dice que no. Pero que hubo una monja domínica en esa parroquia un tiempo, doña Blanca, que ahora vive a una cuadra, en Julián Laguna y Yugoeslavia. La casa donde venden huevos.

«Se venden huevos». Un cartel de madera pintado con la pintura que suele sobrar de pintar otra cosa está clavado en el tronco del paraíso de la puerta. Doña Blanca está con las gallinas. Me pregunta cuántos huevos quiero. Le digo que no necesito huevos, que solo quiero hacerle una pregunta. Me dice que entonces me vaya. Le compro media docena. Mientras me los envuelve, le pregunto si ella conoció al padre Gilbert. Me dice que sí. Quiero saber por qué están los archivos de él en la capilla San Antonio. No sabe. Le compro media docena de huevos más. Dice que había gente complicada, que se había infiltrado a los domínicos y había accedido al archivo, y por eso Gilbert, antes de irse, lo dejó allí, en un lugar donde nadie sospechara. Quiero saber si volvió a verlo. No recuerda. Le compro media docena de huevos más. Dice que durante un tiempo venía, que andaba perseguido y lo hacía con documento falso y otro nombre. Le pregunto cuándo fue la última vez que supo algo de él. No sabe. Le compro media docena de huevos. Sigue sin saber. Me agradece por la compra y me acompaña hasta el portón. «Está vivo —me dice—, si hubiera muerto lo sabría».Y empiezo a desconfiar de esa frase que todo el mundo repite.

La caja de plástico acanalado azul que tenía escrito el nombre de Vince Gilbert tenía materiales de todo tipo relacionados con varios temas: trabajo pastoral, coordinaciones no solo con Tupamaros, sino con otros colectivos sociales, el plan para generar un salvoconducto de personas perseguidas si había un golpe de Estado y se complicaba el aparato represivo, poesías que escribió en un taller literario coordinado por Jorge Medina Vidal y una libreta, donde consigna de forma bastante escueta lo que descubrió sobre los hijos de Rosa y Laurent. Todo parece cortarse abruptamente, es probable que por su partida a Perú, porque cada uno de los materiales tiene esa sensación de obra trunca. A diferencia de las investigaciones de los domínicos de Francia, que llegaron únicamente a Rosa, Laurent y su exilio forzado, las anotaciones de Gilbert no tienen nombres personales. Usa Y para referirse a la hija y X, al hijo, quizás para proteger sus identidades de quienes los estaban buscando. Cuenta, en una especie de crónica o de bitácora de investigación, la forma en la que encuentra a las personas a quienes fueron entregados los niños, que al momento de encontrarlos ya son adultos. Traduzco acá lo sustancial de dicho texto, suprimiendo las reflexiones filosóficas y teológicas, que abundan en sus escritos, y la cantidad de referencias eruditas sobre botánica y las especies que encuentra en cada lugar a donde va.

Consulté con el hermano Pierre si sabía algo sobre los hijos de Laurent Tuffere y Rosa Pigni y de qué se trataba todo. Pierre me dijo que no sabía nada. Había escuchado rumores, pero nada muy concreto. Fuimos juntos a buscar a los archivos que había en la parroquia. Había un registro exhaustivo de cada persona, actividad, hecho relacionado con la iglesia. Estaba ordenado por temas y nombres en un archivador como los de las bibliotecas. Buscamos por orden alfabético a Laurent y a Rosa, y en las dos fichas encontramos únicamente las iniciales SAD. . Nos miramos y dijimos casi al unísono: «El Sagrado Archivo Domínico». El archivo mayor de la orden domínica en el mundo estaba ubicado en la catedral de Toulouse, pero desde que la orden comenzó a pensar en una iglesia descentralizada, también cada orden local tuvo su SAD, que por supuesto mandaba copia de todo a Toulouse. Si teníamos suerte, no habría necesidad de ir hasta Francia y en los archivos centrales de Montevideo, ubicados en una iglesia en la Aduana, podría haber información.

[...]

No fue sencillo acceder al archivo. Son tiempos muy complicados, de mucha persecusion, desconfianza y paranoia. Saben los máximos referentes de la orden que sectores del gobierno y del Ejército uruguayo nos tienen entre ceja y ceja, nos espían, nos han pinchado los teléfonos. Fue necesario pedir la intervención del propio Aniceto Fernández Alonso, maestro general de predicadores, quien me conoce desde niño, y envió un telegrama de carácter urgente.

[...]

Pude acceder a la historia casi completa. Laurent y Rosa, ambos por distintas líneas, son descendientes de los charrúas asesinados en Salsipuedes, una matanza planificada por el gobierno uruguayo en el siglo pasado contra los nativos charrúas y guenoas. Al parecer, son muy importantes para la comunidad charrúa, que, si bien tiene descendientes de otros sobrevivientes desperdigados por todo el territorio uruguayo, ven en ellos algo especial, y por eso mismo hay grupos racistas, filonazis y supremacistas que intentan cortar la descendencia asesinándolos. Por ese motivo, Laurent y Rosa se fueron del país, con identidades falsas, y sus hijos quedaron al cuidado de una familia uruguaya afín a la orden. Cuando quise buscar a quién fueron entregados o los nombres actuales de esos niños, me encontré solo con la letra F. Pregunté a colegas cercanos, y nadie supo decirme quién o qué es F.

[...]

Siguieron días de incertidumbre. Nadie sabía o los que sabían no querían decirme. Le escribí de nuevo al maestro general, y no tuve respuesta. Pedí cita con el referente mayor de la iglesia en Uruguay, y en ese encuentro se limitó a decir que la orden, por su seguridad, debe mantener a salvo sus secretos. No podía no saber qué había sido de esos niños.

[...]

Uno de esos días en que fui al centro de la ciudad a resolver el enigma, me metí en una librería de usados. Revolviendo, encontré un libro que me llamó la atención: *La historia oculta de las órdenes religiosas*, de Asdrúbal Pirri. Lo hojeé y, sinceramente, me pareció una tontería. Decía muchas cosas inexactas fruto de la desinformación o del afán por vender. Pero en algunas otras cosas parecía contar con información valiosa. Le pregunté al librero si lo conocía y me dijo que sí, que tenía ese libro porque era un cliente. Me pareció que le daba un poco de lástima y pensé que quizás realmente sería un charlatán o un viejo loco, pero aun así le pedí que me pasara su dirección.

Pirri vivía en la Aduana, cerca de un hospital muy importante, el Maciel. Su casa quedaba al fondo de un largo pasillo lleno de ropa colgada de los vecinos y mucho griterío. Me abrió un señor vestido de saco y corbata, elegante, pero con la ropa muy vieja por el tiempo, casi al borde de deshilacharse. La casa olía a encierro, cigarrillo y gatos, estaba llena de libros, eran tantos que algunas pilas tapaban incluso las ventanas. Me ofreció unos mates y me contó un poco de su vida. Fue escribano y ahora se había jubilado. No se había casado ni había tenido hijos. Según él, sus investigaciones y el trabajo le habían ocupado toda la vida. Sostenía que había un poder transnacional que era el que realmente mandaba en el mundo, por encima de los gobiernos y los organismos internacionales, invisible, que lo único que buscaba era mantener el orden para poder seguir acumulando poder, pero que a veces, no pocas, habían usado esa organización para el mal. Le pregunté si podía tener que ver con el imperialismo yanqui o británico y le causó gracia. Me repitió que están a un nivel mucho más importante y alto que los gobiernos nacionales, que los gobiernos estadounidense, británico, los gobiernos europeos, asiáticos, la Unión Soviética, incluso las monarquías, son títeres de este poder. Le pregunté quiénes son. Me dijo que se mantienen ocultos y que todas las personas que han intentado desenmascararlos han sido asesinadas o desaparecidas; por eso, todos sus libros sobre lo que él llama *el cónclave* los publicó con el seudónimo de John Bigpear. Cuando le recuerdo que el libro sobre las iglesias y órdenes lo publicó con su nombre real, dice que eso es algo inofensivo, pero que en el futuro será la verdadera conspiración. Voy al grano, le cuento que fui al archivo de los domínicos y me encontré con una misteriosa letra F en los

documentos que me interesaban. «Claro —comenta, mientras se prende un cigarrillo—, nadie te lo va a decir. Eso es lo que se llama La Elite de Guzmán. Desde tiempos inmemoriales las órdenes han tenido sus ejércitos secretos, que actúan desde la sombra, a veces para llevar a cabo hechos gravísimos, otras para proteger algo, un objeto, un secreto. La de los domínicos se llama La Elite de Guzmán, y debo decir que han sido de los más pacíficos. En su caso, siempre han sido más una red defensiva, de flujo de información secreta, que de ataque. Cada uno de los integrantes tiene una letra. Cuando muere una letra, la orden le asigna esa letra a otro iniciado. Un detalle, nunca son integrantes evidentes de la orden, no son curas ni monjas ni monaguillos ni nada; es gente que pertenece de forma anónima y secreta a la orden al punto que ni su familia o su círculo cercano sabe que pertenecen a la Elite. F, esa letra misteriosa que encontraste, designa a una persona, miembro de este selecto grupo, que seguramente es la única persona que sabe esa información que estás buscando». Cuando le pregunté si él sabía quién era F me dijo que no. Pero que podía intentar averiguar algo. Me fui de su casa con varios libros sobre conspiraciones, complots, geopolítica y esoterismo de regalo.
[...]
Pirri me convocó a una cantina en la Aduana. «Club Las Bóvedas. Fijate que no te sigan». Llegué puntualmente y ya estaba sentado en una mesa con una medida de espinillar para él y otra para mí. «Mirá,

no logré dar con el nombre. Pero me dieron este número de casilla de correo. Escribile, si tenés mucha suerte, en una de esas te contesta. No creo que lo logres, pero no perdés nada intentando. Por mi parte, yo ya estoy fuera. Desde que viniste a verme me desaparecieron cuatro gatos, uno por noche, y estoy seguro de que es por haber hablado contigo».

[...]

Me llamaron desde la oficina del referente de la parroquia del Cerro. Imaginé que me irían a decir que la investigación estaba llegando demasiado lejos y que por favor la abandonara. Pero el padre Didier solo me habló de unas situaciones complicadas con los servicios de Inteligencia uruguayos, que ya se estaban tomando demasiadas atribuciones, allanamientos ilegales, detenciones, seguimientos a miembros de la orden y a fieles. Me pidió que extremara mis cuidados y que no hiciera ninguna locura, porque la cosa no estaba sencilla. Cuando me estaba yendo, me dio un sobre. Alguien lo había tirado por debajo de la puerta de la parroquia en la madrugada y tenía mi nombre: «Cantina del Estudiantil Sanducero Fútbol Club, puerta trasera. Miércoles, 13 horas. F»

[...]

Viajé toda la noche. Al llegar a Paysandú, me senté en un café para hacer tiempo hasta la hora. Pregunté dónde quedaba el Estudiantil Sanducero. Fui hasta allí. En la sede jugaban a las cartas y al pool. Otros tomaban copas acodados al mostrador. En una mesa, un veterano levantaba quiniela. Unos perros sarnosos en el frente no paraban de rascarse. Bordeé el lugar hasta llegar a una puerta negra de chapa en el fondo. Golpeé y nadie me atendió. Entré. Un pasillo daba a un patio interno, donde había unos pájaros en una jaula y unos casilleros con botellas. Un hombre gordo y con cara de malo me dijo si era yo y le dije que sí. Me pidió que me sentara en una silla de chapa y esperara. A los diez minutos vino F.

No me costó mucho darme cuenta de que F era Eduardo Franco, cantante de Los Iracundos, un grupo muy popular en Uruguay en la actualidad. Su actitud simpática y amable constrastaba con todo el operativo de seguridad y misterio hasta ese momento. Le conté mi encuentro con Laurent en Perú y que necesitaba saber qué había sido de los niños.

Me explicó que ya me había investigado, que era confiable, pero que debía saber que, a partir del momento en que me revelara la verdad, mi vida también iba a correr peligro. Tenía prohibido intentar establecer contacto con ellos y no podía decirle a nadie. Me contó todo lo que necesitaba saber. Los niños ya no eran niños y siempre los había tenido cerca, porque se criaron en barrios del oeste de Montevideo y allí seguían viviendo.

★

En los apuntes, Gilbert deja entrever que no respetó alguna de las exigencias de F. Queda claro que encontró a los hijos de Laurent y Rosa y que pudo reconstruir la vida que han tenido, aunque no da mayores detalles. Según sus anotaciones, los niños, que ya no lo eran, tuvieron una vida normal, típica de dos niños criados en los cuarenta y cincuenta en un barrio obrero de Montevideo. Da la idea de haberse reunido con quienes oficiaron de tutores, quienes le habrían manifestado que los niños no saben nada sobre su ascendencia y sus verdaderos padres, y que están convencidos de que sus tutores son sus padres. En una parte de sus escritos, no dicho directamente pero insinuado, se podría deducir que incluso generó encuentros y habló con ellos. Se justifica que lo hizo para saber si necesitaban algo en lo que pudiera ayudarlos. Reflexiona sobre el hecho de que no sepan nada. No está de acuerdo con la medida, porque admite que, si bien podría ponerlos en peligro, merecen saber que sus padres están vivos, que además son descendientes de una rica tradición y podrían ser un envión anímico para una comunidad muy cascoteada históricamente.

En el fondo de la caja encuentro una foto. Es raro, una sola foto. No tiene nada de extraño, son personas sentadas en una larga mesa, terminando de comer algo que parece asado. Busco a Patricia y le muestro la fotografía. No conoce a nadie, ella llegó hace diez años y la foto tiene muchos años más. Voy hasta la casa de doña Blanca. Aplaudo en el portón. Sale limpiándose las manos en un delantal. Antes de que me diga nada, la freno: «No quiero huevos, ya le compré dos docenas; somos grandes, basta de juegos, solo quiero hacerle una pregunta». Me mira, pienso que me va a echar o se va a burlar de mí, o directamente me va a ignorar y va a entrar de nuevo en su casa, pero no. Me hace un gesto con la cara y un movimiento de cabeza que interpreto como una autorización a preguntar. Y pregunto. Como sospechaba, la foto es de los domínicos de la parroquia del Cerro, más algunos de otras parroquias. Le pregunto quién es el flaco de barba y lentes que parece ser el único que mira directamente al visor de la cámara.

—¿Y este quién va a ser? Este es Gilbert.

Salgo corriendo para lo de mi madre. Yo ya había visto esa cara. A ese flaco barbudo de lentes con cara de bueno lo vi antes.

—Tía, escuchame bien, necesito ver la foto de tu cumpleaños de veinte.

—No sé dónde la tengo.

—¿Dónde tenés las fotos?

—No me acuerdo.

Me ofrecí a ayudarla. La casita estaba oscura y tenía olor a encierro. Tenía tantos muebles y cosas que era difícil moverse, parecía una habitación del expresionismo alemán, donde todo parece caerse arriba tuyo. Recordé los últimos años de mi padre y su síndrome de Diógenes. Cuando murió, fui el primero en entrar a su galpón a tirar la infinidad de televisiones y grabadores que no andaban y guardaba apilados como en una película de ciencia ficción de los setenta con algún personaje intentando comunicarse con otra galaxia. Con Nelly, en cambio, lo que había que tirar eran cajas y blísteres de pastillas por todos lados, en la ropa, bajo la cama, en la cocina, el baño, la heladera. Encontramos una caja.

—Yo te dije que estaba ahí.

Abrí la caja y había blísteres de medicamentos vacíos, pero también fotos. No las de mis bisabuelos que necesitaba, pero sí la del cumpleaños de veinte de mi tía. Esa en la que había un señor simpático y misterioso.

—¿Este quién es, tía?

—No me acuerdo, sería un vecino o un novio de mi tía Norma.

—¿Era francés?

—Capaz. Puede ser.

—¿Cómo se llamaba?

—Sí, era francés. Ya sé, sí, era francés. ¿Pero no te lo había dicho?

—¿Cómo se llamaba?

—¿Cómo me voy a olvidar? No lo había reconocido. No veo nada ya, mijo. Vincent, se llamaba Vincent. No, no. Vincent no. Se llamaba Gilbert.

—Tía. ¿Por qué estaba en tu cumpleaños?

—No sé. Creo que era un vecino, pero no lo recuerdo nítidamente. Igual, tengo varios recuerdos de él en esos años, creo. Siempre se acordaba de mi cumpleaños y del de tu padre. Después lo dejé de ver.

★

Nelly selecciona cuidadosamente las ramas de carqueja que va a meter en el agua caliente del té que me acaba de ofrecer. A simple vista parecerían todas iguales, pero ella las inspecciona sin apuro. Mientras el té se hace, me cuenta con lujo de detalles los últimos capítulos de las novelas que está mirando. Busca en internet novelas viejas. Está mirando *La reina de la chatarra*, *Amo y señor* y *Topacio*.

—Tía, vos te das cuenta de lo que te estoy diciendo. Serías descendiente directa de Guyunusa.

—Yo ya sabía, mi amor.

—¿Y por qué no me dijiste nada?

—Porque me lo dijeron los fantasmas. Y ya estoy acostumbrada a que me traten de loca por cómo soy, imaginate si le dijera a la gente que hablo con los muertos.

—¿Siempre pudiste?

—Siempre.

—Pero ¿podés elegir con quién hablar?

—No. Me eligen ellos. Durante mucho tiempo los ahuyenté, tomaba pastillas porque sentía que me estaba volviendo loca, y un día dejé de echarlos. No quieren nada, solo estar acá, conmigo. Saber si estoy bien.

—¿Quiénes son?

—Otras mujeres, familiares lejanas, de otros tiempos.

—¿Qué te dicen?

—Me cuentan quién soy. De dónde vengo. Yo no les pregunto nada. Las dejo hablar y me voy quedando dormida. Cuando me despierto, ya no están. Pero a veces me dejan algún yuyito, alguna flor.

—¿Y no te parece increíble ser descendiente de Guyunusa?

—No, mijo. Somos muchos. Más de lo que todos creen. Yo no tengo nada de especial. ¿Cuál es el merito especial de Guyunusa?, ¿haber sido prisionera y exhibida como una atracción?, ¿morir sola en un hospital francés? No es ningún mérito, es un calvario. Pero en sí, ella era una más. Ni siquiera era del todo charrúa, ¿sabías? Me dijeron que también tenía sangre guenoa.

—¿Y tus padres?

—Mis padres fueron el viejo Carlos y Orfilia, y ambos se murieron. Ellos me criaron. A los otros siempre les guardé un lugar en mis recuerdos, pero nunca los conocí. Son solo sangre. Y la sangre importa, pero no es lo único.

—¿Mi padre sabía?

—Creo que sí, pero él era más reservado. Siempre fue un misterio.

—¿No querés averiguar qué fue de tus padres biológicos o si tuviste otros hermanos?

—No, ya son fantasmas, y yo en poco tiempo también. Espero que no me eches cuando venga a visitarte.

—¿Papá viene a verte?

—Poco. Con lo cascarrabias que es, no debe estar muy acostumbrado a la idea de ser un fantasma. Se extraña, ¿no?

Ya está anocheciendo. Hace rato que solo nos ilumina la luz de la televisión, que siempre estuvo prendida con el volumen bajo. Nelly me pide que la acompañe a la cama. Como todo está en la misma habitación, de la silla a la cama hay dos pasos. Le alcanzo unas pastillas. Se empieza a quedar dormida. Me pide que no le apague la tele. Veo en un portarretratos que tiene en la mesa de luz una foto de otra fiesta. Lo levanto. Me dice que es de su compromiso, porque resulta que se comprometió, pero no llegó a casarse porque el novio se arrepintió. Pero reunión de compromiso hubo. Veo a Nelly joven, el pelo negrísimo y abundante suelto, sus ojos enormes. Veo a mi padre, siempre con ganas de irse de la foto, intentando pasar desapercibido, con esa expresión que lo achicaba. Veo a Gilbert. Le pregunto a Nelly y me lo confirma. Esa fue la última vez que lo vio. Hay una mujer que no conozco. Nelly se empieza a quedar dormida.

—Tía, perdoná.

—Sí, mijo, ¿qué pasó?

—¿Quién es ella?

—Una amiga muy querida. Mirtha. Era bárbara, te hubiera encantado conocerla.

—¿Mirtha qué?

—Mirtha, una amiga.

—Pero cuál es el apellido.

—Mirtha Passeggi.

—¿Está viva?

—Creo que sí. Cada tanto hablamos. Ella está muy viejita, pero es de fierro.

—¿Dónde vive?

—En Francia. No recuerdo en qué ciudad.

—¿Podés pasarme su número?

—No, mijo. Ella es muy reservada. Pero dejame que mañana le pregunto.

Estimado Diego:

A esta altura ya sabrás toda la verdad. Sé que me andás investigando y que encontraste mis libros, cartas, fotos y todas las señales. En el sobre, además de la carta, hay una diapositiva de regalo. Es de una escultura que me gusta mucho y está en el patio del Musee Rodin. Se llama *Les trois ombres*, 'las tres sombras'.

En un momento tuve que desaparecer. Me fue legado algo que tuve que cuidar con mi vida y que se transformó en la misión por la que abandoné todo lo demás, la que me hizo levantar de la cama cada día, hasta hoy. No puedo decirte nada, es conveniente que hasta acá llegues. Vos también sos muy valioso y, aunque no lo creas, te estoy protegiendo.

¿De aquellos viejos enemigos que querían cortar la descendencia charrúa y erradicarla de Francia y del resto de la Tierra? No. De ellos ya me encargué. Fue una de las cosas a las que me dediqué en los últimos años. Junto a un gran compañero que encontré en el camino, como Gilbert, nos dimos cuenta de que tu gente no iba a poder vivir tranquila hasta que extirpáramos el mal. Lo admito, no utilizamos métodos muy misericordiosos, te diría más bien que los cazamos como a ciervos indefensos, o sea, les dimos su propia comida. Pero ya hice las paces con los dioses. Quizás vaya al infierno, no lo sé, pero en vida, en lo que me queda de vida en este mundo, me siento realmente en paz y satisfecha.

Entonces, ¿por qué no vernos?, ¿por qué no salir de mi anonimato? Porque todavía sigo preservando aquello que juré cuidar. Y, como te dije, también te cuido a vos y a tu hermano, porque, si bien sacamos la basura que los perseguía, este mundo se encarga siempre de volver a crearla. Por lo pronto, espero que tu gente, tan castigada desde que el europeo pisó sus tierras, tenga algo de tranquilidad.

Sobre mis obras, hacé lo que quieras. Ya no son mías. Y, además, nunca las consideré *obra* en el sentido estricto de la propiedad intelectual, sino señales que lanzo al espacio en busca de respuestas de otras formas de vida. Y he recibido más respuestas de las que quizás me merecía. En ese sentido, la vida ha sido muy generosa conmigo.

Se han muerto muchos amigos, pero me quedan muchos más. Dice Nelly que debo dejar que los fantasmas me visiten, pero a mí no me ha pasado todavía. Supongo que los veré cuando sea una de ellos.

Cuidá de Nelly. Ella es tu memoria, es el único archivo que tenés que cuidar.

Gracias.

M

Mirtha/Martha Passeggi (Montevideo, 1938) es una escritora, poeta, performer y traductora uruguaya.

Nació en Montevideo, Uruguay, el 26 de febrero de 1938. Sus padres eran Julio César Passeggi, contador público nacido en Canelones, y Emma Malrechauffe, profesora de piano de origen suizo. En sus primeros años estudió solfeo, piano, francés, y luego se inscribió en el taller Torres García, pero abandonó al poco tiempo. A los dieciséis años se involucró en la compañía de teatro del Teatro Apolo del Cerro a través de su novio de entonces, quien era actor allí. Con ese grupo tuvo un aporte fundamental en la huelga textil de 1950 y en las llamadas *huelgas solidarias* de 1951 y 1952. Por esos años publicó su primer libro de poesía, *La rosa florecerá durante una hora*, que recibió encendidos elogios de Arsinoe Moratorio. Metida de lleno en su apoyo a las luchas obreras con su compañía de teatro, comenzó a frecuentar la bohemia nocturna de algunos barrios, como Aguada, Cordón, Reducto, Cerro y La Teja. En esas vueltas conoció al poeta Mario García y al pintor Raúl Javiel Cabrera. Es por influjo de estos que publica su segundo libro, *La tumba de todas las cosas tiene su violeta*, y al año siguiente *El grito de un grotesco pájaro*, novela inclasificable en donde mezcla historias de las huelgas obreras de los cincuenta, ideas sobre ocultismo y esoterismo, terror y erotismo. La novela circuló de mano en mano en la bohemia nocturna, donde tuvo cierto suceso y consolidó el nombre de la autora. No así en círculos académicos, donde fue criticada duramente por Ida Vitale en la *Revista de la Biblioteca Nacional* y por Carlos Martínez Moreno en *Marcha*. En Francia, bajo el seudónimo Josephine Péladan, publicó los libros *Historia leve de la exploración del universo* (1979), sobre la obra y el pensamiento de José Parrilla y Raúl Javiel Cabrera, *Carne tensa. Veinte ideas sobre el arte de Lotty Rosenfeld* (1984), *Molde. Conversaciones sobre arte y política con Elaine Sturtevant* (1987) y *La segunda vez* (1993).

En 1963, perdió a sus padres en el accidente del buque *Ciudad de Asunción*, mientras este unía Montevideo y Buenos Aires. A raíz de ese trágico hecho, Passeggi renunció a su trabajo en un conocido restaurante, donde tocaba el piano por las noches, y, por consejo de su amigo Mario García, que le comenta que el también poeta José Parrilla estaba instalado en Francia, donde tenía una escuela literaria, viaja a Europa ese mismo año. Luego de ir a Suiza a conocer a su familia materna y de un breve paso por España, recala en Francia.

Tradujo al francés la obra de Ana María Chouhy Aguirre, Rolina Ipuche Riva, Maeve López, Lucy Parrilla y Arsinoe Moratorio.

Se la ha relacionado sentimentalmente con los poetas Humberto Megget, Emilio Ucar y la argentina Raquel Weinbaum, los artistas plásticos Pedro Miguel Astapenco y Norberto Berdía y las actrices de cine argentinas Tilda Thamar y María Esther Podestá, pero nunca se confirmó ningún romance.

Fue artista, contrabandista, militante, ladrona, coordinó un centro social y cultural en el barrio de Montreuil, y en los últimos años se ha dedicado de lleno al cuidado de un valioso tesoro.

Sigue viva. De lo contrario, nos hubiésemos enterado.

Agradecimientos

Muchas personas ayudaron de una u otra manera a que pudiera escribir este libro. A riesgo de olvidarme de alguien, quisiera agradecer especialmente a Leonor Courtoisie, Luisina Ríos Panario, Julián Ubiría, Gabriela López, Florencia Eastman, Nona Fernández Silanes, Hugo Achugar, Francisco Álvez Francese, Ana Negri, Hernán Ronsino, Diego Zúñiga, Alejandro Zambra, Gustavo Verdesio, Alejandro Toledo, Sandra Malaneschii, Cristina Valerio, Carina Malaneschii, Hugo Etchandy, Carlos Canzani, Mateo Forciniti, Cathy Lamri, Gervasio Núñez Chichet, Fernando Gandasegui, Marta Echaves, Gabriel Courtoisie, Manuel Neves, Alejandro Cozza, Alejo Carbonell, José López Mazz, María Díaz, Rimer Cardillo, Leticia Skrycky, Simón Rodríguez, Cristina Morales, Iosi Havilio, Mario García, Gonzalo Ledesma, Martín García Gómez y mi tía Nelly Recoba.

Índice

PARTE I. La pausa y el arrebato   11
Los parques   37
Los parques II   55
Profesor de amor   73
Mirtha Passeggi (Montevideo, 1938)
es una escritora y poeta uruguaya.   75
Profesor de amor dos   77
El problema del *boscia albitrunca*   98
1   108
El problema del *boscia albitrunca* II   124
El problema del *boscia albitrunca* III   147

PARTE II. Los padres populares   157
La Graine   172
La Graine II   178
La Graine III   187
Bar Le Gobelet, Niza   197
26 de noviembre de 1963   197
Mirtha/Martha Passeggi (Montevideo, 1938)
es una escritora, poeta y traductora uruguaya.   225
Díptico uno   233
La deuxième fois (traducción en proceso)   235

Los repasadoir   276
Caracas   329
Díptico dos   345
Prólogo   347
Reseñas   352
Díptico tres   362
Episodio de la monja pirata   363

PARTE III. Las tres sombras   379
Charrúas   383
Charrúas dos   404
Charrúas tres   419
Charrúas cuatro   447
Padre Gilbert   466

Agradecimientos   489

MAPA DE LAS LENGUAS UN MAPA SIN FRONTERAS 2024

RANDOM HOUSE / CHILE
Tierra de campeones
Diego Zúñiga

RANDOM HOUSE / ESPAÑA
La historia de los vertebrados
Mar García Puig

ALFAGUARA / CHILE
Inacabada
Ariel Florencia Richards

RANDOM HOUSE / COLOMBIA
Contradeseo
Gloria Susana Esquivel

ALFAGUARA / MÉXICO
La Soledad en tres actos
Gisela Leal

RANDOM HOUSE / ARGENTINA
Ese tiempo que tuvimos por corazón
Marie Gouiric

ALFAGUARA / ESPAÑA
Los astronautas
Laura Ferrero

RANDOM HOUSE / COLOMBIA
Aranjuez
Gilmer Mesa

ALFAGUARA / PERÚ
No juzgarás
Rodrigo Murillo

ALFAGUARA / ARGENTINA
Por qué te vas
Iván Hochman

RANDOM HOUSE / MÉXICO
Todo pueblo es cicatriz
Hiram Ruvalcaba

RANDOM HOUSE / PERÚ
Infértil
Rosario Yori

RANDOM HOUSE / URUGUAY
El cielo visible
Diego Recoba